教育部　财政部中等职业学校教师素质提高计划成果
计算机软件专业师资培训包开发项目(LBZD040)

基于.NET开发的典型案例设计与实现

Jiyu . NET Kaifa De Dianxing Anli Sheji Yu Shixian

教育部　财政部　组编
黄旭明　主编
卢　宇　执行主编

北京师范大学出版社

内容提要

提升实践能力、增加企业工作实战经验和掌握新技术在中职教师培养中凸显重要地位，教材以实践能力为核心，将微软.NET技术作为主线，按《扶贫基金管理系统》的需求组织任务，将WEB开发技术中涉及的各知识点加以整理，实现面向WEB应用开发主流技术的讲解，选择典型的基于WIN FORM的简易通讯系统作为素材完成基于WIN FORM开发中的技术讲解过程。教材包含了本层次应有的本专业技术以及将要普及的新技术所对应的培训模块；同时教材也给出了专业技术应用发展趋势的介绍。

本书作为中职骨干教师计算机软件专业核心培训教材，也可以作为本科及高职院校计算软件专业以及软件学院软件工程专业实践教材，还可以作为软件开发人员的参考书。

图书在版编目(CIP)数据

基于.NET开发的典型案例设计与实现／教育部，财政部组编.—北京：北京师范大学出版社，2012.3

ISBN 978-7-303-14099-2

Ⅰ.①基… Ⅱ.①教…②财… Ⅲ.①网页制作工具－程序设计－中等专业学校－教材 Ⅳ.①TP393.092

中国版本图书馆CIP数据核字（2012）第018462号

营销中心电话　010-58802755 58800035
北师大出版社职业教育分社网　http://zjfs.bnup.com.cn
电子信箱　bsdzyjy@126.com

出版发行：北京师范大学出版社 www.bnup.com.cn
北京新街口外大街19号
邮政编码：100875
印　　刷：北京京师印务有限公司
装　　订：三河万利装订厂
经　　销：全国新华书店
开　　本：184 mm × 260 mm
印　　张：18.5
字　　数：390千字
版　　次：2012年3月第1版
印　　次：2012年3月第1次印刷
定　　价：42.00元

策划编辑：周光明　　责任编辑：周光明
美术编辑：高　霞　　装帧设计：国美嘉誉
责任校对：李　菡　　责任印制：孙文凯

版权所有 侵权必究

反盗版、侵权举报电话：010-58800697
北京读者服务部电话：010-58808104
外埠邮购电话：010-58808083
本书如有印装质量问题，请与印制管理部联系调换。
印制管理部电话：010-58800825

教育部　财政部中等职业学校教师素质提高计划成果
系列丛书

编写委员会

主　任　鲁　昕

副主任　葛道凯　赵　路　王继平　孙光奇

成　员　郭春鸣　胡成玉　张禹钦　包华影　王继平(同济大学)
　　　　刘宏杰　王　征　王克杰　李新发

专家指导委员会

主　任　刘来泉

副主任　王宪成　石伟平

成　员　翟海魂　史国栋　周耕夫　俞启定　姜大源
　　　　邓泽民　杨铭铎　周志刚　夏金星　沈　希
　　　　徐肇杰　卢双盈　曹　晔　陈吉红　和　震
　　　　韩亚兰

教育部　财政部中等职业学校教师素质提高计划成果
系列丛书

计算机软件专业师资培训包开发项目
(LBZD040)

项目牵头单位　福建师范大学
项目负责人　黄旭明
主　　编　黄旭明
执行主编　卢　宇

出版说明

根据2005年全国职业教育工作会议精神和《国务院关于大力发展职业教育的决定》(国发[2005]35号)，教育部、财政部2006年12月印发了《关于实施中等职业学校教师素质提高计划的意见》(教职成[2006]13号)，决定"十一五"期间中央财政投入5亿元用于实施中等职业学校师资队伍建设相关项目。其中，安排4 000万元，支持39个培训工作基础好、相关学科优势明显的全国重点建设职教师资培养培训基地牵头，联合有关高等学校、职业学校、行业企业，共同开发中等职业学校重点专业师资培训方案、课程和教材(以下简称"培训包项目")。

经过四年多的努力，培训包项目取得了丰富成果。一是开发了中等职业学校70个专业的教师培训包，内容包括专业教师的教学能力标准、培训方案、专业核心课程教材、专业教学法教材和培训质量评价指标体系5方面成果。二是开发了中等职业学校校长资格培训、提高培训和高级研修3个校长培训包，内容包括校长岗位职责和能力标准、培训方案、培训教材、培训质量评价指标体系4方面成果。三是取得了7项职教师资公共基础研究成果，内容包括中等职业学校德育课教师、职业指导和心理健康教育教师培训方案、培训教材，教师培训项目体系、教师资格制度、教师培训教育类公共课程、职业教育教学法和现代教育技术、教师培训网站建设等课程教材、政策研究、制度设计和信息平台等。上述成果，共整理汇编出300多本正式出版物。

培训包项目的实施具有如下特点：一是系统设计框架。项目成果涵盖了从标准、方案到教材、评价的一整套内容，成果之间紧密衔接。同时，针对职教师资队伍建设的基础性问题，设计了专门的公共基础研究课题。二是坚持调研先行。项目承担单位进行了3 000多次调研，深度访谈2 000多次，发放问卷200多万份，调研范围覆盖了70多个行业和全国所有省(区、市)，收集了大量翔实的一手数据和材料，为提高成果的科学性奠定了坚实基础。三是多方广泛参与。在39个项目牵头单位组织下，另有110多所国内外高等学校和科研机构、260多个行业企业、36个政府管理部门、277所职业院校参加了开发工作，参与研发人员2 100多人，形成了政府、学校、行业、企业和科研机构共同参与的研发模式。四是突出职教特色。项目成果打破学科体系，根据职业学校教学特点，结合产业发展实际，将行动导向、工作过程系统化、任务驱动等理念应用到项目开发中，体现了职教师资培训内容和方式方法的特殊性。五是研究实践并进。几年来，项目承担单位在职业学校进行了1 000多次成果试验。阶段性成果形成后，在中等职业学校专业骨干教师国家级培训、省级培训、企业实践等活动中先行试用，不断总结经验、修改完善，提高了项目成果的针对性、应用性。六是严格过程管理。两部成立了专家指导委员会和项目管理办公室，在项目实施过程中先后组织研讨、培训和推进会近30次，来自职业教育办学、研究和管理一线的数十位领导、专家和实践工作者对成果进行了严格把关，确保了项目开发的正确方向。

作为“十一五”期间教育部、财政部实施的中等职业学校教师素质提高计划的重要内容，培训包项目的实施及所取得的成果，对于进一步完善职业教育师资培养培训体系，推动职教师资培训工作的科学化、规范化具有基础性和开创性意义。这一系列成果，既是职教师资培养培训机构开展教师培训活动的专门教材，也是职业学校教师在职自学的重要读物，同时也将为各级职业教育管理部门加强和改进职教教师管理和培训工作提供有益借鉴。希望各级教育行政部门、职教师资培训机构和职业学校要充分利用好这些成果。

为了高质量完成项目开发任务，全体项目承担单位和项目开发人员付出了巨大努力，中等职业学校教师素质提高计划专家指导委员会、项目管理办公室及相关方面的专家和同志投入了大量心血，承担出版任务的11家出版社开展了富有成效的工作。在此，我们一并表示衷心的感谢!

编写委员会
2011年10月

前 言

提升实践能力、增加企业工作实战经验和掌握新技术在中职教师培养中凸显重要地位，教材以实践能力为核心，将微软 .NET 技术作为主线，按《扶贫基金管理系统》的需求组织任务，将 Web 开发技术中涉及到的各知识点加以整理，实现面向 Web 应用开发主流技术的讲解，选择典型的基于 Win Form 的简易通信系统作为素材完成基于 Win Form 开发中的技术讲解过程。

教材按任务加以组织，场景描述清晰、目标任务明确、解决问题步骤清晰，能够提供给学习者完整的解决问题的思路，突出了专业实践能力的要求，做到有理可循、有例可仿，同时，为了提高可操作性，各任务在给出可遵循的操作流程之外还提供了练习的案例，案例也对各个阶段的目标、实施细则进行了指导性说明，让学习者可以实现再现学习任务，加深学习效果。

教材的特色

一、实践性

核心课程中的任务以一个知识点为主导讲解对象，同时涵盖相关的知识点，根据核心课程中的“任务”的需求将多种技术和多种技能有机的融合，跳出高校科研型教材的框框。

从第一个“任务”开始每个任务都形成有机、紧密的逻辑联系，但各任务仍然是相对独立的，任务中所涉及的知识和涵盖的技能可以有重叠，但不是简单的重复，各任务依然可以成为独立讲解的章节。

教材着重突出专业实践能力的提高，提倡重解决问题能力和理论够用为度的原则。

二、适用性

既可适应于不同层次培训，也适应同一批受训教师的专业基础参差不齐的实际，还可适应于受训教师不同的个性需求。

考虑成人培训的特点，任务场景描述明确，图文并茂。教材教学形式多样化，既有纸质教材，也有光碟(含课件、视频、图片、讨论材料、案例)等教学资源，为教师回校后教学提供丰富的教学参考。

三、系统性

本教材作为系列教材之一，基于《编码与测试》的基础知识、实现《软件开发项目管理操作》提出的要求，完成专业提高层次的培训任务，三本教材共同构成了中职教师实践技能培训体系。

四、前瞻性

教材包含了本层次应有本专业技术以及将要普及的新技术所对应的培训模块；同时教材也给出了专业技术应用发展趋势的介绍。

本教材是计算机软件专业项目组全体成员共同研究的成果，由项目主持人福建师范大学黄旭明担任主编，福建师范大学卢宇担任执行主编，卢宇负责全书内容的安排和统稿。

主要执笔成员：黄旭明、卢宇、卢起雪、龚家骧。

其他执笔人员：杨煌明、杨炳清、陈耀秋、朱振宇、陈霞、揭月玲等。

适宜的读者对象

本书作为中职骨干教师计算机软件专业核心培训教材，也可以作为本科及高职院校计算机软件专业以及软件学院软件工程专业实践教材，还可以作为软件软件开发人员的参考书。

致谢

在本系列核心教材的编写过程中，得到了“中等职业学校教师素质提高计划”专家指导委员会大力支持，在教材的编写思路和风格上得到了许多宝贵的建议。同时本书也得到了福建师范大学、元数位(福建)软件有限公司、福建宏天信息产业有限公司等单位的大力支持。

本书的产生也离不开福建师范大学信息技术学院领导和老师的积极组织与倡议，离不开学院多年来在实训与案例教学领域的探索与沉淀，在此代表教材编写小组表示衷心感谢。

教材编写组

2012-2-8

目录

前言

第一部分 Web开发技术基础

第二部分 基于.NET的WinForm开发

ASP.NET 是一个统一的 Web 开发模型，[illegible] Web 应用
程序所必需的各种服务。作为 .NET Framework 的一部分[illegible] ASP.NET 应用程序[illegible]
[illegible] .NET Framework 中的类。[illegible]（CLR）兼容的
[illegible] Microsoft Visual Basic、[illegible] JScript
.NET [illegible]，安全、[illegible]
[illegible] ASP.NET [illegible] C# [illegible]

ASP.NET [illegible] Web [illegible]
[illegible] ASP.NET [illegible] ASP.NET [illegible]
.NET [illegible] HTML。

ASP.NET [illegible] ASP.NET [illegible]
[illegible] HTML [illegible] ASP.NET [illegible]
[illegible]
[illegible]

[illegible] Web [illegible]

第一部分 Web 开发技术基础

[illegible] ASP.NET [illegible]

ASP.NET 是一个统一的 Web 开发模型，应用该技术能够快速生成企业级 Web 应用程序所必需的各种服务。作为 .NET Framework 的一部分，编写 ASP.NET 应用程序的代码时，可以访问 .NET Framework 中的类，可以使用与公共语言运行库（CLR）兼容的任何语言来编写应用程序的代码，这些语言包括 Microsoft Visual Basic、C#、JScript .NET 和 J#。使用这些语言，可以开发出能利用公共语言运行库、类型安全、继承等方面优点的 ASP.NET 应用程序。考虑到市场应用特点，本教材采用 C#作为教学语言。

ASP.NET 页和控件框架是一种编程框架，它在 Web 服务器上运行，可以动态地生成和呈现 ASP.NET 网页。可以从任何浏览器或客户端设备请求 ASP.NET 网页，ASP.NET 会向请求的浏览器呈现标记(例如：HTML)。

ASP.NET 网页是完全面向对象的。在 ASP.NET 网页中，可以使用属性、方法和事件来处理 HTML 元素。ASP.NET 网页框架为响应在服务器上运行的代码中的客户端事件提供统一的模型，设计中不必考虑基于 Web 的应用程序中固有的客户端和服务器隔离的实现细节。该框架还会在页处理生命周期中自动维护页及该页上控件的状态。

使用 ASP.NET 网页和控件框架还可以将常用的 UI 功能封装成易于使用且可重用的控件。控件只需编写一次，即可用于许多页并集成到 ASP.NET 网页中。这些控件在呈现期间放入 ASP.NET 网页中。

本教材主要结合《扶贫基金管理系统》项目应用中的一些任务来讲解 ASP.NET 开发技术。

任务 1　ASP.NET 界面设计

1.1　目标与实施

【任务目标】

1. 以学生成绩打印页面设计为例介绍 ASP.NET 网页基础。
2. 掌握基本的 HTML 元素的使用。
3. 掌握通过 CSS 样式设置网页显示效果的方法。

【知识要点】

1. ASP.NET 中网页基本结构。
2. ASP.NET 中网页的常用元素。
3. CSS 基础。
4. CSS 常用属性。

1.2　完成学生成绩打印页面的设计

【场景分析】

每学期末，学校需打印学生成绩进行存档，此功能实现页面如图 1-1-1 所示。

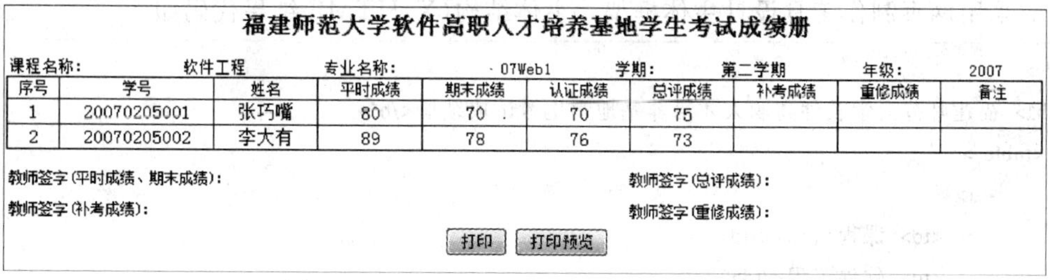

福建师范大学软件高职人才培养基地学生考试成绩册

课程名称：	软件工程	专业名称：	07Web1	学期：	第二学期	年级：	2007

序号	学号	姓名	平时成绩	期末成绩	认证成绩	总评成绩	补考成绩	重修成绩	备注
1	20070205001	张巧嘴	80	70	70	75			
2	20070205002	李大有	89	78	76	73			

教师签字(平时成绩、期末成绩)：　　教师签字(总评成绩)：

教师签字(补考成绩)：　　教师签字(重修成绩)：

打印　打印预览

图 1-1-1　学生成绩打印页面

【过程实施】

步骤一　构建页面的主体框架

1. 页面设计前的的分析

(1)顶部的标题，选用 <h1>标签。

(2)课程名称所在行用一行八列的表格表示。

(3)学生成绩列表部分是一个多行十列的表格。

(4)教师签字部分可看成两行四列的表格。

(5)底部的按钮用块元素 div 包含。

2. 经上述分析，此页面的主体框架如图 1-1-2 所示，DOM(Document Object Model 文档对象模型)结构如图 1-1-3 所示

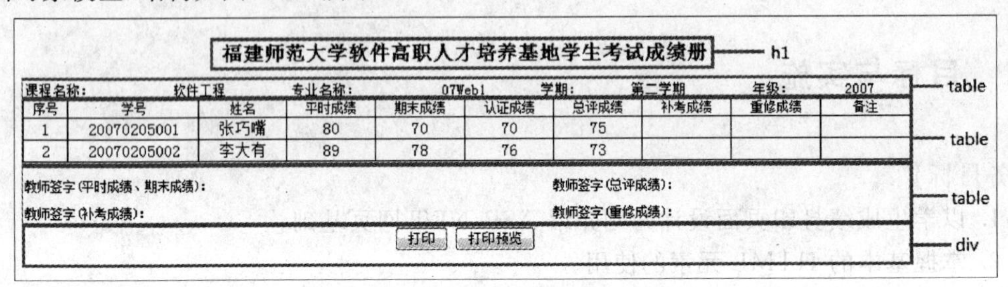

图 1-1-2 学生成绩打印页面主体框架图

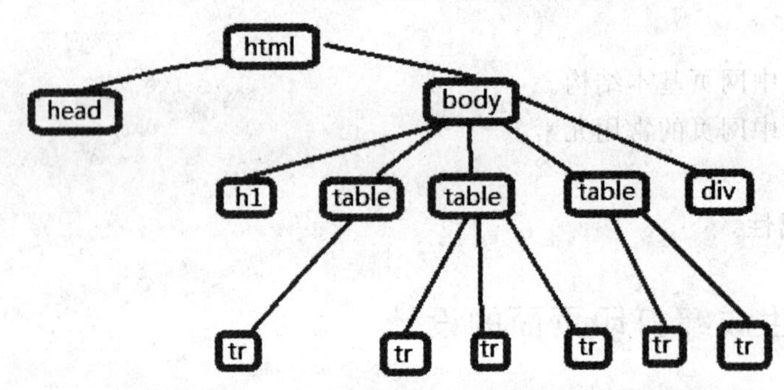

图 1-1-3 学生成绩打印页面 DOM 结构图

3. 采用网页制作工具设计主体框架，主体结构(X)HTML 结果代码如下

```
<body>
  <h1> 福建师范大学软件高职人才培养基地学生考试成绩册</h1>
   <table >
      <tr>
           <td> 课程名称:</td>
           <td> 软件工程</td>
           <td> 专业名称:</td>
           <td> 07Web1</td>
           <td> 学期:</td>
           <td> 第二学期</td>
           <td> 年级:</td>
           <td> 2007</td>
      </tr>
   </table>
```

```
(……类似代码略……)

    <div >
        <input id= "Bt_Print" type= "button" value= "打印" />
        <input id= "Bt_PrintPreview" type= "button" value= "打印预览"  />
    </div>
</body>
```

4. 浏览该页面，呈现效果如图 1-1-4 所示

福建师范大学软件高职人才培养基地学生考试成绩册

课程名称：软件工程 专业名称：07Web1 学期：第二学期 年级：2007

序号	学号	姓名	平时成绩	期末成绩	认证成绩	总评成绩	补考成绩	重修成绩	备注
1	20070205001	张巧嘴	80	70	70	75			
2	20070205002	李大有	89	78	76	73			

教师签字(平时成绩、期末成绩)： 教师签字(总评成绩)：
教师签字(补考成绩)： 教师签字(重修成绩)：

打印 打印预览

图 1-1-4 学生成绩打印页面初级效果图

步骤二 为页面添加样式

1. CSS 样式可在页面<head></head>标签内的<style type="text/css"></style>内定义，也可通过 style 属性来设置，如下

```
<h1 width= '100% 'align= 'center 'style= 'font-size: 14pt '> 福建师范大学软件高职人才培养基地学生考试成绩册</h1>
```

2. 设置页面样式，最终代码如下

```
<! DOCTYPE html PUBLIC "-//W3C//DTD XHTML 1. 0 Transitional//EN".
"http: //www. w3. org/TR/xhtml1/DTD/xhtml1-transitional. dtd">
<html xmlns= "http: //www. w3. org/1999/xhtml">
<head runat= "server">
<meta http-equiv= "Content-Type" content= "text/html; charset= gb2312" />
  <title> 打印预览</title>
    <style type= "text/css">
    table
    {        border-collapse: collapse;     }
    body
    {
        padding: 5px;
```

```
        margin: 0px;
        font-size: 9pt;
        font-family: 宋体;
    }
    . Tab_ScoreShow
    {           padding: 5px;      }
    . Tab_Top
    {           width: 100% ;      }
    . Tab_Top Td
    {           border: solid 1px # 000000;      }
    . Tbl Td
    {
        border: none;
        border-bottom: solid 1px #  000000;
        border-left: solid 1px #  000000;
        border-right: solid 1px #  000000;
        text-align: center;
        font-size: 11pt;
    }
    . Tab_Info
    {
        width: 100% ;
        font-size: 10pt;
    }
    #  Div_Button
    {
        width: 100% ;
        text-align: center;
    }
    </style>
</head>
<body>
    <h1 width= '100% 'align= 'center 'style= 'font-size: 14pt '> 福建师范大学软件高职人才培养基地学生
考试成绩册</h1>
   <table class= 'Tab_Info '>
        <tr>
            <td> 课程名称：</td>
            <td> 软件工程</td>
            <td> 专业名称：</td>
```

```
        <td> 07Web1</td>
        <td> 学期：</td>
        <td> 第二学期</td>
        <td> 年级：</td>
        <td> 2007</td>
    </tr>
</table>
<table class='Tab_Top'>
    <tr>
        <td width='5%'align='center'> 序号</td>
        <td width='15%'align='center'> 学号</td>
        <td width='10%'align='center'> 姓名</td>
        <td width='10%'align='center'> 平时成绩</td>
        <td width='10%'align='center'> 期末成绩</td>
        <td width='10%'align='center'> 认证成绩</td>
        <td width='10%'align='center'> 总评成绩</td>
        <td width='10%'align='center'> 补考成绩</td>
        <td width='10%'align='center'> 重修成绩</td>
        <td width='10%'align='center'> 备注</td> </tr>
    <tr class='Tbl'>
        <td width='5%'> 1</td>
        <td width='15%'> 20070205001</td>
        <td width='10%'> 张巧嘴</td>
        <td width='10%'> 80</td>
        <td width='10%'> 70</td>
        <td width='10%'> 70</td>
        <td width='10%'> 75</td>
        <td width='10%'> </td>
        <td width='10%'>  </td>
        <td width='10%'> <font size='2'>  <font> </td>
    </tr>
      <tr class='Tbl'>
        <td width='5%'> 2</td>
        <td width='15%'> 20070205002</td>
        <td width='10%'> 李大有</td>
        <td width='10%'> 89</td>
        <td width='10%'> 78</td>
        <td width='10%'> 76</td>
        <td width='10%'> 73</td>
```

```
            <td width= '10% '>  </td>
            <td width= '10% '>  </td>
            <td width= '10% '> <font size= '2 '>  <font> </td>
        </tr>
    </table>
    <table width= '100% 'height= '50px 'style= 'margin-top: 10px;'>
    <tr>
        <td> 教师签字(平时成绩、期末成绩):</td>
        <td> </td>
        <td> 教师签字(总评成绩):</td>
        <td> </td>
    </tr>
    <tr>
        <td> 教师签字(补考成绩):</td>
        <td> </td>
        <td> 教师签字(重修成绩):</td>
        <td> </td>
    </tr>
    </table>
    <div id= "Div_Button">
        <input id= "Bt_Print" type= "button" value= "打印" />
        <input id= "Bt_PrintPreview" type= "button" value= "打印预览" />
    </div>
</body>
</html>
```

3. 保存并浏览页面，最终效果如图 1-1-5 所示

福建师范大学软件高职人才培养基地学生考试成绩册

课程名称: 软件工程 专业名称: 07Web1 学期: 第二学期 年级: 2007

序号	学号	姓名	平时成绩	期末成绩	认证成绩	总评成绩	补考成绩	重修成绩	备注
1	20070205001	张巧嘴	80	70	70	75			
2	20070205002	李大有	89	78	76	73			

教师签字(平时成绩、期末成绩): 教师签字(总评成绩):

教师签字(补考成绩): 教师签字(重修成绩):

打印 打印预览

图 1-1-5 学生成绩打印页面最终效果图

【知识点分析及扩展】

知识点一 ASP. NET 中网页基本结构

1. HTML 元素的组成部分

以上例子中，源代码是由 HTML 元素构成的。为了更好地了解网页的基本结构，需要先了解 HTML 元素。认真观察上述源代码，不难发现 HTML 元素的一些共同点，例如：每一个(X)HTML 元素(如标题元素 title)都是由起始标签(<title>)和结束标签(</title>)构成的。一个(X)HTML 元素的组成部分如图 1-1-6 所示。

图 1-1-6 HTML 元素的组成部分

从图 1-1-6 中，可以看出一个(X)HTML 元素主要由一对标签和包含在这对标签内的内容组成。标签的语法结构是用尖括号(<>)将标签名称(该标签名称也称为元素名称)界定出来，大部分标签是成对出现的，包括了一个起始标签和结束标签。结束标签的名称是在对应的开始标签名称之前附加一个斜线，例如：标签的名称如果是 p，那么对应的结束标签名称就是/p。出现在标签及其标签标记之间的所有信息称为标签的内容，而这些标签内容本身既可以是纯文本也可以是其他(X)HTML 元素。同时，必须注意的是，浏览器在显示网页内容的时候，会自动隐藏标签尖括号<>内的内容，比如<p>大家好</p>，只会显示“大家好”。

文本内容用标签包围起来的过程称为标记，类似于给图书贴上标签做记号的过程。必须重点指出的是，一个 HTML 元素是由文档内容(指准备出现在浏览器用户屏幕上的东西)和对应的标签组成的。但是并非所有的元素都要包含文档内容，有些元素可以不包含文本内容(称为空元素)，如表示图片的 img 元素。在后续的章节中将具体介绍空元素。

2. HTML 文档的基本结构

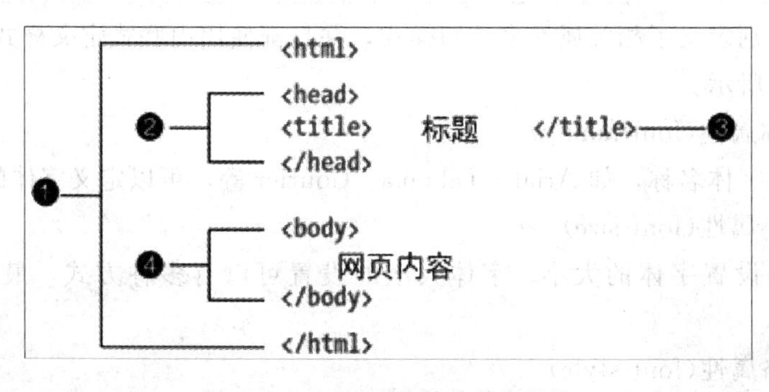

图 1-1-7 HTML 文档的基本结构

如图 1-1-7 所示，HTML 文档主要由四个标签组成：<html>、<head>、<title>和<body>，共四个部分。(具体含义参见参考电子文档 1-1 HTML 文档的基本结构)

需要说明的是，文档结构并不一定会影响到文档内容最终在浏览器上的显示效果。但是，对于网页文档的有效性(Web 标准)来说，文档结构是必不可少的。

知识点二　ASP.NET 中网页的常用元素

ASP.NET 中网页的常用元素有 1.<h1></h1>…<h6></h6>；2.<p></p>；3.
；4.<blockquote></blockquote>；5.<ol></ol>，<ul></ul>，<li></li>；6.<img>等，浏览器将这些元素解释成对应的页面格式加以显示。(具体含义参见参考电子文档 1-2 ASP.NET 中网页的常用元素)

知识点三　CSS 基础

CSS 能够通过编写样式控制代码来进行页面布局。在编写相应的 HTML 标签时，可以通过 style 属性进行 CSS 样式控制，示例代码如下所示。

```
<body>
    <div style= "font-size: 14px;"> 这是一段文字</div>
</body>
```

上述代码使用内联式进行样式控制，并将属性设置为 font-size：14px，其意义就在于定义文字的大小为 14px；如果需要定义多个属性时，可以同时写在一个 style 属性中，示例代码如下所示。

```
<body>
    <div style= "font-size: 14px;"> 这是一段文字 1</div>
      <div style= "font-size: 14px; font-weight: bolder"> 这是一段文字 2</div>
          <div style= "font-size: 14px; font-style: italic"> 这是一段文字 3</div>
      <div style= "font-size: 14px; font-variant: small-caps"> This is My First CSS code</div>
    <div style= "font-size: 14px; color: red"> 这是一段文字 5</div>
</body>
```

上述代码分别定义了相关属性来控制样式，并且都使用内联式定义样式。这些 CSS 的属性的意义如下所示。

1. 字体名称属性(font-family)

该属性设定字体名称，如 Arial、Tahoma、Courier 等，可以定义字体的名称。

2. 字体大小属性(font-size)

该属性可以设置字体的大小。字体大小的设置可以有多种方式，最常用的就是 pt 和 px。

3. 字体风格属性(font-style)

该属性有三个值可选：normal、italic、oblique，normal 是默认值，italic、oblique 都

是斜体显示。

4. 字体粗细属性(font-weight)

该属性常用值是 normal 和 bold，normal 是默认值，bold 是粗体。

5. 字体变量属性(font-variant)

该属性有两个值 normal 和 small-caps，normal 是默认值。small-caps 表示字体将被显示成大写。

6. 字体属性(font)

该属性是各种字体属性的一种快捷的综合写法。

7. 字体颜色(color)

该属性用来控制字体颜色。

这些属性分别定义了字体属性，如图 1-1-8 所示。

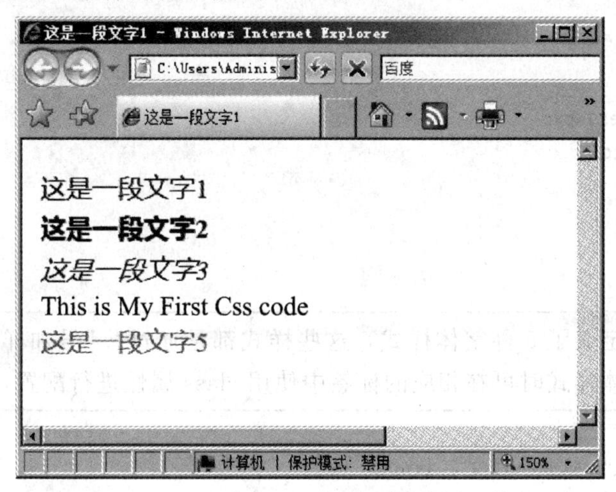

图 1-1-8 CSS 样式控制

以上采用了用内联式的方法进行样式控制，该方法在维护过程中却非常的复杂和难以控制。当需要对页面中的样式进行更改时，需要对每个页面相应标签的样式进行更改，加大了工作量。因此，当需要对页面设置样式时，可以使用嵌入式的方法，示例代码如下：

```
<head>
    <meta content= "text/html; charset= utf-8" http-equiv= "Content-Type" />
        <title> 这是一段文字 1</title>
        <style type= "text/css">
        . font1
        {
            font-size: 14px;
        }
        . font2
        {
```

```
            font-size: 14px;
            font-weight: bolder;
        }
        . font3
        {
            font-size: 14px;
            font-style: italic;
        }
        . font4
        {
            font-size: 14px;
            font-variant: small-caps;
        }
        . font5
        {
            font-size: 14px;
            color: red;
        }
        </style>
</head>
```

上述代码分别定义了 5 种字体样式，这些样式都是通过“. ”号加样式名称定义的。此后，需要使用该字体样式时可在相应的标签中使用 class 属性进行配置，示例代码如下：

```
<body>
    <div class= "font1"> 这是一段文字 1</div>
        <div class= "font2"> 这是一段文字 2</div>
            <div class= "font3"> 这是一段文字 3</div>
        <div class= "font4"> This is My First CSS code</div>
    <div class= "font5"> 这是一段文字 5</div>
</body>
```

其运行后的结果依然如图 1-1-8 所示，采用该编写方式的代码在维护起来更为方便，只需找到 head 中的 style 标签，便可对样式进行全局控制。

嵌入式能够针对单个页面进行样式控制，解决了单个页面的样式问题。但在很多网站的开发应用中，大量的页面样式基本相同，只有少数的页面不尽相同。所以，使用嵌入式仍有所不足，这时就可使用外联式。运用外联式时，必须创建一个 . css 文件后缀的文件，并在当前页面中添加引用。. css 页面代码如下所示：

```
. font1
{
      font-size: 14px;
}
. font2
{
      font-size: 14px;
      font-weight: bolder;
}
. font3
{
      font-size: 14px;
      font-style: italic;
}
. font4
{
      font-size: 14px;
      font-variant: small-caps;
}
. font5
{
      font-size: 14px;
      color: red;
}
```

在 . css 文件中，只需要定义 head 标签中的 style 标签的内容即可，其编写方法与内联式和内嵌式相同。在编写完成 CSS 文件后，需要在使用的页面的 head 标签中添加引用，示例代码如下：

```
<link href= "css. css" type= "text/css" rel= "stylesheet"> </link>
```

上述代码添加了一个 css. css 文件的引用，意在告诉浏览器当前页面的一些样式可以在 css. css 中找到并解析。在使用了外联式后，当前页面的 HTML 代码就能够变得简单和整洁，示例代码如下：

```
<html xmlns= "http: //www. w3. org/1999/xhtml">
<head>
      <meta content= "text/html; charset= utf-8" http-equiv= "Content-Type" />
      <title> 这是一段文字 1</title>
      <link href= "css. css" type= "text/css" rel= "stylesheet"> </link>
</head>
<body>
      <div class= "font1"> 这是一段文字 1</div>
            <div class= "font2"> 这是一段文字 2</div>
                  <div class= "font3"> 这是一段文字 3</div>
```

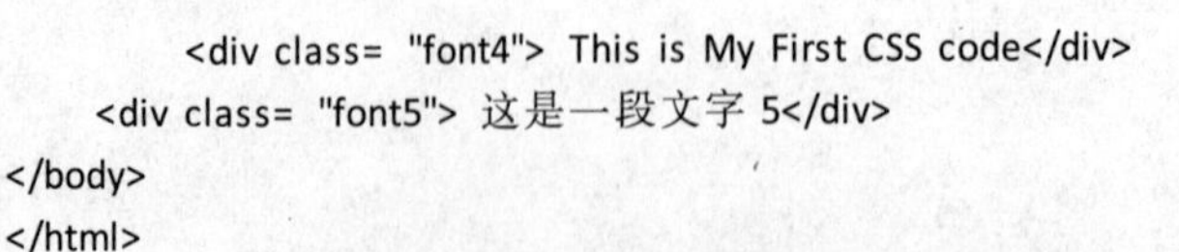

```
        <div class= "font4"> This is My First CSS code</div>
    <div class= "font5"> 这是一段文字 5</div>
</body>
</html>
```

使用外联式能够很好地将页面布局的代码和 HTML 代码相分离。这样不仅能够让多个页面同时使用一个 CSS 样式表进行样式控制，而且在维护的过程中，只需要修改相应的 CSS 文件中的样式的属性，即可实现该样式在所有页面中进行更新的操作。这样无疑是减少了工作量，提高了代码的可维护性。可见，外联式能够既方便又灵活的控制样式。

知识点四　CSS 常用属性

CSS 具有强大的样式控制功能，不仅能够控制字体属性，还能控制许多其他属性，包括背景，边框，边距等属性。这些属性能够为网页布局提供良好的保障，熟练地使用这些属性能够极大地提高 Web 应用的友好度。

1. CSS 背景属性

CSS 能够描述背景，包括背景颜色、背景图片、背景重复方向等属性，这些属性为页面背景的样式控制提供了强大的支持，这些属性包括如下所示：

●背景颜色属性(background-color)：该属性为 HTML 元素设定背景颜色。

●背景图片属性(background-image)：该属性为 HTML 元素设定背景图片。

●背景重复属性(background-repeat)：该属性和 background-image 属性连在一起使用，决定背景图片是否重复。若只设置 background-image 属性，不设置 background-repeat 属性，默认图片既 x 轴重复，又 y 轴重复。

●背景附着属性(background-attachment)：该属性和 background-image 属性连在一起使用，决定图片是跟随内容滚动，还是固定不动。

●背景位置属性(background-position)：该属性和 background-image 属性连在一起使用，决定了背景图片的最初位置。

●背景属性(background)：该属性是设置背景相关属性的一种快捷的综合写法。

通过这些属性能够为网页背景进行样式控制，示例代码如下所示：

```
body
{ background-color: green; }
```

上述代码设置了网页的背景颜色为绿色，如图 1-1-9 所示。同理，设计人员能够使用 background-image 属性设置背景图片，如图 1-1-10 所示。

图 1-1-9　修改背景颜色

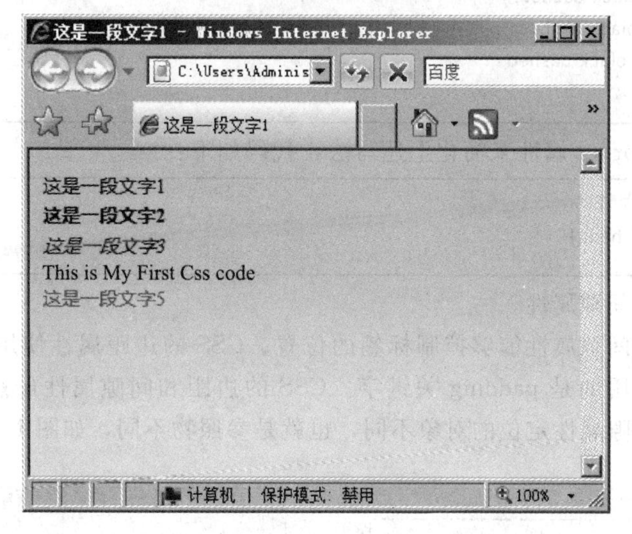

图 1-1-10　背景图片

使用 background-image 属性设置背景图片时，可使用 background-repeat 属性进行循环判断，示例代码如下：

```
body
{
    background-image: url('bg. jpg ');
    background-repeat: repeat-x;
}
```

上述代码将 bg. jpg 作为背景图片，并且沿 x 轴重复。若不编写 background-repeat 属性，则默认是既沿 x 轴重复也沿 y 轴重复。上述代码还可以以如下方式简写：

```
body
{      background: green url('bg. jpg ') repeat-x;}
```

2. CSS 边框属性

CSS 能够进行边框的样式控制，使用 CSS 能够灵活地控制边框。边框属性包括：

●边框风格属性(border-style)：该属性用来设定上下左右边框的风格。

●边框宽度属性(border-width)：该属性用来设定上下左右边框的宽度。

●边框颜色属性(border-color)：该属性设置边框的颜色。

●边框属性(border)：该属性是边框属性的一个快捷的综合写法。

通过分别设置边框的上、下、左、右四部分的边框属性来控制边框样式，示例代码如下：

```
. mycss
{
    border-bottom: 1px black dashed;
    border-top: 1px black dashed;
    border-left: 1px black dashed;
    border-right: 1px black dashed;
}
```

另外，可用 border 属性来简化上述写法，代码如下：

```
. mycss
{ border: 1px black dashed; }
```

3. CSS 边距和间隙属性

CSS 的边距和间隙属性能够控制标签的位置。CSS 的边距属性使用的是 margin 关键字，而间隙属性使用的是 padding 关键字。CSS 的边距和间隙属性虽然都是一种定位方法，但是边距和间隙属性定位的对象不同，也就是参照物不同，如图 1-1-11 所示。

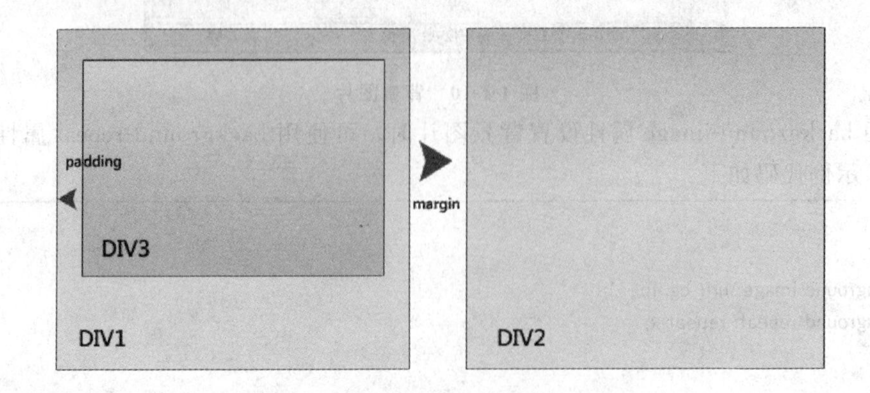

图 1-1-11　边距属性和间隙属性的区别

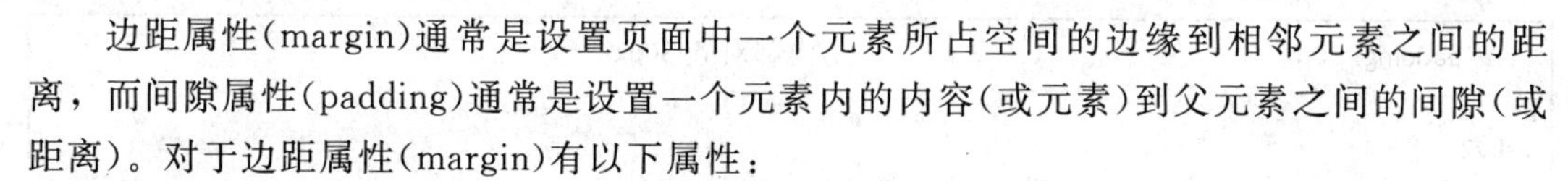

边距属性(margin)通常是设置页面中一个元素所占空间的边缘到相邻元素之间的距离，而间隙属性(padding)通常是设置一个元素内的内容(或元素)到父元素之间的间隙(或距离)。对于边距属性(margin)有以下属性：

- 左边距属性(margin-left)：该属性用来设定左边距的宽度。
- 右边距属性(margin-right)：该属性用来设定右边距的宽度。
- 上边距属性(margin-top)：该属性用来设定上边距的宽度。
- 下边距属性(margin-bottom)：该属性用来设定下边距的宽度。
- 边距属性(margin)：该属性是设定边距宽度的一个快捷的综合写法，用该属性可以同时设定上、下、左、右边距属性。

对于间隙属性，使用方法与边距属性相同，其属性如下所示：

- 左间隙属性(padding-left)：该属性用来设定左间隙的宽度。
- 右间隙属性(padding-right)：该属性用来设定右间隙的宽度。
- 上间隙属性(padding-top)：该属性用来设定上间隙的宽度。
- 下间隙属性(margin-bottom)：该属性用来设定下间隙的宽度。
- 间隙属性(padding)：该属性是设定间隙宽度的一个快捷的综合写法，用该属性可以同时设定上、下、左、右间隙属性。

使用边距属性和间隙属性能够进行页面布局，其中 HTML 页面代码如下：

```
<html xmlns= "http: //www. w3. org/1999/xhtml">
<head>
    <meta content= "text/html; charset= utf-8" http-equiv= "Content-Type" />
    <title> 这是一段文字 1</title>
    <link href= "css. css" type= "text/css" rel= "stylesheet"> </link>
</head>
<body>
    <div class= "div1">
     DIV1
        <div class= "div3"> DIV3</div>
    </div>
    <div class= "div2"> DIV2</div>
</body>
</html>
```

HTML 代码制作完毕后，就可通过 css. css 文件为该页面编写样式，示例代码如下：

```
. div1
{
    float: left;
    margin-left: 10px;                                   //和左边元素距离为 10px
    background: white url('bg. jpg ') repeat-x;
    border: 1px solid #ccc;
    width: 300px;
    height: 200px;
```

```
    padding: 30px;                          //内部对齐 30px
}
.div2
{
    float: left;
    margin-left: 20px;                      //和左边元素距离为 20px
    background: white url('bg.jpg') repeat-x;
    border: 1px solid #ccc;
    width: 300px;
    height: 260px;
}
.div3
{
    background: white;                      //背景为白色
}
```

最终运行结果如图 1-1-12 所示。

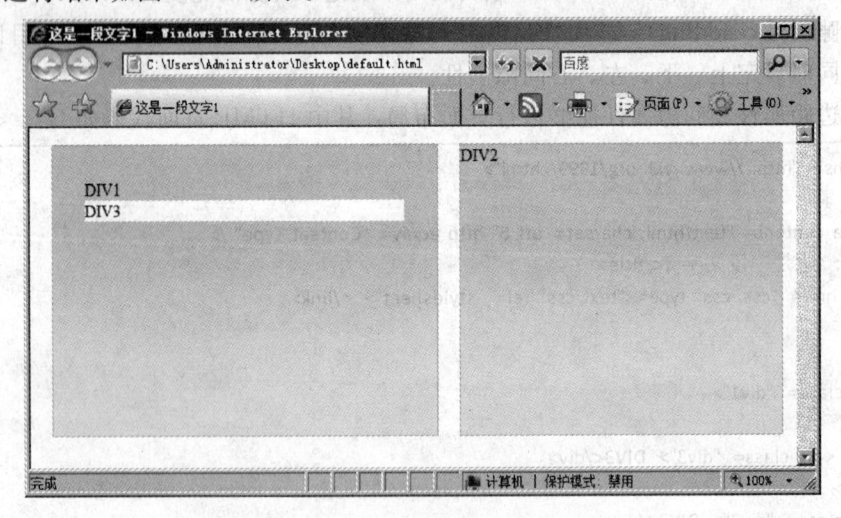

图 1-1-12　边距属性和间隙属性

【总结】

本任务的学习需掌握内容为：1. 实践知识重点掌握静态页面的创建以及 CSS 样式的应用；2. 理论知识要求理解静态页面以及 CSS+DIV 的基本知识。

1.3　项目实战

【任务概述】

实现主页头部的设计，效果如图 1-1-13 所示。

图 1-1-13 主页头部效果图

步骤一 分析页面结构编写(X)HTML 代码

实现提示：

该头部主要包括 logo 和导航两个部分。Logo 部分用<div></div>包含，内置<img>标签显示 logo 图片。导航部分使用 ul 标记。

步骤二 为页面设计样式

实现提示：

Logo 右侧的效果可通过设置 logo 所在 div 沿 X 轴重复小背景图片实现。

导航栏应先除去 ul 的默认属性，再设置 li 的 float 属性为 left，使其单行显示。

任务2 PAMS开发框架设计

2.1 目标与实施

【任务目标】

完成《扶贫资金项目管理系统》(简称PAMS，下同)基础框架的搭建。

【知识要点】

1. 掌握ASP.NET网页代码模型。
2. 掌握ASP.NET页面生命周期。
3. 掌握ASP.NET生命周期中的事件。

2.2 完成PAMS基础框架搭建

【场景分析】

PAMS基础框架的搭建是整个项目开发的基础，同时也是项目进入开发阶段的第一个步骤。在解决方案构建阶段，PAMS的方案框架已经被构思并为团队一致认可。在本阶段，根据构思方案，把PAMS按照目前流行的分层结构进行搭建。如图1-2-1所示，PAMS的基础框架由9个项目层组成。

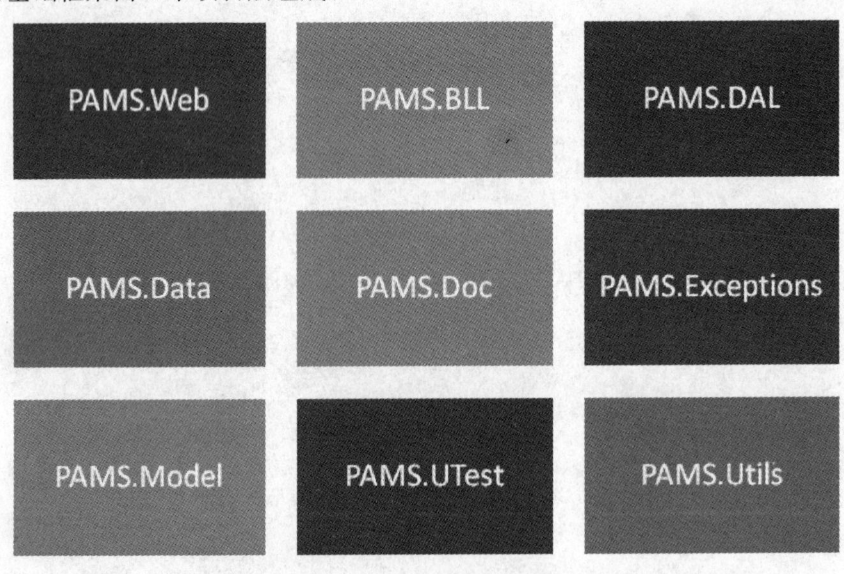

图1-2-1 PAMS基础框架图

表 1-2-1 简单地描述了各个项目层在项目中的功能作用：

表 1-2-1　PAMS 框架功能说明

项目名称	项目功能
PAMS. Web	网站表现层，实现系统与用户交互的 UI 部分
PAMS. BLL	网站业务层，实现系统核心业务的处理部分
PAMS. DAL	网站数据层，实现系统底层数据的处理部分
PAMS. Data	网站数据包，存放项目相关数据，如 XML 等
PAMS. Doc	网站文档，该项目不参与最终的发布
PAMS. Exceptions	网站异常处理包，实现系统异常的处理部分
PAMS. Model	网站模型包，实现系统所有实体模型
PAMS. UTest	网站单元测试包，实现系统的单元测试
PAMS. Utils	网站工具包，实现系统的公共工具集

【过程实施】

步骤一　创建网站表现层 PAMS. Web 网站

1. 打开 VS2008 应用程序。

2. 单击菜单栏上的“文件”按钮，选择“新建网站”，创建 PAMS. Web 网站。规范要求，网站的名称必须命名为 PAMS. Web，即创建一个目录命名为 PAMS. Web，该目录位于整个项目根目录 PAMS 的下面。如图 1-2-2 所示，可以选择目录为“D：\ PAMS PAMS. Web”。

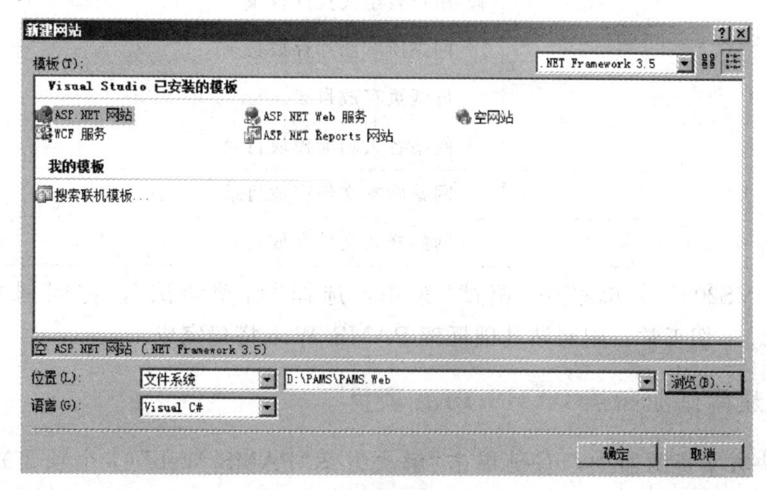

图 1-2-2　新建网站页面

3. 右键点击网站根目录，单击“添加 ASP. NET 根文件夹”添加“App _ Code”、“App _ GlobalResources”、“App _ Themes”三个 ASP. NET 根文件夹。

4. 在网站 PAMS. Web 根目录下，分别创建文件夹“Controls”、“Images”、“Masters”、“Modules”、“Scripts”、“Styles”。

完成步骤 3、4 后 PAMS. Web 目录结构如图 1-2-3 所示。

图 1-2-3　PAMS 网站目录结构图

以表 1-2-2 简要描述了上述几个文件夹的功能。

表 1-2-2　PAMS 网站结构说明

文件夹名称	功能
App _ Code	网站中代码文件存放目录
App _ GlobalResources	网站中资源文件存放目录
App _ Themes	网站主题定义目录
Controls	用户自定义控件目录
Images	网站所有图片存放目录
Masters	母版页存放目录
Modules	网站各大功能模块目录
Scripts	网站脚本文件存放目录
Styles	网站样式文件存放目录

5. 单击 VS2008 菜单栏中“调试”菜单，选择“启动调试”，访问网站默认首页 Default. aspx。一切正常，则网站基础框架 PAMS. Web 搭建完成。

步骤二　创建网站业务层 PAMS. BLL 项目

1. 在解决方案资源器中，右键单击“解决方案“PAMS. Web”(1 个项目)”，选择“添加”，单击“新建项目”，在弹出的“添加新项目”模板中，选择“类库”，选择根目录为“PAMS”(与网站表现层同一目录)项目命名为 PAMS. BLL。创建完项目，如图 1-2-4 所示。

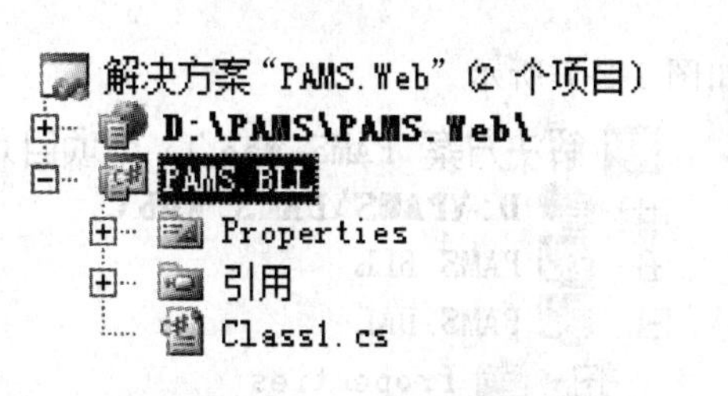

图 1-2-4 创建 PAMS. BLL 页面

2. 删除项目中的 Class1. cs 文件，并分别在该项目下创建文件夹“Impl”、“Services”和类文件 BLLFactory. cs，如图 1-2-5 所示。

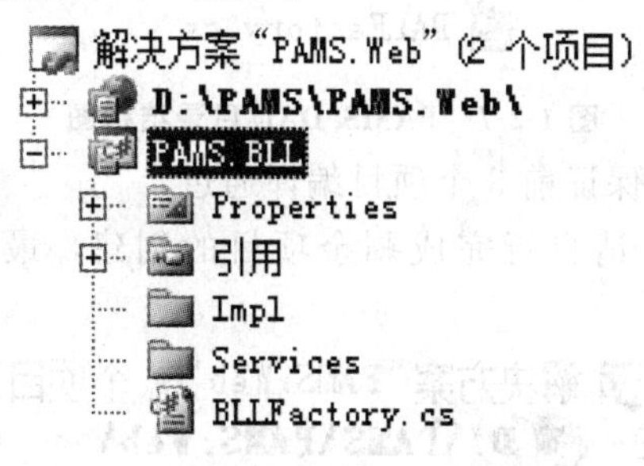

图 1-2-5 PAMS. BLL 目录结构图

3. 编译整个解决方案，保证前 2 个项目编译通过。

4. 重新命名解决方案名称，在解决方案资源器中，右键单击“解决方案“PAMS. Web”(1 个项目)”，单击“重命名”，将“PAMS. Web”重命名为“PAMS”。

5. 选择菜单栏【文件】，单击“PAMS. sln 另存为”，在弹出的目录选择对话框中，选择到项目的根目录 PAMS。

步骤三 创建网站数据访问层 PAMS. DAL 项目

1. 在解决方案资源器中，右键单击“解决方案“PAMS. Web”(2 个项目)”，选择“添加”，单击“新建项目”，在弹出的“添加新项目”模板中，选择“类库”，选择根目录为“PAMS”(与网站表现层同一目录)，项目命名为 PAMS. DAL。创建完项目，如图 1-2-6 所示。

图 1-2-6 创建 PAMS. DAL 界面

2. 删除项目中的 Class1. cs 文件，并分别在该项目下创建文件夹“Impl”、“DAO”和类文件 DALFactory.cs，如图 1-2-7 所示。

图 1-2-7 PAMS.DAL 目录结构图

3. 编译整个解决方案，保证前 3 个项目编译通过。

4. 参考上述几个步骤，请自行完成剩余项目的创建，最终搭建完成的基础框架如图 1-2-8 所示。

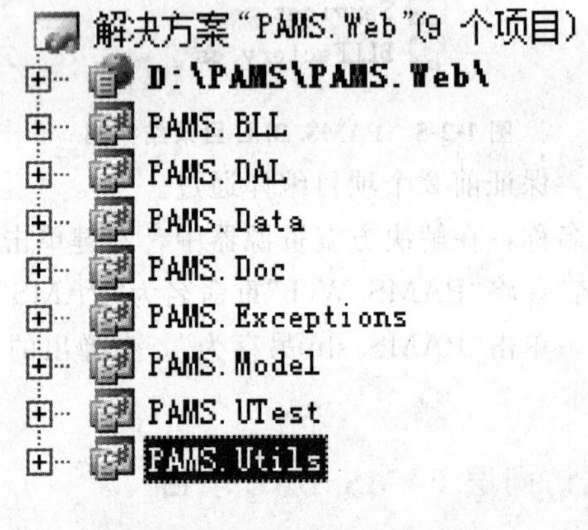

图 1-2-8 PAMS 整体框架结构图

【知识点分析及扩展】

知识点一 ASP.NET 的网页代码模型

在 ASP.NET 应用程序开发中，微软提供了大量的控件。这些控件能够方便用户的开发以及维护，具有很强的扩展能力，在开发过程中无须自己手动编写。不仅如此，用户还能够创建自定义控件进行应用程序开发以扩展现有的服务器控件的功能。

(一) 创建 ASP.NET 网站

在 ASP.NET 中，可以创建 ASP.NET 网站和 ASP.NET 应用程序。ASP.NET 网站的网页元素包含可视元素和页面逻辑元素，并不包含 designer.cs 文件。而 ASP.NET 应用程序包含 designer.cs 文件。

创建 ASP.NET 网站，首先需要创建网站，单击"文件"按钮，在下拉菜单中选择"新建网站"选项，单击后会弹出对话框用于 ASP.NET 网站的创建，如图 1-2-9 所示。

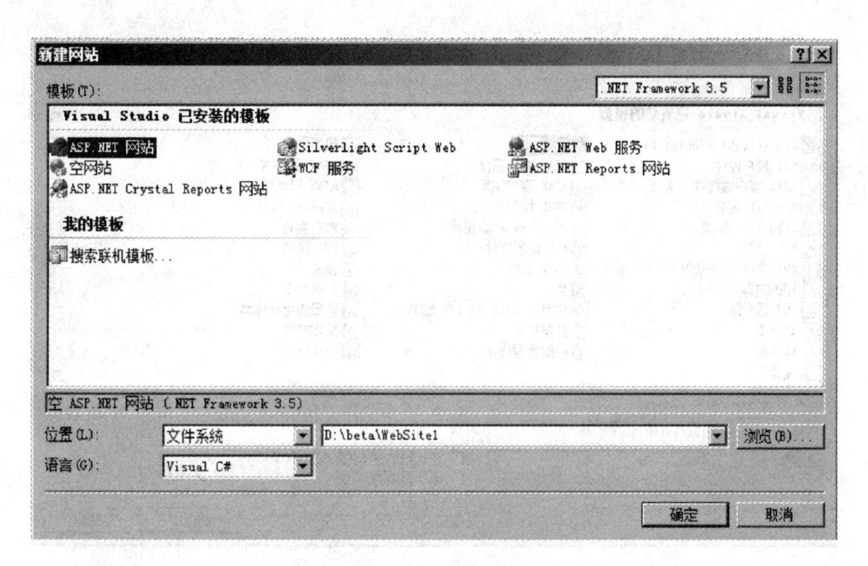

图 1-2-9　新建网站页面

在"位置"选项中，旁边的下拉菜单可以按照开发的需求来选，一般选择文件系统，地址为本机的本地地址。语言为 .NET 网站中使用的语言，如果选择 Visual C＃，则默认的开发语言为 C＃，否则为 Visual Basic。创建了 ASP.NET 网站后，系统会自动创建一个代码隐藏页模型页面 Default.aspx。ASP.NET 网页一般由以下三部分组成。

1. 可视元素：包括 HTML 标记服务器空间。

2. 页面逻辑元素：包括事件处理程序和代码。

3. designer.cs 页文件：用来为页面的控件做初始化工作，一般只有 ASP.NET 应用程序(Web Application)才有。

ASP.NET 页面中包含两种代码模型：一种是单文件页模型；另一种是代码隐藏页模型。这两个模型的功能完全一样，都支持控件的拖曳，以及智能的代码生成。

(二) 单文件页模型

单文件页模型中的所有代码，包括控件代码、事物处理代码以及 HTML 代码，全都包含在 .aspx 文件中。编程代码在 script 标签内，并使用 runat＝"server"属性标记。创建一个单文件页模型，在"文件"按钮中选择"新建文件"选项，在弹出对话框中选择"Web 窗体"或在右击当前项目，在下拉菜单中选择"添加新建项"选项即可创建一个 .aspx 页面，如图 1-2-10 所示。

在创建时，去掉【将代码放在单独的文件中】复选框的选择即可创建单文件页模型的 ASP.NET 文件。之后文件会自动创建相应的 HTML 代码以便页面的初始化，示例代码如下所示。

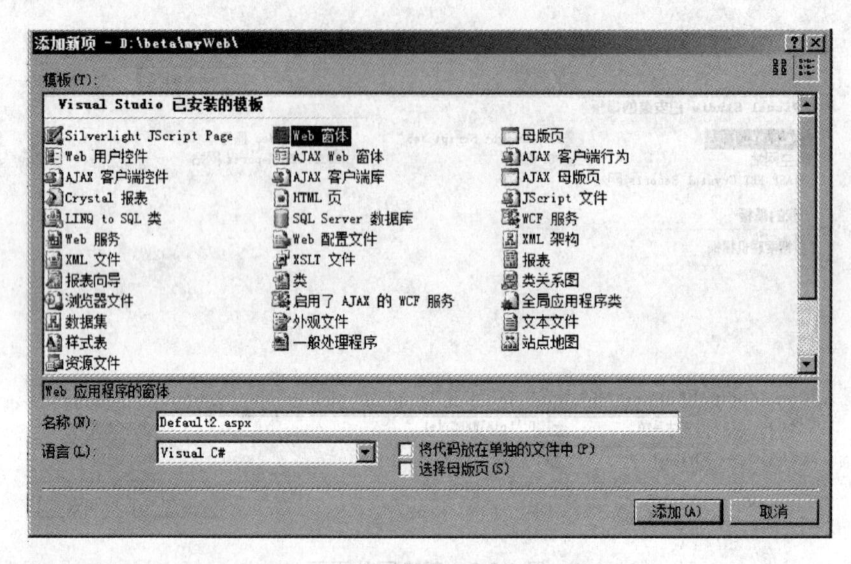

图 1-2-10　创建单文件页模型图

```
<% @ Page Language= "C# " % >
<! DOCTYPE html
PUBLIC "-//W3C//DTD XHTML 1.0 Transitional//EN"
"http: //www. w3. org/TR/xhtml1/DTD/xhtml1-transitional. dtd">
<script runat= "server">
</script>
<html xmlns= "http: //www. w3. org/1999/xhtml">
<head runat= "server">
    <title> 无标题页</title>
</head>
<body>
    <form id= "form1" runat= "server">
    <div>
    </div>
    </form>
</body>
</html>
```

编译并运行，即可看到一个空白的页面被运行了。ASP.NET 单文件页模型在创建并生成时，开发人员编写的类将编译成程序集，并将该程序集加载到应用程序域，并对该页的类进行实例化后输出到浏览器。可以说，.aspx 页面的代码将会生成一个类，并包含内部逻辑。在浏览器浏览该页面时，.aspx 页面的类实例化并输出到浏览器，反馈给浏览者。

（三）代码隐藏页模型

代码隐藏页模型与单文件页模型不同的是，前者将事物处理代码都存放在 .cs 文件中，当 ASP.NET 网页运行的时候，ASP.NET 类生成时会先处理 .cs 文件中的代码，再处理 .aspx 页面中的代码。这种过程被称为代码分离。

代码分离的好处之一是：在 .aspx 页面中，开发人员可以将页面直接作为样式来设计，即美工人员也可以设计 .aspx 页面，而 .cs 文件由程序员来完成事务处理。同时，将 ASP. NET 中的页面样式代码和逻辑处理代码分离能够让维护变得简单，同时代码看上去也非常的优雅。在 .aspx 页面中，代码隐藏页模型的 .aspx 页面代码基本上和单文件页模型的代码相同，不同的是在 script 标记中的单文件页模型的代码默认被放在了同名的 .cs 文件中，.aspx 文件示例代码如下所示：

```
<% @ Page Language= "C# " AutoEventWireup= "true"  CodeFile= "Default. aspx. cs" Inherits= "_Default"
% >
<! DOCTYPE html
PUBLIC "-//W3C//DTD XHTML 1. 0 Transitional//EN"
"http: //www. w3. org/TR/xhtml1/DTD/xhtml1-transitional. dtd">
<html xmlns= "http: //www. w3. org/1999/xhtml">
<head runat= "server">
    <title> 无标题页</title>
</head>
<body>
    <form id= "form1" runat= "server">
    <div>
    </div>
    </form>
</body>
</html>
```

从上述代码中可以看出，在头部声明时，单文件页模型只包含 Language="C#"，而代码隐藏页模型包含了 CodeFile="Default. aspx. cs"，说明被分离出去处理事物的代码被定义在 Default. aspx. cs 中，示例代码如下所示：

```
using System. Linq;
using System. Web;
using System. Web. Security;
using System. Web. UI;
using System. Web. UI. HtmlControls;                    //使用 HtmlControls
using System. Web. UI. WebControls;                     //使用 WebControls
using System. Web. UI. WebControls. WebParts;           //使用 WebParts
public partial class _Default : System. Web. UI. Page   //继承自 System. Web. UI. Page
{
    protected void Page_Load(object sender, EventArgs e)
    {
    }
}
```

上述代码为 Default. apx. cs 页面代码。从上述代码可以看出，其格式与类库、编写类的格式相同，这也说明了 .aspx 页面允许使用面向对象的特性，如多态、继承等。

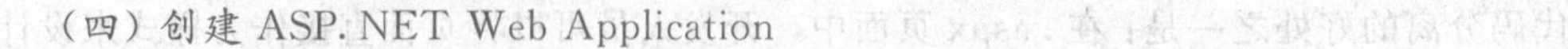

（四）创建 ASP.NET Web Application

ASP.NET 网站的好处之一是在编译后，编译器将整个网站编译成一个 DLL（动态链接库）。在更新的时候，只需要更新编译后的 DLL（动态链接库）文件即可。但是 ASP.NET 网站却有一个缺点，编译速度慢且类的检查不彻底。

相比之下，ASP.NET Web Application 不仅加快了速度，只生成一个程序集，而且可以拆分成多个项目进行管理。

创建 Application，首先需要新建项目用于开发 Web Application，单击菜单栏上的“文件”按钮，在下拉菜单中选择“新建项目”选项，在弹出窗口中选择“ASP.NET 应用程序”选项，如图 1-2-11 所示。

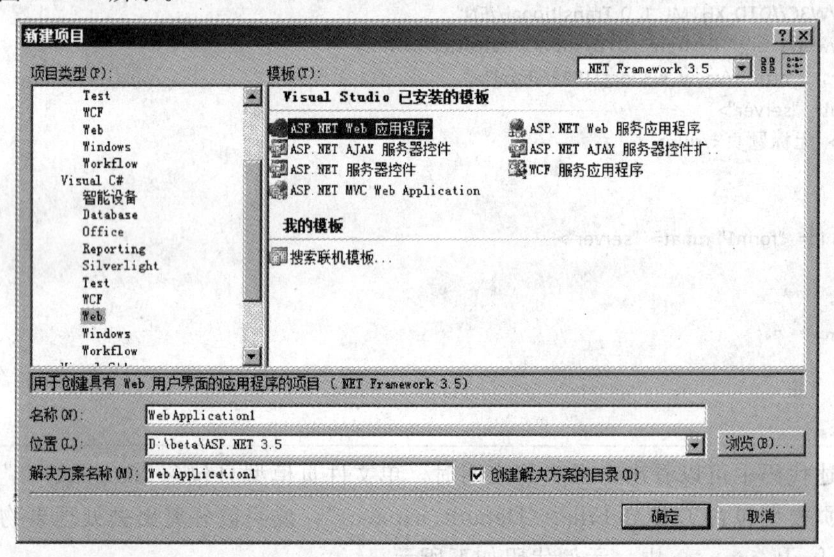

图 1-2-11　创建 ASP.NET 应用程序

在创建了 ASP.NET 应用程序后，系统同样会默认创建一个 Default.aspx 页面。不同的是，多出了一个 Default.aspx.designer.cs，用来初始化页面控件，一般不需要修改。

（五）ASP.NET 网站和 ASP.NET 应用程序的区别

在 ASP.NET 中，可以创建 ASP.NET 网站和 ASP.NET 应用程序，但是两者的开发过程和编译过程是有区别的。ASP.NET 应用程序主要有以下特点：

1. 可以将 ASP.NET 应用程序拆分成多个项目以方便开发，管理和维护；
2. 可以从项目中和源代码管理中排除一个文件或项目；
3. 支持 VSTS 的 Team Build，方便每日构建；
4. 可以对编译前后的名称，程序集等进行自定义；
5. 对 App _ GlobalResources 的 Resource 强类支持。

ASP.NET 网站编程模型具有以下特点：

1. 动态编译该页面，而不用编译整个站点；
2. 当一部分页面出现错误不会影响到其他的页面或功能；

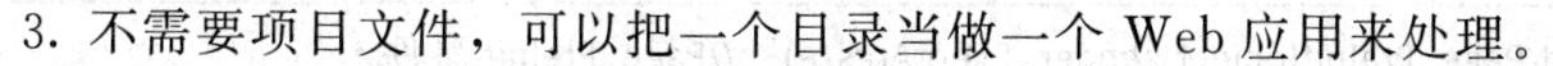

3. 不需要项目文件，可以把一个目录当做一个 Web 应用来处理。

总体来说，ASP. NET 网站适用于较小的网站开发，因为其动态编译的特点，无须整站编译。而 ASP. NET 应用程序适应大型的网站开发、维护等。

知识点二 ASP. NET 的页面生命周期

ASP. NET 页面运行时，也同类的对象一样，有自己的生命周期。ASP. NET 页面运行时，ASP. NET 页面将经历一个生命周期。在生命周期内，该页面将执行一系列的步骤，包括控件的初始化，控件的实例化，还原状态和维护状态等，以及通过 IIS 反馈给用户呈现成 HTML。

ASP. NET 页面生命周期是 ASP. NET 中非常重要的概念。了解 ASP. NET 页面的生命周期，就能够在合适的生命周期内编写代码，执行事件。同样，熟练掌握 ASP. NET 页面的生命周期，可以开发高效的自定义控件。ASP. NET 生命周期通常情况下需要经历几个阶段，这几个阶段如下所示：

页请求：页请求发生在页生命周期开始之前。当用户请求一个页面，ASP. NET 将确定是否需要分析或者编译该页面，或者是否可以在不运行页面的情况下直接请求缓存响应客户端。

开始：发生了请求后，页面就进入了开始阶段。在该阶段，页面将确定请求是发回请求还是新的客户端请求，并设置 IsPostBack 属性。

初始化：在页面开始后，进入了初始化阶段。初始化期间，页面可以使用服务器控件，并为每个服务器控件进行初始化。

加载：页面加载控件。

验证：调用所有的验证程序控件的 Vailidate 方法，来设置各个验证程序控件和页的属性。

回发事件：如果是回发请求，则调用所有事件处理的程序。

呈现：在呈现期间，视图状态被保存并呈现到页面。

卸载：完全呈现页面后，将页面发送到客户端并准备丢弃时，将调用卸载。

知识点三 ASP. NET 的生命周期中的事件

在页面周期的每个阶段，页面将引发可运行用户代码进行处理事件。对于控件产生的事件，通过声明的方式执行代码，并将事件处理程序绑定到事件。不仅如此，事件还支持自动事件连接，最常用的就是 Page _ Load 事件了。除了 Page _ Load 事件以外，还有 Page _ Init 等其他事件，本节将会介绍此类事件。

（一）页面加载事件(Page _ PreInit)

每当页面被发送到服务器时，页面就会重新被加载，启动 Page _ PreInit 事件，执行 Page _ PreInit 事件代码块。当需要对页面中的控件进行初始化时，则需要使用此类事件，示例代码如下所示：

```
protected void Page_PreInit(object sender, EventArgs e)    //Page_PreInit 事件
{
    Label1. Text = "OK";                                   //标签赋值
}
```

在上述代码中，当触发了 Page _ PreInit 事件时，就会执行该事件的代码，上述代码将 Lable1 的初始文本值设置为"OK"。Page _ PreInit 事件能够让用户在页面处理中，能够让服务器加载时只执行一次而当网页被返回给客户端时不被执行。在 Page _ PreInit 中可以使用 IsPostBack 来实现，当网页第一次加载时 IsPostBack 属性为 false；当页面再次被加载时，IsPostBack 属性将会被设置为 true。IsPostBack 属性的使用能够影响到应用程序的性能。

（二）页面加载事件(Page _ Init)

Page _ Init 事件与 Page _ PreInit 事件基本相同，区别在于 Page _ Init 并不能保证完全加载各个控件。虽然在 Page _ Init 事件中，依旧可以访问页面中的各个控件，但是当页面回送时，Page _ Init 依然执行所有的代码并且不能通过 IsPostBack 来执行某些代码，示例代码如下所示：

```
protected void Page_Init(object sender, EventArgs e)          //Page_Init 事件
{
    if (! IsPostBack)                                          //判断是否第一次加载
    {
        Label1. Text = "OK";                                   //将成功信息赋值给标签
    }
    else
    {
        Label1. Text = "IsPostBack";                           //将回传的值赋值给标签
    }
}
```

（三）页面载入事件(Page _ Load)

大多数初学者会认为 Page _ Load 事件是当页面第一次访问触发的事件。其实不然，在 ASP. NET 页生命周期内，Page _ Load 远远不是第一次触发的事件。通常情况下，ASP. NET 事件顺序如下所示：

1. Page _ Init( )。
2. Load ViewState。
3. Load Postback data。
4. Page _ Load( )。
5. Handle control events。
6. Page _ PreRender( )。
7. Page _ Render( )。
8. Unload event。

9. Dispose method called。

Page _ Load 事件是在网页加载的时候一定会被执行的事件。在 Page _ Load 事件中，一般都需要使用 IsPostBack 来判断用户是否进行了操作，因为 IsPostBack 指示该页是否正为响应客户端回发而加载，或者它是否正被首次加载和访问，示例代码如下所示：

```
protected void Page_Load(object sender, EventArgs e)        //Page_Load 事件
    {
            if (! IsPostBack)
            {
                Label1. Text = "OK";                          //第一次执行的代码块
            }
            else
            {
                Label1. Text = "IsPostBack";                  //如果用户提交表单等
            }
    }
```

上述代码使用了 Page _ Load 事件，在页面被创建时，系统会自动在代码隐藏页模型的页面中增加此方法。当用户执行了操作，页面响应了客户端回发，则 IsPostBack 为 true，于是执行 else 中的操作。

（四）页面卸载事件(Page _ Unload)

在页面被执行完毕后，可以通过 Page _ Unload 事件用来执行页面卸载时的清除工作。当页面被卸载时，执行此事件。以下情况时会触发 Page _ Unload 事件。

1. 页面被关闭。
2. 数据库连接被关闭。
3. 对象被关闭。
4. 完成日志记录或者其他的程序请求。

（五）页面指令

页面指令用来通知编译器在编译页面时做出的特殊处理。当编译器处理 ASP. NET 应用程序时，可以通过这些特殊指令要求编译器做特殊处理，例如：缓存、使用命名空间等。当需要执行页面指令时，通常的做法是将页面指令包括在文件的头部，示例代码如下所示：

```
<% @ Page
Language= "C# " AutoEventWireup= "true" CodeBehind= "Default. aspx. cs"
Inherits= "MyWeb. _Default" % >
<! DOCTYPE html
PUBLIC "-//W3C//DTD XHTML 1. 0 Transitional//EN"
"http: //www. w3. org/TR/xhtml1/DTD/xhtml1-transitional. dtd">
```

上述代码中，使用了@Page 页面指令来定义 ASP. NET 页面分析器和编译器使用的

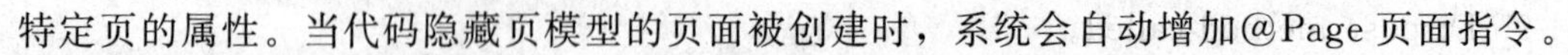

特定页的属性。当代码隐藏页模型的页面被创建时，系统会自动增加@Page 页面指令。

ASP. NET 页面支持多个页面指令，常用的有如下的页面指令。

1. @ Page：定义 ASP. NET 页分析器和编译器使用的页(. aspx 文件)特定属性，可以编写为<%@ Page attribute="value"[attribute="value"…]%>。

2. @ Control：定义 ASP. NET 页分析器和编译器使用的用户控件(. ascx 文件)特定的属性。该指令只能为用户控件配置。可以编写为<%@ Control attribute="value" [attribute="value"…]%>。

3. @ Import：将命名空间显示导入到页中，使所导入的命名空间的所有类和接口可用该页。导入的命名空间可以是 .NET Framework 类库或用户定义的命名空间的一部分。可以编写为<%@ Import namespace="value" %>。

4. @ Implements：提示当前页或用户控件实现制定的 .NET Framework 接口。可以编写为<%@ Implements interface="ValidInterfaceName" %>。

5. @ Reference：以声明的方式指示，应该根据在其中声明此指令的页对另一个用户控件或页源文件进行动态编译和链接。可以编写为<%@ Reference page | control="pathtofile" %>。

6. @ Output Cache：以声明的方式指示 ASP. NET 页或页中包含的用户控件的输出缓存策略。可以编写为<%@ Output Cache Duration="#ofseconds" Location="Any | Client | Downstream | Server | None" Shared="True | False" VaryByControl="controlname" VaryByCustom="browser | customstring" VaryByHeader="headers" VaryByParam="parametername" %>

7. @ Assembly：在编译过程中将程序集链接到当前页，以使程序集的所有类和接口都可用在该页上。可以编写为<%@ Assembly Name="assemblyname" %>或<%@ Assembly Src="pathname" %>的方式。

8. @ Register：将别名与命名空间以及类名关联起来，以便在自定义服务器控件语法中使用简明的表示法。可以编写为<%@ Register tagprefix=" tagprefix" Namespace="namepace" Assembly="assembly" %>或<%@ Register tagprefix="tagprefix" Tagname="tagname" Src="pathname" %>的方式。

【总结】

通过本任务的学习，实现对 PAMS 项目的基础框架构建，并了解 ASP. NET 的基础知识。在实践中，重点掌握网站的创建。理论方面，要求理解 ASP. NET 的网页的生命周期和事件模型。

2.3 项目实战

【任务概述】

实现《书乐网》基础架构搭建。

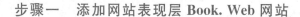

步骤一 添加网站表现层 Book. Web 网站

实现提示：

利用 VS2008 菜单栏上的“文件”，选择“新建网站”，创建 Book. Web 网站。选择目录为“D：\ Book \ Book. Web”。

步骤二 添加网站业务层 Book. BLL 项目

实现提示：

为项目“添加新项目”，选择“类库”，命名为 Book. BLL。删除项目中的 Class1. cs 文件，并分别在该项目下创建文件夹“Impl”、“Services”和类文件 BLLFactory. cs。

重新命名解决方案名称为“Book”，并将“Book. sln”另存至根目录 D：\ Book。

步骤三 添加网站数据访问层 Book. DAL 项目

实现提示：

在菜单“添加新项目”，选择“类库”，命名为 Book. DAL。删除项目中的 Class1. cs 文件，并分别在该项目下创建文件夹“Impl”、“DAO”和类文件 DALFactory. cs 。

编译整个解决方案，保证前 3 个项目编译通过。

步骤四 实现网站基础框架搭建

实现提示：

参考上述几个步骤，完成剩余项目的创建，包括 Book. Data、Book. Exceptions、Book. Model、Book. Utils、Book. UTest 等。

任务3　PAMS系统中内置对象应用

3.1　目标与实施

【任务目标】

1. 实现PAMS系统管理中角色管理功能。
2. 实现PAMS身份验证。

【知识要点】

1. Application对象的使用。
2. Request对象与Response对象的使用。
3. Session对象的使用。
4. Cookie的编写、读取与删除。

3.2　完成PAMS角色管理功能以及用户身份验证

【场景分析】

为了提高系统的安全性和可扩展性，拥有相应的权限的用户登录系统后，PAMS系统提供了对用户角色权限的控制操作，其管理部分角色管理部分的主界面如图1-3-1所示。

首页 > 系统管理 > 角色管理

新建角色　修改角色　分配权限　删除角色

请选择	编号	角色名称
◉	1009	项目经办人
○	1002	省级角色
○	1001	管理员角色

图1-3-1　角色管理部分界面

选择编号为1009的角色，单击修改角色按钮，则会跳到角色编辑页面，如图1-3-2所示。

待解决问题：如何将某个用户的信息从角色管理页面传递到编辑角色页面，并将其允许修改的信息显示出来？

修改角色名称为“项目负责人”，单击确认按钮，将修改后的信息保存，并返回角色管理页面，显示更改后的信息，效果如图1-3-3所示。

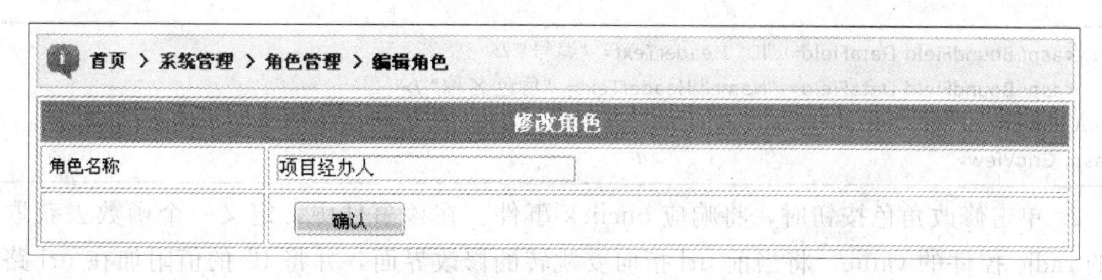

图 1-3-2　角色编辑页面

首页 > 系统管理 > 角色管理

新建角色　修改角色　分配权限　删除角色

请选择	编号	角色名称
○	1009	项目负责人
○	1002	省级角色
○	1001	管理员角色

图 1-3-3　角色管理主页面

待解决问题：客户端如何将修改的值传递给服务器端，服务器端如何进行接收，接收后又如何将页面跳转到角色管理页面？

【过程实施】

过程一　实现角色的编辑

客户端通过发送 get 请求将角色的编号 ID 传递给服务器，服务器端使用 Request 对象接收客户端传递过来的角色 ID，并根据该 ID 从数据库中获取出该角色的具体信息。

步骤一　设计角色管理主页面，实现客户端发送数据

1. 角色管理的主页面的数据是通过 GridView 控件绑定的，先将各个角色编号 ID 绑定到第一列中每一行的 Radio 控件中。关键代码如下：

```
<asp: GridView ID= "gvRoleList"  AllowPaging= "true" PageSize= "10"
    ShowHeader= "true"  Width= "100% "  AutoGenerateColumns= "false"  runat= "server"  onpageindex-
changing= "gvRoleList_PageIndexChanging" >
  <Columns>
    <asp: TemplateField>
      <HeaderTemplate>
        请选择
      </HeaderTemplate>
      <ItemTemplate>
        <input type= "radio" id= "id" name= "id" value= '<% # Eval("Id") % > '/>
      </ItemTemplate>
    </asp: TemplateField>
```

```
    <asp: BoundField DataField= "ID" HeaderText= "编号" />
    <asp: BoundField DataField= "Name" HeaderText= "角色名称" />
  </Columns>
</asp: GridView>
```

2. 单击修改角色按钮时，将响应 onclick 事件。在该事件中，定义一个函数去获取选中的 radio 控件的 value，将当前 url 指向要跳转的修改界面，并将 ID 的值附加在 url 路径后面，传递给服务器端。关键代码如下：

```
function UpdateRole( ) {
    var ids = document. getElementsByName("id");
    var isCheck = false;
    for (var i = 0; i <ids. length; i+ + ) {
        var id = ids[i];
        if (id. checked) {
            checkId = id. value;
            isCheck = true;
            break;
        }
    }
    if (isCheck) {
        location. href = "RoleEdit. aspx? roleid= " + checkId;
    } else {
        alert("请选择一个角色");
    }
}
```

至此，客户端已经完成将角色 ID 通过 get 方式传递给 RoleEdit. aspx 页面的使命了。

步骤二　编写服务端接收数据以及处理代码

1. 在服务器端 RoleEdit. aspx. cs 文件中的 PageLoad 事件中获取客户端传过来的角色 ID，并根据该角色 ID 从数据库中把该角色的详细信息都获取出来，将可修改部分的信息显示在页面上。关键代码如下：

```
protected void Page_Load(object sender, EventArgs e)
    {
        if (! this. IsPostBack)
        {
            //获取客户端 get 方式传过来的 roleid 的值
            string roleId = Request["roleid"];
            //根据该角色编号从数据库获取该角色的详细信息
            Role role = BLLFactory. CreateSystemAdminService( ). GetRoleById(int. Parse(roleId));
            //将该角色可修改部分的信息,即名称的值传递给 TextBox 控件,显示在页面上
            this. tbxName. Text = role. Name;
        }
    }
```

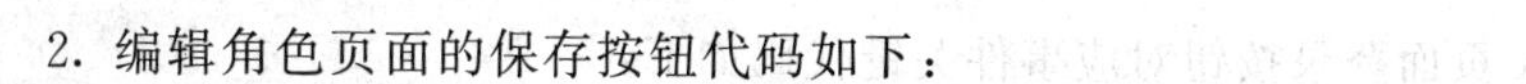

2. 编辑角色页面的保存按钮代码如下：

```
<asp: Button ID= "Button1"runat= "server" onclick= "Button1_Click" Text= "确认" />
```

该标签多了个 runat=“server”标记，表示是服务器端控件。当用户点击的时候，响应的事件是在服务器端执行。该按钮事件实现将用户修改后的信息保存到数据库，并跳转到角色管理页面。关键代码如下：

```
protected void Button1_Click(object sender, EventArgs e)
  {
        //获取客户端 get 方式传过来的 roleid 的值
        string roleId =  Request["roleid"];
        //根据该角色编号从数据库中获取其详细信息
        Role role =  BLLFactory. CreateSystemAdminService(    ). GetRoleById(int. Parse(roleId));
        //将该角色的名称改成用户修改的值
        role. Name =  this. tbxName. Text;
        //将修改后的值保存到数据库中
        BLLFactory. CreateSystemAdminService(    ). UpdateRole(role);
        //跳转到角色管理页面
        //Response. Redirect("/Pages/SystemAdminPage/RoleAdmin. aspx");
        base. RedirectToParent(    );
  }
```

至此，实现了角色单个信息的显示以及编辑功能。

过程二　实现身份验证

用户如果要进行角色管理，需要进行登录且具有角色管理的权限。可以通过 Session 来判断一个用户是否进行登录，即在每个页面的 PageLoad 函数中判断 Session 的值是否为空。若不为空，允许其进行该页面的操作；若为空（即用户尚未登录），跳转到登录页面。

步骤一　设计登录页面并编写页面登录代码

1. 设计登录页面，效果如图 1-3-4 所示。

图 1-3-4　PAMS 登录页面效果图

2. UserLogin.aspx页面登录按钮对应事件关键代码如下：

```
string scode = Session["CodeNum"].ToString();//取得服务器端的验证码
    if (this.txtCheckCode.Text.ToLower() != scode.ToLower())
    {
        throw new BaseException("验证码出错，请重新输入验证码。");
    }
    string username = this.txtLoginName.Text;
    string password = this.txtLoginPassword.Text;
    User user = BLLFactory.CreateSystemAdminService().CheckUserLogin(username, password);
    if (user != null)
    {
        Session["loginUser"] = user;
        //如果存在该用户，就将该用户信息保存到Session中
        Response.Redirect("Default.aspx");
    }
    else
    {
        throw new BaseException("登录失败，用户名或者密码有错误。");
    }
```

步骤二　对相应页面添加身份验证

对RoleAdmin.aspx页面添加身份验证代码如下：

```
protected void Page_Load(object sender, EventArgs e)
    {
        if (Session["loginUser"] == null)
        {        Response.Redirect("~/UserLogin.aspx");        }
    }
```

步骤三　通过PageBase优化身份验证

至此已经实现用户登录之后才可以执行角色管理的功能，但仍有不足之处。例如：程序中有大量页面都需要这样的身份验证功能时将出现许多重复代码。因为每个页面都继承Page类，所以只要创建一个BasePage类来继承Page类，在BasePage类中实现用户登录验证，然后再让每个需要用户验证的页面继承BasePage类，这样就不用每次都在页面的PageLoad时间中写验证代码了。具体实现实现步骤如下：

1. 添加一个BasePage类，继承Page类，代码如下：

```
protected override void OnInit(EventArgs e)
    {
        base.OnInit(e);
        if (Session["loginUser"] == null)
        {
```

```
            Response. Redirect("~ /UserLogin. aspx");
        }
    }
```

2. 让需要进行身份验证的页面直接继承 BasePage，关键代码如下：

```
public partial class Pages_SystemAdminPage_RoleAdmin : BasePage
{
    protected void Page_Load(object sender, EventArgs e)
    {
    }
}
```

这样其他页面如果需要身份验证的话，只要继承 BasePage 就可以了。

【知识点分析及扩展】

知识点一　Application 对象

在一个 Web 应用程序中，需要记录整个网站的历史访问量，此时使用全局变量 Application 对象来进行操作。

例如：在网站首页中显示访问次数，效果如图 1-3-5 所示。

图 1-3-5　显示访问次数页面

要实现该功能，只要通过如下步骤就可以完成了。

第一，向网站中添加全局应用程序类 global. asax。

第二，初始化应用程序启动时的计数器状态。打开 Global. asax 文件，设置应用程序启动时，计数器初始状态为 0。

```
void Application_Start(object sender, EventArgs e)
    {
        //在应用程序启动时运行的代码
        Application["Count"] =   0;
    }
```

第三，设置用户访问网站计数器加一的操作。新用户访问网站时，会执行 Session _

Start 函数，所以要在该函数中让全局计数器加 1。因为多个用户会共享同一个 Application 对象，因此要用 Lock 和 UnLock 方法确保多个用户无法同时修改计数器。代码如下：

```
void Session_Start(object sender, EventArgs e)
{
    //在新会话启动时运行的代码
    Application. Lock(      );
    Application["Count"] =   Convert. ToInt32(Application["Count"])+ 1;
    Application. UnLock(      );
 }
```

第四，在首页显示当前访问次数。在首页调用 Application[“Count”]，以显示当前访问次数。

```
<div id= "main">
    <h2> 欢迎您,您是第<% = Application["Count"] % > 个访问者</h2>
    <p> 更多学习资料请参考微软官方网站</p>
     <div id= "footer">  Sample Application © Copyright 2009</div>
</div>
```

第五，保存解决方案，通过多次打开浏览器访问，查看访问次数变化。

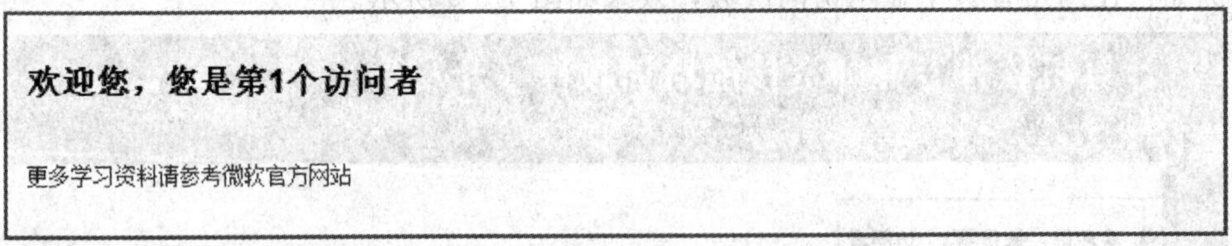

欢迎您，您是第1个访问者

更多学习资料请参考微软官方网站

图 1-3-6　第一位用户访问效果图

欢迎您，您是第2个访问者

更多学习资料请参考微软官方网站

图 1-3-7　第二位用户访问效果图

内置对象的特殊性在于，它们在 asp. net 页内生成，且在脚本中使用前无须创建。如上例，直接使用 Application 对象，对其进行赋值和使用。Application 对象可以在给定的应用程序的所有用户之间共享信息。

Application 对象的基本语法格式：Application[Key] = Value //Value 是对象类型。

知识点二　Request 对象

Request 对象是 ASP. NET 五大内置对象中最常用的对象，该对象用于接收客户端请求信息。当客户端发出请求要执行 asp. net 程序时，CLR(Common Language Runtime 公共语言运行时)会将客户端的请求信息包含在 Request 对象中。这些请求信息包括请求报头，客户端的基本信息(如：浏览器类型、浏览器版本号、用户所用的语言以及编码方式等)，请求方法(如：post、get)，参数名，参数值等。

Request 对象的调用方法为：Request. Collection["Variable"]；其中 Collection 包括四种集合：QueryString、Form、Cookies、ServerVariables。

QueryString 集合收集信息来源于请求 url 地址中"?"号后面的数据，这些数据称作 url 附加信息。例如：

```
<a href= "Receive. aspx?UserName= admin&Password=123"> Get 方法对服务端的请求</a>
```

在此 url 中，QueryString 收集到的信息是"Receive. aspx?"后面的数据"UserName=admin"。此时，取得参数"UserName"的参数值的语句为：Request. QueryString["UserName"]；

QueryString 主要用于收集 http 协议中 get 请求发送的数据，如果在一个请求事件中被请求的程序 url 地址出现了"?"号后的数据，则表示此次请求方式为 get。get 方法是 http 中的默认请求方法。

发送 get 请求一般有两种方式：

```
<a href= "Receive. aspx?UserName=admin&Password= 123"> Get 方法对服务端的请求</a>
```

和

```
<form id= "form1"  action= "Receive. aspx" method= "get" >
```

get 方法是将传递的数据追加至 url 中。url 地址长度是有限制的，因此使用 get 方法所能传递的数据也是有限的。一般地，get 方法能够传递 256 字节的数据。在多数情况下，使用 get 方法传递的数据长度是远远不够的，这时便需要使用 http 的另外一种请求方式 post 方法，post 方法可传递的数据的最大值为 2MB。

post 请求必须由 form 发出。而且，在使用 post 请求方法的时候，需要将"method"设置为"post"。asp. net 使用 Request. Form 方法接收 post 方法传递的数据：Request. Form ["Variable"]；

发送 post 请求可用如下方式：

```
<form id= "form1"  action= "Receive. aspx" method= "post" >
```

Request. Cookies 集合主要是用来获取客户端 Cookies 中的数据，该属性的用法请参见知识点 5——Cookie 的编写读取与删除。

Request. ServerVariable(环境变量)包含了客户机和服务器的系统信息。获得环境变量值的方法是：Request. ServerVariables["Variable"]；环境变量常用值及含义如表 1-3-1 所示。

表 1-3-1 Request.ServerVariable参数含义

Variable参数	含义
HTTP_USER_AGENT	获得用户使用的浏览器类型和版本
REMOTE_ADDR	获取用户的IP地址
REQUEST_METHOD	获取请求的方法
LOCAL_ADDR	获取服务器的IP地址
SERVER_NAME	获取服务器的主机名
PATH_INFO	获取当前执行程序的虚拟路径
PATH_TRANSLATED	获取当前执行程序的绝对路径
CONTENT_LENGTH	获取请求程序所发送内容的字符总数
CONTENT_TYPE	获取请求的信息类型
GATEWAY_INTERFACE	获取网关接口
QUERY_STRING	获取url的附加信息
SCRIPT_NAME	获取当前程序的文件名(包含虚拟路径)
SERVER_PORT	获取服务器接受请求的端口
SERVER_PROTOCOL	获取服务器遵从的协议以及版本号
HTTP_ACCEPT_LANGUAGE	获取用户所使用的语言

表 1-3-2 其他Request属性和方法

名称	含义
FilePath	取得当前请求的文件路径
HttpMethod	取得当前请求的方法
Files	关乎文件的上传，后面会讲解
Params	获得QueryString + Form + ServerVariable +Cookies的集合
TotalBytes	请求内容的大小
Url	获得url信息
UserHostAddress	取得用户的IP地址
UserHostName	取得用户的主机名

知识点三　Response对象

与Request获取客户端HTTP信息的作用相反，Response对象是用来控制发送给用户的信息，包括直接发送信息给浏览器、重定向浏览器到另一个URL或设置cookie

的值。

用法：Response. collection | property | method

一、属性

1. Buffer

Buffer 属性的作用是指示是否缓冲页输出。当缓冲页输出时，只有当前页的所有服务器脚本处理完毕或者调用了 Flush 或 End 方法后，服务器才将响应发送给客户端浏览器。服务器将输出发送给客户端浏览器后就不能再设置 Buffer 属性。因此应该在 .asp 文件的第一行调用 Response. Buffer。

2. Charset

Charset 属性将字符集名称附加到 Response 对象中 content-type 标题的后面。对于不包含 Response. Charset 属性的 ASP. NET 页，content-type 标题将为：content-type: text/html。

可以在 .aspx 文件中指定 content-type 标题，如：

```
<% Response. Charset= "gb2312") % >
```

将产生以下结果：

```
content-type: text/html; charset= gb2312
```

注意，无论字符串表示的字符集是否有效，该功能都会将其插入 content-type 标题中。且如果某个页包含多个含有 Response. Charset 的标记，则每个 Response. Charset 都将替代前一个 CharsetName。这样，字符集将被设置为该页中 Response. Charset 的最后一个实例所指定值。

3. ContentType

ContentType 属性指定服务器响应的 HTTP 内容类型。如果未指定 ContentType，默认为 text/html。

4. Expires

Expires 属性指定了在浏览器上缓冲存储的页距过期还有多少时间。如果用户在某个页过期之前又回到此页，就会显示缓冲区中的页面。如果设置 Response. Expires＝0，则可使缓存的页面立即过期。这是一个较实用的属性，当用户通过 ASP. NET 的登录页面进入 Web 站点后，应该利用该属性使登录页面立即过期，以确保安全。

5. ExpiresAbsolute

与 Expires 属性不同 ExpiresAbsolute 属性指定缓存于浏览器中的页面的确切到期日期和时间。在未到期之前，若用户返回到该页，该缓存中的页面就显示。如果未指定时间，该主页在当天午夜到期。如果未指定日期，则该主页在脚本运行当天的指定时间到期。如下示例指定页面在 1998 年 12 月 10 日上午 9 时 00 分 30 秒到期。

```
<% Response. ExpiresAbsolute= # Dec 12,1998 9: 00: 30# % >
```

二、方法

1. Clear

可以用 Clear 方法清除缓冲区中的所有 HTML 输出。但 Clear 方法只清除响应正文而不清除响应标题。可以用该方法处理错误情况。但是如果没有将 Response. Buffer 设置为 TRUE，则该方法将导致运行时错误。

2. End

End 方法使 Web 服务器停止处理脚本并返回当前结果。文件中剩余的内容将不被处理。如果 Response. Buffer 已设置为 TRUE，则调用 Response. End 将缓冲输出。

3. Flush

Flush 方法立即发送缓冲区中的输出。如果没有将 Response. Buffer 设置为 TRUE，则该方法将导致运行时错误。

4. Redirect

Redirect 方法使浏览器立即重定向到程序指定的 URL。使用 Redirect 方法使程序员可以根据客户的不同响应，为不同的客户指定不同的页面或根据不同的情况指定不同的页面。一旦使用了 Redirect 方法，任何在页中显式设置的响应正文内容都将被忽略。然而，此方法不向客户端发送该页设置的其他 HTTP 标题，将产生一个重定向 URL 作为链接包含的自动响应正文。Redirect 方法发送下列显式标题，其中 URL 是传递给该方法的值。如：

```
<% Response. Redirect("Msg. aspx") % >
```

5. Write

Write 方法是平时最常用的方法之一，它是将指定的字符串写到当前的 HTTP 输出。

三、集合

Response 对象只有一个集合——Cookies。

Cookies 集合设置 cookie 的值。若指定的 cookie 不存在，则创建它。若存在，则设置新的值并且将旧值删去。

语法：

```
Response. Cookies(cookie)[(key)|. attribute]= value
```

这里的 cookie 是指定 cookie 的名称。而如果指定了 key，则该 cookie 就是一个字典。attribute 指定 cookie 自身的有关信息。attribute 参数可以是下列之一：

Domain 若被指定，则 cookie 将被发送到对该域的请求中去。

Expires 指定 cookie 的过期日期。为了在会话结束后将 cookie 存储在客户端磁盘上，必须设置该日期。若此项属性的设置未超过当前日期，则在任务结束后 cookie 将到期。

HasKeys 指定 cookie 是否包含关键字。

Path 若被指定，则 cookie 将只发送到对该路径的请求中。如果未设置该属性，则使用应用程序的路径。

知识点四 Session 对象

当用户在同一个 Web 应用程序的不同 ASP. NET 页面之间导航时，ASP. NET 会话状态为用户存储和检索值。HTTP 是无状态协议，这意味着 Web 服务器将页的每个 HTTP 请求都当做相互无关的请求进行处理；默认情况下，服务器不保留上一个请求期间使用的变量的值的任何信息。因此，如果要想生成需要维护某些跨请求状态信息的 Web 应用程序(如实现购物车、数据滚动等的应用程序)，就可能会非常困难。ASP. NET 会话状态将有限时间段内从同一个浏览器接收到的请求标识为一个会话，并在该会话持续期间保留变量的值。

默认情况下，所有的 ASP. NET 应用程序都启用 ASP. NET 会话状态。使用 Session 属性(将会话变量的值存储为按名称索引的集合)可方便地设置和检索 ASP. NET 会话状态变量。例如，上面案例中的代码示例创建会话变量 UserName 来表示用户名称，然后将它们设置为从客户端接收到的值。

```
Session["UserName"]= username;
```

会话状态的销毁可以采用 Session. Clear()来实现。

知识点五 Cookie 的编写读取与删除

某些网站允许用户自己定义自己喜欢的外观样式。这样当用户下次再访问该网站时，服务器就会根据用户先前的选择，以客户选择的样式展示论坛的外观。也有些网站提供了用户自动登录功能，当用户第一次登录成功后，再次访问该网站就不需要再登录了。实现这样的功能可以使用 Cookie。Cookie 提供了一种在 Web 应用程序中存储用户特定信息的方法。例如，当用户访问您的站点时，您可以使用 Cookie 存储用户首选项或其他信息。当该用户再次访问您的网站时，应用程序便可以检索以前存储的信息。下面通过 Cookie 来实现用户自动登录。界面如图 1-3-8 所示。

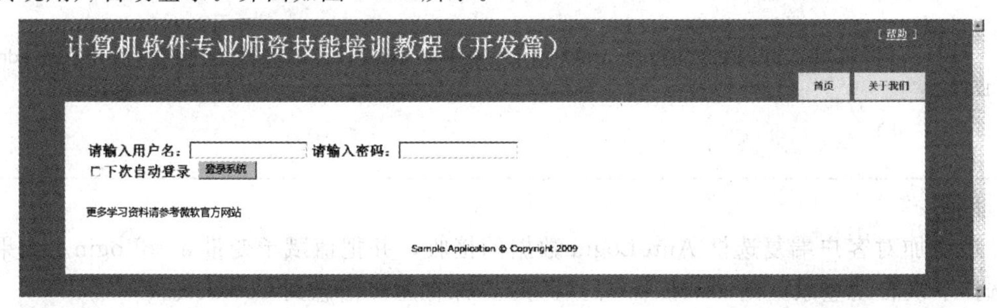

图 1-3-8 登录界面

1. 设计页面 Default. aspx，代码如下：

```
<form id= "form1"  action= "Receive. aspx" method= "post" >
<div id= "main">
        <h2>
```

```
            请输入用户名:<input id= "UserName" name= "UserName" type= "text" />
            请输入密码:<input id= "Password" name= "Password" type= "text" />
<br />
            <input id= "AutoLogin" name= "AutoLogin" value= "1" type= "checkbox" />
            下次自动登录
            <input id= "Button1" type= "submit" value= "登录系统" />
        </h2>
    </div>
</form>
```

2. 编写 Cookies，并保存到客户端。在 Receive. aspx. cs 中编写如下代码：

```
protected void Page_Load(object sender, EventArgs e)
    {
        string username =  Request. Form["UserName"];
        string password =  Request. Form["Password"];
        string autoLogin =  Request. Form["AutoLogin"];
        if (username = =  "admin" && password = =  "123")
        {
            Session["UserName"] =  username;
            if (autoLogin = =  "1")
            {
                HttpCookie usernameCookie =  new HttpCookie("UserName", username);
                usernameCookie. Expires =  DateTime. Now. AddDays(365);
                HttpCookie passwordCookie =  new HttpCookie("Password", password);
                passwordCookie. Expires =  DateTime. Now. AddDays(365);
                Response. Cookies. Add(usernameCookie);
                Response. Cookies. Add(passwordCookie);
            }
            Response. Redirect("Admin. aspx");
        }
        else
        {
            Response. Redirect("Default. aspx? Msg= 对不起,请输入正确的用户名和密码,分别是 admin
和 123");
        }
    }
```

说明：

1)增加对客户端复选框 AutoLogin 数据的接收，并把值赋予变量 autoLogin。如果用户选择下次自动登录，则 autoLogin 的值为 1，保存用户信息到 Cookies。

2)创建 HttpCookie 对象，必须给每个 HttpCookie 对象指定参数名称和参数值。例如，保存用户名信息时，参数名称定义为 UserName，而参数值则为用户提交的登录值 username。通过 HttpCookie usernameCookie = new HttpCookie("UserName", username)和 HttpCookie passwordCookie = new HttpCookie("Password", password)创建了两个 HttpCookie 对象 usernameCookie 和 passwordCookie。

另外，还要为 Cookies 设置有效期。

```
usernameCookie. Expires =   DateTime. Now. AddDays(365);
passwordCookie. Expires =   DateTime. Now. AddDays(365);
```

这两行代码分别实现了对 usernameCookie 和 passwordCookie 有效期的设置，时间都为 365 天。

3. 读取 Cookies。

当用户下次登录首页的时候，服务器就会自动去读取客户端中保存的 Cookies 用户信息，并核对用户信息，如果通过验证，则自动登录。在这个步骤中，主要对首页 Default. aspx 进行修改，增加读取 Cookies 并验证用户信息实现自动登录的功能。打开 Default. aspx. cs 页面，在 Page _ Load 方法中增加如下代码：

```
protected void Page_Load(object sender, EventArgs e)
    {
        HttpCookie usernameCookie =   Request. Cookies["UserName"];
        HttpCookie passwordCookie =   Request. Cookies["Password"];
        if (usernameCookie ! =   null && passwordCookie ! =   null)
        {
            if (usernameCookie. Value = =   "admin" && passwordCookie. Value = =   "123")
            {
                Session["UserName"] =   usernameCookie. Value;
                Response. Redirect("Admin. aspx");
            }
        }
    }
```

说明：

1)通过 Request. Cookies[参数名称] 读取客户端 Cookies。

2)判断 Cookie 是否为 null，如果不为 null，表示客户端保存了用户信息，进而通过属性值 Value 获取用户信息。验证用户信息，如果用户名和密码分别为 admin 和 123，则自动登录成功。

上面的示例简要的示范了 Cookie 的使用。下面归纳一下对 Cookie 的编写、读取与删除。

1. 编写 Cookie

浏览器负责管理用户系统上的 Cookie。Cookie 通过 HttpResponse 对象发送到浏览器，该对象公开称为 Cookies 的集合。可以将 HttpResponse 对象作为 Page 类的 Response 属性来访问。要发送给浏览器的所有 Cookie 都必须添加到此集合中。创建 Cookie 时，需要指定 Name 和 Value。每个 Cookie 必须有一个唯一的名称，以便以后从浏览器读取 Cookie 时可以识别它。由于 Cookie 按名称存储，因此用相同的名称命名两个 Cookie 会导致其中一个 Cookie 被覆盖。

还可以设置 Cookie 的到期日期和时间。用户访问编写 Cookie 的站点时，浏览器将删除过期的 Cookie。只要应用程序认为 Cookie 值有效，就应将 Cookie 的有效期设置为这一段时间。对于永不过期的 Cookie，可将到期日期设置为从现在起 50 年。

注意

用户可随时清除其计算机上的 Cookie。即便存储的 Cookie 距到期日期还有很长时间，但用户还是可以决定删除所有 Cookie，清除 Cookie 中存储的所有设置。

如果没有设置 Cookie 的有效期，仍会创建 Cookie，但不会将其存储在用户的硬盘上。而会将 Cookie 作为用户会话信息的一部分进行维护。当用户关闭浏览器时，Cookie 便会被丢弃。这种非永久性 Cookie 很适合用来保存只需短时间存储的信息，或者保存由于安全原因不应该写入客户端计算机上的磁盘的信息。例如，如果用户在使用一台公用计算机，而您不希望将 Cookie 写入该计算机的磁盘中，这时就可以使用非永久性 Cookie。

可以通过多种方法将 Cookie 添加到 Cookies 集合中。下面的示例演示两种编写 Cookie 的方法：

```
//方式一
Response. Cookies["userName"]. Value =  "ybq";
Response. Cookies["userName"]. Expires =  DateTime. Now. AddDays(1);

//方式二
HttpCookie acookie =  new HttpCookie("userName");
acookie. Value =  "ybq";
acookie. Expires =  DateTime. Now. AddDays(1);
Response. Cookies. Add(acookie);
```

2. 读取 Cookie

浏览器向服务器发出请求时，会随请求一起发送该服务器的 Cookie。在 ASP.NET 应用程序中，可以使用 HttpRequest 对象读取 Cookie，该对象可用作 Page 类的 Request 属性使用。HttpRequest 对象的结构与 HttpResponse 对象的结构基本相同，因此，可以从 HttpRequest 对象中读取 Cookie，并且读取方式与将 Cookie 写入 HttpResponse 对象的方式基本相同。下面的代码示例演示两种方法，通过这两种方法可获取名为 username 的 Cookie 的值，并将其值显示在 Label 控件中：

```
if (Request. Cookies["userName"] ! =  null)
  Label1. Text =  Server. HtmlEncode(Request. Cookies["userName"]. Value);
if (Request. Cookies["userName"] ! =  null)
{
       HttpCookie aCookie =  Request. Cookies["userName"];
       Label1. Text =  Server. HtmlEncode(aCookie. Value);
}
```

3. 清除 Cookie

如果要清除客户端的 Cookies，可以通过设置有效期为负值来删除。代码如下所示：

```
HttpCookie usernameCookie =  Request.Cookies["UserName"];
HttpCookie passwordCookie =  Request.Cookies["Password"];
if (usernameCookie != null && passwordCookie != null)
{
    usernameCookie.Expires = DateTime.Now.AddDays(-1);
    passwordCookie.Expires = DateTime.Now.AddDays(-1);
    Response.Cookies.Add(usernameCookie);
    Response.Cookies.Add(passwordCookie);
    Response.Write("清除 Cookies 成功!");
}
```

【总结】

通过本任务的学习，掌握Application、Request、Response、Session、Cookie、Server这六个常用ASP.NET内置对象的特性以及应用场景，并能将其结合应用到PAMS项目中。

3.3 项目实战

【任务概述】

实现《书乐网》用户登录以及修改个人资料信息。

步骤一 设置整体页面的身份验证

实现提示：

添加一个BasePage类，继承Page类，在该类中重写OnInit方法，在该方法中实现身份验证，并让需要身份验证的页面继承BasePage类。

步骤二 实现登录验证代码

实现提示：

在登录按钮对应的事件中创建Session，用来保存用户身份。

步骤三 进入会员中心，实现个人资料信息修改

实现提示：

通过get或者post方式将用户需要修改的信息传回服务器端，服务器端通过Request.QueryString["变量"]或者Request.Form["变量"]来获取客户端传回来的值。获取值之后，将其保存到数据库中。

任务4 PAMS系统的异常处理

4.1 目标与实施

【任务目标】

1. 学会对程序代码进行调试。
2. 学会对ASP.NET进行页级跟踪。
3. 学会对ASP.NET进行应用程序级跟踪。
4. 掌握ASP.NET中异常处理的方法和步骤。
5. 构建PAMS项目中的异常处理框架。

【知识要点】

1. ASP.NET中异常处理的方法。
2. VS2008的调试方法。
3. VS2008的页级、应用程序级跟踪方法。

4.2 构建PAMS异常处理框架

【场景分析】

对于一个相对健壮的系统来说，都需要有一个异常处理框架和机制。在本系统中，总体包括两种处理异常的方式。

一种是通过try-catch-finally来处理，即用try块包含可能导致异常的保护代码。该块一直执行到引发异常或成功完成为止。用catch块处理异常，并给用户友好的界面错误提示。最后用finally块来释放资源(如果必要的话)。

另一种是通过全局异常处理框架来处理其他不可预料的异常。

【过程实施】

步骤一 Try-catch-finally异常处理的实现

1. 在模板页MasterPage.master页面中添加用来显示错误信息的pannel模块。

```
<div class= "x-tab-panel-bwrap x-grouptabs-bwrap">
  <div id= "right" class= "x-tab-panel-body x-grouptabs-panel-body">
    <div id= "content" style= "min-height: 480px; margin: 10px; _height: 480px">
      <div class= "infoMessage">
```

```
            <asp: SiteMapPath ID= "siteMapPath" runat= "server">
            </asp: SiteMapPath>
        </div>
        <asp: Panel ID= "SysErrorMsg" Visible= "false" runat= "server">
            <div class= "errorMessage">
                <asp: Label runat= "server" ID= "lblErrorMsg" Text= ""> </asp: Label>
            </div>
        </asp: Panel>
<% --添加一个 Pannel 用来显示错误信息。默认为不可见，当需要显示错误信息时，才让其可见。--% >
        <asp: ScriptManager ID= "ScriptManager1" runat= "server">
        </asp: ScriptManager>
        <asp: ContentPlaceHolder ID= "ContentPlaceHolder1" runat= "server">
        </asp: ContentPlaceHolder>
    </div>
  </div>
</div>
```

2. 由于该项目多处用到用户控件，所以定义一个 BaseControl 类继承 UserControl 类，在该类中定义一个显示错误的方法 ShowErroMsg。这样当某个用户控件中发生异常并且需要将错误信息显示给用户的时候，只要其继承 BaseControl 类，就可以直接调用 ShowErroMsg 这个函数，而不必在每个用户控件中都写重复的代码。BaseControl 类的关键代码如下：

```
public class BaseControl : UserControl
{
    protected void ShowErroMsg(string msg)
    {
     //获取该用户控件所在页面所引用的模板页上的 ID 为"SysErrorMsg"的 Pannel 控件
        Panel panel =  Page. Master. FindControl("SysErrorMsg") as Panel;
     //获取该用户控件所在页面所引用的模板页上的 ID 为"lblErrorMsg"的 Label 控件
        Label label =  Page. Master. FindControl("lblErrorMsg") as Label;
        if (panel ! =  null)
        {
            panel. Visible =  true;
            label. Text =  msg;
        }
    }
    protected void RedirectToParent(      )
    {
        Response. Redirect(SiteMap. CurrentNode. ParentNode. Url);
    }
}
```

3. 添加用户控件，此处以系统管理部分添加菜单为例。在 Controls/SystemAdmin-

Controls文件夹下添加MenuAdd.ascx用户控件，界面如图1-4-1所示。

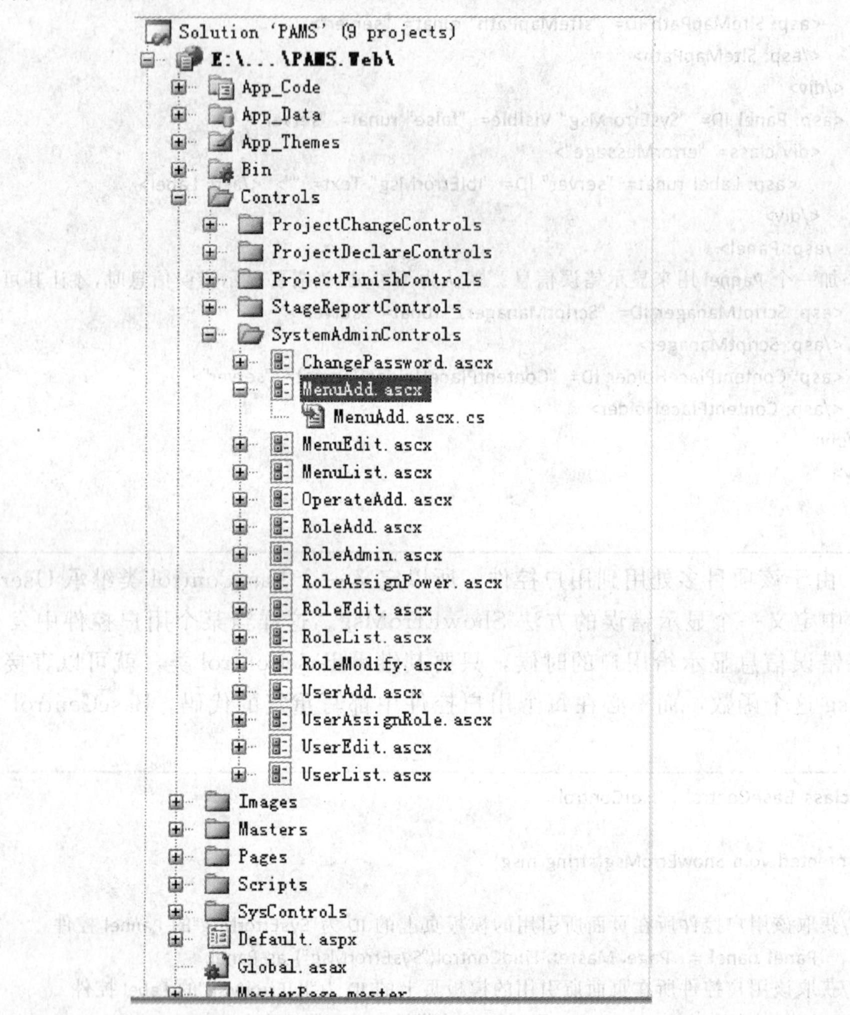

图1-4-1　MenuAdd.ascx所在位置示意图

4. 在MenuAdd.ascx页面添加相应控件，使效果看起来如下：

添加菜单	
名称	请输入名称
文本	
链接地址	
提示	
排序	
父级	项目申报
	确认

图1-4-2　MenuAdd.ascx页面效果图

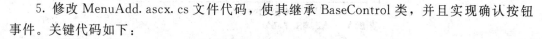

5. 修改 MenuAdd. ascx. cs 文件代码，使其继承 BaseControl 类，并且实现确认按钮事件。关键代码如下：

```
public partial class Controls_SystemAdminControls_MenuAdd : BaseControl
    {//记得这里是继承 BaseControl
        protected void Page_Load(object sender, EventArgs e)
        {
        }
        protected void Button1_Click(object sender, EventArgs e)
        {
            try
            {
                PAMS. Model. Menu menu =  new PAMS. Model. Menu(      );
                menu. Name =  this. tbxName. Text;
                menu. JsName =  "      ";
                menu. Opers =  "      ";
                menu. Parent =  long. Parse(this. ddlParent. SelectedValue);
                menu. Sort =  int. Parse(this. tbxSort. Text);
                menu. Status =  1;
                menu. Text =  this. tbxText. Text;
                menu. ToolTip =  this. tbxToolTip. Text;
                menu. Url =  this. tbxUrl. Text;
                menu. IconCls =  "      ";
                BLLFactory. CreateSystemAdminService(      ). AddMenu(menu);
                base. RedirectToParent(      );
            }
            catch (Exception ex)
            {
                base. ShowErroMsg(ex. Message);
    //当发生异常，就通过 BaseControl 类中的 ShowErroMsg 方法在页面显示错误信息。
            }
        }
    }
```

6. 添加 MenuAdd. aspx 页面。在 Pages/SystemAdminPage 文件夹下添加 MenuAdd. aspx 页面，选择 MasterPage. master 模板页，如图 1-4-3 所示。

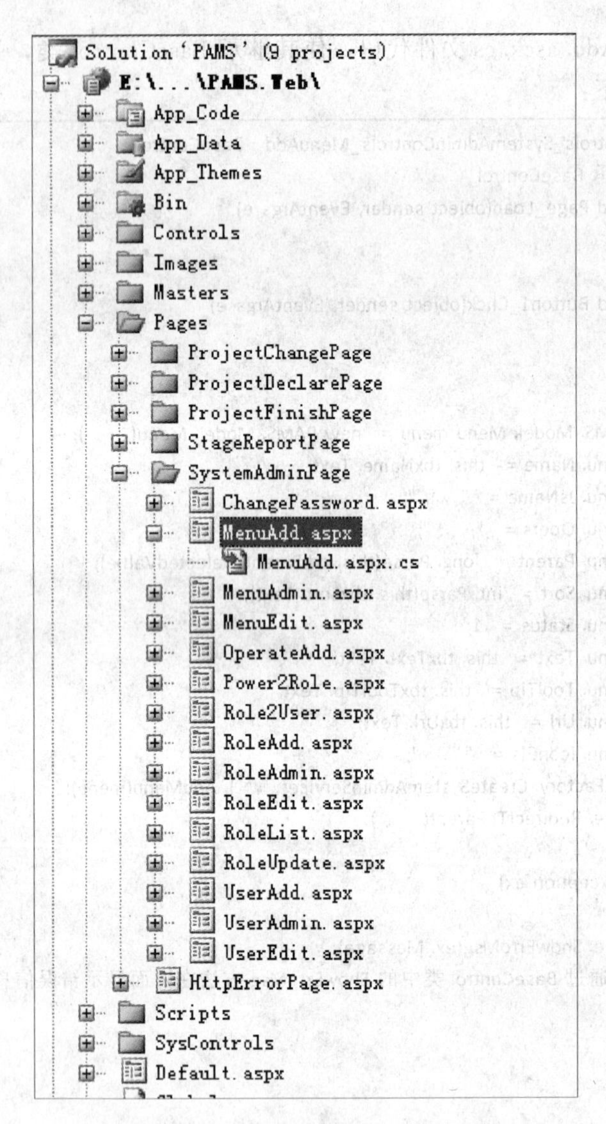

图 1-4-3　MenuAdd. aspx 所在位置示意图

7. 从 Controls 文件夹中拖取 MenuAdd. ascx 控件进 MenuAdd. aspx 页面。源代码如下：

```
<% @ Page Language= "C# " MasterPageFile= "~/MasterPage. master" AutoEventWireup= "true" CodeFile= "
MenuAdd. aspx. cs" Inherits= "Pages_SystemAdminPage_MenuAdd" Title= "无标题页" % >
<% @ Register src= ". . /. . /Controls/SystemAdminControls/MenuAdd. ascx" tagname= "MenuAdd"   tagprefix
= "uc1" % >
<asp: Content ID= "Content1" ContentPlaceHolderID= "head" Runat= "Server">
</asp: Content>
<asp: Content ID= "Content2" ContentPlaceHolderID= "ContentPlaceHolder1" Runat= "Server">
```

```
    <uc1: MenuAdd ID= "MenuAdd1" runat= "server" />
</asp: Content>
```

界面效果如图 1-4-4 所示：

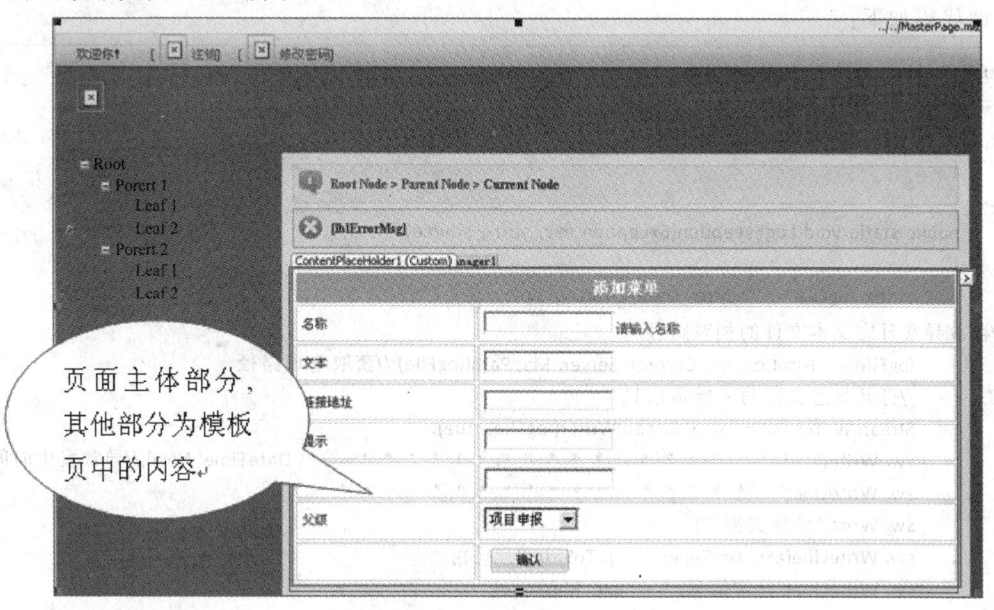

图 1-4-4　MenuAdd. aspx 页面效果图

8. 浏览 MenuAdd. aspx 页面，在里面输入一些不合法的值。并单击确认按钮。效果如图 1-4-5 所示。

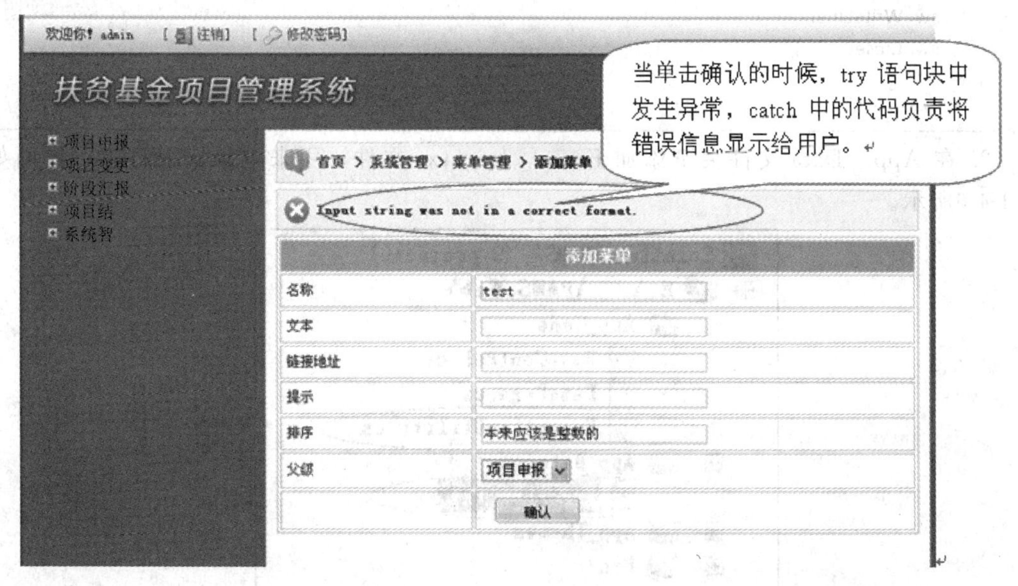

图 1-4-5　异常处理效果图

步骤二　构建全局异常处理机制来处理异常

1. 在 App _ Code 文件夹下添加类 ExceptionUtility. cs，用来将异常信息写入日志。关键代码如下：

```
public sealed class ExceptionUtility
{
    private ExceptionUtility(      )
    {
    }
    public static void LogException(Exception exc, string source)
    {
        string logFile =   "~ /App_Data/ErrorLog. txt";
//存放异常日志文本文件的相对路径
        logFile =  HttpContext. Current. Server. MapPath(logFile);//获取物理路径
        //打开日志文件写入异常信息
        StreamWriter sw =  new StreamWriter(logFile, true);
        sw. Write("* * * * * * * * * * * * * * * * * * * * * * *  " +  DateTime. Now);//异常发生时间
        sw. WriteLine(" * * * * * * * * * * * * * * * * * * * * * * * * * ");
        sw. Write("异常类型: ");
        sw. WriteLine(exc. GetType(      ). ToString(      ));
        sw. WriteLine("异常信息: " +  exc. Message);
        sw. WriteLine("来源: " +  source);
        sw. WriteLine("堆栈跟踪: ");
        if (exc. StackTrace ! =  null)
            sw. WriteLine(exc. StackTrace);
        sw. WriteLine(      );
        sw. Close(      );
    }
}
```

2. 在 App _ Data 文件夹下添加 Error _ Log. txt 文件，用来记录错误日志。界面如图 1-4-6所示。

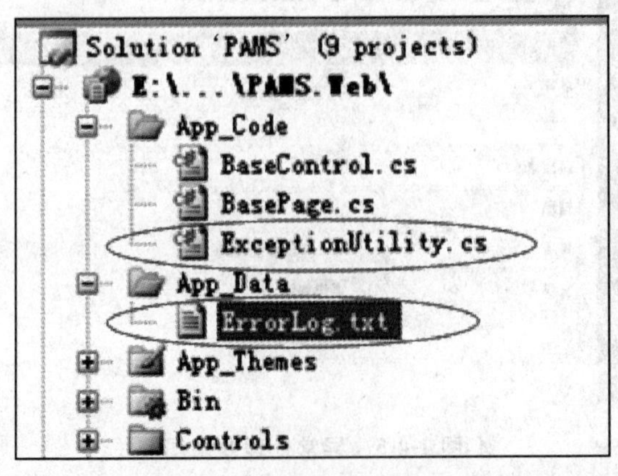

图 1-4-6　添加异常日志文件界面

3. 在 Global. asax 文件中的 Application _ Error 函数中添加如下代码：

```
void Application_Error(object sender, EventArgs e)
{
    Server. Transfer("~ /Pages/HttpErrorPage. aspx", true);
}
```

4. 在 web. config 文件中的<System. Web>节点下添加<customErrors />节点，具体代码如下：

```
<system. web>
<customErrors defaultRedirect= "~ /Pages/HttpErrorPage. aspx" mode= "On"> </customErrors>
</system. web>
```

5. Pages 文件夹下添加 HttpErrorPage. aspx 页面，不应用模板页。在页面中添加如下：

```
<body>
    <form id= "form1" runat= "server">
    <div style= "padding: 20px">
        <asp: Panel ID= "InnerErrorPanel" runat= "server" Visible= "false">
            <asp: Label   ID= "innerMessage"   runat= "server"   Font-Bold= "true" Font-Size= "Large" />
<br />
        </asp: Panel>
        <h2> 错误信息: </h2>
        <asp: Label ID= "exMessage" runat= "server" Font-Bold= "true" Font-Size= "Large" />
    </div>
    </form>
</body>
```

6. 在 HttpErrorPage. aspx. cs 文件中的 Page _ Load 函数中添加如下代码：

```
public partial class Pages_HttpErrorPage : System. Web. UI. Page
{
    protected HttpException ex =  null;
    protected void Page_Load(object sender, EventArgs e)
    {
        Exception ex1 =  Server. GetLastError(      );
        ex =  (HttpException)ex1;
        if (ex ! =  null)
        {
            //过滤异常编码
            if (ex. ErrorCode > =  400 && ex. ErrorCode <500)
            {
                ex =  new HttpException(ex. ErrorCode, "您的文件找不到或者可能存在其他问题 . ", ex);
            }
```

```
            else if (ex. ErrorCode >   499)
            {
                ex =   new HttpException(ex. ErrorCode, "服务器出错了.", ex);
            }
            else
            {
                ex =   new HttpException(ex. ErrorCode, "站点出错了.", ex);
            }
            //错误信息写入日志
            ExceptionUtility. LogException(ex, "Http 错误页面");
            //显示错误信息
            exMessage. Text =   ex. Message;
            //如果是内部错误,则显示给本地用户
            if (ex. InnerException ! =   null)
            {
                InnerErrorPanel. Visible =   Request. IsLocal;
                innerMessage. Text =   ex. InnerException. Message;
            }
            //清除异常
            Server. ClearError(      );
        }
    }
}
```

7. 运行程序，结果如图 1-4-7 所示。

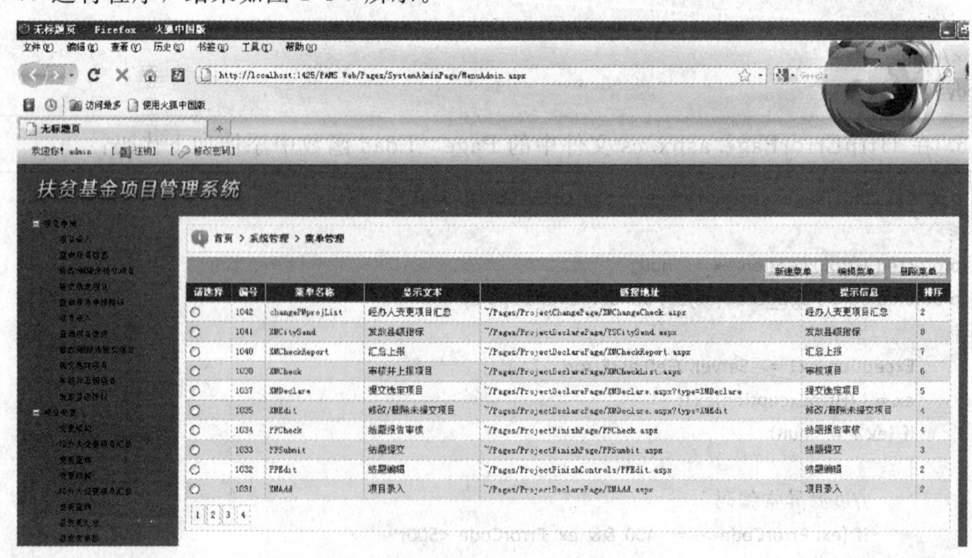

图 1-4-7　程序运行界面

在浏览器中将 MenuAdmin. aspx 改成 MenuAdimnss. aspx(即换成一个不存在的页面)，然后按回车键，则会跳转到错误处理页面，如图 1-4-8 所示。

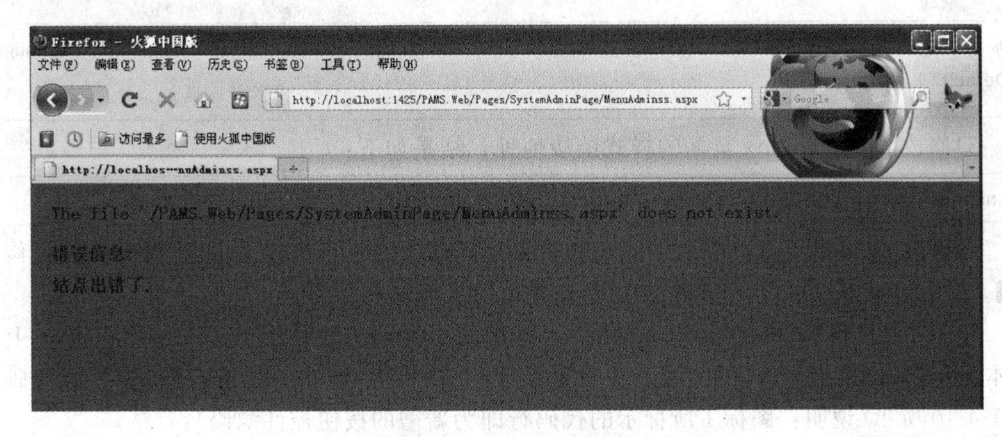

图 1-4-8 异常处理页面

【知识点分析及扩展】

知识点一 在 VS2008 中实现调试

程序在编写过程中会出现错误或是与预期结果不一致，这时候就需要调试代码，以找出错误的原因。

1. 在当前解决方案下创建文件目录层次“/任务四/VS2008 下调试”，复制首页 Default. aspx 到 VS2008 目录下。如图 1-4-9 所示。

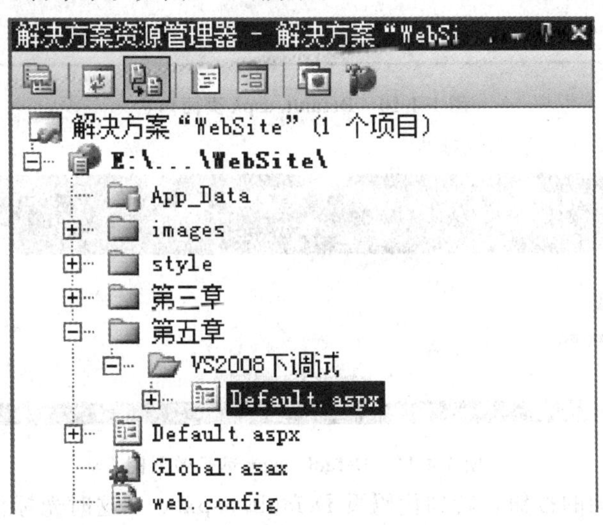

图 1-4-9 添加 Default. aspx 界面

2. 双击打开目录“VS2008 下调试”下的 Default. aspx 和 Default. aspx. cs 文件。

1)修改 Default. aspx. cs 文件的类名为 VSDebuger _ Default;

2)修改 Default. aspx 文件页面属性 Inherits 值为 VSDebuger _ Default;

```
<% @ Page Language= "C# "  AutoEventWireup= "true"  CodeFile= "Default. aspx. cs" Inherits= "VSDebuger
_Default" % >
```

3)修改 Default. aspx 页面的样式链接地址，结果如下：

```
<link href= ". . /. . /style/Site. css" type= "text/css" rel= "Stylesheet"/>
```

4)修改 Default. aspx 页面的标题为“VS2008 下的调试”；去掉文本内容【案例模板修改区】。

3. 在“工具箱”中单击“Button”控件，并将其添加到主设计图面（Default. aspx）上原文本显示【案例模板修改区】区域，并设置其 Text 属性为“单击开始进行调试”。源代码如图 1-4-10 所示(说明：图标 1 所标示的代码行即为新增的按钮控件源码)：

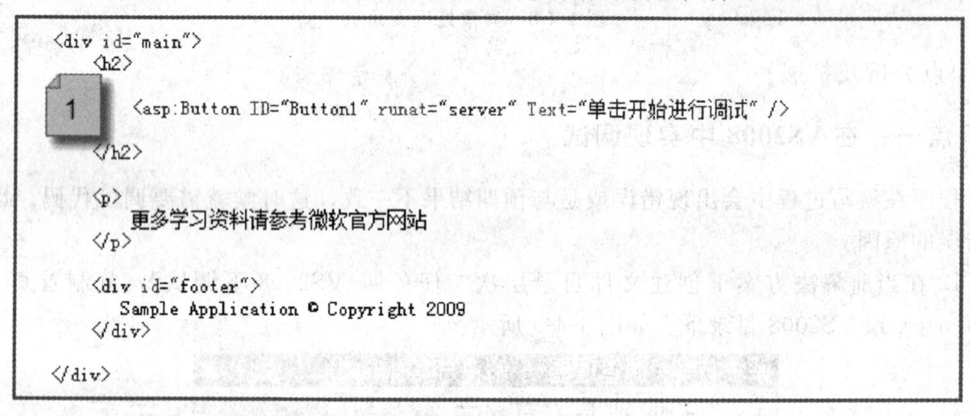

图 1-4-10　Default. aspx 页面内容

对应效果图如图 1-4-11 所示。

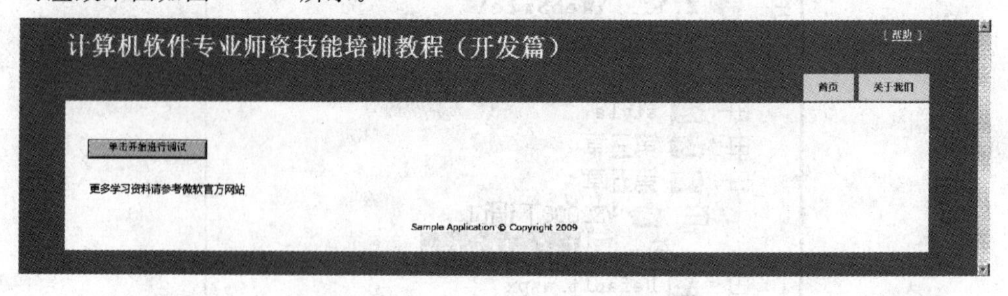

图 1-4-11　Default. aspx 运行效果图

4. 双击前面增加的按钮，转到代码页 Default. aspx. cs，这时光标位于事件 Button1 _ Click 中，在 Button1 _ Click 函数中，添加以下代码：

```
int a= 123;
int b= a+ 100;
```

5. 单击代码 int a = 123；这一行的左侧空白，出现一个红点并且该行上的文本突出显示为红色，如图 1-4-12 所示。红点表示一个断点，在调试器下运行该应用程序时，此调

试器将在运行到该代码时在该位置中断执行，随后即可查看应用程序的状态并调试它。

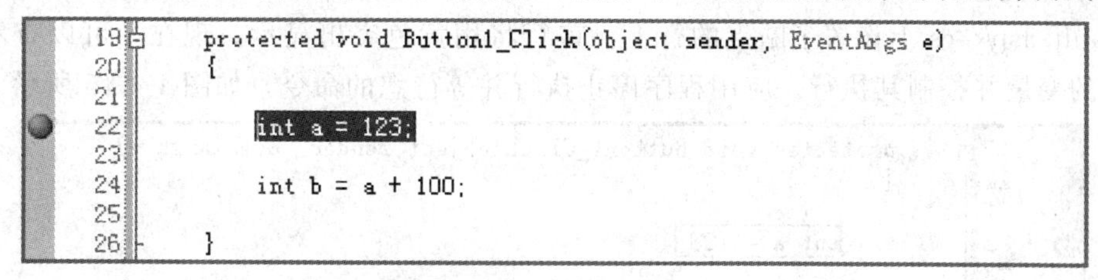

图 1-4-12 添加断点

6. 在调试菜单中，单击调试。如图 1-4-13 所示。

7. 如果显示“未启用调试”对话框。选择“添加新的启用了调试的 Web. config 文件”选项，再单击“确定”，如图 1-4-14 所示。

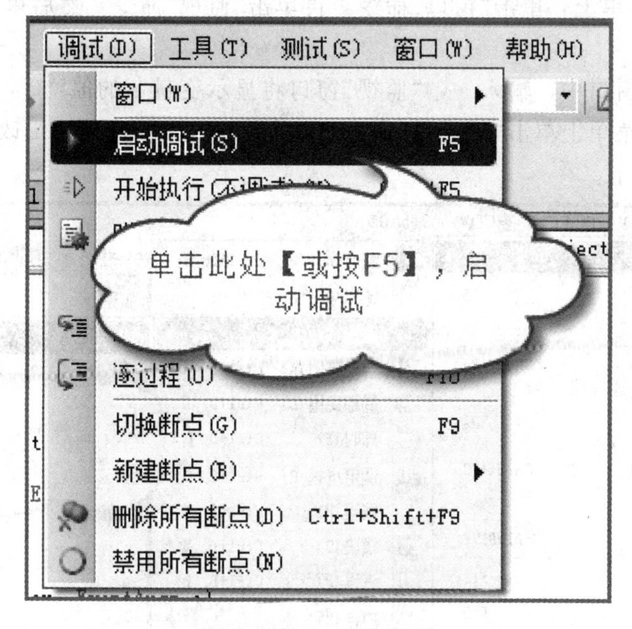

图 1-4-13 启动调试 1

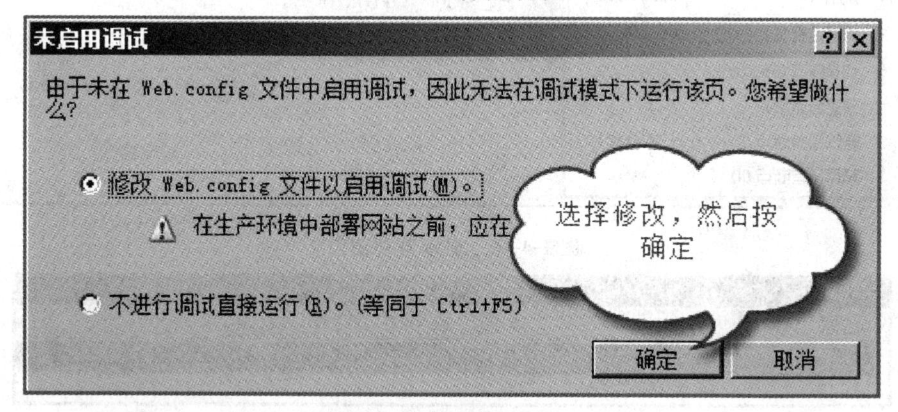

图 1-4-14 启动调试 2

8. 在浏览器中单击“单击开始进行调试”按钮，在VS2008中，此操作将带您转到代码页Default. aspx. cs上设置了断点的行上。该行将用黄色突出显示。现在，可以查看应用程序中的变量并控制其执行。应用程序停止执行并等待您的命令，如图1-4-15所示。

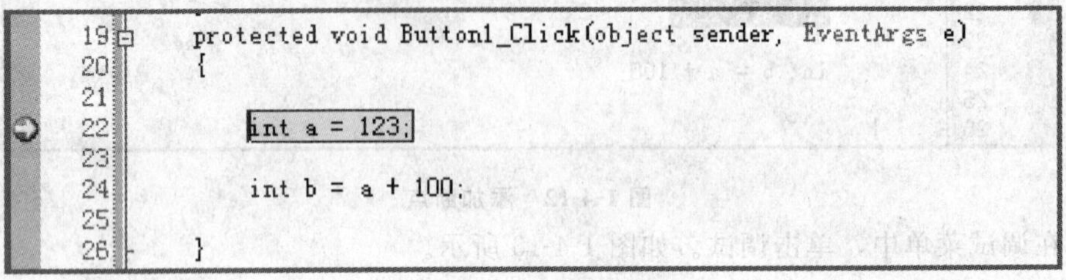

```
19  protected void Button1_Click(object sender, EventArgs e)
20  {
21
22      int a = 123;
23
24      int b = a + 100;
25
26  }
```

图 1-4-15　开始进行调试

9. 在“调试”菜单上，单击“窗口”命令，再单击“监视”命令，然后单击“监视1”，如图1-4-16所示。

10. 在“监视”窗口中，输入a，“监视”窗口将显示变量a的值：0，如图1-4-17所示。

11. 在“调试”菜单上单击“逐过程”命令，a的值在“监视”窗口中更改为“123”，如图1-4-18、图1-4-19所示。

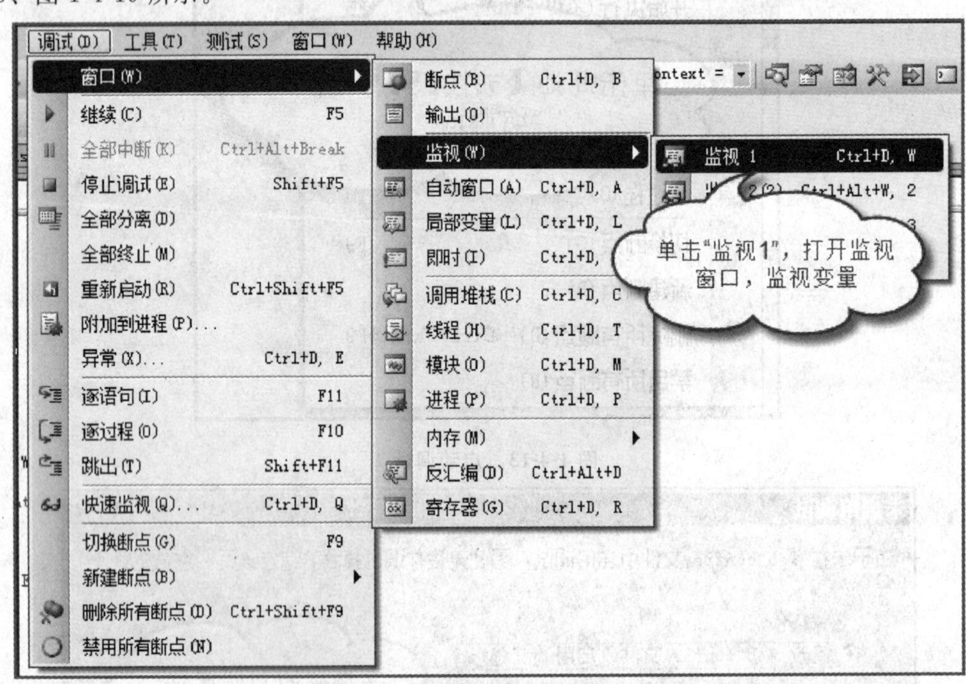

图 1-4-16　显示监视窗口

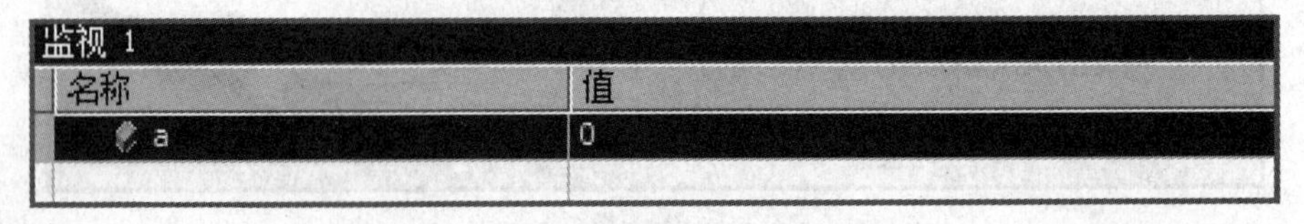

图 1-4-17　监视窗口

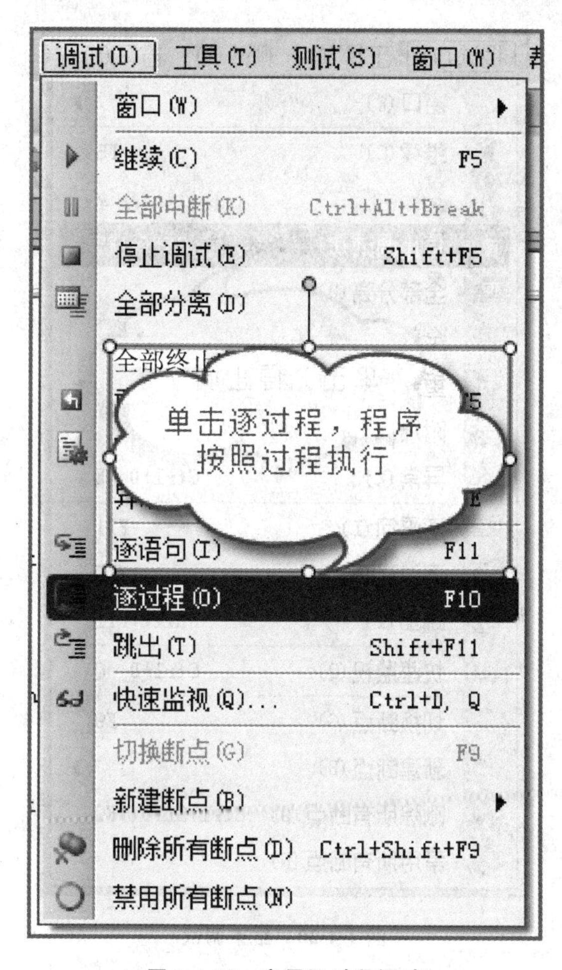

图 1-4-18 启用逐过程调试

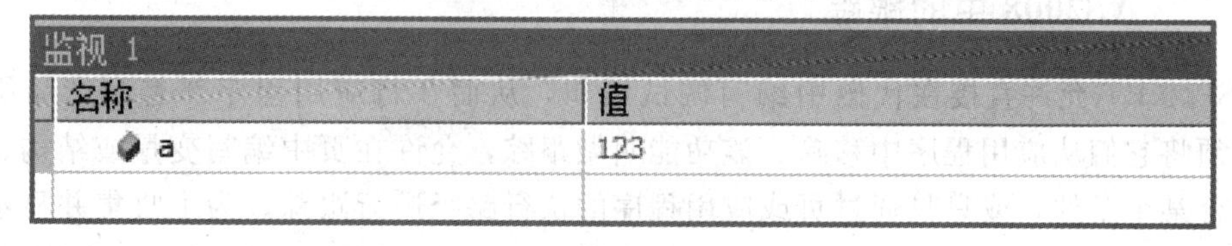
监视 1

名称	值
a	123

图 1-4-19 监视窗口

12. 在“调试”菜单上单击“继续”命令。
13. 在浏览器中，再次单击此按钮。执行再次在断点处停止。
14. 在 Default.aspx.cs 窗口中，单击左空白中的红点，将移除该断点。
15. 在“调试”菜单上单击“停止调试”命令，如图 1-4-20 所示。

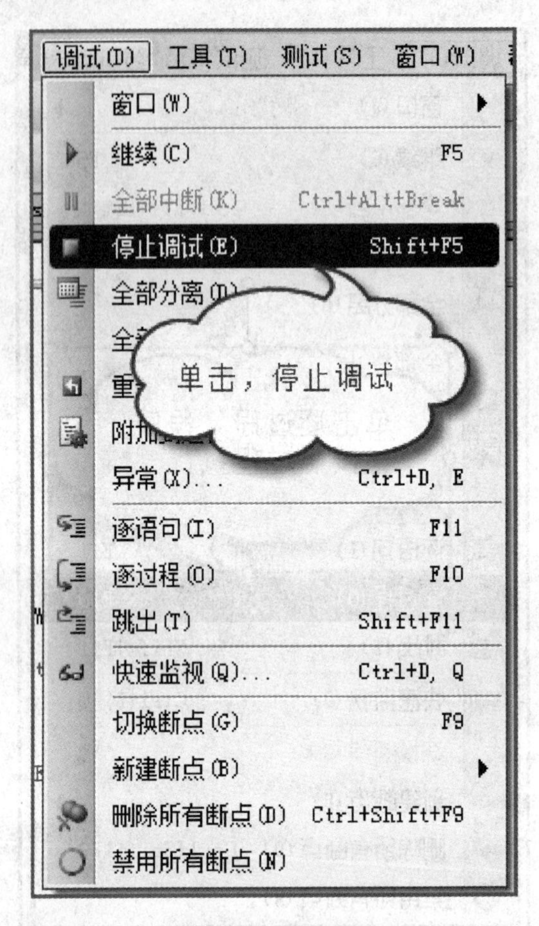

图 1-4-20　结束调试

知识点二　VS2008 中的跟踪

ASP. NET 允许直接在代码中编写调试语句，从而在将应用程序部署到产品服务器时，无须将它们从应用程序中移除。该功能叫做跟踪，允许在页中编写变量或结构、断言是否符合某个条件，或只是通过页或应用程序的执行路径进行跟踪。为了收集并显示这些信息和其他跟踪信息，必须启用页或应用程序的跟踪。当启用跟踪时，将发生两件事情：

(1)ASP. NET 将一系列诊断信息表紧接着追加在页输出之后。还将该信息发送到跟踪查看器应用程序(只有当已启用了应用程序的跟踪时)。

(2)ASP. NET 在追加性能数据的 Trace Information 表中显示自定义诊断信息。指定的诊断信息和跟踪信息追加在发送到请求浏览器的页中输出。或者，可以在单独的跟踪查看器(trace. axd)中查看该信息，该查看器显示给定应用程序中每页的跟踪信息。当 ASP. NET 处理页请求时，该信息可以帮助查清错误或不希望得到的结果。

只有在启用了跟踪后才处理并显示跟踪语句。可以控制是否将跟踪显示到页上、显示到跟踪查看器或既显示到页上又显示到跟踪查看器。

下面通过两个具体的实例分别介绍 ASP. NET 中页级跟踪和应用程序级跟踪。

一、页级跟踪

1. 在当前解决方案下创建文件目录层次"/第五章/ VS2008 下页级跟踪"，复制首页 Default. aspx 到" VS2008 下页级跟踪"目录下。如图 1-4-21 所示。

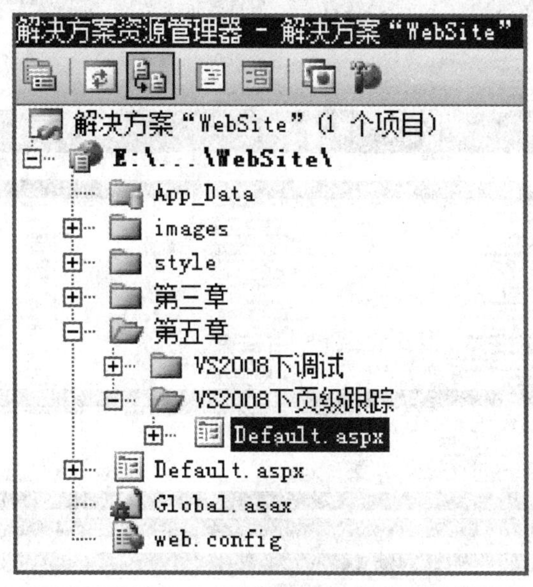

图 1-4-21 添加 Default. aspx 界面

2. 双击打开目录"VS2008 下页级跟踪"下的 Default. aspx 和 Default. aspx. cs 文件。

1)修改 Default. aspx. cs 文件的类名为 _ PageTrace _ Default;

2)修改 Default. aspx 文件页面属性 Inherits 值为 _ PageTrace _ Default;

```
<% @ Page Language= "C# " AutoEventWireup= "true" CodeFile= "Default. aspx. cs" Inherits= " _PageTrace_
Default" % >
```

3)修改 Default. aspx 页面的样式链接地址，结果如下：

```
<link href= ". . /. . /style/Site. css" type= "text/css" rel= "Stylesheet"/>
```

4)修改 Default. aspx 页面的标题为"页级跟踪"；去掉文本内容【案例模板修改区】。

3. 在 Default. aspx 页面中@page 指令添加 Trace 属性并将其值设置为 true，如下面的示例所示。

```
<% @ Page Language= "C# " AutoEventWireup= "true"
    Trace= "true"   CodeFile= "Default. aspx. cs" Inherits= "_PageTrace_Default" % >
```

4. 在浏览器中访问 Default. aspx 页面，页面底部会显示跟踪信息，如图 1-4-22 所示。

说明：当对页启用跟踪时，在请求该页的任何浏览器中都会显示跟踪信息。由于跟踪信息会透漏一些敏感信息，如服务器变量的值，因此可认为是一种安全威胁。在将应用程序移植到成品服务器之前，一定要禁用页跟踪。

通过将 Trace 属性设置为 false 或移除此属性，可以禁用页跟踪；通过设置 trace 元素（ASP.NET 设置架构）的 enabled、localOnly 和 pageOutput 属性；可以在 Web.config 文件中配置跟踪。

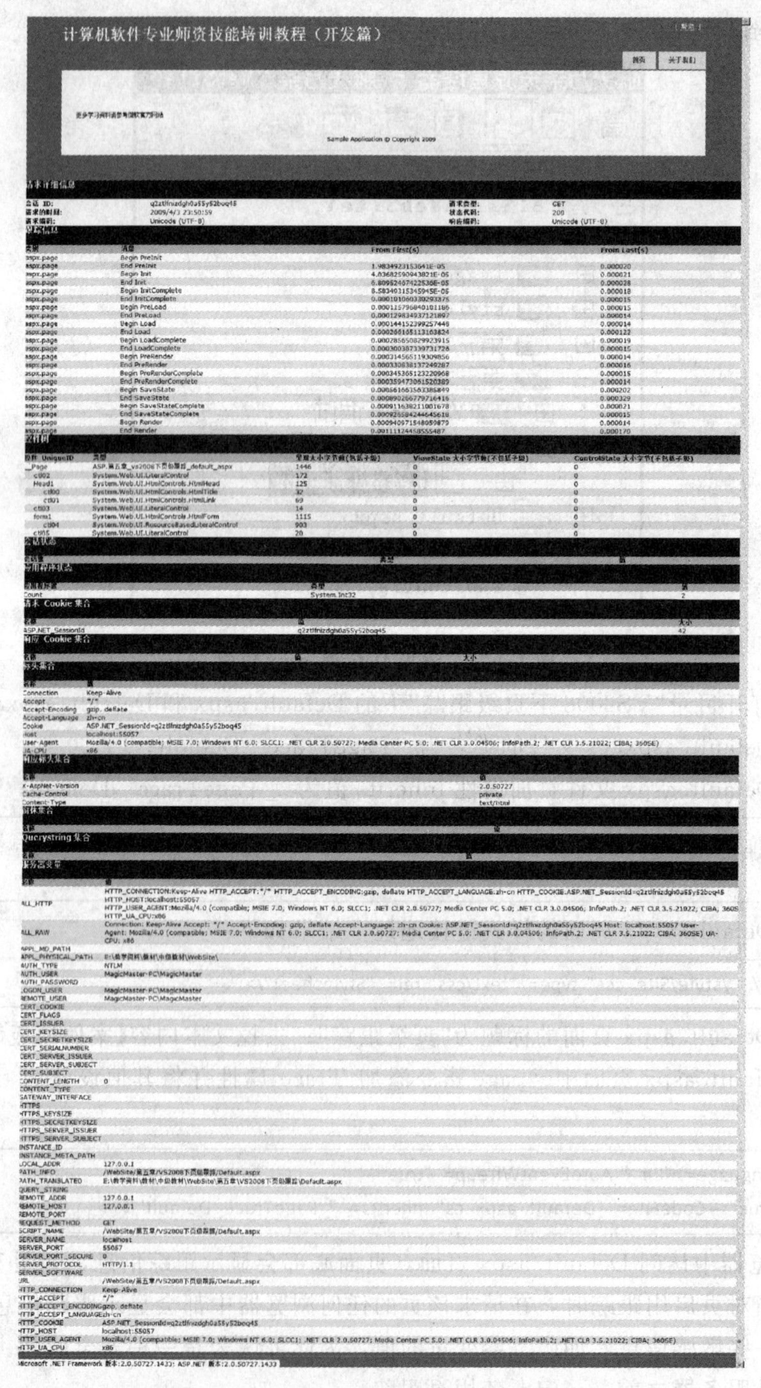

图 1-4-22　页跟踪信息示例图

5. 打开 Default. aspx. cs 文件，在 Page _ Load 方法中增加用于跟踪的代码，如下所示：

```
protected void Page_Load(object sender, EventArgs e)
{
    Trace. Write("跟踪信息!!!!!!");
    Trace. Warn("警告信息!!!!!!!!!!!!!");
}
```

6. 保存 Default. aspx 文件，打开浏览器再次访问页面。在原有的跟踪信息中，增加了代码的跟踪信息，如图 1-4-23 所示。

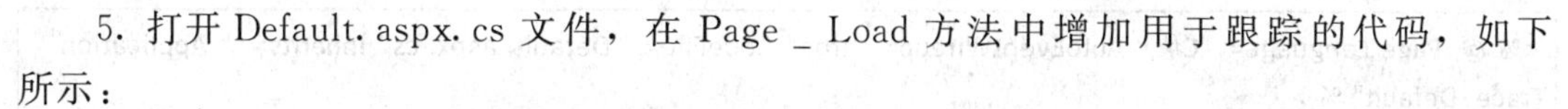

图 1-4-23　跟踪显示的信息

二、应用程序级跟踪

1. 在当前解决方案下创建文件目录层次"/第五章/ VS2008 下应用程序级跟踪"，复制首页 Default. aspx 到"VS2008 下页级跟踪"目录下。如图 1-4-24 所示。

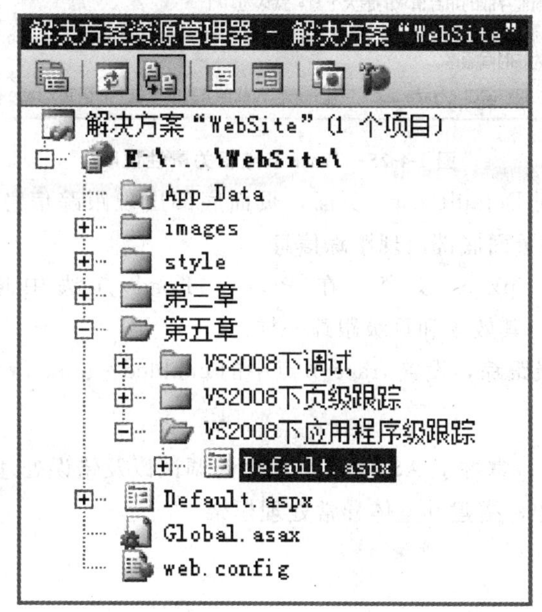

图 1-4-24　添加 Default. aspx 界面

2. 双击打开目录"VS2008 下应用程序级跟踪"下的 Default. aspx 和 Default. aspx. cs 文件。

1)修改 Default. aspx. cs 文件的类名为 ApplicationTrace _ Default；

2)修改 Default. aspx 文件页面属性 Inherits 值为 ApplicationTrace _ Default；

```
<%@ Page Language= "C# " AutoEventWireup= "true" CodeFile= "Default. aspx. cs" Inherits= " Application-
Trace_Default" % >
```

3)修改 Default. aspx 页面的样式链接地址，结果如下：

```
<link href= ". . /. . /style/Site. css" type= "text/css" rel= "Stylesheet"/>
```

4)修改 Default. aspx 页面的标题为“应用程序级跟踪”；去掉文本内容【案例模板修改区】。

3. 打开 web. config 文件，在<system. web>下增加一个 XML 元素<trace>来设置。

```
<trace enabled= "false" pageOutput= "true" requestLimit= "20" traceMode= "SortByTime" localOnly= "true"/>
```

Trace 节点中的相关属性说明如图 1-4-25 所示。

属性	说明
Enabled	如果应用程序中能使用跟踪功能为true，否则为false
PageOutput	如果跟踪信息显示在应用程序的页面上和跟踪窗口中则为true，否则为false。注意：该属性将不影响已启动的跟踪功能页
RequestLimit	说明服务器所能存放的跟踪请求的最大个数。默认为10个
TraceMode	指明按某种顺序显示跟踪信息。按SortByTime（时间顺序）或按用户定义类型的SortByCategory（字母顺序）。默认为按时间顺序
LocalOnly	如果为true，跟踪窗口（trace.axd）只能显示在Web服务器的主机上，否则为false。默认为true

图 1-4-25　Trace 节点相关属性说明

4. 在浏览器中访问 Default. aspx 页面，页面底部出现跟踪信息。读者亦可访问项目中的其他页面，都会在页面底部出现跟踪信息。

5. 打开 Default. aspx. cs 文件，在 Page _ Load 方法中增加 Trace. Write 和 Trace. Warn 跟踪代码，其效果和页级跟踪一样。

6. 关闭应用程序级跟踪，设置 trace 节点中的 enabled=false。

【总结】

通过本任务的学习，掌握了 ASP. NET 程序的调试以及错误处理的方法，并能将其应用在 PAMS 具体项目中，搭建其整体异常处理框架。

4.3　项目实战

【任务概述】

实现《书乐网》的全局异常处理机制。

步骤一　添加全局异常处理类

实现提示：

在 App _ Code 文件夹下添加 ExceptionUtility. cs 类文件，在该类中添加一个将异常

信息写入日志的方法。

步骤二　添加错误处理页面以及相应处理代码

实现提示：

添加 HttpErrorPage. aspx 页面，在该页面中显示一些错误信息，并在该页面对应的 . cs 文件的 PageLoad 事件中添加异常处理代码，将异常写入日志。

步骤三　编写 Application _ Error 函数

实现提示：

在 Global. asax 文件中的 Application _ Error 函数中编写相应代码将页面跳转到刚才创建的 HttpErrorPage. aspx 页面。

步骤四　配置 web. config

实现提示：

在 web. config 文件中的<System. Web>节点下添加<customErrors />节点。

任务 5 PAMS 与 Master Page 的开发应用

5.1 目标与实施

【任务目标】

完成《扶贫资金项目管理系统》(简称 PAMS，下同)中 Master Page 母版页的使用。

【知识要点】

理解 Master Page 母版页的相关知识。

5.2 完成 Master Page 母版页的设计

【场景分析】

MasterPage 是一种模板，可以快速地建立相同页面布局而内部不同的网页。如果一个网站有多个 MasterPage，那么新建 .aspx 文件时就可以根据需要选择相应页面布局的 MasterPage。如果要将多个相同的页面布局改动成另外一个样式，在不使用 MasterPage 的情况下，需要重复相同的操作，对所有页面逐一更改。若使用了 MasterPage，只需改动一个页面即 MasterPage 就可以了。另外，在部署时使用 MasterPage 在一定程度上会减小 web 程序的大小，因为所有重复的 html 标记都只有一个版本。

【过程实施】

步骤一 建 MasterPage. master 母版页

在 PAMS. Web 中创建 MasterPage. master 母版页如图 1-5-1 所示。

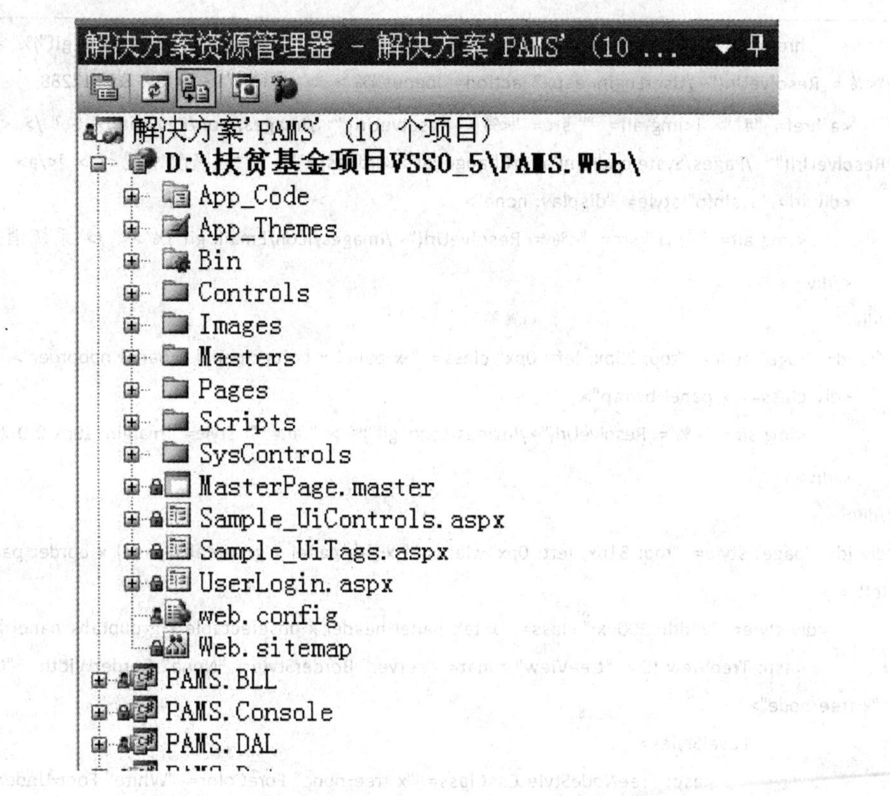

图 1-5-1 创建母板页

步骤二 实现 MasterPage. master 母版页

在母版页中添加如下内容：

```
<% @ Master Language= "C# " AutoEventWireup= "true" CodeFile= "MasterPage. master. cs" Inherits= "Mas-
terPage" % >
<! DOCTYPE html PUBLIC "-//W3C//DTD XHTML 1. 0 Transitional//EN" "http: //www. w3. org/TR/xhtml1/DTD/xht-
ml1-transitional. dtd">
<html xmlns= "http: //www. w3. org/1999/xhtml">
<script type= "text/javascript" src= "<% = ResolveUrl("~ /Scripts/Browser. js")% > "> </script>
<script type= "text/javascript" src= "<% = ResolveUrl("~ /Scripts/Page. js")% > "> </script>
<head runat= "server">
     <asp: ContentPlaceHolder ID= "head" runat= "server">
     </asp: ContentPlaceHolder>
</head>
<body class= "page">
     <form id= "form1" runat= "server">
     <div id= "headInfo">
          <span style= "margin: 0 20px 0 20px;"> 欢迎你！ <% = (Session["LoginUser"] as PAMS. Model. User)
. UserName % > </span> <a
```

```
            href= "# ">  [<img alt= "" src= "<% = ResolveUrl("~ /Images/Icon/LogOut. gif")% > " /> <a href= "<% = ResolveUrl("~/UserLogin. aspx? action= logout")% > "> 注销</a> ]</a> &# 12288;
        <a href= "# "> [<img alt= "" src= "<% = ResolveUrl("~ /Images/Icon/Key. gif")% > " /> <a href= " <% = ResolveUrl("~ /Pages/SystemAdminPage/ChangePassword. aspx")% > "> 修改密码</a> ]</a>
        <div id= "sysInfo" style= "display: none">
            <img alt= "查看" src= "<% = ResolveUrl("~/Images/Icon/Email. gif")% > " /> 系统消息:...
        </div>
    </div>
    <div id= "logo" style= "top: 35px; left: 0px" class= " x-panel x-border-panel x-panel-noborder">
        <div class= "x-panel-bwrap">
            <img src= "<% = ResolveUrl("~/Images/Logo. gif")% > " alt= "" style= "margin: 10px 0 0 20px;" />
        </div>
    </div>
    <div id= "page" style= "top: 81px; left: 0px" class= " x-tab-panel x-grouptabs-panel x-border-panel x-tab-panel-left">
          <div style= "width: 200px;" class= "x-tab-panel-header x-unselectable x-grouptabs-panel-header">
            <asp: TreeView ID= "treeView" runat= "server" BorderStyle= "None" BorderWidth= "0px" Css -Class= "x-tree-node">
                <LevelStyles>
                    <asp: TreeNodeStyle CssClass= "x-tree-node" ForeColor= "White" Font-Underline= "False" />
                </LevelStyles>
                <NodeStyle BorderStyle= "None" BorderWidth= "0px" />
            </asp: TreeView>
        </div>
        <div class= "x-tab-panel-bwrap x-grouptabs-bwrap">
            <div id= "right" class= "x-tab-panel-body x-grouptabs-panel-body">
                <div id= "content" style= "min-height: 480px; margin: 10px; _height: 480px">
                    <div class= "infoMessage">
                        <asp: SiteMapPath ID= "siteMapPath" runat= "server">
                        </asp: SiteMapPath>
                    </div>
                    <asp: Panel ID= "SysErrorMsg" Visible= "false" runat= "server">
                        <div class= "errorMessage">
                            <asp: Label runat= "server" ID= "lblErrorMsg" Text= ""> </asp: Label>
</div>
                    </asp: Panel>

                    <asp: ScriptManager ID= "ScriptManager1" runat= "server">
```

```
                    </asp: ScriptManager>
                    <asp: ContentPlaceHolder ID= "ContentPlaceHolder1" runat= "server">
                    </asp: ContentPlaceHolder>
                </div>
            </div>
        </div>
    </div>
    </form>
</body>
</html>
```

【知识点分析及扩展】

知识点一 Master Page 母版页简介

1. 母版页的工作原理

母版页实际由两部分组成：母版页本身和一个或多个内容页。母版页是具有扩展名.master(如 MySite.master)的 ASP.NET 文件，具有可以包括静态文本、HTML 元素和服务器控件的预定义布局。母版页由特殊的 @ Master 指令识别，该指令替换了用于普通.aspx 页的 @ Page 指令。该指令类看起来类似下面这样。

```
<% @ Master Language= "C# " % >
```

除 @ Master 指令外，母版页还包含页的所有顶级 HTML 元素，如 html、head 和 form。例如，在母版页上可以将一个 HTML 表用于布局、将一个 img 元素用于公司徽标、将静态文本用于版权声明并使用服务器控件创建站点的标准导航。在母版页中可以使用任何 HTML 元素和 ASP.NET 元素。

2. 可替换内容占位符

除了在所有页上显示的静态文本和控件外，母版页还包括一个或多个 ContentPlaceHolder 占位符控件。占位符控件用来定义可替换内容出现的区域。定义 ContentPlaceHolder 控件后，母版页的代码如下：

```
<% @ Master Language= "C# " % >
<! DOCTYPE html PUBLIC "-//W3C//DTD XHTML 1. 1//EN" "http: //www. w3. org/TR/xhtml11/DTD/xhtml11. dtd">
<html >
<head runat= "server" >
    <title> Master page title</title>
</head>
<body>
    <form id= "form1" runat= "server">
        <table>
            <tr>
```

```
                <td> <asp: contentplaceholder id= "Main" runat= "server" /> </td>
                <td> <asp: contentplaceholder id= "Footer" runat= "server" /> </td>
            </tr>
        </table>
    </form>
</body>
</html>
```

3. 内容页

通过创建各个内容页来定义母版页中占位符控件的内容，这些内容页是绑定到特定母版页的 ASP. NET 页(. aspx 文件以及可选的代码隐藏文件)。通过包含指向要使用的母版页的 MasterPageFile 属性，在内容页的 @ Page 指令中建立绑定。例如，一个内容页可能包含下面的 @ Page 指令，该指令将该内容页绑定到 Master1. master 页。

```
<% @ Page Language= "C# " MasterPageFile= "~/MasterPages/Master1. master" Title= "Content Page"% >
```

在内容页中，通过添加 Content 控件并将这些控件映射到母版页上的 ContentPlaceHolder 控件来创建内容。例如，母版页可能包含名为 Main 和 Footer 的内容占位符。页面结构代码如下：

```
<%  @ Page Language= "C# " MasterPageFile= "~/Master. master" Title= "Content Page 1" % >
<asp: Content ID= "Content1" ContentPlaceHolderID= "Main" Runat= "Server">
    Main content.
</asp: Content>
<asp: Content ID= "Content2" ContentPlaceHolderID= "Footer" Runat= "Server" >
    Footer content.
</asp: content>
```

在内容页中，可以创建两个 Content 控件，一个映射到 ContentPlaceHolder 控件 Main，而另一个映射到 ContentPlaceHolder 控件 Footer。Page 指令将内容页绑定到特定的母版页，并为要合并到母版页中的页定义标题。如图 1-5-2 所示。

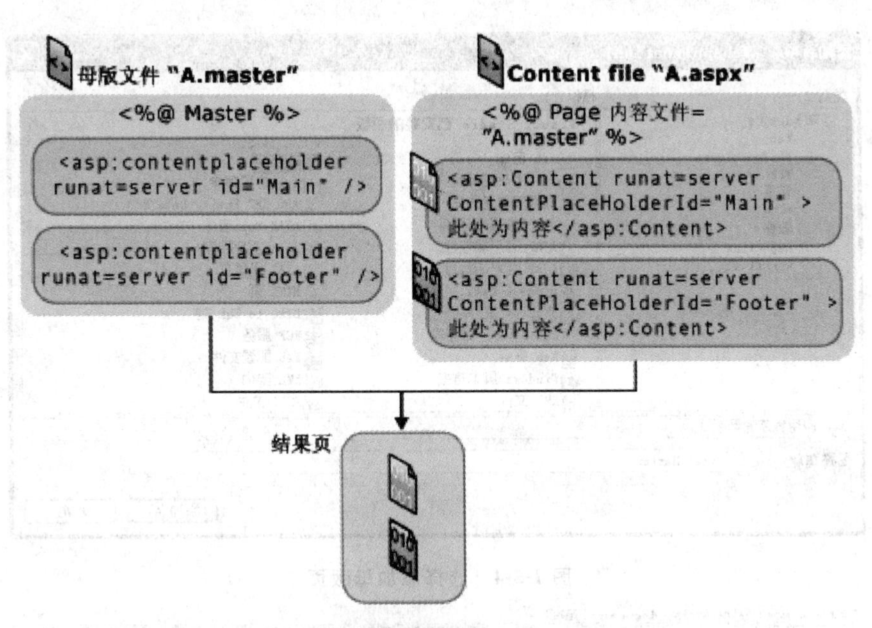

图 1-5-2 替换占位符内容合成新内容示意图

知识点二 创建 Master Page 母版页

给工程添加一个 MasterPage 过程如图 1-5-3、图 1-5-4 和图 1-5-5 所示。注意：母版页的布局建议采用表格或者 div 布局方式。

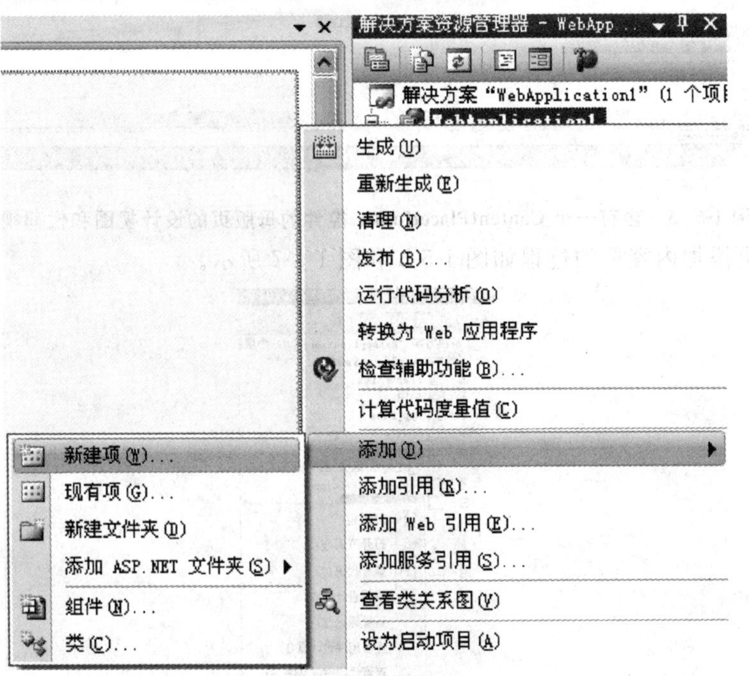

图 1-5-3 为项目新添加新项

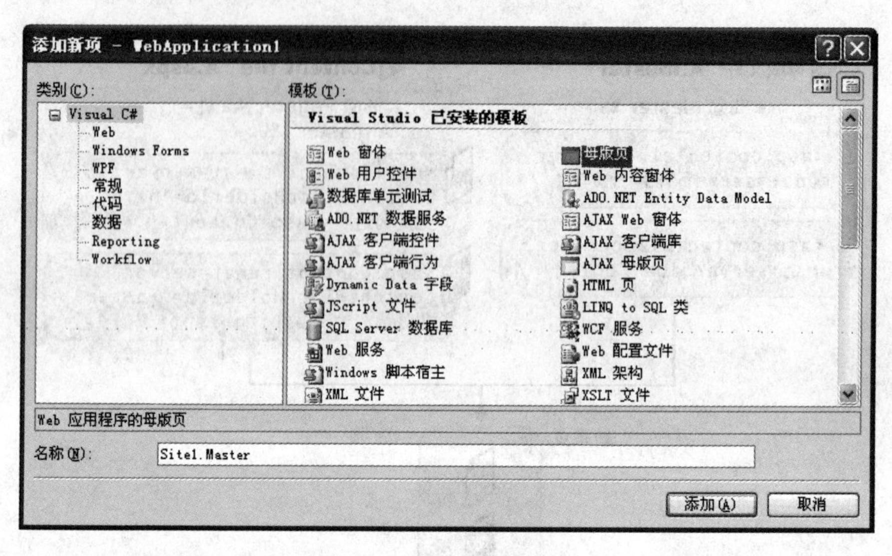

图 1-5-4 选择添加母版页

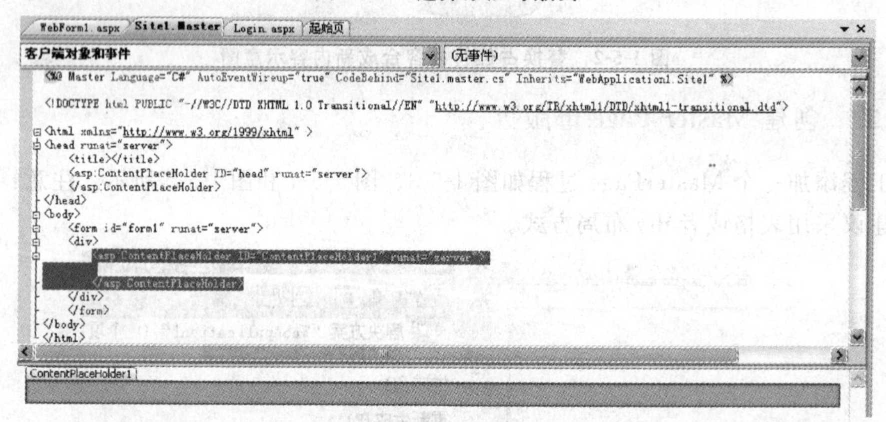

图 1-5- 5 含有一个 ContentPlaceHolder 控件的母版页的设计视图和代码视图

为母版页添加内容页的过程如图 1-5-6 和图 1-5-7 所示。

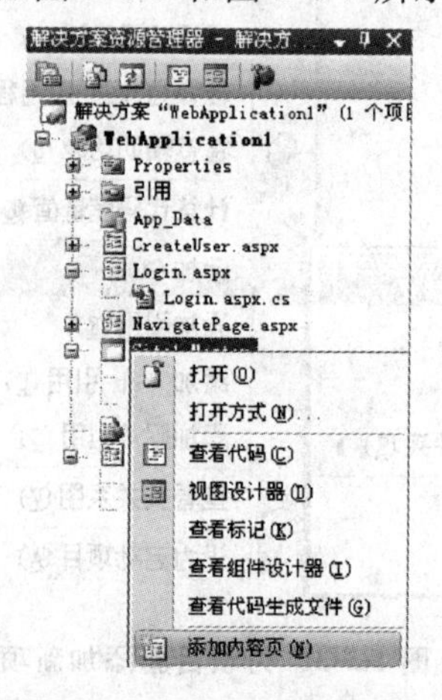

图 1-5-6 添加内容页步骤

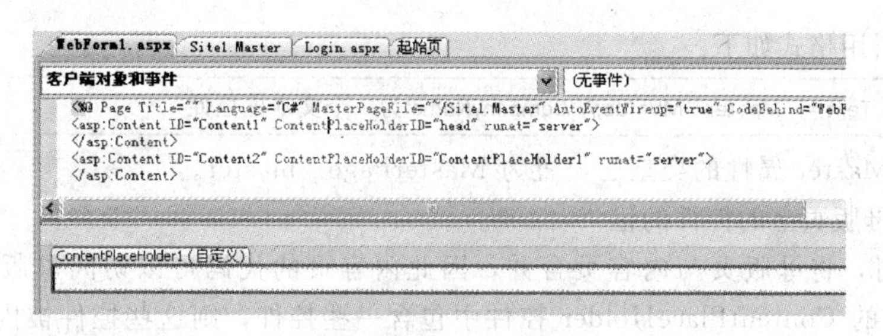

图 1-5-7 添加后生成的内容页的代码和设计视图

知识点三 在内容页中以程序读取 Master Page 相关对象

可以使用母版页以编程方式执行许多公共任务，包括：访问在母版页上定义的成员(包括公共属性/方法或控件)。

1. 访问母版页上的成员

为了提供对母版页成员的访问，Page 类公开了 Master 属性。若要从内容页访问特定母版页的成员，可以通过创建 @ MasterType 指令创建对此母版页的强类型引用。可使用该指令指向一个特定的母版页。当该内容页创建自己的 Master 属性时，属性的类型被设置为引用的母版页。例如，可能有一个名为 MasterPage. master 的母版页，该名称来自类名 MasterPage _ master。可用创建类似于以下内容的 @ Page 和 @ MasterType 指令：

```
<% @ Page   masterPageFile= "~ /MasterPage. master"% >
<% @ MasterType   virtualPath= "~ /MasterPage. master"% >
```

当使用 @ MasterType 指令时(如本示例中的指令)，可以引用母版页上的成员。

母版页代码如下：

```
public partial class Site1 : System. Web. UI. MasterPage
    {
        string mValue =  "";
        public string MValue
        {
            get
            {
                return MValue;
            }
            set
            {
                MValue =  mValue;
            }
        }
}
```

内容页引用格式如下：

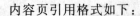

```
CompanyName. Text =  Master. MValue;// CompanyName 为一个文本框控件
```

该页的 Master 属性的类型已设置为 MasterPage _ master。

2. 获取母版页上的控件的值

在运行时，将母版页与内容页合并，因此内容页的代码可以访问母版页上的控件。(如果母版页的 ContentPlaceHolder 控件中包含一些控件，则这些控件被内容页的 Content 控件重写后将不可访问。)这些控件是受保护的，因此不能作为母版页成员直接访问。但是，可以使用 FindControl 方法定位母版页上的特定控件。如果要访问的控件位于母版页的 ContentPlaceHolder 控件内部，必须首先获取对 ContentPlaceHolder 控件的引用，然后调用其 FindControl 方法获取对该控件的引用。

下面的示例演示如何获取对母版页上的控件的引用。其中一个被引用的控件位于 ContentPlaceHolder 控件中，另一个则不是。

```
//引用的 TextBox 控件位于 ContentPlaceHolder 控件中
ContentPlaceHolder mpContentPlaceHolder;
TextBox mpTextBox;
mpContentPlaceHolder =  (ContentPlaceHolder)Master. FindControl("ContentPlaceHolder1");
if(mpContentPlaceHolder ! =  null)
{
    mpTextBox =  (TextBox) mpContentPlaceHolder. FindControl("TextBox1");
    if(mpTextBox ! =  null)
    {
        mpTextBox. Text =  "TextBox found!";
    }
}
//引用的 Label 控件不位于 ContentPlaceHolder 控件中
Label mpLabel =  (Label) Master. FindControl("masterPageLabel");
if(mpLabel ! =  null)
{
    Label1. Text =  "Master page label =  " +  mpLabel. Text;
}
```

如上所示，可以使用 FindControl 方法访问母版页 ContentPlaceHolder 控件的内容。如果 ContentPlaceHolder 控件已与 Content 控件的内容合并，ContentPlaceHolder 控件将不会包含自己的默认内容。相反，它将包含在内容页中定义的文本和控件。

3. 动态附加母版页

除了以声明方式指定母版页(在 @ Page 指令或配置文件中)外，还可以动态地将母版页附加到内容页。因为母版页和内容页会在页处理的初始化阶段合并，所以必须在此前分配母版页。通常，在 PreInit 阶段动态地分配母版页，如下面的示例所示。

```
void Page_PreInit(Object sender, EventArgs e)
{
    this. MasterPageFile = "~ /NewMaster. master";
}
```

4. 动态母版页的强类型

如果内容页使用 @ MasterType 指令将一个强类型赋给了母版页，该类型必须适用于动态分配的所有母版页。如果要动态地选择一个母版页，建议创建一个基类，并从此基类派生母版页。此基本母版页类随后可以定义母版页共有的属性和方法。在内容页中，当使用 @ MasterType 指令将一个强类型赋给母版页时，可以将类型赋给该基类而不是单个母版页。

下面的示例演示如何创建可以由多个母版页使用的基本母版页类型。本示例包括一个从 MasterPage 控件派生的基类型、两个从该基类型继承的母版页和一个允许用户使用查询字符串动态选择母版页的内容页。此基本母版页类型定义了名为 MyTitle 的属性。其中一个母版页重写此 MyTitle 属性，另一个母版页没有重写。内容页将 MyTitle 属性作为页标题显示。因此，页标题将因所选择的母版页而异。

这是基母版页类型。它位于 App _ Code 目录中。

```
using System;
using System. Data;
using System. Configuration;
using System. Web;
using System. Web. Security;
using System. Web. UI;
using System. Web. UI. WebControls;
using System. Web. UI. WebControls. WebParts;
using System. Web. UI. HtmlControls;
public class BaseMaster : System. Web. UI. MasterPage
{
    public virtual String MyTitle
    {
        get { return "BaseMaster Title"; }
    }
}
```

以下为第一个母版页设计代码，它显示蓝色背景。注意，@ Master 指令中的 Inherits 属性引用基类型。

```
<% @ Master Language= "C# " Inherits= "BaseMaster" ClassName= "MasterBlue" % >
<! DOCTYPE html PUBLIC "-//W3C//DTD XHTML 1. 1//EN" "http: //www. w3. org/TR/xhtml11/DTD/xhtml11. dtd">
<script runat= "server">
    // No property here that overrrides the MyTitle property of the base master.
</script>
<html  >
<head id= "Head1" runat= "server">
    <title> No title</title>
</head>
<body>
    <form id= "form1" runat= "server">
    <div style= "background-color: LightBlue">
        <asp: contentplaceholder id= "ContentPlaceHolder1"
            runat= "server">
        Content from MasterBlue.
        </asp: contentplaceholder>
    </div>
    </form>
</body>
</html>
```

以下为第二个母版页设计代码，除了显示绿色背景以及重写了基类型中定义的 MyTitle 属性外，它与第一个母版页相同。

```
<% @ Master Language= "C# " Inherits= "BaseMaster" ClassName= "MasterGreen" % >
<! DOCTYPE html PUBLIC "-//W3C//DTD XHTML 1. 1//EN" "http: //www. w3. org/TR/xhtml11/DTD/xhtml11. dtd">
<script runat= "server">
    public override String MyTitle
    {
        get { return "MasterGreen Title"; }
    }
</script>
<html  >
<head id= "Head1" runat= "server">
    <title> No title</title>
</head>
<body>
    <form id= "form1" runat= "server">
    <div style= "background-color: LightGreen">
        <asp: contentplaceholder id= "ContentPlaceHolder1"
            runat= "server">
            Content from MasterGreen.
```

```
            </asp: contentplaceholder>
        </div>
        </form>
</body>
</html>
```

以下内容页允许用户基于由请求提供的查询字符串来选择母版页。使用@ MasterType指令将强类型赋给母版页的Master属性时，该指令引用基类型。

```
<% @ Page Language= "C# " Title= "Content Page" MasterPageFile= "~ /MasterBlue. master"% >
<% @ MasterType TypeName= "BaseMaster" % >
<script runat= "server">
    protected void Page_PreInit(Object sender, EventArgs e)
    {
        this. MasterPageFile =  "MasterBlue. master";
        if(Request. QueryString["color"] = =  "green")//母版页选择判断
        {
            this. MasterPageFile =  "MasterGreen. master";
        }
        this. Title =  Master. MyTitle;
    }
</script>
<asp: Content ID= "Content1" ContentPlaceHolderID= "ContentPlaceHolder1"
        Runat= "Server">
    Content from Content page.
</asp: Content>
```

5. ASP. NET母版页和内容页中的事件

母版页和内容页都可以包含控件的事件处理程序。对于控件而言，事件是在本地处理的，即内容页中的控件在内容页中引发事件，母版页中的控件在母版页中引发事件。控件事件不会从内容页发送到母版页。同样，也不能在内容页中处理来自母版页控件的事件。

在某些情况下，内容页和母版页中会引发相同的事件。例如，两者都引发Init和Load事件。引发事件的一般规则是初始化事件从最里面的控件向最外面的控件引发，所有其他事件则从最外面的控件向最里面的控件引发。因此，母版页会合并到内容页中并被视为内容页中的一个控件，这一点十分有用。

下面是母版页与内容页合并后事件的发生顺序：

1. 母版页控件Init事件。
2. 内容控件Init事件。
3. 母版页Init事件。
4. 内容页Init事件。
5. 内容页Load事件。
6. 母版页Load事件。

7. 内容控件 Load 事件。

8. 内容页 PreRender 事件。

9. 母版页 PreRender 事件。

10. 母版页控件 PreRender 事件。

11. 内容控件 PreRender 事件。

母版页和内容页中的事件顺序对于页面开发人员并不重要。但是，在创建的事件处理程序取决于某些事件的可用性时了解母版页和内容页中的事件顺序很有帮助。

【总结】

通过本任务的学习，实现创建 PAMS 项目中的模板页，并了解模板页的基础知识。在实践中，重点掌握如何创建母版页。理论方面，要求理解母版页的基础知识。

5.3 项目实战

【任务概述】

实现《书乐网》的母版页设计。

步骤一 现添加母版页 MasterPage. master

实现提示：

为项目【添加新建项】，选择【添加母版页】。

步骤二 现添加占位符 ContentPlaceHolder 控件

实现提示：

在母版页中，添加 ContentPlaceHolder 控件。

步骤三 现为母版页添加内容页

实现提示：

点击右键母版页中的【添加内容页】，自动按母版页生成内容页面。

任务 6 PAMS 主题和皮肤的开发应用

6.1 目标与实施

【任务目标】

设计 PAMS 项目的主题和皮肤 Skin。

【知识要点】

1. 掌握 PAMS 项目的主题和皮肤 Skin 的语法。
2. 掌握 PAMS 项目的主题和皮肤 Skin 的程序设计。

6.2 创建 PAMS 项目的主题和皮肤 Skin 文件

【场景分析】

在 Web 应用程序开发中，一个良好的 Web 应用程序界面能够让网站的访问者感觉耳目一新，当用户访问 Web 应用程序时，网站的界面和布局能够提升访问者对网站的兴趣和继续浏览的耐心。ASP. NET 提供了皮肤、主题和模版页的功能增强了网页布局和界面优化的功能，这样即可轻松地实现对网站开发中界面的控制。

皮肤和主题是自 ASP. NET 2.0 包括的内容。使用皮肤和主题，能够将样式和布局信息分解到单独的文件中，让布局代码和页面代码相分离。主题可以应用到各个站点，当需要更改页面主题时，无须对每个页面进行更改，只需要针对主题代码页进行更改即可。

【过程实施】

步骤一 添加主题

在 PAMS. Web. App _ Themes 中加入一个 Default 主题，如图 1-6-1 所示。

步骤二 添加主题和皮肤文件

1. 在该 Default 主题下面创建一个 Control. skin 的外观文件，如图 1-6-2 所示。

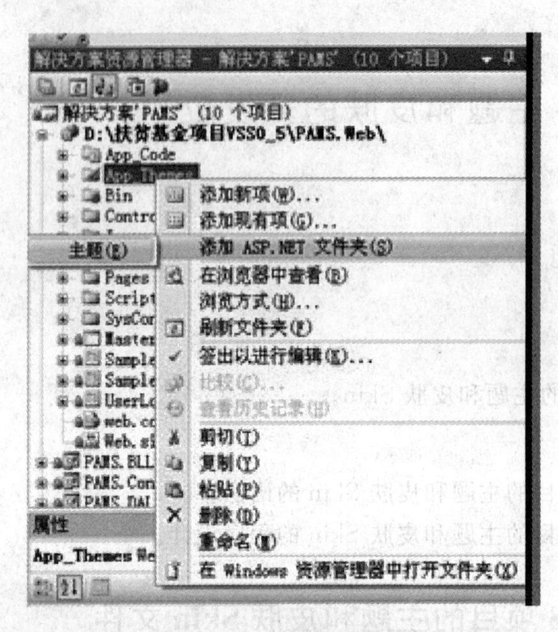

图 1-6-1 添加主题界面

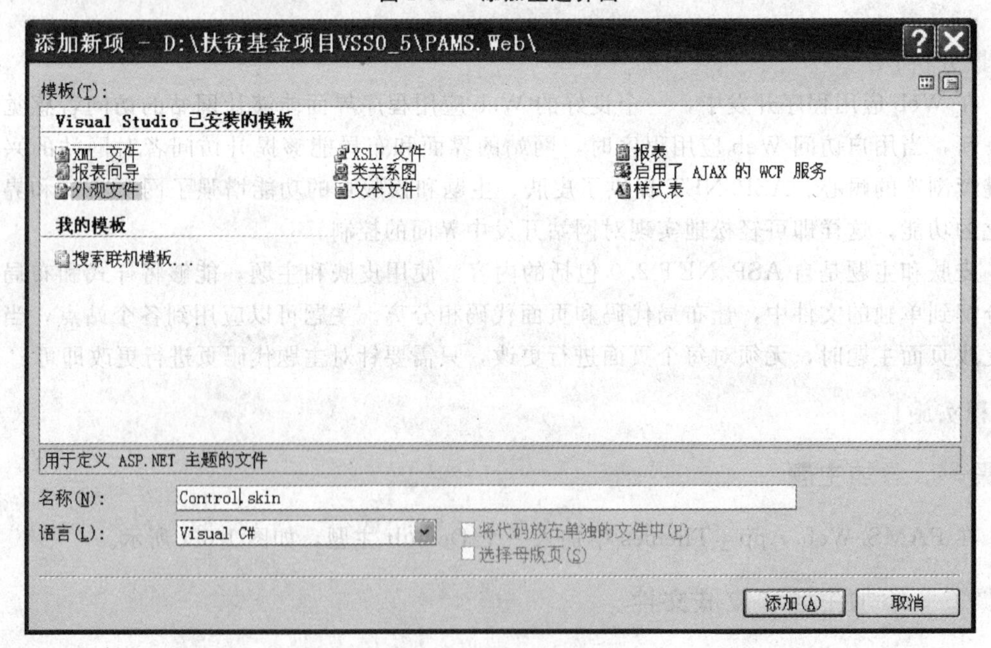

图 1-6-2 添加皮肤界面

2. 打开该 Control. skin 文件，添加如下代码：

```
<asp: Button runat= "server" CssClass= "button" BorderStyle= "None" Width= "75px" Height= "22px" />
```

3. 在 Default 主题下添加 4 _ Control. css 文件，里面添加如下代码：

```
input. button
{
    width: 75px;
    height: 22px;
    border: none;
    background: url('. . /. . /Images/Control/Button. gif ') no-repeat left top;
    font-size: 12px;
    font-family: Arial,宋体;
    line-height: 20px;
    cursor: pointer;
}
input. button: hover
{
    background: url('. . /. . /Images/Control/Button. gif ') no-repeat left 100% ;
}
```

步骤三　在 web. config 中配置该主题和皮肤文件

在 PAMS. Web 下的 web. config 文件中添加如下代码：

```
<pages styleSheetTheme= "Default">
        <controls>
            <add tagPrefix= "asp" namespace= "System. Web. UI" assembly= "System. Web. Extensions, Version= 3. 5. 0. 0, Culture= neutral, PublicKeyToken= 31BF3856AD364E35"/>
            < add  tagPrefix = " asp "  namespace = " System. Web. UI. WebControls "  assembly = " System. Web. Extensions, Version= 3. 5. 0. 0, Culture= neutral, PublicKeyToken= 31BF3856AD364E35"/>
        </controls>
</pages>
```

【知识点分析及扩展】

知识点一　皮肤和主题

1. 将 CSS 应用在控件上

CSS 不仅能够用来进行页面布局，同样也可以应用在控件中，使用 CSS 能够让控件更具美感。与在空间上使用 CSS 基本和在页面上使用 CSS 的方法相同。在控件界面的编写中，可以使用控件的默认属性，例如 BackColor、ForeColor、BorderStyle 等，同样也可以通过 style 属性编写控件的属性，示例代码如下所示：

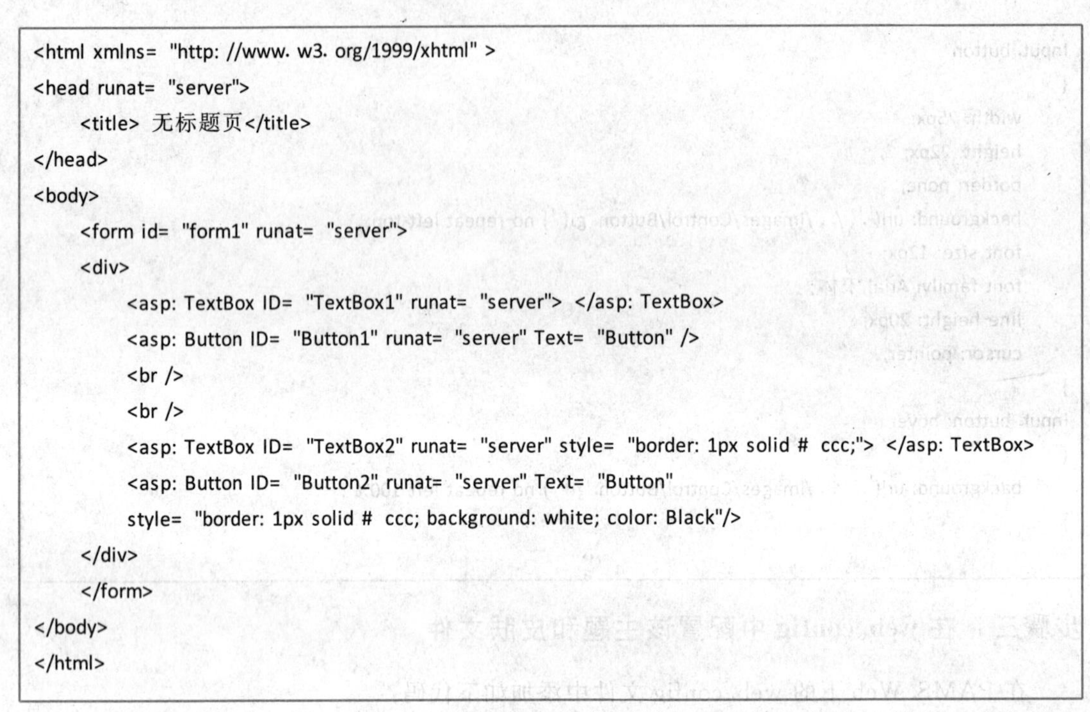

```
<html xmlns= "http: //www. w3. org/1999/xhtml" >
<head runat= "server">
    <title> 无标题页</title>
</head>
<body>
    <form id= "form1" runat= "server">
    <div>
        <asp: TextBox ID= "TextBox1" runat= "server"> </asp: TextBox>
        <asp: Button ID= "Button1" runat= "server" Text= "Button" />
        <br />
        <br />
        <asp: TextBox ID= "TextBox2" runat= "server" style= "border: 1px solid # ccc;"> </asp: TextBox>
        <asp: Button ID= "Button2" runat= "server" Text= "Button"
        style= "border: 1px solid # ccc; background: white; color: Black"/>
    </div>
    </form>
</body>
</html>
```

上述代码分别编写了4个控件，其中2个控件是输入框和按钮控件，另外2个控件也是输入框和按钮控件。不同的是，另外2个控件通过style属性进行了样式控制，运行后如图1-6-3所示。

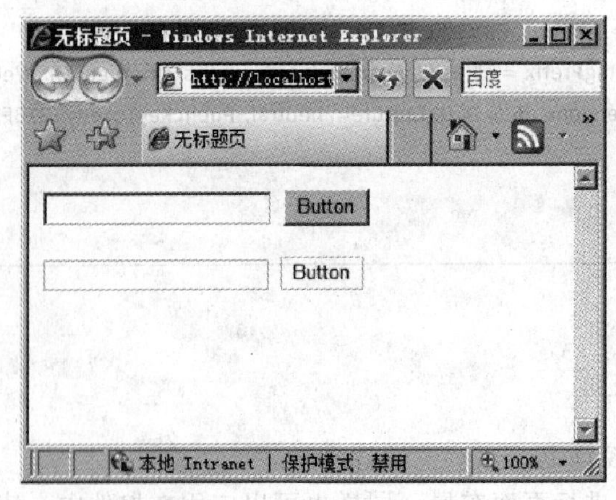

图 1-6-3　控件的样式控制

除了通过style标签以外，控件还带有“样式”属性，通过配置相应的属性，即可为控件进行样式控制。其中最典型的包括日历控件，日历控件能够套用默认格式以呈现更加丰富的样式，示例代码如下所示。

```
<html xmlns= "http: //www. w3. org/1999/xhtml" >
<head runat= "server">
     <title> 无标题页</title>
     <style type= "text/css">
          . style1
          {
               width: 100% ;
          }
     </style>
</head>
<body>
     <form id= "form1" runat= "server">
     <div>
          <table class= "style1">
               <tr>
                    <td>
                         默认样式</td>
                    <td>
                           选择样式</td>
               </tr>
               <tr>
                    <td>
                         <asp: Calendar ID= "Calendar1" runat= "server"> </asp: Calendar>
                    </td>
                    <td>
                         <asp: Calendar ID= "Calendar2" runat= "server"
                         BackColor= "# FFFFCC" BorderColor= "# FFCC66"
                         BorderWidth= "1px" DayNameFormat= "Shortest" Font-Names= "Verdana" Font-Size= "
8pt"
                         ForeColor= "# 663399" Height= "200px" ShowGridLines= "True" Width= "220px">
                         <SelectedDayStyle BackColor= "# CCCCFF" Font-Bold= "True" />
                         <SelectorStyle BackColor= "# FFCC66" />
                         <TodayDayStyle BackColor= "# FFCC66" ForeColor= "White" />
                              <OtherMonthDayStyle ForeColor= "# CC9966" />
                                   <NextPrevStyle Font-Size= "9pt" ForeColor= "# FFFFCC" />
                              <DayHeaderStyle BackColor= "# FFCC66" Font-Bold= "True"
                              Height= "1px" />
                              <TitleStyle BackColor= "# 990000" Font-Bold= "True" Font-Size= "9pt"
                         ForeColor= "# FFFFCC" />
                    </asp: Calendar>
                    </td>
```

```
                </tr>
            </table>
        </div>
        </form>
</body>
</html>
```

上述代码通过属性为日历控件进行了样式控制，运行后效果如图 1-6-4 所示，默认的样式和配置了样式之后的差别巨大。

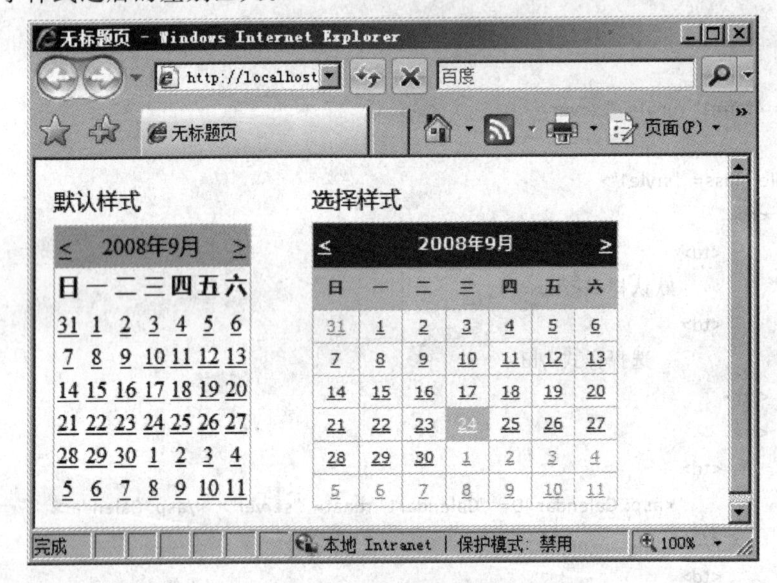

图 1-6-4　属性样式控制

通过编写样式能够让控件的呈现更加的丰富，人机界面更加友好。当用户访问页面时，能够提高用户对网站的满意程度。控件的样式控制，不仅能够使用默认的属性进行样式控制，同样可以使用 style 属性进行样式控制，但是 style 属性的样式控制在很多地方不能操作。例如，日历控件中的当前日期样式，而通过控件的属性的配置，却能够快速配置当前日期的样式。

2. 主题和皮肤

主题是属性设置的集合，通过使用主题的设置能够定义页面和控件的样式。在某个 Web 应用程序中应用主题到所有的页面，以及页面上的控件，可以简化样式控制。主题包括一系列元素，这些元素分别是皮肤、级联样式表(CSS)、图像和其他资源。主题文件的后缀名称为 .skin，创建主题后，主题文件通常保存在 Web 应用程序的特殊目录下，创建主题文件如图 1-6-3 所示。创建外观文件，Visual Studio 会提示是否将文件存放到特殊目录，如图 1-6-5、图 1-6-6 所示。

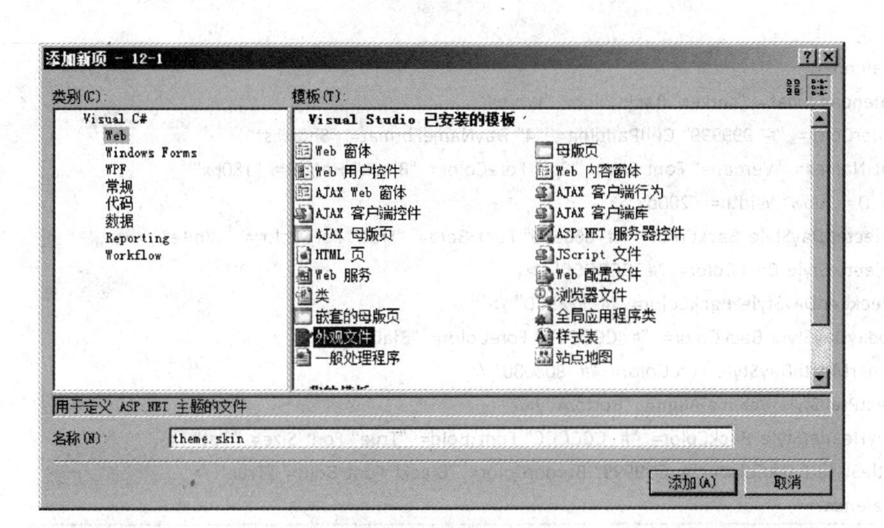

图 1-6-5　创建外观文件

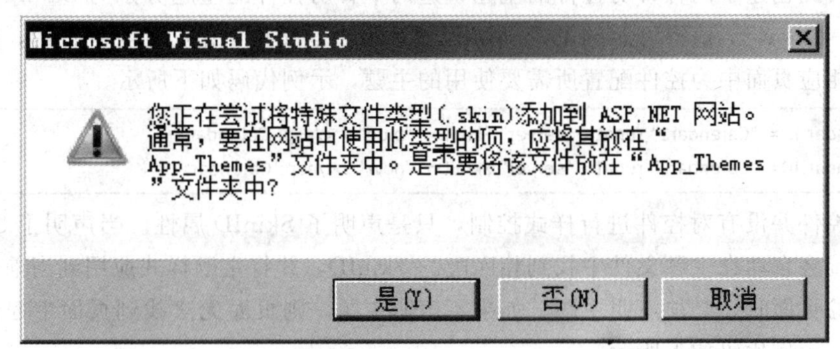

图 1-6-6　将主题文件存放到特殊目录

单击【是】按钮后主题文件会存放到 App _ Themes 文件夹中。主题文件通常都保存在 Web 应用程序的特殊目录下，以便这些文件能够在页面中进行全局访问。在主题文件中编写代码可以对控件进行主题配置，示例代码如下所示。

```
<asp: Calendar runat= "server" BackColor= "White"
    BorderColor= "Black" BorderStyle= "Solid" CellSpacing= "1" Font-Names= "Verdana"
    Font-Size= "9pt" ForeColor= "Black" Height= "250px" NextPrevFormat= "ShortMonth"
    SkinID= "blue" Width= "330px">
    <SelectedDayStyle BackColor= "# 333399" ForeColor= "White" />
    <TodayDayStyle BackColor= "# 999999" ForeColor= "White" />
    <OtherMonthDayStyle ForeColor= "# 999999" />
    <DayStyle BackColor= "# CCCCCC" />
    <NextPrevStyle Font-Bold= "True" Font-Size= "8pt" ForeColor= "White" />
    <DayHeaderStyle Font-Bold= "True" Font-Size= "8pt" ForeColor= "# 333333"
    Height= "8pt" />
    <TitleStyle BackColor= "# 333399" BorderStyle= "Solid" Font-Bold= "True"
    Font-Size= "3pt" ForeColor= "White" Height= "3pt" />
```

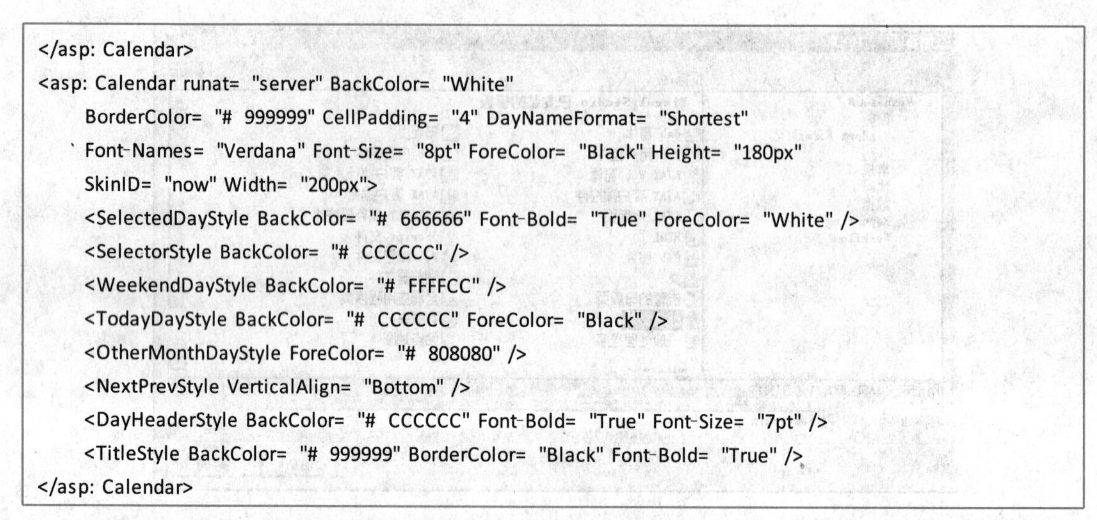

```
</asp: Calendar>
<asp: Calendar runat= "server" BackColor= "White"
    BorderColor= "# 999999" CellPadding= "4" DayNameFormat= "Shortest"
    Font-Names= "Verdana" Font-Size= "8pt" ForeColor= "Black" Height= "180px"
    SkinID= "now" Width= "200px">
    <SelectedDayStyle BackColor= "# 666666" Font-Bold= "True" ForeColor= "White" />
    <SelectorStyle BackColor= "# CCCCCC" />
    <WeekendDayStyle BackColor= "# FFFFCC" />
    <TodayDayStyle BackColor= "# CCCCCC" ForeColor= "Black" />
    <OtherMonthDayStyle ForeColor= "# 808080" />
    <NextPrevStyle VerticalAlign= "Bottom" />
    <DayHeaderStyle BackColor= "# CCCCCC" Font-Bold= "True" Font-Size= "7pt" />
    <TitleStyle BackColor= "# 999999" BorderColor= "Black" Font-Bold= "True" />
</asp: Calendar>
```

上述代码创建了两种日历控件的主题，这两个日历控件的主题分别为 SkinID＝“blue”和 SkinID＝“now”。值得注意的是，SkinID 属性在主题文件中是必须且唯一的，因为这样才可以在相应页面中为控件配置所需要使用的主题，示例代码如下所示。

```
<asp: Calendar ID= "Calendar1" runat= "server" SkinID= "blue"> </asp: Calendar>
<asp: Calendar ID= "Calendar2" runat= "server" SkinID= "now"> </asp: Calendar>
```

上述控件并没有对控件进行样式控制，只是声明了 SkinID 属性。当声明了 SkinID 属性后，系统会自动在主题文件中找到相匹配的 SkinID，并将主题样式应用到当前控件。在使用主题的页面时，必须声明主题。如果不声明主题，则页面无法找到页面中控件需要使用的主题，示例代码如下所示。

```
<% @ Page Language= "C# " AutoEventWireup= "true" CodeBehind= "Default. aspx. cs" Inherits= "_3_1._De-
fault" Theme= "Theme1"% >
```

在页面声明主题后，控件就能够使用 .skin 文件中的主题，通过 SkinID 属性，控件可以选择主题文件中的主题。运行如图 1-6-7 所示。

图 1-6-7　选择不同的主题

主题还可以包括级联样式表(CSS 文件)，将 .css 放置在主题目录中，样式表则会自动应用为主题的一部分。不仅如此，主题还可以包括图片和其他资源。

3. 页面主题和全局主题

用户可以为每个页面设置主题被称为“页面主题”。也可以为应用程序的每个页面都使用主题，在每个页面使用默认主题，这种情况被称为“全局主题”。

页面主题是一个主题文件夹，其中包括控件的主题、层叠样式表、图形文件和其他资源文件，这个文件夹是作为网站中的“\App_Themes”文件夹和子文件夹创建的。每个主题都是“\App_Themes”文件夹的一个子文件夹，如图 1-6-8 所示。

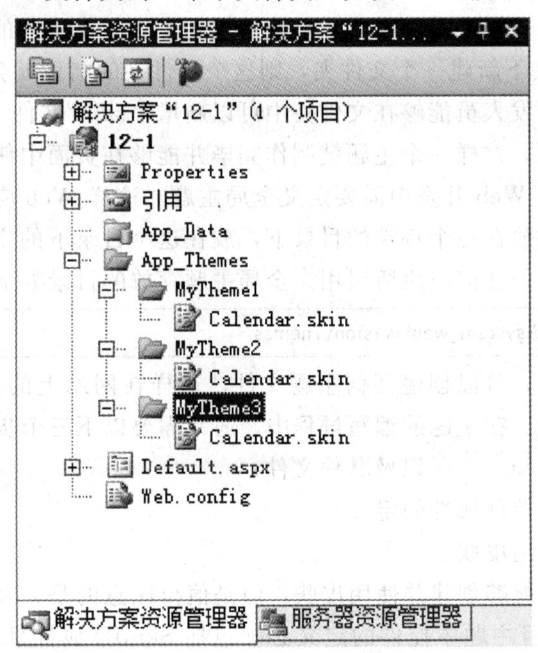

图 1-6-8 多个主题

使用全局主题，可以让应用程序中的所有页面都能够使用该主题，当维护同一个服务器上的多个网站时，可以使用全局主题定义应用程序的整体外观。当需要使用全局主题时，则可以通过修改 Web.config 配置文件中的<pages>配置进行主题的全局设定。

使用全局主题和使用页面主题的方法基本相同，它们都包括属性设置、样式设置和图形。但是全局主题和页面主题不同的是，全局主题存放在服务器上的公共文件夹中，这个文件夹通常命名为 Theme。服务器上的任何 Web 应用程序都能够使用 Theme 文件夹中的主题。主题能够和 CSS 文件一样，进行页面布局和控件样式控制，但是主题和 CSS 文件的描述不同，所能够完成的功能也不同，其主要区别如下几点：

主题可以定义控件的样式，不仅能够定义样式属性，还能够定义其他样式，包括模板。

主题可以包括图形等其他主题元素文件。

主题的层叠方式与 CSS 文件的层叠方式不同。

一个页面只能应用与一个主题，而CSS可以被多个文件应用。

主题不仅能够进行控件的样式定义，还能够定义模板，这样减少了相同类型的控件的模板编写操作。但是主题也有缺点，一个页面只能应用一个主题，而无法应用多个主题。与之相反的是，一个页面能够应用多个CSS文件。

主题与CSS相比，主题在样式控制上还有很多不够强大的地方，而CSS页面布局的能力比主题更加强大，样式控制更加友好。

4. 应用和禁用主题

通常情况下，可以在网站目录下的“App _ Themes”文件夹下定义主题，然后在页面中进行主题的使用声明，这样在页面中就能够使用主题了。制作主题的过程也非常简单，在“App _ Themes”文件夹下新建一个文件夹，则这个文件夹的名称就会作为主题名称在应用程序中保存。同样，开发人员能够在文件夹中可以新增“.skin”文件，以及“.css”文件和图形图像文件来修饰主题，这样一个主题就制作完毕并能够在页面中使用了。

在很多情况下，在Web开发中需要定义全局主题，这样Web应用程序就能够使用这个主题，全局主题通常放在一个特殊的目录下，放在这个目录下的主题能够被服务器上的任何网站，以及网站中的任何应用所引用。全局主题存放的目录如下所示：

```
lisdefaultroot\aspnet_client\system_web\version\Themes
```

在全局主题目录下，可以创建任何主题文件，这样在网站上的其他Web应用也能够使用全局主题作为主题。在主题的编写过程中，通常需要以下三个步骤：

添加项目，包括.skin、css以及其他文件；

创建皮肤，包括对控件属性的定义；

在页面中声明并使用皮肤。

通过以上三个步骤能够创建并使用皮肤，但是值得注意的是，在创建皮肤文件时，必须保存为.skin文件并且主题中控件的定义必须包括SkinID属性且不能包括ID。在皮肤中，对控件的属性的描述同样必须要包括runat=“server”标记，这样才能够保证皮肤文件中控件的皮肤的描述是正确和可读的，示例代码如下所示：

```
<asp: Calendar  runat= "server" BackColor= "White"
    BorderColor= "Black" BorderStyle= "Solid" CellSpacing= "1" Font-Names= "Verdana"
    Font-Size= "9pt" ForeColor= "Black" Height= "250px" NextPrevFormat= "ShortMonth"
    SkinID= "blue" Width= "330px">
    <SelectedDayStyle BackColor= "# 333399" ForeColor= "White" />
    <TodayDayStyle BackColor= "# 999999" ForeColor= "White" />
    <OtherMonthDayStyle ForeColor= "# 999999" />
    <DayStyle BackColor= "# CCCCCC" />
    <NextPrevStyle Font-Bold= "True" Font-Size= "8pt" ForeColor= "White" />
    <DayHeaderStyle Font-Bold= "True" Font-Size= "8pt" ForeColor= "# 333333"
    Height= "8pt" />
    <TitleStyle BackColor= "# 333399" BorderStyle= "Solid" Font-Bold= "True"
    Font-Size= "3pt" ForeColor= "White" Height= "3pt" />
```

```
</asp: Calendar>
```

在定义了控件的皮肤后，就可以在单个页面进行皮肤的声明和使用，示例代码如下所示：

```
<% @ Page Language= "C# " AutoEventWireup= "true" CodeBehind= "Default. aspx. cs" Inherits= "_3_1. _De -
fault" Theme= "MyTheme1"% >
```

同样也可以使用 StyleSheetTheme 属性进行页面主题的设置，示例代码如下所示：

```
<% @ Page Language= "C# " AutoEventWireup= "true" CodeBehind= "Default. aspx. cs" Inherits= "_3_1. _De -
fault" StylesheetTheme= "MyTheme1"% >
```

如果需要使用全局主题，则需要在 Web. config 配置文件中定义全局主题，示例代码如下所示：

```
<system. Web>
    <pages theme= "MyTheme1">
    </pages>
</system. Web>
```

在使用主题后，对于控件的属性的编写是没有任何效果的，示例代码如下所示：

```
<asp: Calendar ID= "Calendar1" runat= "server" SkinID= "blue" BackColor= "# FFFFCC"
    BorderColor= "# FFCC66" BorderWidth= "1px" DayNameFormat= "Shortest"
    Font-Names= "Verdana" Font-Size= "8pt" ForeColor= "# 663399" Height= "200px"
    ShowGridLines= "True" Width= "220px">
    <SelectedDayStyle BackColor= "# CCCCFF" Font-Bold= "True" />
    <SelectorStyle BackColor= "# FFCC66" />
    <TodayDayStyle BackColor= "# FFCC66" ForeColor= "White" />
    <OtherMonthDayStyle ForeColor= "# CC9966" />
    <NextPrevStyle Font-Size= "9pt" ForeColor= "# FFFFCC" />
    <DayHeaderStyle BackColor= "# FFCC66" Font-Bold= "True" Height= "1px" />
    <TitleStyle BackColor= "# 990000" Font-Bold= "True" Font-Size= "9pt"
    ForeColor= "# FFFFCC" />
</asp: Calendar>
```

上述代码编写了一个控件的属性，其中某些属性被主题覆盖。简单说来，局部的设置将会服从全局的设置，即页面上的控件已经具备自己的属性设置，但是当指定了 SkinID 属性后，部分属性将会服从全局属性设置，如图 1-6-9 和图 1-6-10 所示。

虽然本地属性设置为另一种样式，但是运行后的控件样式却不是本地属性配置的样式，因为其中的某些属性已经被主题更改。在设置页面或者全局主题的 StyleSheetTheme 属性时，将主题作为样式表主题应用，本地页的设置将优先于主题中定义的设置，即局部设置将会覆盖全局设置。

当本地主题和全局主题都存在时，即控件本身的属性和使用的主题属性都存在且相同

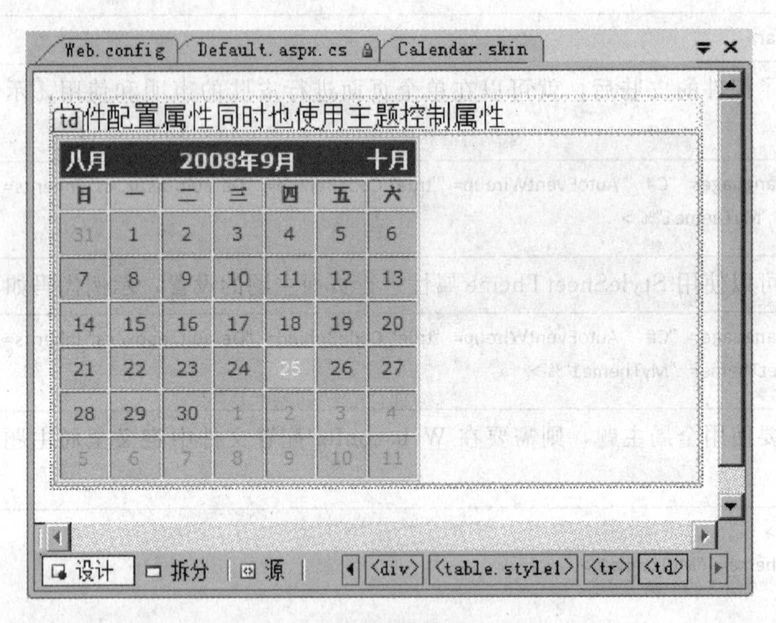

图 1-6-9　本地属性和全局属性

图 1-6-10　运行后的控件样式

时，本身的属性将会被全局属性更改，而全局属性中没有的属性将继续保留。相对与CSS文件而言，如果本地CSS描述和全局CSS描述都存在，包括控件本身的CSS描述和内嵌式CSS文件的描述都一样时，本地CSS描述会替代全局的CSS描述。

对于哪些情况，主题会重写？控件外观的本地设置。当控件或页面已经定义了外观，而又不希望全局主题将本地主题进行重写和覆盖，可以禁用主题的覆盖行为。对于页面，可以用声明的方法进行禁用，示例代码如下所示：

```
<% @ Page Language= "C# " AutoEventWireup= "true" EnableTheming= "false" % >
```

当页面需要某个主题的属性描述，而又希望单个控件不被主题描述时，同样可以通过EnableTheming属性进行主题禁止，示例代码如下所示：

```
<asp: Calendar ID= "Calendar3" runat= "server" EnableTheming= "False">
</asp: Calendar>
```

这样就可以保证该控件不会被主题描述和控制，而页面和页面的其他元素可以使用主题描述中的相应的属性。

5. 用编程的方法控制主题

当主题被制作完成后，很多场合用户希望能够自行更改主题。这种方式非常的实用，通过编程手段，只需要更改StyleSheetTheme属性就能够对页面的主题进行更改。通过编程的方法不仅能够更改页面的主题，同样可以更改控件的主题，达到动态更改控件主题的效果。当需要更改页面的主题时，可以更改页面的StyleSheetTheme属性即可实现页面主题更改的效果，StyleSheetTheme属性的更改代码只能编写在PreInit事件中，示例代码如下所示：

```
protected void Page_PreInit(object sender, EventArgs e)
{
    switch (Request. QueryString["theme"])      //获取传递的参数
    {
        case "MyTheme1": //判断主题
            Page. Theme =  "MyTheme1"; break;   //更改主题
        case "MyTheme2": //判断主题
            Page. Theme =  "MyTheme2"; break;   //更改主题
    }
}
```

上述代码则通过更改Page的StyleSheetTheme属性对页面的主题进行更改。在编程的过程中，同样可以使用更加复杂的编程方法实现主题的更改。在更改页面的代码中，必须首先重写StyleSheetTheme属性，然后通过其中的get访问器返回样式表的主题名称，示例代码如下所示：

```
public override String StyleSheetTheme
{
    get//获取主题
    {
        return "MyTheme1";//返回主题名称
    }
}
```

对于控件，可以通过更改控件的SkinID属性来对控件的主题进行更改，示例代码如下所示：

```
protected void Page_PreInit(object sender, EventArgs e)
{
    Calendar3. SkinID =  "blue";//更改 SkinID 属性
}
```

上述代码通过修改控件的SkinID属性修改控件的主题。在控件中，SkinID属性是能够将控件与主题进行联系的关键属性。

【总结】

通过本任务的学习，实现创建PAMS项目中的皮肤和主题，并了解皮肤和主题的基础知识。在实践中，重点掌握如何使用皮肤和主题。理论方面，要求理解皮肤和主题的基础知识。

6.3 项目实战

【任务概述】

实现《书乐网》的皮肤和主题设计。

步骤一　添加主题

实现提示：

在App _ Themes中添加ASP. NET文件夹中加入一个主题，可命名为Default。

步骤二　添加主题和皮肤文件

实现提示：

在Default主题下面创建一个Control. skin的外观文件。

步骤三　在Web. config中配置该主题和皮肤文件

实现提示：

在page标签中应用主题。

任务7 PAMS网站的导航设计

7.1 目标与实施

【任务目标】

完成PAMS网站的导航设计。

【知识要点】

1. SiteMapPath服务器控件。
2. TreeView服务器控件。
3. Menu服务器控件。

7.2 完成PAMS网站的导航设计

【场景分析】

对于大型的网站，含有大量的内容页面，用户希望有一个可在任意页间切换的导航。ASP. NET提供了网站地图来实现网站导航。

本节主要讲解如何配置PAMS网站地图，以及如何使用依赖于网站地图的控件向网站中的页添加导航。

通过PAMS导航设计，将完成以下任务：

1. 创建含有示例页以及描述页布局的网站地图文件的网站。

2. 使用SiteMapPath控件添加导航路径(也称为breadcrumb)，可以使用户查看网站层次结构，从当前页回至父级页面，甚至沿着层次结构向根目录移动。

【过程实施】

步骤一 启动PAMS网站导航设计

1. 在解决方案中，打开PAMS. Web项目。

2. 在PAMS. Web项目中添加站点地图，点击右键网站根目录，选择“添加新项”，在弹出的模板中选择“站点地图”，如图1-7-1所示。

生成的站点地图Web. sitemap，如图1-7-2所示。

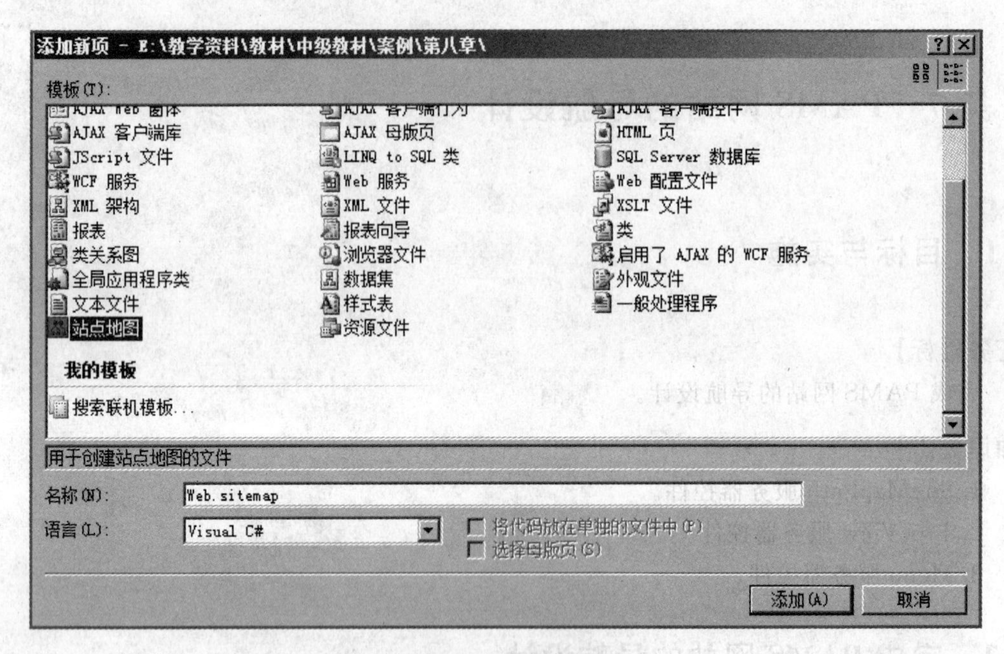

图 1-7-1　添加站点地图

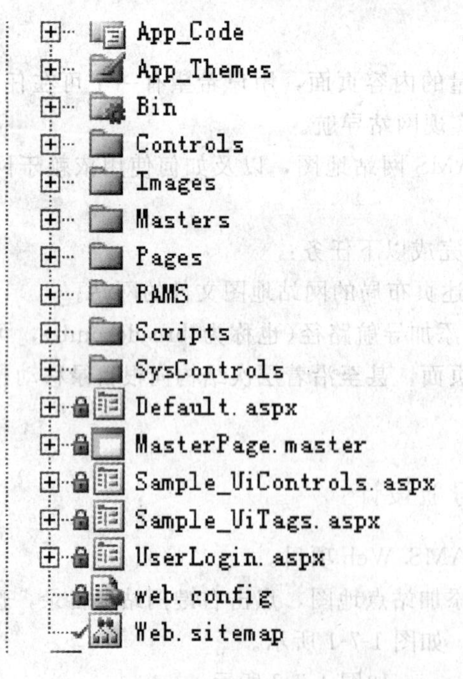

图 1-7-2　站点地图添加完成界面

步骤二　修改 PAMS 网站导航地图

双击打开 Web. sitemap. 编辑 PAMS 的站点 XML 配置。具体代码如下所示：

```
<? xml version= "1. 0" encoding= "utf-8" ? >
<siteMap xmlns= "http: //schemas. microsoft. com/AspNet/SiteMap-File-1. 0" >
  <siteMapNode url= "~ /Default. aspx" title= "首页" description= "首页">
   <siteMapNode url= "~ /Pages/SystemAdminPage/ChangePassword. aspx" title= "修改密码" description= "修
改密码" >
   </siteMapNode>
  <siteMapNode url= "# " title= "系统管理"  description= "系统管理">
    <siteMapNode url= "~ /Pages/SystemAdminPage/UserAdmin. aspx" title= "用户管理"  description= "用户
管理" >
       <siteMapNode url= "~ /Pages/SystemAdminPage/UserAdd. aspx" title= "添加用户" description= "添加
用户"> </siteMapNode>
       <siteMapNode url= "~ /Pages/SystemAdminPage/UserEdit. aspx" title= "编辑用户" description= "编辑
用户"> </siteMapNode>
       <siteMapNode url= "~ /Pages/SystemAdminPage/Role2User. aspx" title= "分配角色" description= "分配
角色"> </siteMapNode>

    </siteMapNode>
    <siteMapNode url= "~ /Pages/SystemAdminPage/RoleAdmin. aspx" title= "角色管理"  description= "角色
管理" >
       <siteMapNode url= "~ /Pages/SystemAdminPage/RoleAdd. aspx" title= "添加角色" description= "添加
角色"> </siteMapNode>
       <siteMapNode url= "~ /Pages/SystemAdminPage/Power2Role. aspx" title= "分配权限" description= "分
配权限"> </siteMapNode>
       <siteMapNode url= "~ /Pages/SystemAdminPage/RoleEdit. aspx" title= "编辑角色" description= "编辑
角色"> </siteMapNode>
    </siteMapNode>
    <siteMapNode url= "~ /Pages/SystemAdminPage/MenuAdmin. aspx" title= "菜单管理"  description= "菜
单管理" >
       <siteMapNode url= "~ /Pages/SystemAdminPage/MenuAdd. aspx" title= "添加菜单" description= "添加
菜单"> </siteMapNode>
       <siteMapNode url= "~ /Pages/SystemAdminPage/MenuEdit. aspx" title= "编辑菜单" description= "编辑
菜单"> </siteMapNode>
    </siteMapNode>
  </siteMapNode>
  <siteMapNode url= "" title= "项目变更" >
  </siteMapNode>
  </siteMapNode>
</siteMap>
```

步骤三　应用导航地图

打开母版页 MasterPage. master，从“工具箱”中拖控件“SiteMapPath”到<div class=”msg”></div>中，完成后代码如下：

```
<div class= "infoMessage">
            <asp: SiteMapPath ID= "siteMapPath" runat= "server">
            </asp: SiteMapPath>
</div>
```

保存整个解决方案，重新编译解决方案。至此，PAMS中的站点导航创建完成。后续的网页添加，只需在 Web. sitemap 中配置其导航 XML 即可。

【知识点分析及扩展】

若要使用 ASP. NET 站点导航，必须描述站点结构以便站点导航 API 和站点导航控件可以正确公开站点结构。默认情况下，站点导航系统使用一个包含站点层次结构的 XML 文件。创建站点地图的最简单方法是创建一个名为 Web. sitemap 的 XML 文件，该文件按站点的分层形式组织页面。ASP. NET 的默认站点地图提供程序自动选取此站点地图。

尽管 Web. sitemap 文件可以引用其他站点地图提供程序或引用其他目录中的其他站点地图文件以及同一应用程序中的其他站点地图文件，但该文件必须位于应用程序的根目录中。

下面的代码示例演示站点地图如何查找一个三层结构的简单站点。url 属性可以以快捷方式“~/”开头，该快捷方式表示应用程序根目录。

```
<siteMap>
  <siteMapNode title= "Home" description= "Home" url= "~/default. aspx">
    <siteMapNode title= "Products" description= "Our products"
      url= "~/Products. aspx">
      <siteMapNode title= "Hardware" description= "Hardware choices"
        url= "~/Hardware. aspx" />
      <siteMapNode title= "Software" description= "Software choices"
        url= "~/Software. aspx" />
    </siteMapNode>
    <siteMapNode title= "Services" description= "Services we offer"
        url= "~/Services. aspx">
        <siteMapNode title= "Training" description= "Training classes"
          url= "~/Training. aspx" />
        <siteMapNode title= "Consulting" description= "Consulting services"
          url= "~/Consulting. aspx" />
        <siteMapNode title= "Support" description= "Supports plans"
          url= "~/Support. aspx" />
```

```
      </siteMapNode>
    </siteMapNode>
</siteMap>
```

在 Web. sitemap 文件中，为网站中的每一页添加一个 siteMapNode 元素。然后，可以通过嵌入 siteMapNode 元素创建层次结构。在上例中，“硬件”和“软件”页是“产品”siteMapNode 元素的子元素。title 属性定义通常用作链接文本的文本，description 属性可以同时用作文档和 SiteMapPath 控件中的工具提示。

有效站点地图文件只包含一个直接位于 siteMap 元素下方的 siteMapNode 元素。但第一级 siteMapNode 元素可以包含任意数量的子 siteMapNode 元素。此外，尽管 url 属性可以为空，但有效站点文件不能有重复的 URL。ASP. NET 默认站点地图提供程序以外的程序可能没有这种限制。

知识点一　SiteMapPath 服务器控件

SiteMapPath 控件是一个站点导航控件，用于反映 SiteMap 对象所提供的数据。该控件提供了一种在站点内轻松导航同时节省空间的方法，并用作当前显示的页在站点中位置的引用点。这种类型的控件通常称为 breadcrumb 或 eyebrow，因为它显示超链接页名称的分层路径，而该路径提供从当前位置提升页层次结构的出口。

对于具有较多级的分层页结构的站点，SiteMapPath 很有用。但在这种站点内，TreeView 或 Menu 控件可能需要占用页上的许多空间。

知识点二　TreeView 服务器控件

【案例设计】

打开站点首页 Default. aspx，切换到设计模式下。从工具箱的“导航”控件中拖 TreeView 控件到原“案例模板修改区”区域，如图 1-7-3 所示。

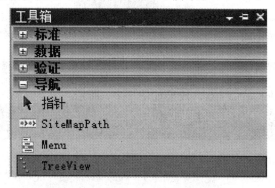

图 1-7-3　TreeView 所在位置示意图

从工具箱的“数据”控件中拖 SiteMapDataSource 控件到 Default. aspx 页面，如图 1-7-4 所示。

图 1-7-4 SiteMapDataSource 所在位置示意图

通过 TreeView 控件的智能提示，选择 TreeView 控件的数据源为步骤 2 中创建的 SiteMapDataSource 数据源 SiteMapDataSource1。

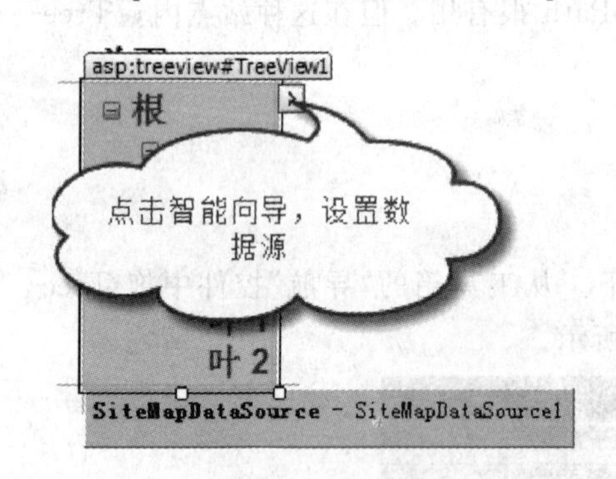

图 1-7-5 单击智能向导

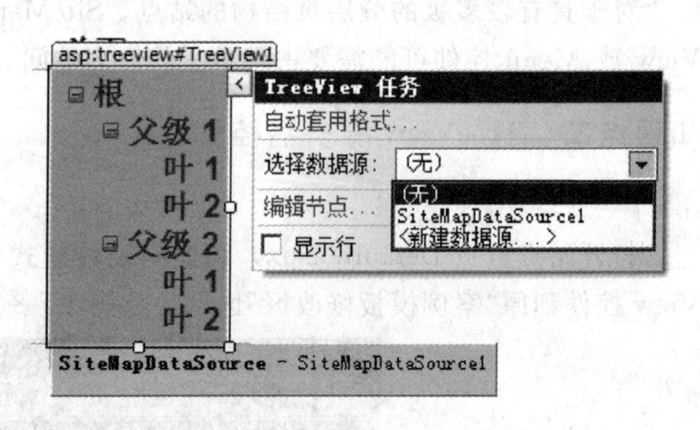

图 1-7-6 选择数据源

保存文件，浏览 Default. aspx，效果如图 1-7-7 所示：

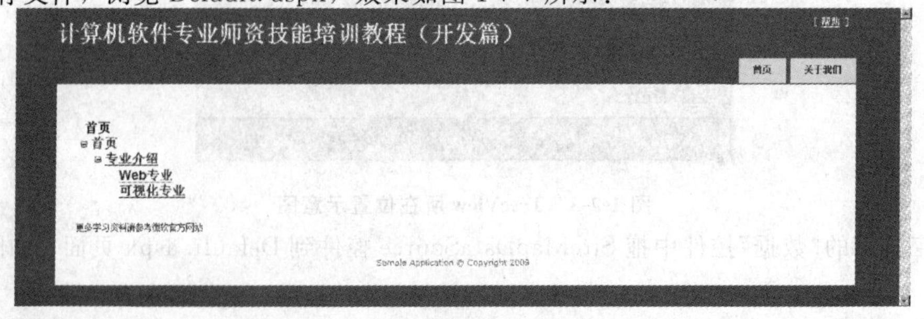

图 1-7-7 页面效果

上述案例中添加的 TreeView 控件和 SiteMapDataSource 控件对应的源代码如下：

```
<asp: TreeView ID= "TreeView1" runat= "server" DataSourceID= "SiteMapDataSource1">
</asp: TreeView>
<asp: SiteMapDataSource ID= "SiteMapDataSource1" runat= "server" />
```

TreeView 控件通过 DataSourceID 属性指定 SiteMapDataSource 控件以获取数据源。

SiteMapDataSource 控件会自动读取站点地图 Web. sitemap。

知识点三　Menu 服务器控件

【案例设计】

Menu 控件通过 DataSourceID 属性指定 SiteMapDataSource 控件以获取数据源。SiteMapDataSource 控件会自动读取站点地图 Web. sitemap。

在当前站点中添加一个测试 MENU 控件的页面 Menu. aspx。修改 Menu. aspx 的页面源文件如下所示：

```
<% @ Page Language= "C# " AutoEventWireup= "true" CodeFile= "Menu. aspx. cs" Inherits= "Menu" % >
<! DOCTYPE html PUBLIC "-//W3C//DTD XHTML 1. 0 Transitional//EN" "http: //www. w3. org/TR/xhtml1/DTD/xht-
ml1-transitional. dtd">
<html xmlns= "http: //www. w3. org/1999/xhtml">
<head id= "Head1" runat= "server">
    <title> Menu 服务器控件</title>
    <link href= "style/Site. css" type= "text/css" rel= "Stylesheet"/>
</head>
<body>
    <form id= "form1" runat= "server">
    <div class= "page">
        <div id= "header">
            <div id= "title">
                <h1>
                    计算机软件专业师资技能培训教程(开发篇)</h1>
            </div>
            <div id= "logindisplay">
                [ <a href= "# "> 帮助</a>  ]
            </div>
            <div id= "menucontainer">
                <ul id= "menu">
                    <li> <a href= "# "> 首页</a>
                        <li> <a href= "# "> 关于</a>  </li>
                </ul>
            </div>
        </div>
```

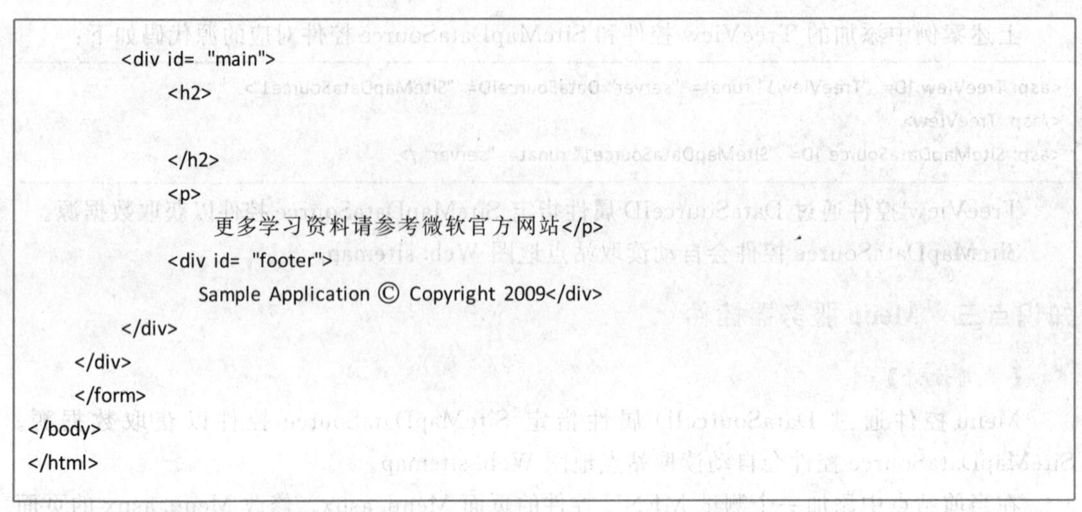

```
        <div id= "main">
            <h2>

            </h2>
            <p>
                更多学习资料请参考微软官方网站</p>
            <div id= "footer">
                Sample Application © Copyright 2009</div>
        </div>
    </div>
    </form>
</body>
</html>
```

切换 Menu. aspx 到设计模式，从工具箱“导航”控件中拖 Menu 控件到 Menu. aspx 页面，如图 1-7-8 所示。

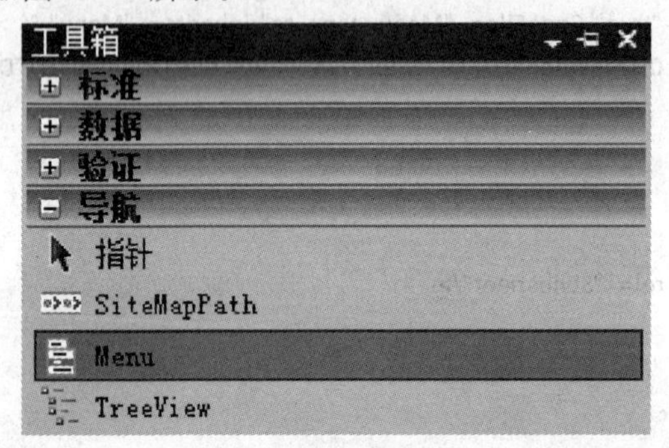

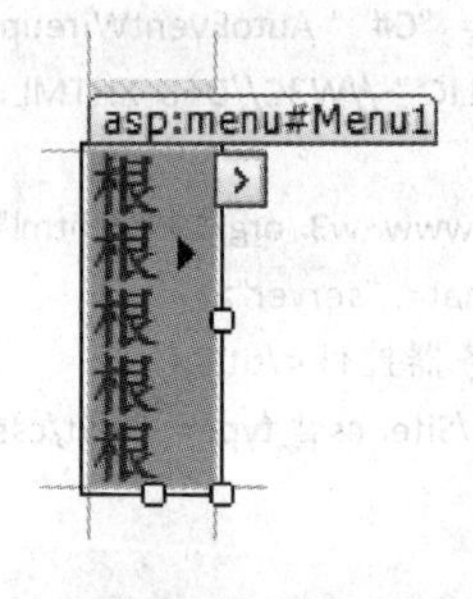

图 1-7-8　控件工具箱及添加 Menu 控件效果图

从工具箱的“数据”控件中拖 SiteMapDataSource 控件到 Menu. aspx 页面，如图 1-7-9 所示。

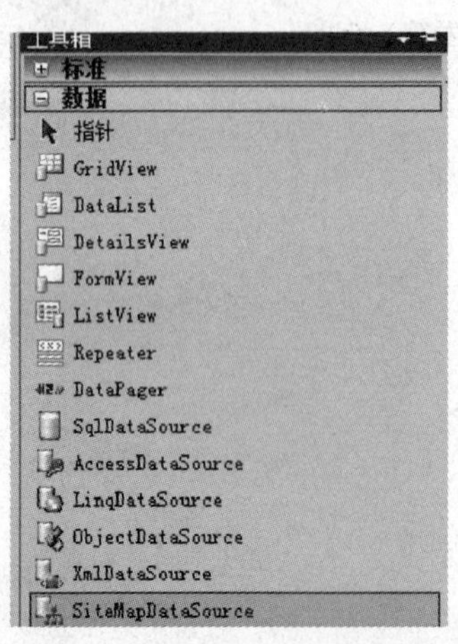

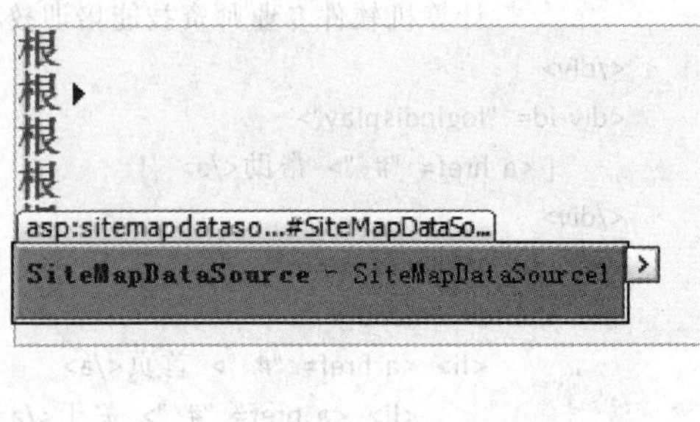

图 1-7-9　控件工具箱及添加 SiteMapDataSource 控件效果图

通过 Menu 控件的智能向导设置 Menu 控件的数据源为 SiteMapDataSource1，如图 1-7-10 所示。

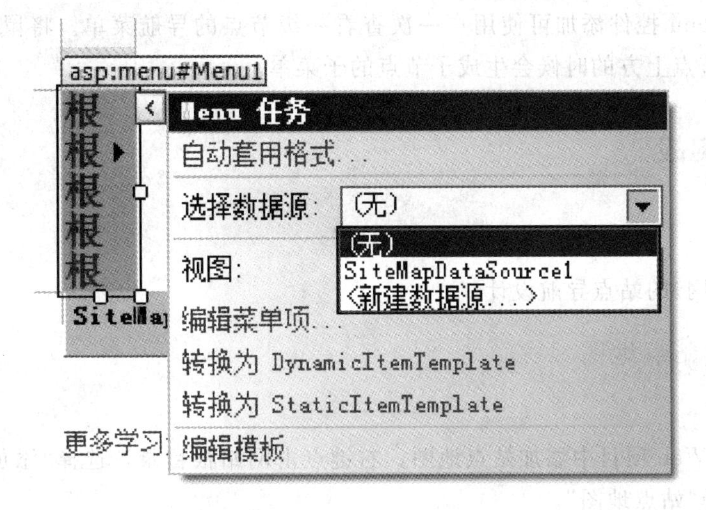

图 1-7-10 配置 Menu 控件数据源

保存文件，浏览 Menu.aspx，效果如图 1-7-11 所示。

图 1-7-11 Menu 控件使用效果图

上述添加的 Menu 控件和 SiteMapDataSource 控件对应的源代码如下：

```
<asp: Menu ID= "Menu1" runat= "server" DataSourceID= "SiteMapDataSource1">
</asp: Menu>
<asp: SiteMapDataSource ID= "SiteMapDataSource1" runat= "server" />
```

【总结】

在含有大量页的任何网站中，构造一个可使用户随意在页间切换的导航系统可能颇有难度，尤其是在您更改网站时。ASP.NET 网站导航可使您创建页的集中网站地图。

本演练演示如何配置网站地图，以及如何使用依赖于网站地图的控件向网站中的页添加导航。

通过此演练，完成以下任务：

1. 创建含有示例页以及描述页布局的网站地图文件的网站。
2. 使用 TreeView 控件作为可使用户跳转到网站中任何页的导航菜单。

3. 使用 SiteMapPath 控件添加导航路径（也称为 breadcrumb），导航路径使用户能够查看从当前页向前的网站层次结构，并可沿着层次结构向回移动。

4. 使用 Menu 控件添加可使用户一次查看一级节点的导航菜单。将鼠标指针悬停在含有子节点的节点上方的时候会生成子节点的子菜单。

7.3 项目实战

【任务概述】

实现《书乐网》的站点导航设计。

步骤一 新建站点地图

实现提示：

在 PAMS. Web 项目中添加站点地图，右键点击网站根目录，选择“添加新项”，在弹出的模板中选择“站点地图”。

步骤二 配置站点地图

实现提示：

双击打开 Web. sitemap. 编辑 PAMS 的站点 XML 配置。

步骤三 应用导航地图

实现提示：

打开母版页 MasterPage. master，从“工具箱”中拖控件“SiteMapPath”到<div class=”msg”></div>中。

任务 8 应用用户控件开发 ASP. NET

8.1 目标与实施

【任务目标】

设计 PAMS 项目自定义控件。

【知识要点】

1. 掌握自定义控件的语法。
2. 掌握自定义控件的程序设计。

8.2 应用自定义控件

【场景分析】

PAMS 项目实施过程中需要大量自定义控件实现项目中各项任务。下面以项目申报页面设计为例讲解自定义控件的使用。

【过程实施】

步骤一 创建并添加 Web 用户控件

创建用户控件的方法与创建 Web 网页大致相同，其主要操作步骤如下：

1. 添加自定义控件。打开解决方案资源管理器，右击项目名称，选择“添加新项”选项。在弹出窗口中选择“Web 用户控件项”并命名，如图 1-8-1 所示。然后单击“添加”按钮将 Web 用户控件添加到项目中，如图 1-8-1 所示。

2. 打开已创建好的 Web 用户控件(rap 控件的文件扩展名为 . ascx)，在 . ascx 文件中可以直接往页面上添加各种服务器控件以及静态文本、图片等。

3. 双击页面上的任何位置，可以将视图切换到后台代码文件。程序开发人员可以直接在文件中编写程序控制逻辑，包括定义各种成员变量、方法以及事件处理程序等。

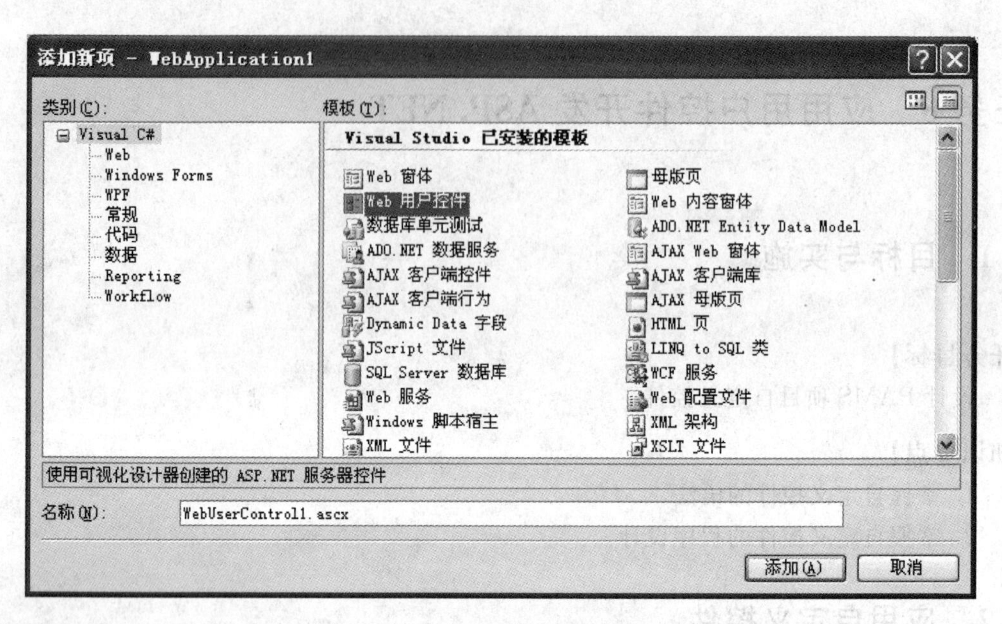

图 1-8-1　添加用户控件

步骤二　将 Web 用户控件添加至网页

如果已经设计好了 Web 用户控件，可以将其添加到一个或者多个网页中。在同一个网页中也可以重复使用多次，各个用户控件会以不同 ID 来标识。将用户控件添加到网页可以使用“Web 窗体设计器”。使用“Web 窗体设计器”可以在“设计”视图下，将用户控件从解决方案资源管理器中以拖放的方式直接添加到网页上，其操作与将内置控件从工具箱中拖放到网页上一样，如图 1-8-2 所示。

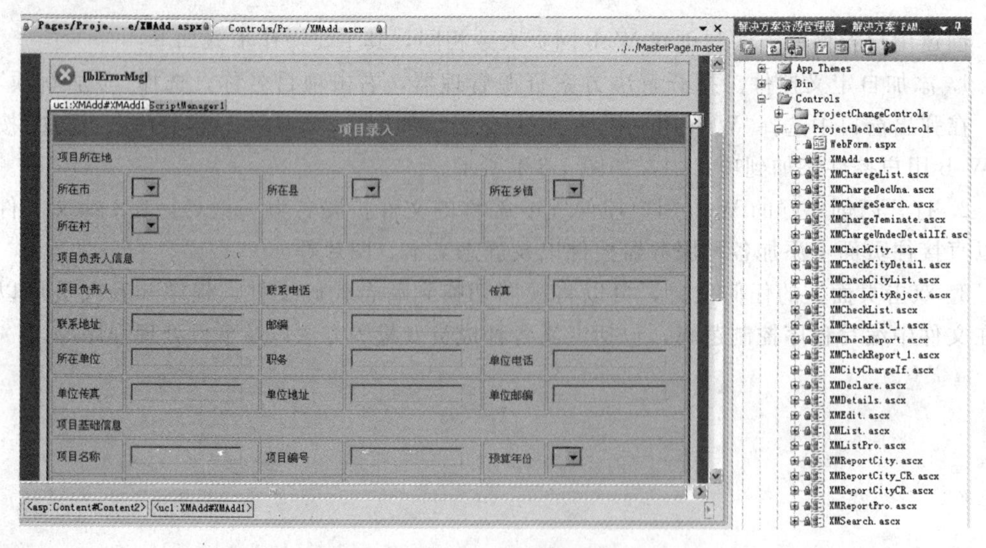

图 1-8-2　向 Web 页面添加用户控件

步骤三　与用户控件交互

ASP. NET 提供的各种服务器控件都有其自身的属性和方法，程序开发人员可以灵活地使用服务器控件中的属性和方法开发程序。用户控件中不仅可设置各种属性，还可以自行定义各种属性和方法。另外，现有的网页可以直接转化成用户控件。

程序实现的主要步骤为：

(1)新建一个网站，在默认主页 Default. aspx 中添加一个 Label1 控件，用于显示从用户控件中获取的属性值。

(2)在该网站中添加一个用户控件，默认名为 WebUserContr01. ascx。

(3)在该用户控件中定义一个私有变量 userName 为其赋值，再定义一个公有变量，用来读取并返回私有变量的值。其代码如下：

```
private string userName= "Hello World!
public string str_userName
{
    get{retum userName;}
    set{userName= value;}
}
```

(4)将用户控件添加至 Default. aspx 页中，并在 Default. aspx 页的 Page _ Load 事件中获取用户控件的属性值，将其显示出来。其代码如下：

```
protected void Page_Load(object sender,EventArgs e)
{
this. label1. Text= this. WebUserContmll. str_userName. ToString();
// WebUserContmll 为用户控件
}
```

【知识点分析及扩展】

知识点一　用户控件与普通的 Web 页比较

ASP. NET Web 用户控件(. ascx 文件)与完整的 ASP. NET 网页(. aspx 文件)相似，同样具有用户界面和代码。在创建用户控件后同样可添加所需的标记和子控件，并对包含的内容进行操作，包括执行数据绑定等任务。

用户控件与 ASP. NET 网页有以下区别：

1. 用户控件的文件扩展名为 . ascx。

2. 用户控件中没有@Page 指令，而是包含@Control 指令，该指令对配置及其他属性进行定义。

3. 用户控件不能作为独立文件运行，而必须像处理任何控件一样，将其添加到 ASP. NET 页中。

4. 用户控件中没有 html、body 或 form 元素。

用户控件的优点：

用户控件提供了一个面向对象的编程模型，在一定程度上取代了服务器端文件包含(<! --#include-->)指令，并且比服务器端包含文件提供的功能多。使用用户控件的优点如下：

1. 可将常用的内容或者控件以及控件的运行程序逻辑设计为用户控件，之后可在多个网页中重复使用该用户控件，从而省却许多重复性的工作。例如网页上的导航栏，几乎每个页都需要相同的导航栏，将其设计为一个用户控件就能重复使用。

2. 使用用户控件可使网页的设计以及维护得简单易行。当网页内容变更时，只需修改用户控件中的内容，所有应用该用户控件的网页都会随之改变。

知识点二　创建并添加 Web 用户控件

创建用户控件的方法与创建 Web 网页大致相同，其主要操作步骤如下：

1. 打开解决方案资源管理器，右击项目名称，选择“添加新项”，在弹出的窗口中选择“Web 用户控件项”并命名，单击“添加”按钮将 Web 用户控件添加到项目中，如图 1-8-3 所示。

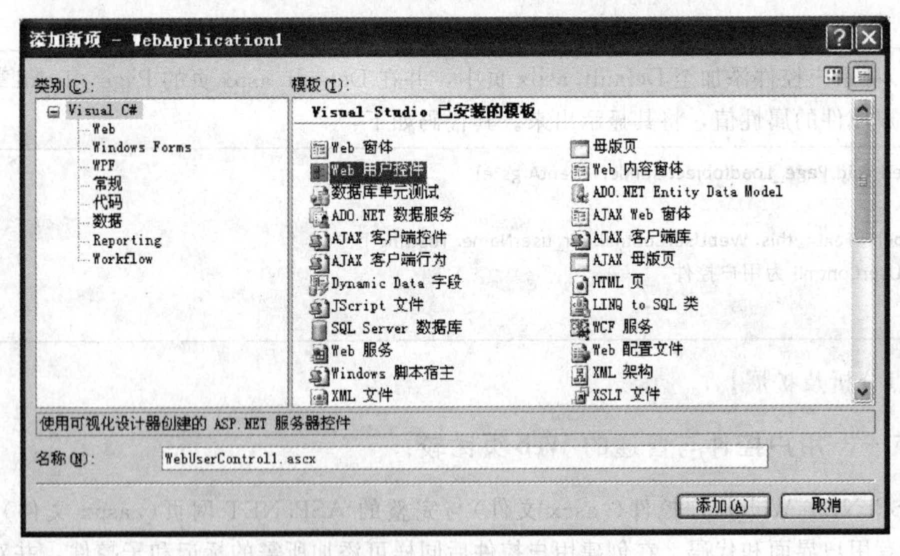

图 1-8-3　添加用户控件

2. 打开已创建好的 Web 用户控件(rap 控件的文件扩展名为.ascx)，在.ascx 文件中可以直接往页面上添加各种服务器控件以及静态文本、图片等。

3. 双击页面上的任何位置，或者直接按下快捷键 F7，可以将视图切换到后台代码文件。程序开发人员可以直接在文件中编写程序控制逻辑，包括定义各种成员变量、方法以及事件处理程序等。

4. 将 Web 用户控件添加至网页。

在“Web 窗体设计器”中，将用户控件从解决方案资源管理器中以拖放的方式直接添加到网页上，其操作同将内置控件从工具箱中拖放到网页上，如图 1-8-4 所示。

图 1-8-4 向 Web 页面添加用户控件

【总结】

通过本任务的学习，实现创建和使用 PAMS 项目中的自定义控件，并了解创建和使用自定义控件的基础知识。在实践中，重点掌握自定义控件的创建和使用。理论方面，要求理解 ASP. NET 的自定义控件的基本知识。

8.3 项目实战

【任务概述】

实现《书乐网》购物数量提示自定义控件，如图 1-8-5 所示。

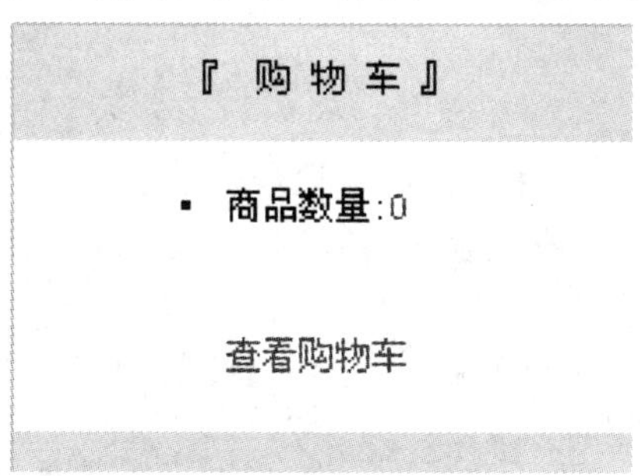

图 1-8-5 效果图

步骤一 创建并添加 Web 用户控件

实现提示：

添加新项，选择“Web 用户控件项”，并为其命名。

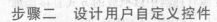

步骤二 设计用户自定义控件

实现提示：

在用户控件中定义一个私有变量用于显示商品数量，再定义一个公有变量，用来读取并返回私有变量(商品数量)的值。

步骤三 将Web用户控件添加至网页

实现提示：

将用户控件从解决方案资源管理器中以拖放的方式直接添加到网页上。

任务9 数据库应用开发

9.1 目标与实施

【任务目标】

完成 PAMS 数据访问层 DAL 的设计。

【知识要点】

1. 掌握 ADO.NET 连接 SQL 数据库。
2. 掌握 ADO.NET 常用数据访问对象。

9.2 完成 PAMS 数据访问层 DAL 的设计

【场景分析】

数据访问层主要实现对数据库基本操作的封装。通过这些封装，上一层业务逻辑层就可以采用面向对象的方式来访问数据对象。

为了对数据操作实现更好的封装，数据访问层主要被分成三个部分，数据模型(Model)、数据访问对象接口(DAO)和数据访问对象具体实现(Impl)。数据模型主要实现对数据库中表的一种映射建模，其规范是每一张表对应一个数据模型对象，对象名称和表的名称一致，同时表拥有的字段也会映射成该数据模型对象的属性。有了数据模型后，就要针对每一个数据模型对象创建对应的数据访问对像接口即 DAO，该 DAO 主要是提供给业务逻辑层调用，因此一个数据模型要求创建一个对应的 DAO，其命名规范是“I＋表名＋DAO”，接口中定义了对这一数据模型对象的操作。DAO 主要是定义数据对象包含的基本操作，这些操作的具体实现是由 Impl 部分完成，在该部分中可以根据不同的数据库完成不同的显示。每一个 DAO 对应一个 Impl，其命名规范是“表名＋DAOImpl”。

【过程实施】

步骤一 创建数据模型

在解决方案中，打开“PAMS. Model”项目。

根据数据模型图，创建对应的数据模型。如有一张表，表名为 Test，则在 PAMS. Model 项目下创建模型类 Test. cs，对应代码如下：

```
using System;
using System. Collections. Generic;
using System. Linq;
using System. Text;
namespace MyProject. Model. Ado
{
    /// <summary>
    ///模型类
    ///测试表 Test 对应的模型类
///该类的属性与表中的字段一一对应
    /// </summary>
    public class Test
    {
        private long id;
        /// <summary>
        ///主键 ID
        /// </summary>
        public long Id
        {
            get { return id; }
            set { id =  value; }
        }
        private string username;
        /// <summary>
        ///用户名
        /// </summary>
        public string Username
        {
            get { return username; }
            set { username =  value; }
        }
        private string password;
        /// <summary>
        ///密码
        /// </summary>
        public string Password
        {
            get { return password; }
            set { password =  value; }
        }
    }
}
```

步骤二　创建数据访问对象DAO

在解决方案中，打开“PAMS. DAL”项目。

在DAO文件夹中，新建ITestDAO. CS文件。DAO文件主要定义了数据访问的相关接口方法。代码如下所示：

```
using System;
using System. Collections. Generic;
using System. Linq;
using System. Text;
using MyProject. Model. Ado;
using MyProject. Utils;
namespace MyProject. DAL. Dao. TestModule
{
    /// <summary>
    /// Test 表对应的 DAO【Data Access Object 规则：I+ 表名+ DAO】
    /// @ author
    /// </summary>
    public interface ITestDAO
    {
        /// <summary>
        ///添加记录
        /// </summary>
        /// <param name= "test"> 添加对象</param>
        /// <returns> 影响行数</returns>
        int Insert(Test test);
        /// <summary>
        ///修改记录
        /// </summary>
        /// <param name= "test"> </param>
        /// <returns> </returns>
        int Update(Test test);
        /// <summary>
        ///删除记录
        /// </summary>
        /// <param name= "test"> </param>
        /// <returns> </returns>
        int Delete(Test test);
        /// <summary>
        ///根据主键 ID 查询一条记录
        /// </summary>
        /// <param name= "id"> </param>
        /// <returns> </returns>
        Test LoadById(long id);
```

```
        /// <summary>
        ///查询所有记录
        /// </summary>
        /// <returns> </returns>
        List<Test>  FindAll();
        /// <summary>
        ///分页查询记录
        /// </summary>
        /// <param name= "pageModel"> </param>
        /// <returns> </returns>
        List<Test>  FindAll(PageModel pageModel);
    }
}
```

在“Impl”文件夹下的“Mssql”文件中创建DAO的实现类TestDAOImpl。具体代码如下:

```
using System;
using System. Collections. Generic;
using System. Linq;
using System. Text;
using MyProject. DAL. Dao. TestModule;
using MyProject. Model. Ado;
using MyProject. Utils;
namespace MyProject. DAL. Impl. Ado. mssql
{
    /// <summary>
    /// ITestDAO 对应的实现类
    ///该实现类采用 ADO. NET 操作数据
    /// @ author 杨煌明
    /// </summary>
    class TestDAOImpl: ITestDAO
    {
        # region ITestDAO 成员
        public int Insert(Test test)
        {
                string sql =  "Insert into Test(Username, Password) values ('"+ test. Username + "','"+
test. Password+ "')";
            return SQLUtils. ExecuteCmd(sql);
        }
        public int Update(Test test)
        {
            throw new NotImplementedException();
        }
```

```
        public int Delete(Test test)
        {
            throw new NotImplementedException();
        }
        public Test LoadById(long id)
        {
            throw new NotImplementedException();
        }
        public List<Test>  FindAll()
        {
            throw new NotImplementedException();
        }
        public List<Test>  FindAll(PageModel pageModel)
        {
            throw new NotImplementedException();
        }
        # endregion
    }
}
```

修改 DAOFactory 类文件，在 DAO 工厂类中增加 TestDAO 对象的生成方法。代码如下所示：

```
using System;
using System. Collections. Generic;
using System. Linq;
using System. Text;
using MyProject. DAL. Dao. TestModule;
using MyProject. DAL. Impl. Ado. mssql;
namespace MyProject. DAL
{
    /// <summary>
    /// DAO 工厂类
    /// @ author 杨煌明
    /// </summary>
    public class DALFactory
    {
        /// <summary>
        ///私有构造函数,保证单实例
        /// </summary>
        private DALFactory()
        {
        }
        private static ITestDAO testDAO =  null;
```

```
        public static ITestDAO CreateTestDAO()
        {
            if (testDAO = =  null)
            {
                testDAO =  new TestDAOImpl();
            }
            return testDAO;
        }
    }
}
```

【知识点分析及扩展】

知识点一　ADO.NET 连接 SQL 数据库

ADO.NET 是.NET Framework 中的一系列类库，它能够让开发人员更加方便地在应用程序中使用和操作数据。在 ADO.NET 中，大量的复杂的数据操作的代码被封装起来，所以当开发人员在 ASP.NET 应用程序开发中，只需要编写少量的代码即可处理大量的操作。ADO.NET 与 C#.NET、VB.NET 不同的是，ADO.NET 并不是一种语言，而是对象的集合。

1. ADO.NET 基础

ADO.NET 是由微软公司编写，提供了在.NET 开发中数据库所需要的操作的类。在.NET 应用程序开发中，C# 和 VB.NET 都可以使用 ADO.NET。

ADO.NET 可以被看做是一个介于数据源和数据使用者之间的转换器。ADO.NET 接受使用者语言中的命令，如连接数据库、返回数据集之类，然后将这些命令转换成在数据源中可以正确执行的语句。在传统的应用程序开发中，应用程序可以连接 ODBC 来访问数据库，虽然微软公司提供的类库非常丰富，但是开发过程却并不简单。ADO.NET 在另一方面，可以说简化了这个过程。用户无须了解数据库产品的 API 或接口，也可以使用 ADO.NET 对数据进行了操作。ADO.NET 中常用的对象有：

SqlConnection：该对象表示与数据库服务器进行连接。

SqlCommand：该对象表示要执行的 SQL 命令。

SqlParameter；该对象代表了一个将被命令中标记代替的值。

SqlDataAdapter：该对象表示填充命令中的 DataSet 对象的能力。

DataSet：表示命令的结果，可以是数据集，并且可以同 BulletedList 进行绑定。

通过使用上述的对象，可以轻松地连接数据库并对数据库中的数据进行操作。对开发人员而言，可以使用 ADO.NET 对数据库进行操作，在 ASP.NET 中，还提供了高效的控件，这些控件同样使用了 ADO.NET 让开发人员能够连接、绑定数据集并进行相应的数据操作。

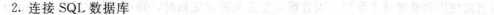

2. 连接 SQL 数据库

ADO. NET 通过 ADOConnection 连接到数据库。和 ADO 的 Connection 对象相似的是，ADOConnection 同样包括 Open 和 Close 方法。Open 表示打开数据库连接，Close 表示关闭数据库连接。在每次打开数据库连接后，都必须关闭数据库连接。

(1)建立连接

在 SQL 数据库的连接中，需要使用 .NET 提供的 SqlConnection 对象来对数据库进行连接。在连接数据库前，需要为连接设置连接串，连接串就相当于告诉应用程序怎样找到数据库去进行连接，然后程序才能正确地与 SQL 建立连接，连接字串示例代码如下所示：

```
server= '服务器地址';database= '数据库名称';uid= '数据库用户名';pwd= '数据库密码';
```

上述代码说明了数据库连接字串的基本格式，如果需要连接到本地的 mytable 数据库，则编写相应的 SQL 连接字串进行数据库的连接，示例代码如下所示：

```
string strcon;                          //声明连接字串
    strcon =  "server= '(local)';database= 'mytable ';uid= 'sa ';pwd= 'Sa '";     //设置连接字串
```

上述代码声明了一个数据库连接字串，SqlConnection 类将会通过此字串来进行数据库的连接。其中，server 是 SQL 服务器的地址，如果相对于应用程序而言数据库服务器是本地服务器，则只需配置为(local)即可；而如果是远程服务器，则需要填写具体的 IP。另外，uid 是数据库登录时的用户名，pwd 是数据库登录时使用的密码。在声明了数据库连接字串后，可以使用 SqlConnection 类进行连接，示例代码如下所示：

```
string strcon;                                                          //声明连接字串
strcon =  "server= '(local)';database= 'mytable ';uid= 'sa ';pwd= 'sa ';";    //编写连接字串
SqlConnection con =  new SqlConnection(strcon);                         //新建 SQL 连接
try
{
    con. Open();                                                        //打开 SQL 连接
    Label1. Text =  "连接数据库成功";                                     //提示成功信息
}
catch
{
    Label1. Text =  "无法连接数据库";                                     //提示失败信息
}
```

上述代码连接了本地数据库服务器中的 mytable 数据库，如果连接成功，则提示“连接数据库成功”；出现异常时，则提示“无法连接数据库”。

(2)填充 DataSet 数据集

DataSet 数据集表示来自一个或多个数据源数据的本地副本，是数据的集合，也可以看作是一个虚拟的表。DataSet 对象允许 Web 窗体半独立于数据源运行。DataSet 能够提高程序性能，因为 DataSet 从数据源中加载数据后，就会断开与数据源的连接。开发人员

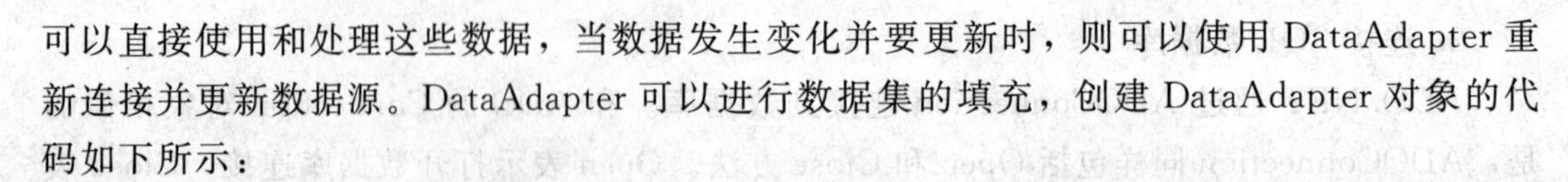

可以直接使用和处理这些数据，当数据发生变化并要更新时，则可以使用 DataAdapter 重新连接并更新数据源。DataAdapter 可以进行数据集的填充，创建 DataAdapter 对象的代码如下所示：

```
SqlDataAdapter da= new SqlDataAdapter("select *  from news",con);      //创建适配器
```

上述代码创建了一个 DataAdapter 对象并初始化了 DataAdapter 对象，DataAdapter 对象的构造函数允许传递两个参数初始化。第一个参数为 SQL 查询语句，第二个参数为数据库连接的 SqlConnection 对象。初始化 DataAdapter 后，就需要将返回的数据的集合存放到数据集中，示例代码如下所示：

```
DataSet ds =  new DataSet();//创建数据集
da. Fill(ds, "tablename");        //Fill 方法填充
```

上述代码创建了一个 DataSet 对象并初始化 DataSet 对象，通过 DataAdapter 对象的 Fill 方法，可以将返回的数据存放到数据集 DataSet 中。DataSet 可以被看做是一个虚拟的表或表的集合，这个表的名称在 Fill 方法中被命名为 tablename。

(3)显示 DataSet

当返回的数据被存放到数据集中后，可以通过循环语句遍历和显示数据集中的信息。当需要显示表中某一行字段的值时，可以通过 DataSet 对象获取相应行的某一列的值，示例代码如下所示：

```
ds. Tables["tablename"]. Rows[0]["title"]. ToString();      //获取数据集
```

上述代码从 DataSet 对象中的虚表 tablename 中的第 0 行中获取 title 列的值，当需要遍历 DataSet 时，可以使用 DataSet 对象中的 Count 来获取行数，示例代码如下所示：

```
for (int i =  0; i <ds. Tables["tablename"]. Rows. Count; i+ + )//遍历 DataSet 数据集
  {
        Response. Write(ds. Tables["tablename"]. Rows[i]["title"]. ToString()+  "<br/> ");
  }
```

DataSet 不仅可以通过编程的方法来实现显示，也可以使用 ASP. NET 中提供的控件来绑定数据集并显示。ASP. NET 中提供了常用的显示 DataSet 数据集的控件，包括 Repeater、DataList、GridView 等数据绑定控件。将 DataSet 数据集绑定到 DataList 控件中可以方便地在控件中显示数据库中的数据并实现分页操作，示例代码如下所示：

```
DataList1. DataSource =  ds;                  //绑定数据集
DataList1. DataMember =  "tablename";
DataList1. DataBind();                        //绑定数据
```

上述代码就能够将数据集 ds 中的数据绑定到 DataList 控件中。DataList 控件还能够实现分页、自定义模板等操作，非常方便开发人员对数据开发。

3. ADO. NET 过程

从上一节中可以看出，在 ADO. NET 中对数据库的操作基本上需要三个步骤，即创建一个连接、执行命令对象并显示，最后再关闭连接。使用 ADO. NET 的对象，不仅能够通过控件绑定数据源，也可以通过程序实现数据源的访问。

ADO. NET 的规范步骤如下：

(1)创建一个连接对象。

(2)使用对象的 Open 方法打开连接。

(3)创建一个封装 SQL 命令的对象。

(4)调用执行命令的对象。

(5)执行数据库操作。

(6)执行完毕，释放连接。

(7)掌握了这些初步的知识，就能够使用 ADO. NET 进行数据库开发。

知识点二 ADO. NET 常用数据访问对象

ADO. NET 提供了一些常用对象来方便开发人员进行数据库的操作，这些常用的对象通常会使用在应用程序开发中，对于中级的开发人员而言，熟练掌握这些常用的 ADO. NET 对象，能够自行封装数据库操作类，来简化开发。ADO. NET 的常用对象包括：

- ●Connection 对象；
- ●DataAdapter 对象；
- ●Command 对象；
- ●DataSet 对象；
- ●DataReader 对象。

上面的对象在 . NET 应用程序操作数据中是非常重要的，它们不仅提供了数据操作的便利，同时，还提供了高级的功能给开发人员。为开发人员解决特定的需求。

1. Connection 连接对象

在 . NET 开发中，通常情况下开发人员被推荐使用 Access 或者 SQL 作为数据源，若需要连接 Access 数据库，可以使用 System. Data. Oledb. OleDbConnection 对象来连接；若需要连接 SQL 数据库，则可以使用 System. Data. SqlClient. SqlConnection 对象来连接。使用 System. Data. Odbc. OdbcConnection 可以连接 ODBC 数据源，而 System. Data. OracleClient. OracleConnecton 提供了连接 Oracle 的一些方法。

如需要连接 SQL 数据库，则需要使用命名空间 System. Data. SqlClient 和 System. Data. OleDb。使用 System. Data. SqlClient 和 System. Data. OleDb 能够快速地连接 SQL 数据库，因为 System. Data. SqlClient 和 System. Data. OleDb 都分别为开发人员提供了连接方法，示例代码如下所示：

```
using System. Data. SqlClient;        //使用 SQL 命名空间
using System. Data. Oledb             //使用 Oledb 命名空间
```

连接 SQL 数据库，则需要创建 SqlConnection 对象，SqlConnection 对象创建代码如下所示：

```
SqlConnection con =  new SqlConnection();                          //创建连接对象
con. ConnectionString =  "server= '(local)';database= 'mytable ';uid= 'sa ';pwd= 'sa '"; //设置连接字串
```

上述代码创建了一个 SqlConnection 对象，并且配置了连接字串。SqlConnection 对象专门定义了一个专门接受连接字符串的变量 ConnectionString，当配置了 ConnectionString 变量后，就可以使用 Open()方法来打开数据库连接，示例代码如下所示：

```
SqlConnection con =  new SqlConnection();                  //创建连接对象
      con. ConnectionString =  "server= '(local)';database= 'mytable ';uid= 'sa ';pwd= 'sa '";
      try
      {
            con. Open();                                   //尝试打开连接
            Label1. Text = "连接成功";                     //提示打开成功
            con. Close();                                  //关闭连接
      }
      catch
      {
            Label1. Text =  "连接失败";                    //提示打开失败
       }
```

上述代码尝试判断是否数据库连接被打开，使用 Open 方法能够建立应用程序与数据库之间的连接。与之相同的是，可以使用默认的构造函数来对数据库连接对象进行初始化，示例代码如下所示：

```
string str =  "server= '(local)';database= 'mytable ';uid= 'sa ';pwd= 'Sa '";//设置连接字串
      SqlConnection con =  new SqlConnection(str);//默认构造函数
```

上述代码与使用 ConnectionString 变量的方法等价，其默认的构造函数中已经为 ConnectionString 变量进行了初始化。

可以使用 Open 方法来打开连接。同样，也可以使用 Close 方法来关闭连接，示例代码如下所示：

```
SqlConnection con =  new SqlConnection(str);    //创建连接对象
con. Open();                                    //打开连接
con. Close();                                   //关闭连接
```

2. DataAdapter 适配器对象

在创建了数据库连接后，就需要对数据集 DataSet 进行填充，在这里就需要使用 DataAdapter 对象。在没有数据源时，DataSet 对象对保存在 Web 窗体可访问的本地数据

库是非常实用的，这样降低了应用程序和数据库之间的通信次数。然而 DataSet 必须要与一个或多个数据源进行交互，DataAdapter 提供 DataSet 对象和数据源之间的连接。

为了实现这种交互，微软公司提供了 SqlDataAdapter 类和 OleDbDataAdapter 类。SqlDataAdapter 类和 OleDbDataAdapter 类各自适用情况如下：

SqlDataAdapter：该类专用于 SQL 数据库，在 SQL 数据库中使用该类能够提高性能，SqlDataAdapter 类与 OleDbDataAdapter 类相比，无须适用 OLEDB 提供程序层，可直接在 SQL Server 上使用；

OleDbDataAdapter：该类适用于由 OLEDB 数据提供程序公开的任何数据源，包括 SQL 数据库和 Access 数据库。

若要使一个使用 DataAdapter 对象的 DataSet 要能够和一个数据源之间交换数据，则可以使用 DataAdapter 属性来指定需要执行的操作，这个属性可以是一条 SQL 语句或者是存储过程，示例代码如下所示：

```
string str = "server='(local)';database='mytable';uid='sa';pwd='sa'";   //创建连接字串
   SqlConnection con = new SqlConnection(str);
   con.Open();                                                        //打开连接
   SqlDataAdapter da = new SqlDataAdapter("select * from news", con);//DataAdapte 对象
   con.Close();                                                       //关闭连接
```

上述代码创建了一个 DataAdapter 对象，DataSet 对象可以使用该对象的 Fill 方法来填充数据集。

3. Command 执行对象

Command 对象可以使用数据命令直接与数据源进行通信。例如，当需要执行一条插入语句，或者删除数据库中的某条数据的时候，就需要用到 Command 对象。Command 对象的属性包括了数据库在执行某个语句的所有必要的信息，这些信息如下所示：

Name：Command 的程序化名称。

Connection：对 Connection 对象的引用。

CommandType：指定是使用 SQL 语句或存储过程，默认情况下是 SQL 语句。

CommandTest：命令对象包含的 SQL 语句或存储过程名。

Parameters：命令对象的参数。

通常情况下，Command 对象用于数据的操作，例如执行数据的插入和删除，也可以执行数据库结构的更改，包括表和数据库。示例代码如下所示：

```
string str = "server='(local)';database='mytable';uid='sa';pwd='sa'";//创建数据库连接字串
SqlConnection con = new SqlConnection(str);
con.Open();                    //打开数据库连接
SqlCommand cmd = new SqlCommand("insert into news values ('title')",con);
//建立 Command 对象
```

上述代码使用了可用的构造函数并指定了查询字符串和 Connection 对象来初始化 Command 对象 cmd。通过指定 Command 对象的方法可以对数据执行具体的操作。

(1)ExecuteNonQuery 方法

当指定了一个 SQL 语句，就可以通过 ExecuteNonQuery 方法来执行语句的操作。ExecuteNonQuery 不仅可以执行 SQL 语句，开发人员也可以执行存储过程或数据定义语言语句来对数据库或目录执行构架操作。而使用 ExecuteNonQuery 时，ExecuteNonQuery 并不返回行，但是可以通过 Command 对象和 Parameters 进行参数传递。示例代码如下所示：

```
string str = "server='(local)';database='mytable';uid='sa';pwd='sa'";//创建数据库连接字串
    SqlConnection con = new SqlConnection(str);
    con. Open();
    SqlCommand cmd = new SqlCommand("insert into news values ('title')",con);
    cmd. ExecuteNonQuery();//执行 SQL 语句
```

运行上述代码后，会执行“insert into news values ('title')”这条 SQL 语句并向数据库中插入数据。值得注意的是，修改数据库的 SQL 语句的时候，例如常用的 INSERT、UPDATE 以及 DELETE 并不返回行。很多存储过程同样不返回任何行。当执行这些不返回任何行的语句或存储过程时，可以使用 ExecuteNonQuery。但是 ExecuteNonQuery 语句也会返回一个整数，表示受已执行的 SQL 语句或存储过程影响的行数，示例代码如下所示：

```
string str = "server='(local)';database='mytable';uid='sa';pwd='sa'";
SqlConnection con = new SqlConnection(str);       //创建连接对象
con. Open();                                      //打开连接
SqlCommand cmd = new SqlCommand("delete from mynews", con);//构造 Command 对象
Response. Write("该操作影响了("+ cmd. ExecuteNonQuery(). ToString()+ ")行");//执行 SQL 语句
```

上述代码执行了语句“delete from mynews”并将影响的行数输出到字符串中。开发人员能够使用 ExecuteNonQuery 语句进行数据库操作和数据库操作所影响行数的统计。

(2)ExecuteNonQuery 执行存储过程

ExecuteNonQuery 不仅能够执行 SQL 语句，同样可以执行存储过程和数据定义语言来对数据库或目录执行构架操作如 CREATE TABLE 等。在执行存储过程之前，必须先创建一个存储过程，然后在 SqlCommand 方法中使用存储过程。在 SQL Server 管理器中可以新建查询创建存储过程，示例代码如下所示：

```
CREATE PROC getdetail
    (
    @id int,
    @title varchar(50) OUTPUT
    )
    AS
    SET NOCOUNT ON
    DECLARE @newscount int
    SELECT @title= mynews. title,@newscount= COUNT(mynews. id)
```

```
FROM mynews
WHERE (id= @id)
GROUP BY mynews.title
RETURN @newscount
```

上述存储过程返回了数据库中新闻的标题内容。“@id”表示新闻的id；“@title”表示新闻的标题。此存储过程将返回“@title”的值，并且返回新闻的总数。上述代码可以直接在SQL管理器中菜单栏中单击“新建查询”后创建的TAB中使用，同样也可以使用SqlCommand对象进行存储过程的创建，示例代码如下所示：

```
string str = "CREATE PROC getdetail" +
    "(" +
    "@id int," +
    "@title varchar(50) OUTPUT" +
    ")" +
    "AS" +
    "SET NOCOUNT ON" +
    "DECLARE @newscount int" +
    "SELECT @title= mynews.title,@newscount= COUNT(mynews.id)" +
    "FROM mynews" +
    "WHERE (id= @id)" +
    "GROUP BY mynews.title" +
    "RETURN @newscount";
    SqlCommand cmd = new SqlCommand(str, con);
    cmd.ExecuteNonQuery();  //使用cmd的ExecuteNonQuery方法创建存储过程
```

创建存储过程后，就可以使用SqlParameter调用命令对象Parameters参数的集合的Add方法进行参数传递，并指定相应的参数，示例代码如下所示：

```
string str = "server='(local)';database='mytable';uid='sa';pwd='Sa'";
    SqlConnection con = new SqlConnection(str);
    con.Open();         //打开连接
    SqlCommand cmd = new SqlCommand("getdetail", con);        //使用存储过程
    cmd.CommandType = CommandType.StoredProcedure;            //设置Command对象的类型
    SqlParameter spr;         //表示执行一个存储过程
    spr = cmd.Parameters.Add("@id", SqlDbType.Int);        //增加参数id
    spr = cmd.Parameters.Add("@title", SqlDbType.NChar,50);        //增加参数title
    spr.Direction = ParameterDirection.Output;        //该参数是输出参数
    spr = cmd.Parameters.Add("@count", SqlDbType.Int);        //增加count参数
    spr.Direction = ParameterDirection.ReturnValue;        //该参数是返回值
    cmd.Parameters["@id"].Value = 1;        //为参数初始化
    cmd.Parameters["@title"].Value = null;        //为参数初始化
    cmd.ExecuteNonQuery();        //执行存储过程
    Label1.Text = cmd.Parameters["@count"].Value.ToString();        //获取返回值
```

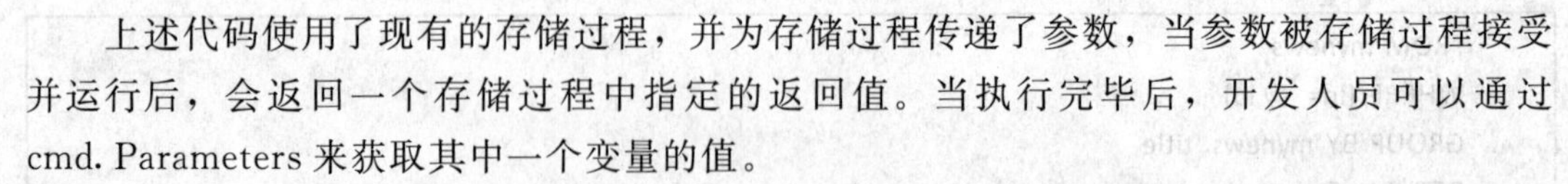

上述代码使用了现有的存储过程，并为存储过程传递了参数，当参数被存储过程接受并运行后，会返回一个存储过程中指定的返回值。当执行完毕后，开发人员可以通过cmd. Parameters来获取其中一个变量的值。

(3)ExecuteScalar方法

Command的Execute方法提供了返回单个值的功能。在很多时候，开发人员需要获取刚刚插入的数据的ID值，或者可能需要返回Count(*)，Sum(Money)等聚合函数的结果，则可以使用ExecuteScalar方法。示例代码如下所示：

```
string str = "server= '(local)';database= 'mytable ';uid= 'sa ';pwd= 'sa '"; //设置连接字串
SqlConnection con = new SqlConnection(str);           //创建连接
con. Open();                                          //打开连接
SqlCommand cmd = new SqlCommand("select count(* ) from mynews", con);
//创建 Command
Label1. Text = cmd. ExecuteScalar(). ToString();      //使用 ExecuteScalar 执行
```

上述代码创建了一个连接，并创建了一个Command对象，使用了可用的构造函数来初始化对象。当使用ExecuteScalar执行方法时，会返回单个值。ExecuteScalar方法同样可以执行SQL语句，但是与ExecuteNonQuery方法不同的是，当语句不为SELECT时，则返回一个没有任何数据的System. Data. SqlClient. SqlDataReader类型的集合。

ExecuteScalar方法执行SQL语句通常是用来执行具有返回值的功能的SQL语句，例如，上面所说的当插入一条新数据时，返回刚刚插入的数值的ID号。这种功能在自动增长类型的数据库设计中，经常被使用到，示例代码如下所示：

```
string str = "server= '(local)';database= 'mytable ';uid= 'sa ';pwd= 'sa '";//设置连接字串
SqlConnection con = new SqlConnection(str);                     //创建连接
con. Open();                                                    //打开连接
SqlCommand cmd = new SqlCommand("insert into mynews values ('this is a new title! ')
   SELECT @ @ IDENTITY as 'bh '", con);                         //打开连接
  Label2. Text = cmd. ExecuteScalar(). ToString();              //获取返回的 ID 值
```

上述代码使用了“SELECT @@IDENTITY as”语法，“SELECT @@IDENTITY”语法会自动获取刚刚插入的自动增长类型的值，例如，当表中有100条数据时，插入一条数据后数据量就成101条，为了不需要再次查询就获得101条这个值，则可以使用“SELECT @@IDENTITY as”语法。

当使用了“SELECT @@IDENTITY as”语法进行数据操作时，ExecuteScalar方法会返回刚刚插入的数据的ID，这样就无需再次查询获取刚刚插入的数据的信息。

4. DataSet数据集对象

DataSet是ADO. NET核心概念，作为初学者，可以把DataSet想象成虚拟的表，但是这个表不能用简单的表来表示，可以把这个表想像成具有数据库结构的表，并且这个表是存放在内存中的。由于ADO. NET中DataSet的存在，开发人员能够屏蔽数据库与数据

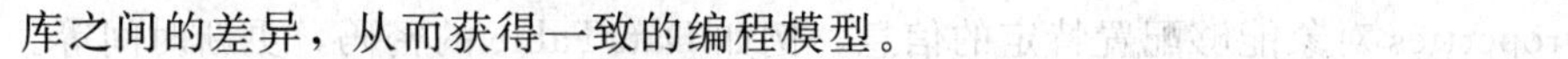

库之间的差异，从而获得一致的编程模型。

(1)DataSet 数据集基本对象

DataSet 能够支持多表、表间关系、数据库约束等，可以模拟一个简单的数据库模型。DataSet 对象模型如图 1-9-1 所示。

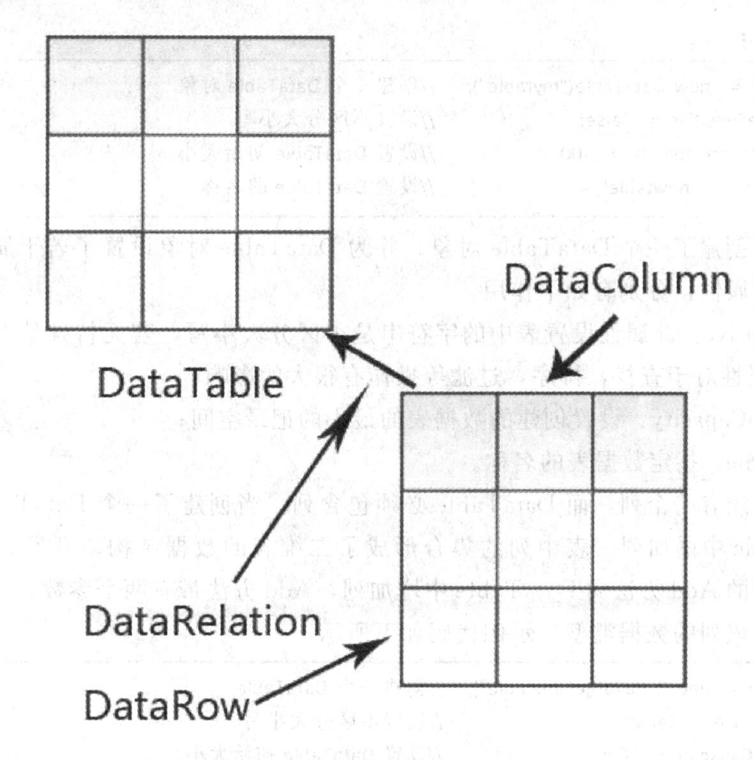

图 1-9-1 DataSet 对象模型

上图简要地介绍了常用对象之间的构架关系。在 DataSet 中，主要包括 TablesCollection、RelationsCollection、ExtendedProperties 以下几个重要对象。

TablesCollection 对象

在 DataSet 中，表的概念是用 DataTable 来表示的。DataTable 在 System.Data 中定义，它能够表示存储在内存中的一张表。它包含一个 ColumnsCollection 的对象，代表数据表的各个列的定义。同时，它也包含 RowsCollection 对象，这个对象包含 DataTable 中的所有数据。

RelationsCollection 对象

在各个 DataTable 对象之间，是通过使用 RelationsCollection 来表达各个 DataTable 对象之间的关系。RelationsCollection 对象可以模拟数据库中的约束的关系。例如当一个包含外键的表被更新时，如果不满足主键-外键约束，这个更新操作就会失败，系统会抛出异常。

ExtendedProperties 对象

ExtendedProperties对象能够配置特定的信息，例如DataTable的密码，更新时间等。

(2)DataTable数据表对象

DataTable是DataSet中的常用的对象，它和数据库中的表的概念十分相似。开发人员能够将DataTable想成一个表。并且可以通过编程的方式创建一个DataTable表。示例代码如下所示：

```
DataTable Table =  new DataTable("mytable");     //创建一个DataTable对象
    Table. CaseSensitive =  false;               //设置不区分大小写
    Table. MinimumCapacity =  100;               //设置DataTable初始大小
Table. TableName =  "newtable";                  //设置DataTable的名称
```

上述代码创建了一个DataTable对象，并为DataTable对象设置了若干属性，这些属性都是常用的属性，分别有如下作用。

CaseSensitive：此属性设置表中的字符串是否区分大小写，若无特殊情况，一般设置为false，该属性对于查找，排序，过滤等操作有很大的影响；

MinimumCapacity：设置创建的数据表的最小的记录空间；

TableName：指定数据表的名称。

一个表必须有一个列，而DataTable必须包含列。当创建了一个DataTable后，就必须向DataTable中增加列。表中列的集合形成了二维表的数据结构。开发人员可以使用Columns集合的Add方法向DataTable中增加列，Add方法带有两个参数，一个是表列的名称，一个是该列的数据类型。示例代码如下所示：

```
DataTable Table =  new DataTable("mytable");  //创建一个DataTable
Table. CaseSensitive =  false;                //设置不区分大小写
Table. MinimumCapacity =  100;                //设置DataTable初始大小
Table. TableName =  "newtable";               //设置DataTable的名称
DataColumn Colum =  new DataColumn();         //创建一个DataColumn
Colum =  Table. Columns. Add("id", typeof(int)); //增加一个列
Colum =  Table. Columns. Add("title", typeof(string));  //增加一个列
```

上述代码创建了一个DataTable和一个DataColumn对象，并通过DataTable的Columns. Add方法增加DataTable的列，这两列的列名和数据类型如下：

新闻ID：整型，用于描述新闻的编号。

新闻标题TITLE：字符型，用于描述新闻发布的标题。

(3)DataRow数据行对象

在创建了表和表中列的集合，并使用约束定义表的结构后，可以使用DataRow对象向表中添加新的数据库行，这一操作同数据库中的INSERT语句的概念类似。插入一个新行，首先要声明一个DataRow类型的变量。使用NewRow方法能够返回一个新的DataRow对象。DataTable会根据DataColumnCollection定义的表的结构来创建DataRow对象。示例代码如下所示：

```
DataRow Row =  Table. NewRow();
//使用 DataTable 的 NewRow 方法创建一个新 DataRow 对象
```

上述代码使用 DataTable 的 NewRow 方法创建一个新 DataRow 对象，当使用该对象添加了新行之后，必须使用索引或者列名来操作新行，示例代码如下所示：

```
Row[0] =  1;                //使用索引赋值列
Row[1] =  "datarow";        //使用索引赋值列
```

上述代码通过索引来为一行中个各列赋值。从数组的语法可以知道，索引都是从第 0 个位置开始。将 DataTable 想象成一个表，从左到右从 0 开始索引，直到数值等于列数减 1 为止。为了提高代码的可读性，也可以通过直接使用列名来添加新行，示例代码如下所示：

```
Row["bh"] =  1;                  //使用列名赋值列
Row["title"] =  "datarow";       //使用列名赋值列
```

通过直接使用列名来添加新行与使用索引添加新行的效果相同，但是通过使用列名能够让代码更加可读，便于理解，但是也暴露了一些机密内容(如列值)。在数据插入到新行后，使用 Add 方法将该行添加到 DataRowCollection 中，示例代码如下所示：

```
Table. Rows. Add(Row);                    //增加列
```

(4)DataView 数据视图对象

当需要显示 DataRow 对象中的数据时，可以使用 DataView 对象来显示 DataSet 中的数据。在显示 DataSet 中的数据之前，需要将 DataTable 中的数据填充到 DataSet。值得注意的是，DataSet 是 DataTable 的集合，可以使用 DataSet 的 Add 方法将多个 DataTable 填充到 DataSet 中去，示例代码如下所示：

```
DataSet ds =  new DataSet();              //创建数据集
ds. Tables. Add(Table);                   //增加表
```

填充完成后，可以通过 DataView 对象来显示 DataSet 数据集中的内容，示例代码如下所示：

```
dv =  ds. Tables["newtable"]. DefaultView;      //设置默认视图
```

DataSet 对象中的每个 DataTable 对象都有一个 DefaultView 属性，该属性返回表的默认视图。上述代码访问了名为 newtable 表的 DataTable 对象。开发人员能够自定义 DataView 对象，该对象能够筛选表达式来设置 DataView 对象的 RowFilter 属性，筛选表达式的值必须为布尔值。同时，该对象能够设置 Sort 属性进行排序，排序表达式可以包括列名或一个算式，示例代码如下所示：

```
DataView dv =  new DataView();                    //创建数据视图对象
  DataSet ds =  new DataSet();                    //创建数据集
  ds. Tables. Add(Table);                         //增加数据表
  dv =  ds. Tables["newtable"]. DefaultView;  //设置默认视图
  dv. RowFilter =  "id" =  "1";                   //设置筛选表达式
  dv. Sort =  "id";                               //设置排序表达式
```

5. DataReader 数据访问对象

DataSet 的最大好处在于，能够提供无链接的数据库副本，DataSet 对象在表的生命周期内会为这些表进行内存的分配和维护。如果有多个用户同时对一台计算机进行操作，内存的使用就会变得非常紧张。当对数据所需要进行一些简单的操作时，就无须保持 DataSet 对象的生命周期，可以使用 DataReader 对象。

(1)DataReader 对象概述

当使用 DataReader 对象时，不会像 DataSet 那样提供无链接的数据库副本。DataReader 类被设计为产生只读，只进的数据流。这些数据流都是从数据库返回的。所以，每次的访问或操作只有一个记录保存在服务器的内存中。相对于 DataSet 而言，DataReader 具有较快的访问能力，并且能够使用较少的服务器资源，DataReader 具有以下快速的数据库访问、只进和只读、减少服务器资源等特色。

快速的数据库访问。DataReader 类是轻量级的，相比之下 DataReader 对象的速度要比 DataSet 要快。因为 DataSet 在创建和初始化时，可能是一个或多个表的集合，并且 DataSet 具有向前，向后读写和浏览的能力，所以当创建一个 DataSet 对象时，会造成额外的开销。

只进和只读。当对数据库的操作没有太大的要求时，可以使用 DataReader 显示数据。这些数据可以与单个 list-bound 控件绑定，也可以填充 List 接口。当不需要复杂的数据库处理时，DataReader 能够较快的完成数据显示。

减少服务器资源。因为 DataReader 并不是数据的内存的表示形式，所以使用 DataReader 对服务器占用的资源很少。

自定义数据库管理。DataReader 对象可以使用 Read 方法来进行数据库遍历，当使用 Read 方法时，可以以编程的方式自定义数据库中数据的显示方式，当开发自定义控件时，可以将这些数据整合到 HTML 中，并显示数据。

手动连接管理。DataAdapter 对象能够自动打开和关闭连接，而 DataReader 对象需要用户手动管理连接。DataReader 对象和 DataAdapter 对象很相似，都可以从 SQL 语句和一个连接中初始化。

(2)DataReader 读取数据库

创建 DataReader 对象，需要创建一个 SqlCommand 对象来代替 SqlDataAdapter 对象。与 SqlDataAdapter 对象类似的是，DataReader 可以从 SQL 语句和连接中创建 Command 对象。创建对象后，必须显式的打开 Connection 对象。示例代码如下所示：

```
string str = "server= '(local)';database= 'mytable ';uid= 'sa ';pwd= 'sa '";
   SqlConnection con = new SqlConnection(str);
        con. Open();                                    //打开连接
   SqlCommand cmd = new SqlCommand("select * from mynews", con);
//创建 Command 对象
   SqlDataReader dr = cmd. ExecuteReader();            //创建 DataReader 对象
   con. Close();
```

上述代码创建了一个 DataReader 对象，从上述代码中可以看出，创建 DataReader 对象必须经过如下几个步骤：

●创建和打开数据库连接。

●创建一个 Command 对象。

●从 Command 对象中创建 DataReader 对象。

●调用 ExecuteReader 对象。

DataReader 对象的 Read 方法可以判断 DataReader 对象中的数据是否还有下一行，并将光标下移到下一行。通过 Read 方法可以判断 DataReader 对象中的数据是否读完。示例代码如下所示：

```
   while (dr. Read())
```

通过 Read 方法可以遍历读取数据库中行的信息，当读取到一行时，需要获取某列的值只需要使用“[”和“]”运算符来确定某一列的值即可，示例代码如下所示：

```
   while (dr. Read())
   {
        Response. Write(dr["title"]. ToString()+ "<hr/> ");
   }
```

上述代码通过 dr["title"]来获取数据库中 title 这一列的值，同样也可以通过索引来获取某一列的值，示例代码如下所示：

```
while (dr. Read())
  {
       Response. Write(dr[1]. ToString()+ "<hr/> ");
  }
```

(3)异常处理

在使用 DataReader 对象进行连接时，建议使用 Try…Catch…Finally 语句进行异常处理，以保证如果代码出现异常时连接能够关闭，否则连接将保持打开状态，影响应用程序性能。示例代码如下所示：

```
protected void Page_Load(object sender, EventArgs e)
    {
        string str = "server='(local)';database='mytable';uid='sa';pwd='Bbg0123456#'";
        SqlConnection con = new SqlConnection(str);
        con.Open();
        SqlCommand cmd = new SqlCommand("select * from mynews", con);
        SqlDataReader dr;
        try
        {
            dr = cmd.ExecuteReader();
            while (dr.Read())
            {
                Response.Write(dr[1].ToString() + "<hr/>");
            }
        }
        catch (Exception ee)                    //出现异常
        {
            Response.Write(ee.ToString());      //出现异常则抛出错误语句
        }
        finally
        {
            dr.Close();                         //强制关闭连接
            con.Close();                        //强制关闭连接
        }
    }
```

上述代码当出现异常时，会抛出异常，并强制关闭连接。这样做就能够在程序发生异常时，依旧关闭连接应用程序与数据库的连接，否则大量的异常连接状态的出现会影响应用程序性能。

【总结】

通过本任务的学习，实现对PAMS项目数据访问层构建，并了解ADO.NET的基础知识。在实践中，重点掌握数据访问层的创建。理论方面，要求理解ADO.NET的各个主要数据访问对象。

9.3 项目实战

【任务概述】

实现《书乐网》登录用户密码修改，如图1-9-2所示。

	亲爱的用户,我们保证:以下信息将严格保密
用户名:	cx
新密码:	
密码确认:	
	提交保存 重新填写

图 1-9-2 登录界面效果图

步骤一 创建数据模型

实现提示:

根据数据模型图，创建对应的数据模型。在 Book. Model 项目下创建模型类 Userinfor. cs。

步骤二 创建数据访问对象 DAO

实现提示:

在【Book. DAL】项目的【DAO】文件夹中，新建 IUserinforDAO. CS 文件。DAO 文件主要用于定义数据访问的相关接口方法。

步骤三 实现接口

实现提示:

在“Impl”文件夹下的“Mssql”文件中创建 DAO 的实现类 UserinforDAOImpl。

步骤四 修改工厂类

实现提示:

修改 DAOFactory 类文件，在 DAO 工厂类中增加 UserinforDAO 对象的生成方法。

任务10　PAMS缓存技术的实现

10.1　目标与实施

【任务目标】

为PAMS数据层的工厂模式接口的具体实现设置缓存。

【知识要点】

1. 页面输出缓存。
2. 应用程序缓存。
3. 文件缓存依赖。
4. 数据库缓存依赖。

10.2　实现PAMS数据层接口的缓存

【场景分析】

在“任务9数据库应用开发”中，工厂类决定接口实现方式时，是通过new一个继承了该接口的类来实现的。如：private static ITestDAO testDAO = null; testDAO = new TestDAOImpl()；这种方式的缺点是可移植性较差。若采用其他方式实现接口ITestDAO，就要修改工厂类中接口具体实现的代码。为了解决这个问题，可采用依赖注入的方式来动态决定接口的具体实现。把接口的具体实现方式存放在一个文件上，每次工厂类决定接口具体实现方式时，就读取文件的相应配置来动态实现。在本项目中，接口的具体实现方式存放在了Web.config文件中key的值为“DAL”的value中。代码如下：

```
<appSettings>
<add key= "DAL" value= "PAMS. DAL. Impl. SqlServer"/>
<add key= "connStr" value= "server= 10. 192. 15. 17;database= pamsdb;uid= pams;pwd= pams@ data"/>
</appSettings>
```

这种依赖注入的方式很好地解决了可移植性问题，但仍有不足之处。每次实例化一个接口时，都需从配置文件中读取相应的配置，利用反射机制动态决定接口的具体实现，比较浪费资源。由于配置文件中关于采用哪种方式实现接口是相对固定的，因此可采用缓存技术来解决上述问题。当外界第一次调用接口的时候才去读取配置文件，并将接口具体实现缓存起来，否则都从缓存中直接读取。

下面通过 IMenuDAO 接口的具体实现来完成这一过程。

【过程实施】

PAMS 项目数据层的目录结构如图 1-10-1 所示。

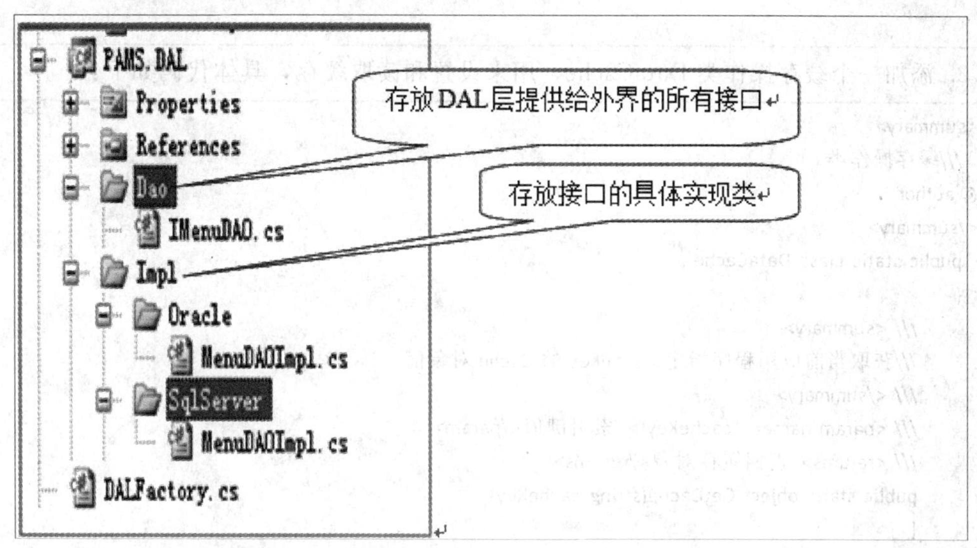

图 1-10-1 PAMS 数据访问层 DAL 目录结构

1. 将接口的具体实现方式写入 Web. config 中，相应配置代码如下：

```
<add key= "DAL" value= "PAMS. DAL. Impl. SqlServer"/>
```

2. 在工厂类 DALFactory. cs 通过读取配置文件，利用反射机制动态决定接口的实现方式，具体代码如下：

```
using System;
using System. Reflection;//进行反射所必须的名称空间
using System. Configuration;
using PAMS. DAL. Dao;
namespace PAMS. DAL
{
    /// <summary>
    /// Abstract Factory pattern to create the DAL
    /// </summary>
public sealed class DALFactory
{
        //从 Web. config 中读取<appSettings> 配置节下 key 为 DAL 的值,本例中其值为/
//"PAMS. DAL. Impl. SqlServer"
    private static readonly string AssemblyPath =  ConfigurationManager. AppSettings["DAL"];
    public static IMenuDAO CreateMenuDAO()
    {
        return (IMenuDAO)Assembly. Load("PAMS. DAL"). CreateInstance(AssemblyPath +
```

```
". MenuDAOImpl");
        }
}
}
```

3. 添加一个缓存操作类 DataCache，用来设置和读取缓存，具体代码如下：

```
/// <summary>
    ///缓存操作类
/// @ author
/// </summary>
    public static class DataCache
    {
        /// <summary>
        ///获取当前应用程序指定 CacheKey 的 Cache 对象值
        /// </summary>
        /// <param name= "cacheKey"> 索引键值</param>
        /// <returns> 返回缓存对象</returns>
        public static object GetCache(string cacheKey)
        {
            System. Web. Caching. Cache objCache =  HttpRuntime. Cache;
            return objCache[cacheKey];
        }
        /// <summary>
        ///设置当前应用程序指定 CacheKey 的 Cache 对象值
        /// </summary>
        /// <param name= "cacheKey"> 索引键值</param>
        /// <param name= "objValue"> 缓存对象</param>
        public static void SetCache(string cacheKey, object objValue)
        {
            System. Web. Caching. Cache objCache =  HttpRuntime. Cache;
            objCache. Insert(cacheKey, objValue);
        }
        /// <summary>
        ///设置当前应用程序指定 CacheKey 的 Cache 对象值
        /// </summary>
        /// <param name= "cacheKey"> 索引键值</param>
        /// <param name= "objValue"> 缓存对象</param>
        /// <param name= "obsoluteExpiration"> 绝对过期时间</param>
        public static void SetCache(string cacheKey, object objValue, DateTime obsoluteExpiration)
        {
            System. Web. Caching. Cache objCache =  HttpRuntime. Cache;
            objCache. Insert(cacheKey, objValue, null, obsoluteExpiration,
System. Web. Caching. Cache. NoSlidingExpiration);
        }
```

```
        /// <summary>
        ///设置以缓存依赖的方式缓存数据
        /// </summary>
        /// <param name= "cacheKey"> 索引键值</param>
        /// <param name= "objValue"> 缓存对象</param>
        /// <param name= "dep"> 依赖对象</param>
        public static void SetCache(string cacheKey, object objValue,
System. Web. Caching. CacheDependency dep)
        {
            System. Web. Caching. Cache objCache =  HttpRuntime. Cache;
            objCache. Insert(cacheKey, objValue, dep, System. Web. Caching. Cache.  NoAbsoluteExpiration,
                System. Web. Caching. Cache. NoSlidingExpiration,  System. Web. Caching. CacheItemPriority.
Default, null);
        }
```

4. 修改 DALFactory. cs 类，为接口的实现添加缓存，具体代码如下：

```
public sealed class DALFactory {
        //从 Web. config 中读取<appSettings> 配置节下 key 为 DAL 的值,本例中其值为
"PAMS. DAL. Impl. SqlServer"
        private static readonly string AssemblyPath =  ConfigurationManager. AppSettings["DAL"];
        //使用缓存
        private static object CreateObject(string AssemblyPath, string classNamespace)
        {
            object objType =  DataCache. GetCache(classNamespace);
            if (objType = =  null)
            {
                try
                {
                    objType =  Assembly. Load(AssemblyPath). CreateInstance(classNamespace);
                    DataCache. SetCache(classNamespace, objType);//写入缓存
                }
                catch//(System. Exception ex)
                {
                    //string str= ex. Message;//记录错误日志
                }
            }
            return objType;
        }
        /// <summary>
        ///创建 MenuDAO 数据层接口
        /// </summary>
        public static IMenuDAO CreateMenuDAO()
```

```
        {
            string ClassNamespace =   AssemblyPath +   ". MenuDAOImpl";
            object objType =   CreateObject(AssemblyPath, ClassNamespace);
            return (IMenuDAO)objType;
        }
}
```

此处先判断接口的具体实现是否在缓存中存在。若不存在，则读取配置文件，利用反射机制创建一个新的实现类对象，将其保存在缓存中；若存在，则直接从内存中读取。

【知识点分析及扩展】

知识点一　页面输出缓存的机制与配置方法

客户端的每次访问都独立生成动态 Web 页面，这会耗用各种各样的系统资源，多数情况下，页面的内容是固定不变的。此时，当新用户访问该页面时就没有必要再重新生成页面，可以直接从缓存中读取。通过页面缓存可以实现这个效果，提高系统性能。页面缓存定义格式如下：＜%@ OutputCache Duration＝"时间" VaryByParam＝"none" %＞，页面增加了缓存声明以后，在定义的时间内每次刷新页面的时间不变化。

以下例子将实现用户在某时段内访问同一页面输出缓存的功能。例如，页面功能设计为实时显示系统时间，在无缓存状态下，客户端每次刷新将得到当前服务器最新系统时间，加入页面输出缓存定义后实现不同用户在 60s 之内访问该内容页时，显示的时间是相同的。效果如图 1-10-2 所示。

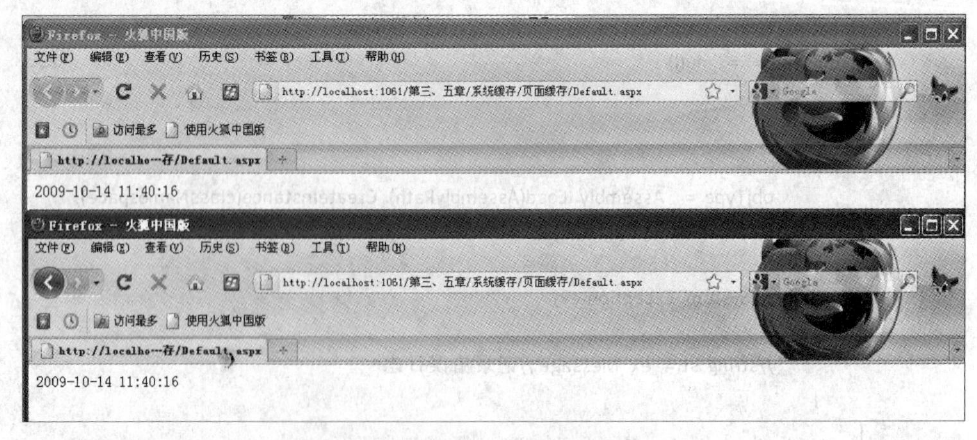

图 1-10-2　不同时刻访问页面输出缓存效果图

具体实现步骤如下：

1. 添加 Default. aspx 页面，在该页面的＜%@ Page /＞标记下添加如下代码：

```
<% @ OutputCache Duration= "60" VaryByParam= "none" % >
```

并在页面内容中添加一个 Label 标签。页面关键代码如下：

```
<body>
    <form id= "form1" runat= "server">
    <div>
        <asp: Label ID= "Label1" runat= "server" Text= "Label"> </asp: Label>
    </div>
    </form>
</body>
```

2. 在 Page _ Load 方法中将系统时间显示在 Label1 中：

```
protected void Page_Load(object sender, EventArgs e)
{
    if (! IsPostBack)
    {
        Label1. Text =  DateTime. Now. ToString();
    }
}
```

3. 重复刷新当前页面，在定义的 60s 缓存时间内，页面输出实时时间不会发生变化。

页面输出缓存是最为简单的缓存机制，该机制将整个 ASP. NET 页面内容保存在服务器内存中。当用户请求该页面时，系统从内存中输出相关数据，直到缓存数据过期。在这个过程中，缓存内容直接发送给用户，而不必再次经过页面处理生命周期。通常情况下，页面输出缓存对于那些包含不需要经常修改内容的，但需要大量处理才能编译完成的页面特别有用。需要注意的是，页面输出缓存是将页面全部内容都保存在内存中，并用于完成客户端请求。而使用页面输出缓存，则只要在页面中添加＜%@ OutputCache %＞就可以了。

除了上述的 Duration 与 VaryByParam 之外，@OutputCache 还有一些其他的属性。其中有一个属性 CacheProfile，用于调用 Web. config 配置文件中设置的缓存时间。这是可选属性，默认值为空字符（""）。例如：

在 Web. config 中加入配置：

```
<system. Web>
    <caching>
      <outputCacheSettings>
        <outputCacheProfiles>
          <add name= "CacheTest" duration= "50"/>
        </outputCacheProfiles>
      </outputCacheSettings>
</caching>
</system. Web>
```

页面中声明：

```
<% @ OutputCache CacheProfile= "CacheTest" VaryByParam= "none" % >
```

注意：包含在用户控件(.ascx 文件)中的 @ OutputCache 指令不支持此属性。在页面中指定此属性时，属性值必须与 outputCacheSettings 节点下面的 outputCacheProfiles 元素中的一个可用项的名称匹配。如果此名称与配置文件项不匹配，将引发异常。

如果每个页面的缓存时间相同，则不需要重复设置，可以通过 Web.config 的定义控制所有页面的缓存时间。如果想改变缓存时间，只需要更改 Web.config 的配置信息即可，而不用每个页面去修改。

另一个属性是 VaryByControl，通过用户控件文件中包含的服务器控件来改变缓存(值是控件 ID，多控件用分号隔开)。

在 ASP.NET 页面和用户控件上使用 @ OutputCache 指令时，需要该属性或 VaryByParam 属性。代码如下：

```
<% @ Page Language= "C# " AutoEventWireup= "true" CodeFile= "VaryByParamTest. aspx. cs" Inherits= "系统缓存_页面缓存_VaryByParamTest" % >
<% @ OutputCache Duration= "60" VaryByParam= "none" VaryByControl= "DropDownList1" % >
//通过 DropDownList1 的值来更新页面数据
<! DOCTYPE html PUBLIC "-//W3C//DTD XHTML 1. 0 Transitional//EN" "http: //www. w3. org /TR/xhtml1/DTD/xhtml1-transitional. dtd">
<html xmlns= "http: //www. w3. org/1999/xhtml">
<head runat= "server">
    <title> </title>
</head>
<body>
    <form id= "form1" runat= "server">
    <div>
        <% = DateTime. Now. ToString() % >
        <asp: DropDownList ID= "DropDownList1" runat= "server">
            <asp: ListItem> 福建省</asp: ListItem>
            <asp: ListItem> 广东省</asp: ListItem>
            <asp: ListItem> 江西省</asp: ListItem>
        </asp: DropDownList>
        <asp: Button ID= "Button1" runat= "server" Text= "Button" />
    </div>
    </form>
</body>
</html>
```

以上代码设置缓存有效期是 60s，并且页面不随任何 get 或 post 参数改变，即使不使用 VaryByParam 属性，但是仍然需要在@ OutputControl 指令中显式声明该属性。如果用户控件中包含 ID 属性为“DropDownList1”的服务器控件(例如，下拉框控件)，那么缓存将根据该控件的变化来更新页面数据。运行效果如图 1-10-3 所示。

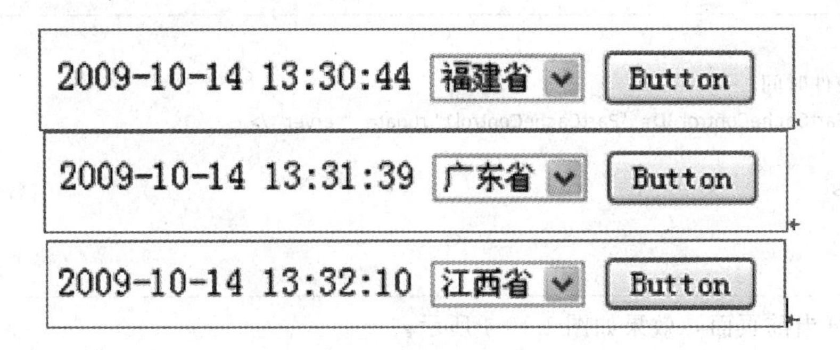

图 1-10-3 页面缓存效果图

知识点二 页面局部缓存

另外一些情况是页面局部内容固定不变，而其余部分则是变化的。通过页面局部缓存可以很好地解决此类问题。以下例子将实现页面刷新时局部的"用户控件时间"与"页面时间"的对比。"页面时间"会随页面刷新而实时更新，而"用户控件时间"将保持 60 s 不变。

页面局部缓存的设置方法具体实现步骤如下：

1. 添加 PartCacheControl. ascx 用户控件，在页头代码添加<%@ OutputCache %>标记，添加输出当前时间代码。此控件在下面的页面中用来显示"用户控件时间"，具体如下：

```
<% @ Control Language= "C# " AutoEventWireup= "true" CodeFile= "PartCacheControl. ascx. cs" Inherits= "系统缓存_页面缓存_PartCacheControl" % >
<% @ OutputCache Duration= "60" VaryByParam= "none" % >
<% = DateTime. Now. ToString() % >
```

2. 添加 PartCache. aspx 页面，将 PartCacheControl. ascx 控件引入进来。为了对比，同时添加"页面时间"并且也输出当前时间，具体代码如下：

```
<% @ Page Language= "C# " AutoEventWireup= "true" CodeFile= "PartCache. aspx. cs" Inherits= "系统缓存_页面缓存_PartCache" % >
<% @ Register src= "PartCacheControl. ascx" tagname= "PartCacheControl" tagprefix= "uc1" % >
<! DOCTYPE html PUBLIC "-//W3C//DTD XHTML 1. 0 Transitional//EN"
"http: //www. w3. org/TR/xhtml1/DTD/xhtml1-transitional. dtd">
<html xmlns= "http: //www. w3. org/1999/xhtml">
<head runat= "server">
    <title> </title>
</head>
<body>
    <form id= "form1" runat= "server">
    <div>
    页面时间:
    <% = DateTime. Now. ToString() % >
```

```
        <br />
        用户控件时间:
        <uc1: PartCacheControl ID= "PartCacheControl1" runat= "server" />
        </div>
        </form>
</body>
</html>
```

3. 浏览当前页面，效果如图 1-10-4 所示。

```
页面时间: 2009-10-14 13:44:13
用户控件时间: 2009-10-14 13:43:39
```

图 1-10-4　局部缓存效果图

4. 每次刷新 WebForm1. aspx 页面，“页面时间”都发生变化，而“用户控件时间”却 60 s 才变化一次，说明对页面的“局部”控件实现了缓存，而整个页面不受影响。

使用页面局部缓存可将指定的信息包含在一个用户控件内。标记该用户控件为可缓存后仅影响指定内容，而不影响整个页面。例如，创建一个显示大量动态内容(如股票信息)的页面，其中有些部分为静态内容(如每周总结)，这时可以将静态部分放在用户控件中，并允许缓存这些内容。

在 ASP. NET 中，提供了 UserControl 用户控件的功能。页面中可以自定义多个 UserControl，并根据需要来设置相应控件的缓存。

知识点三　应用程序缓存

从文件或数据库中读取数据时，有些数据是相对稳定、不会发生变化的。如果每次都重新读取数据比较浪费资源。若能把诸如此类的固定数据缓存起来，就可直接从内存中读取了。

以下例子将以应用程序缓存的方式实现知识点一中的案例，具体实现步骤如下：

1. 在 App _ Code 文件夹下添加 DataCashe. cs 类，该类用来实现设置缓存与获取缓存，具体代码如下：

```
public static class DataCache
{
    /// <summary>
    ///获取当前应用程序指定 CacheKey 的 Cache 对象值
    /// </summary>
    /// <param name= "cacheKey"> 索引键值</param>
    /// <returns> 返回缓存对象</returns>
    public static object GetCache(string cacheKey)
    {
```

```
        System. Web. Caching. Cache objCache= HttpRuntime. Cache;
        return objCache[cacheKey];
    }
    /// <summary>
    ///设置当前应用程序指定 CacheKey 的 Cache 对象值
    /// </summary>
    /// <param name= "cacheKey"> 索引键值</param>
    /// <param name= "objValue"> 缓存对象</param>
    public static void SetCache(string cacheKey, object objValue)
    {
        System. Web. Caching. Cache objCache =  HttpRuntime. Cache;
        objCache. Insert(cacheKey, objValue);
    }
    /// <summary>
    ///设置当前应用程序指定 CacheKey 的 Cache 对象值
    /// </summary>
    /// <param name= "cacheKey"> 索引键值</param>
    /// <param name= "objValue"> 缓存对象</param>
    /// <param name= "obsoluteExpiration"> 绝对过期时间</param>
    public static void SetCache(string cacheKey, object objValue, DateTime obsoluteExpiration)
    {
      System. Web. Caching. Cache objCache =  HttpRuntime. Cache;
      objCache. Insert(cacheKey, objValue, null, obsoluteExpiration,
System. Web. Caching. Cache. NoSlidingExpiration);
    }
```

2. 添加 ApplicationCache. aspx 页面，在页面的 Page _ Load 函数中写如下代码：

```
protected void Page_Load(object sender, EventArgs e)
{
    string cacheKey =  "cacheTest";
    //从缓存中获取对象值
    object objValue =  DataCache. GetCache(cacheKey);
    if (objValue = =  null)//如果缓存中不存在
    {
        objValue= DateTime. Now. ToString();
        //将该对象的值缓存到内存中,并设置绝对过期时间为 60s
        DataCache. SetCache(cacheKey, objValue, DateTime. Now. AddSeconds(60));
    }
    Label1. Text =  objValue. ToString();
}
```

3. 浏览当前页面，效果如图 1-10-5 所示，而在 60 s 之内重复刷新页面，时间的值都不会改变。

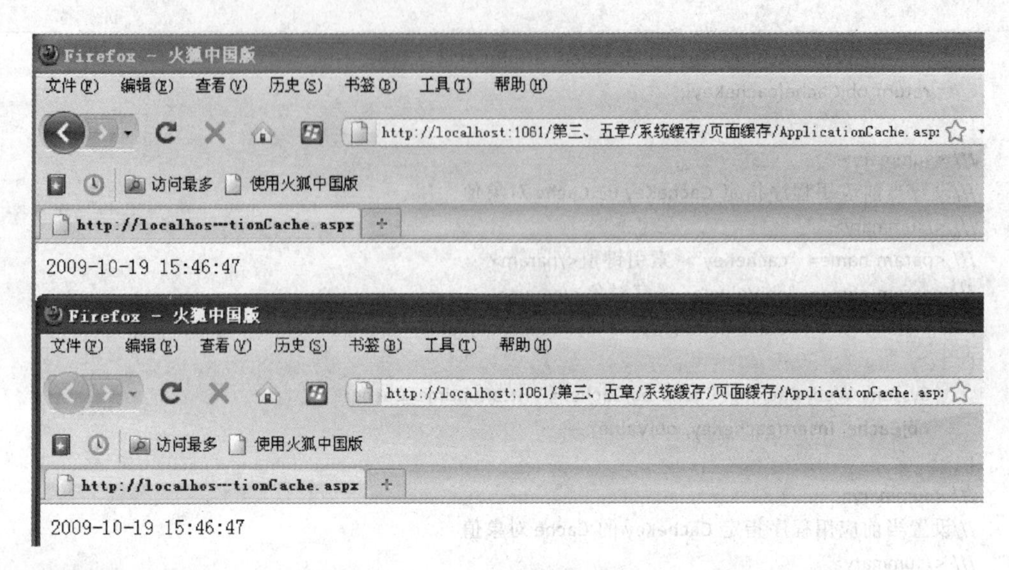

图 1-10-5 应用程序缓存效果图

System.Web.Caching 命名空间提供用于缓存服务器上常用数据的类。此命名空间包括 Cache 类，该类是一个字典，可以在其中存储任意数据对象，如哈希表和数据集。它还为这些对象提供了失效功能，并提供了添加和移除这些对象的方法。另外，还可以添加依赖于其他文件或缓存项的对象，并在从 Cache 对象中移除对象时执行回调函数以通知应用程序。

知识点四 文件缓存依赖

数据会随文件内容的变化而发生变化，即文件内容没发生变化的时候，缓存的内容也不会变。反之，文件的内容发生改变，缓存的内容也需要更新。

以下例子将以实现文件内容进行改变时，页面相应的时间也随之改变，具体步骤如下：

1. 在 App_Data 文件夹下添加 FileDepandencyTest.txt 文件，供测试使用。

2. 在上述的 App_Code 下的 DataCache 类中添加如下代码：

```
/// <summary>
    ///设置以缓存依赖的方式缓存数据
    /// </summary>
    /// <param name= "cacheKey"> 索引键值</param>
    /// <param name= "objValue"> 缓存对象</param>
    /// <param name= "dep"> 依赖对象</param>
    public static void SetCache(string cacheKey, object objValue,
System.Web.Caching.CacheDependency dep)
    {
        System.Web.Caching.Cache objCache =  HttpRuntime.Cache;
        objCache.Insert(cacheKey, objValue, dep,
```

```
System. Web. Caching. Cache. NoAbsoluteExpiration,
            System. Web. Caching. Cache. NoSlidingExpiration, System. Web. Caching.  CacheItemPriority. Default,
null);
    }
```

3. 添加 FileDepandencyCache. aspx 页面，在其代码文件的 Page _ Load 函数中添加入以下代码：

```
protected void Page_Load(object sender, EventArgs e)
    {
        string cacheKey =  "fileDepandencyTest";
        //从缓存中获取对象值
        object objValue =  DataCache. GetCache(cacheKey);
        if (objValue = =  null)//如果缓存中不存在
        {
            objValue =  DateTime. Now. ToString();
            string fileName= Server. MapPath("~ /App_Data/FileDepandencyTest. txt");
            System. Web. Caching. CacheDependency dep =  new System. Web. Caching.  CacheDependency
(fileName);
            //将该对象的值缓存到内存中,并设置绝对过期时间为 60s
            DataCache. SetCache(cacheKey, objValue, dep);
        }
        Label1. Text =  objValue. ToString();
    }
```

4. 浏览当前页面，不断刷新页面，会发现显示的时间不变。试着修改 App _ Data 下的 FileDepandencyTest. txt 文件内容再刷新页面，会发现时间发生了变化。

文件缓存依赖非常适合读取配置文件的缓存处理。即配置文件不变化，就一直读取缓存的信息。而一旦配置发生变化，将自动更新同步缓存的数据。

这种方式的缺点是，如果缓存的数据比较多，相关的依赖文件比较松散，对管理这些依赖文件有一定的困难。对于负载均衡环境下，还需要同时更新多台 Web 服务器下的缓存文件，如果多个 Web 应用中的缓存依赖于同一个共享的文件，可能会省掉这个麻烦。

知识点五　数据库缓存依赖

数据库查询会在一定程度上损耗服务器性能。为了减轻损耗，可以使用数据库缓存依赖。这是通过数据库表中数据的变化来缓存数据的。即当数据没发生变化时，一直从缓存中读数据；当数据发生变化时，重新从数据库读取数据并缓存。这样既可以提高服务器性能，又能够保证数据的正确性和实时性。. NET 提供了 SqlCacheDependency 数据库缓存依赖。

1. 修改 web. config，让项目启用 SqlCacheDependency。将如下代码添加到 Web. config 文件中：

```
<connectionStrings>
    <add name= "mvcConnString"
connectionString= "server= IBMSZ-F99B2D771\SQLEXPRESS;database= MvbDemo;Integrated Security= True;"
    providerName= "System. Data. SqlClient"/>
</connectionStrings>  //这里 name 的值要与下面的 connectionStringName 一致
<system. Web>
<caching>
        <sqlCacheDependency pollTime= "6000" enabled= "true">
            <databases>
                <add name= "SqlCachTest"
connectionStringName= "mvcConnString"/>
//这里的 name 的值要与第三步 Page_Load 函数中的
//System. Web. Caching. SqlCacheDependency("SqlCachTest", "DictionaryType")里的第//一个参数的值一致。
            </databases>
        </sqlCacheDependency>
    </caching>
</system. web>
```

2. 打开 DOS 命令执行窗口，如图 1-10-6 所示，执行下述命令，为数据库添加缓存依赖。

如果要配置 SqlCacheDependency，则需要以命令行的方式执行。

aspnet _ regsql. exe 工具位于 Windows \\ Microsoft. NET \\ Framework \\ [版本] 文件夹中。

```
aspnet_regsql -C "data source= 127. 0. 0. 1;initial catalog= codematic;user id= sa;password= " -ed -et -t "P_
Product"
```

```
C:\WINDOWS\Microsoft.NET\Framework\v2.0.50727>aspnet_regsql -C "data source=IBMS
Z-F99B2D771\SQLEXPRESS;initial catalog=mvbdemo;Integrated Security=True;" -ed -e
t -t "DictionaryType"

Enabling the database for SQL cache dependency.

.

Finished.

Enabling the table for SQL cache dependency.


Finished.
```

图 1-10-6　DOS 命令执行窗口

命令执行后，在指定的数据库中会生成 AspNet_SqlCacheTablesForChangeNotification 表。

注意

要使得 7.0 或者 2000 版本以上的 SQLServer 支持 SqlCacheDependency 特性，需要对数据库服务器执行相关的配置。

有两种方法配置 SQLServer：

一 使用 aspnet_regsql 命令行工具；

二 使用 SqlCacheDependencyAdmin 类。

例如，

aspnet_regsql -S "server" -E -d "database" – ed 或者

aspnet_regsql -S "server" -E -d "database" -et -t "table"

如果是 Sql 验证的话要把-E 换成，-U（用户名），-P（密码）

以下是该工具的命令参数说明：

-? 显示该工具的帮助功能；

-S 后接的参数为数据库服务器的名称或者 IP 地址；

-U 后接的参数为数据库的登录用户名；

-P 后接的参数为数据库的登录密码；

-E 使用当前登录用户的 Windows 集成认证进行身份验证。

-d 后接参数为对哪一个数据库采用 SqlCacheDependency 功能；

-C 连接数据库的连接字符串。如果您指定服务器(-S)和登录(-U 和-P，或 -E)信息，则此选项不是必需的，因为连接字符串已经包含这些信息。

-t 后接参数为对哪一个表采用 SqlCacheDependency 功能；

-ed 允许对数据库使用 SqlCacheDependency 功能；

-dd 禁止对数据库采用 SqlCacheDependency 功能；

-et 允许对数据表采用 SqlCacheDependency 功能；

-dt 禁止对数据表采用 SqlCacheDependency 功能；

-lt 列出当前数据库中有哪些表已经采用 sqlcachedependency 功能。

3. 添加 SqlCacheTest. aspx 页面，在页面中拖入一个 Label 控件和一个 GridView 控件，代码如下：

```
<body>
    <form id= "form1" runat= "server">
    <div>
        <asp: GridView ID= "GridView1" runat= "server">
        </asp: GridView>
        <asp: Label ID= "Label1" runat= "server" Text= "Label"> </asp: Label>
    </div>
    </form>
</body>
```

在 SqlCacheTest.aspx.cs 页面添加如下代码：

```
protected void Page_Load(object sender, EventArgs e)
{
    string cacheKey = "SqlCacheTest";
    object objValue = DataCache.GetCache(cacheKey);
    if (objValue == null)
    {
        objValue = DateTime.Now.ToString();//缓存当前时间
        //添加数据库依赖,缓存是否发生改变取决于表 DictionaryType 的数据是否变化
        System.Web.Caching.SqlCacheDependency dep =
        new System.Web.Caching.SqlCacheDependency("SqlCachTest", "DictionaryType");
        DataCache.SetCache(cacheKey, objValue, dep);
    }
    Label1.Text = objValue.ToString();
    GridView1.DataSource = GetData();
    GridView1.DataBind();
}
//从数据库中获取表 DictionaryType 的所有数据
private DataSet GetData()
{
    string conString=
    System.Configuration.ConfigurationManager.
        ConnectionStrings["mvcConnString"].ConnectionString;
    SqlConnection conn = new SqlConnection(conString);
    SqlCommand cmd = new SqlCommand("select * from DictionaryType", conn);
    SqlDataAdapter sda = new SqlDataAdapter(cmd);
    DataSet ds = new DataSet();
    sda.Fill(ds);
    return ds;
}
```

4. 浏览当前页面，效果如图 1-10-7 所示。

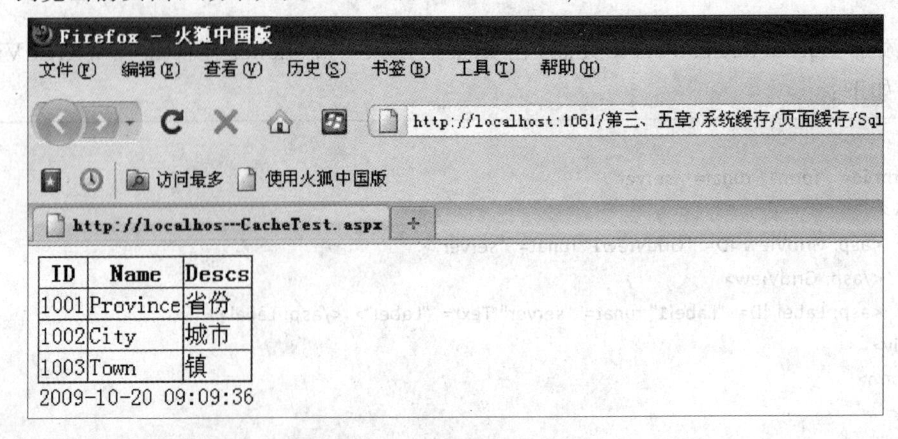

图 1-10-7 数据库缓存效果图 1

5. 重复刷新当前页面，只要数据库中表 DictionaryType 的数据没有发生改变，所显示时间就不会改变。那么，修改某些数据如将 1003 那行数据删掉，时间就更新了。结果如图 1-10-8 所示。

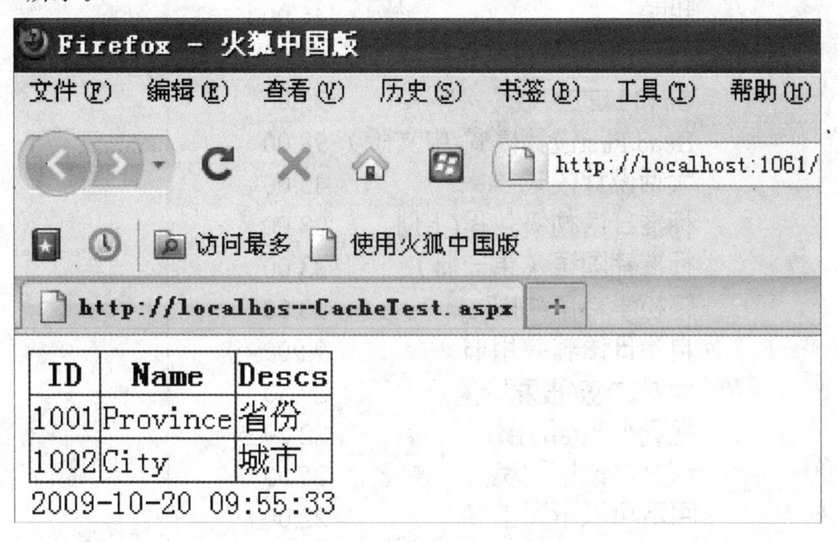

图 1-10-8 数据库缓存效果图 2

从以上代码可以看出，数据库缓存依赖和文件依赖基本相同。只是在存放缓存 Set-Cache 时存入的依赖对象不同。数据库缓存依赖于 SqlCacheDependency。

其中，创建 SqlCacheDependency 的构造方法代码如下：

```
public SqlCacheDependency (string databaseEntryName,string tableName)
```

其中：

●databaseEntryName 是在 Web.config 文件的 caching 节点的 sqlCacheDependency 的 databases 元素中定义的数据库的名称；

●tableName 是与 SqlCacheDependency 关联的数据库表的名称。

总之，只有当 P _ Product 表的内容发生变化时，查询操作才会重新查询数据更新缓存的内容。这样就大大减少数据库的重复查询和提高系统的性能和运行效率。

【总结】

通过本任务的学习，掌握了页面输出缓存、页面局部缓存、应用程序缓存、文件依赖缓存、数据库依赖缓存这五种不同缓存的使用方法以及适用场景，并能将其应用在 PAMS 项目中。

10.3 项目实战

【任务概述】

实现《书乐网》图书商品表的数据库缓存依赖。效果图如图 1-10-9 所示。

ProName	MarketPrice
朱门血痕	64.00
甜酸	45.00
CSS Cookbook中文版	68.00
C#和.NET实战	99.00
Head First设计模式(中文版）	98.00
大话设计模式	45.00
标准日语初级教程(上册)	28.00
标准韩国语（第一册）	33.00
轻松学韩语(初级1)	23.00
自学日语辅导用书	9.900
倾城之恋(张爱玲集)	29.50
恶魔小组(第1部)	22.20
深宫之铿锵玫瑰	25.00
可不可以不要上学	22.00
失乐园5：奇迹迷路了	26.00
我的素描日记本	18.00
广告公司的秘密	85.00
古代书法字里千秋	35.00
纪实摄影	16.00

2010-01-06 15:38:50

图 1-10-9 书乐网数据缓存效果图

步骤一 配置 Web. config

实现提示：

在 Web. config 中配置相应代码，让项目启用 SqlCacheDependency。

步骤二 为数据库添加缓存依赖

实现提示：

打开 DOS 命令行界面，执行相应代码，使数据库中会生成一个 AspNet _ SqlCacheTablesForChangeNotification 表。

步骤三 添加缓存实现类 DataCache，封装缓存的操作

实现提示：

在 App _ Code 中建类 DataCache. cs 。

类中方法包括：

1. GetCache() 获取当前应用程序指定 CacheKey 的 Cache 对象值，参数：索引键值，返回缓存对象；

2. SetCache() 设置当前应用程序指定 CacheKey 的 Cache 对象值，参数：索引键值，缓存对象；

3. SetCache() 设置当前应用程序指定 CacheKey 的 Cache 对象值，参数：索引键值，缓存对象，绝对过期时间；

4. SetCache() 设置以缓存依赖的方式缓存数据参数：索引键值，缓存对象，依赖对象。

步骤四 实现缓存

实现提示：

添加 SqlCacheTest. aspx 页面，在页面中拖入一个 GridView 控件用于显示数据库表中的数据，一个 Label 控件用来显示时间。

实现其功能后，删掉或修改任意一行数据，观察时间变化。

任务11　报表技术的应用

11.1　目标与实施

【任务目标】

实现Web项目打印功能。

【知识要点】

1. 掌握Microsoft报表的创建。
2. 掌握Microsoft报表的组成。
3. 使用Microsoft报表。
4. 动态调整Microsoft报表数据。

11.2　实现报表设计

【场景分析】

PAMS系统中需要大量的报表作为最终提交给用户的纸质材料。这个过程需要应用报表打印功能，报表可以有多种实现方式，本处以微软的报表工具予以报表。

【过程实施】

步骤一　创建和使用Microsoft报表

1. 采用向导方式创建Microsoft报表

采用向导方式可以快速地创建报表，具体过程：

为项目添加新项，并且选择项目内容为报表向导，如图1-11-1所示。

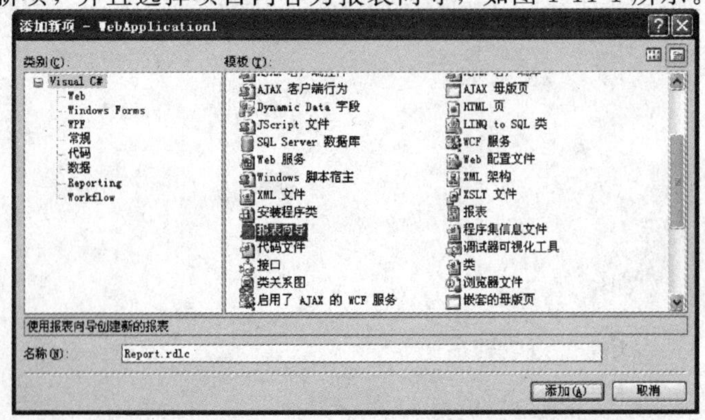

图1-11-1　添加新项——报表向导

为报表选择或者添加数据源，如图 1-11-2 所示。

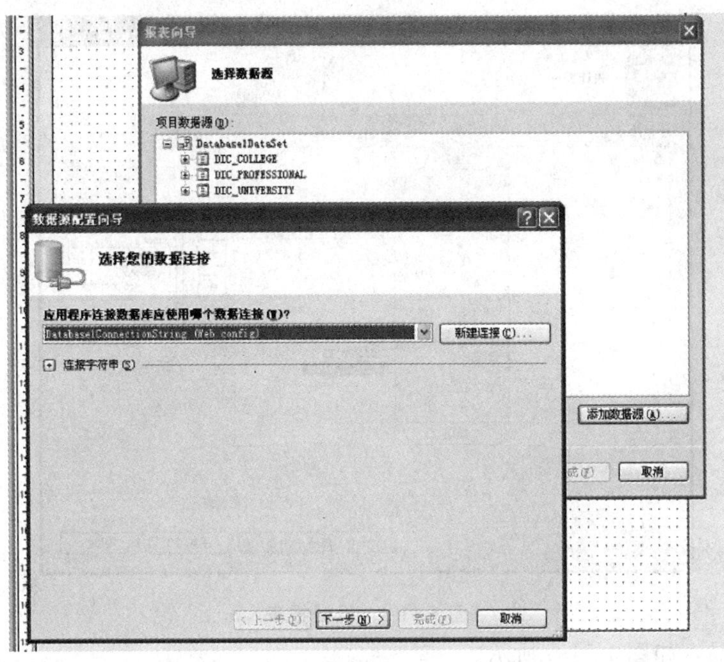

图 1-11-2 为报表选择或者添加数据源

选择报表类型，如图 1-11-3 所示。

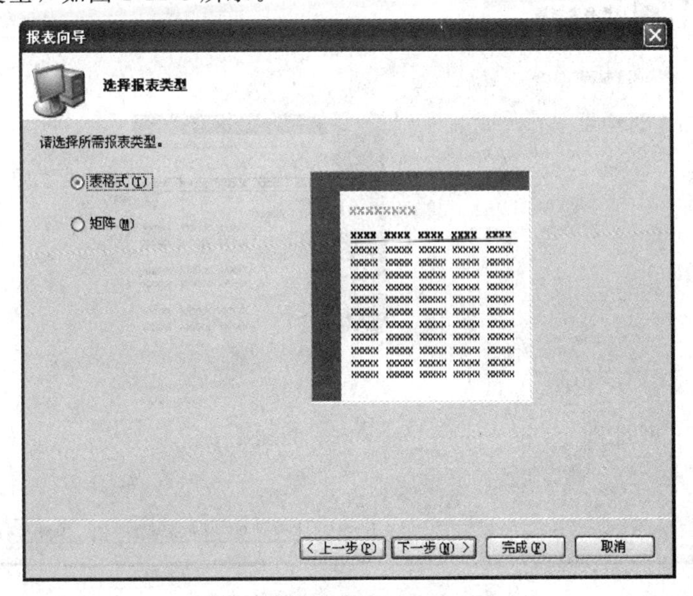

图 1-11-3 为报表选择类型

设计报表，如图 1-11-4 所示。

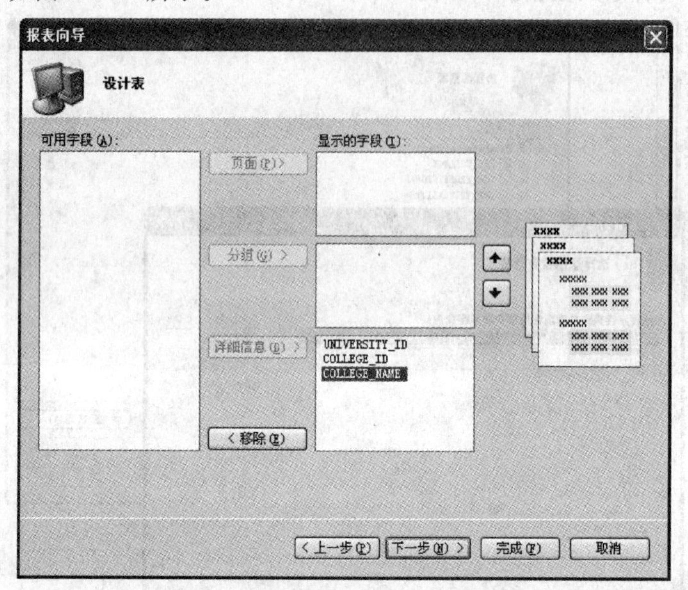

图 1-11-4　设计报表

选择表布局，如图 1-11-5 所示。

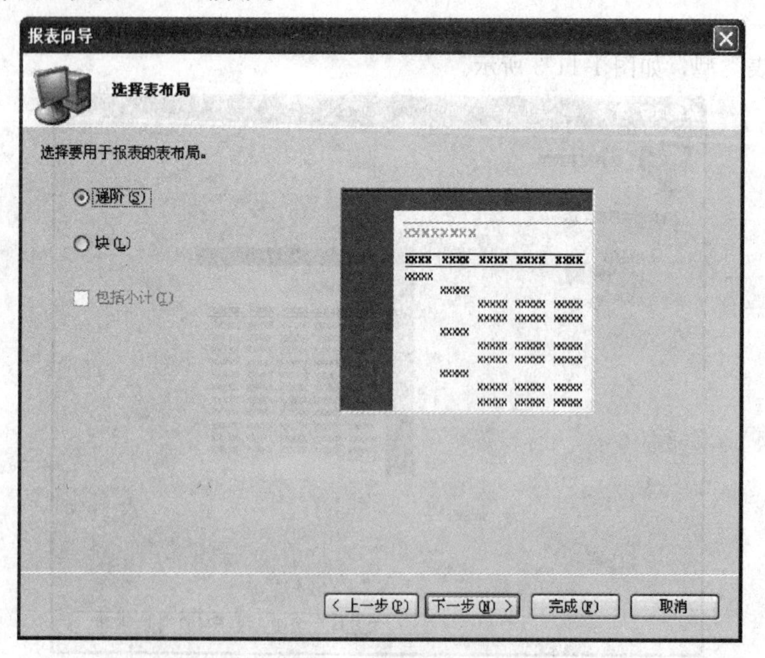

图 1-11-5　为报表选择表布局

选择表样式，如图 1-11-6 所示。

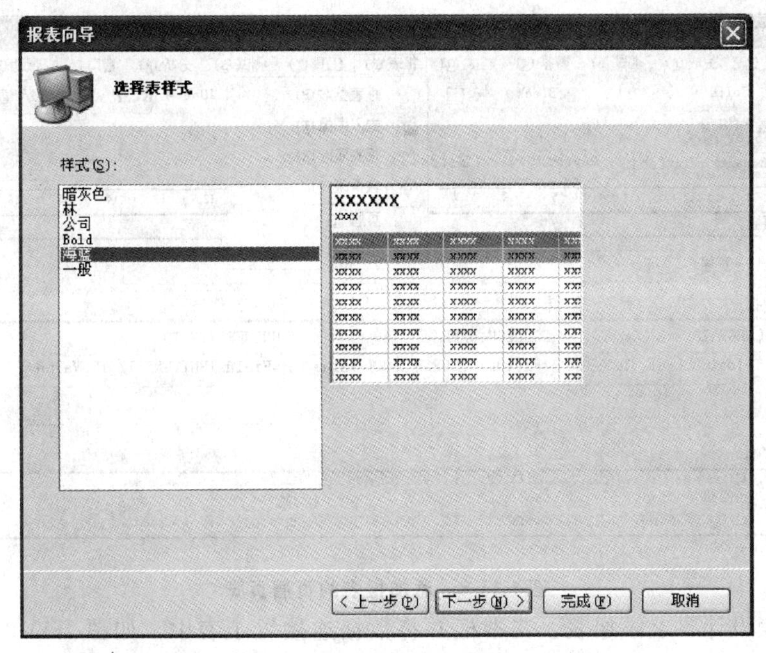

图 1-11-6　为报表选择或者添加数据源

2. 采用报表设计器直接设计报表

添加新项，选择报表，如图 1-11-7 所示。

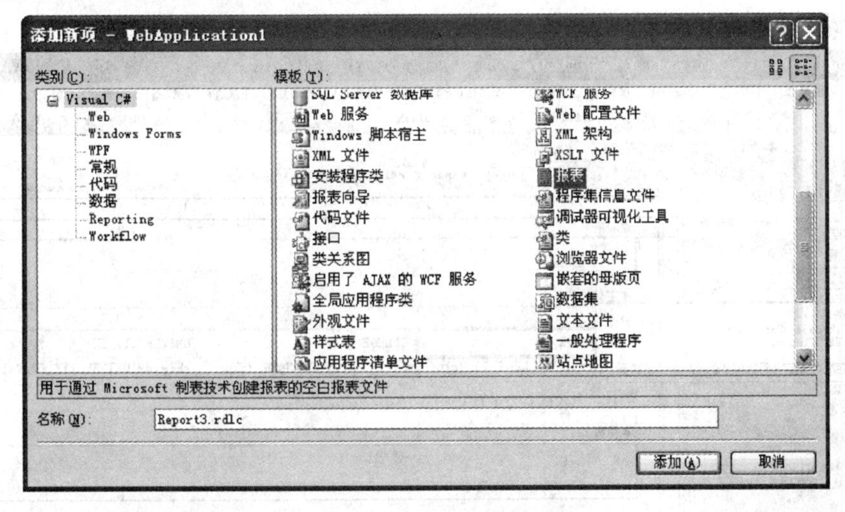

图 1-11-7　添加新的报表选项

根据报表设计要求添加页眉页脚，如图 1-11-8 所示。

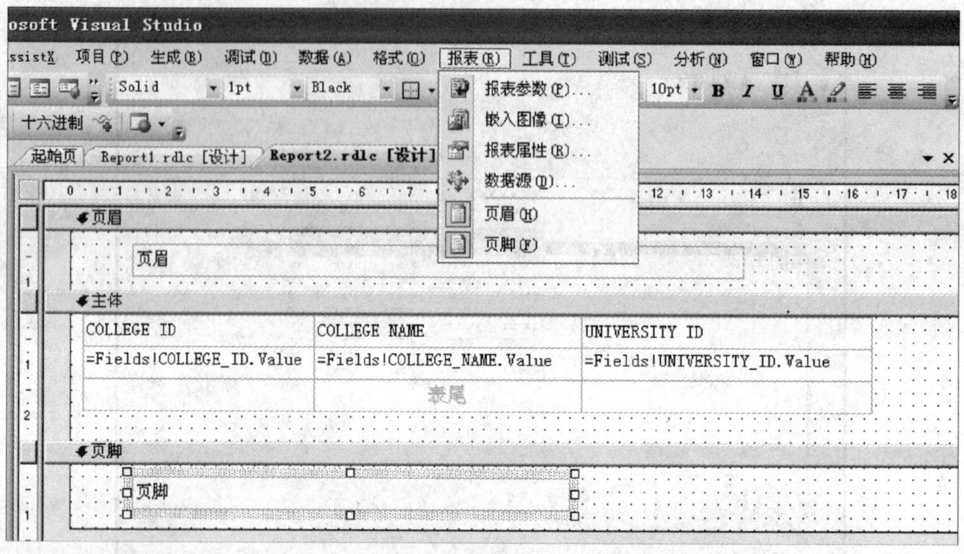

图 1-11-8　添加报表的页眉页脚

根据报表设计要求添加表、文本框并将数据连接置于表中，如图 1-11-9、图 1-11-10 所示。

通过属性对报表中的对象进行进一步的设定，如图 1-11-11、图 1-11-12、图 1-11-13 所示。

在报表对象的设定中可以实现对分组、汇总等操作。

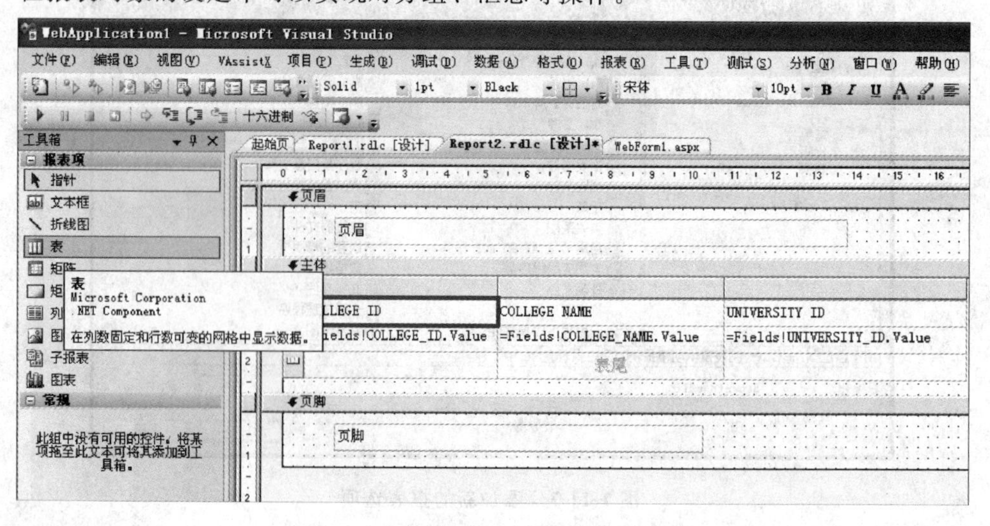

图 1-11-9　添加表到报表中

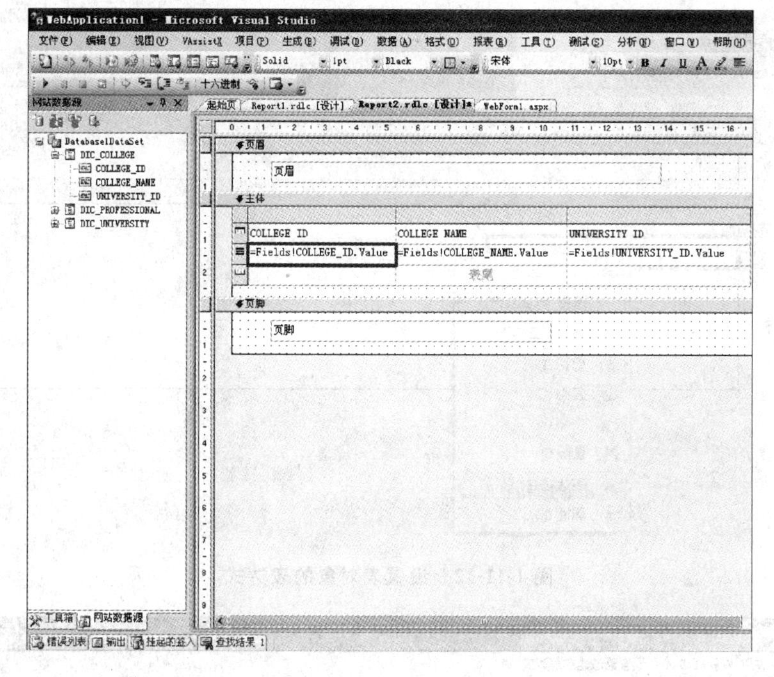

图 1-11-10 将数据连接置于表中

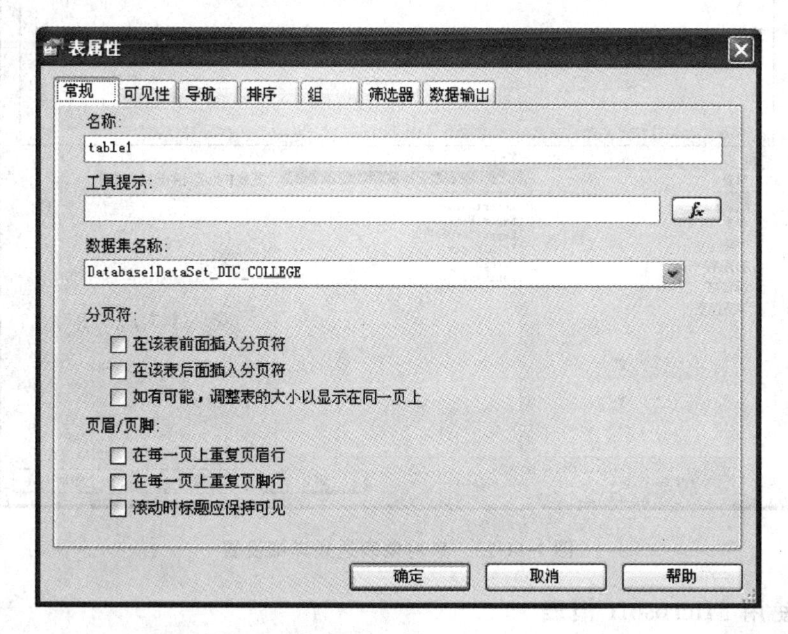

图 1-11-11 右键单击表对象，设置表对象的属性

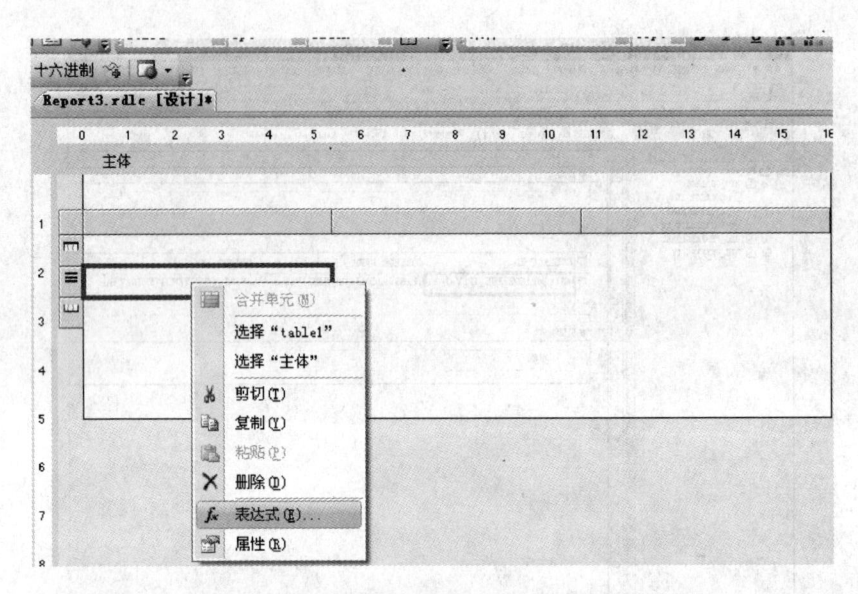

图 1-11-12 设置表对象的表达式

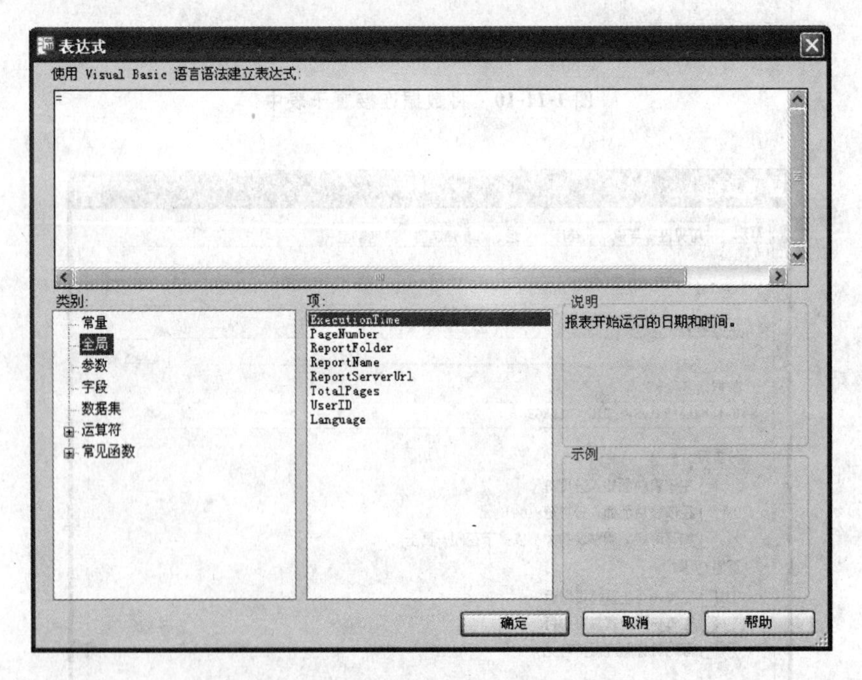

图 1-11-13 表对象表达式详细设置

步骤二 使用 Microsoft 报表

在工具箱的“数据”部分中，将 ReportViewer 控件拖动到 WebForm 中。单击 ReportViewer 控件，在“属性”窗口中展开“大小”，根据需要设置宽度和高度。

单击 ReportViewer 控件右上角的三角形，打开该控件的智能标记面板。单击“选择报

表”下拉列表，选择已经设计好的报表文件 . rdlc。

按 F5 生成应用程序并在窗体中查看报表，如图 1-11-14 所示。

1 / 87

Last Name	Order Date	Sales Order Number	Total Due
Reiter	2001/07/01 00:00:00	SO43659	27231.5495
Reiter	2001/07/01 00:00:00	SO43660	1716.1794
Saraiva	2001/07/01 00:00:00	SO43661	43561.4424
Saraiva	2001/07/01 00:00:00	SO43662	38331.9613
Mitchell	2001/07/01 00:00:00	SO43663	556.2026

图 1-11-14 程序运行后报表界面

步骤三 动态调整报表数据源

在解决方案资源管理器中选择项目网站(以 http：// 开头)。右击并选择“添加新项”。在“添加新项”对话框中，选择“类”，键入文件名 BusinessObjects. cs。为 BusinessObjects. cs 添加以下代码：

```
using System;
using System. Collections. Generic;
//定义一个含有两种简单数据类型的类 Product
public class Product {
    private string m_name;
    private int m_price;
    public Product(string name, int price) {
        m_name =  name;
        m_price =  price;
    }
    public string Name {
        get {
            return m_name;
        }
    }
    public int Price {
        get {
            return m_price;
        }
```

```
        }
    }
    //定一个类 Merchant 通过 GetProducts 实现获取对象
    public class Merchant {
        private List<Product>  m_products;
        public Merchant() {
            m_products =   new List<Product>  ();
            m_products. Add(new Product("Pen", 25));
            m_products. Add(new Product("Pencil", 30));
            m_products. Add(new Product("Notebook", 15));
        }
        public List<Product>   GetProducts() {
            return m_products;
        }
    }
```

运行该代码，获得一个新的数据源 Product，将该数据源添加到报表的表中，结果如图 1-11-15 所示。

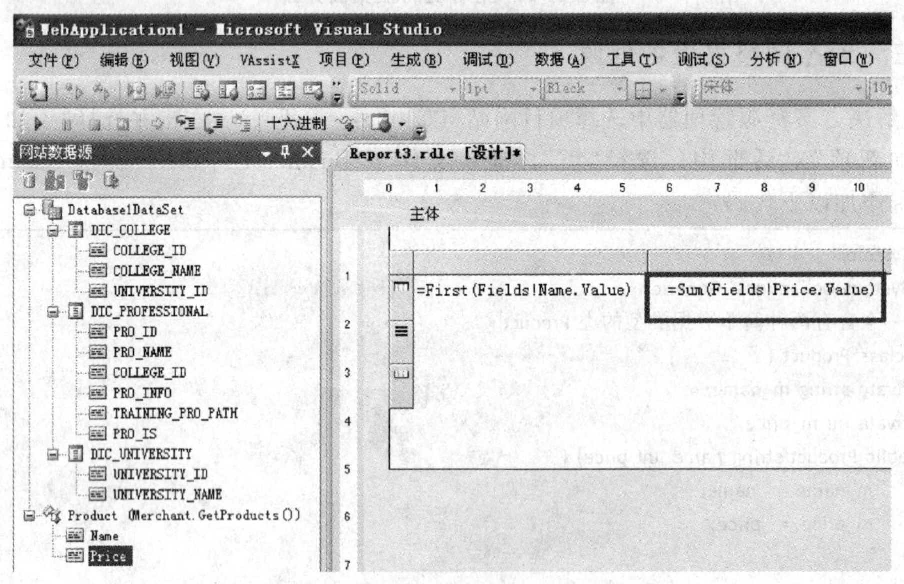

图 1-11-15　动态数据源的生成

理解该内容，修改对应代码即可获得动态数据源，实现 Microsoft 报表的动态数据生成。

Microsoft 报表为 Windows 环境提供了创建演示文稿质量的交互式内容的能力。使用 Microsoft 报表，可以在基于 GUI 的程序中创建复杂而专业的报表。然后，可以将报表连接到几乎所有数据源以及代理数据，例如，结果集(如 ADO.NET 数据集)。使用 GUI 设计器中附带的向导，可以方便地设置格式、分组、图表制作和其他条件。

VS2008 中包括报表设计功能和 ReportViewer 控件，可以向自定义应用程序中添加功能齐全的报表。通过报表设计器可以创建包含表格、聚合和多维数据的报表。还提供了 ReportViewer 控件在应用程序中处理和显示报表。

【知识点分析及扩展】

知识点一 报表种类

使用报表模板和与客户端报表定义（.rdlc）文件一起提供的设计支持，可以通过 ReportViewer 控件生成以下种类的报表：

“自由格式”报表由文本框、数据区域、图像和其他报表项构成。当生成自由格式的报表时，应使用列表和矩形将各项保持在一起。可以使用嵌套数据区域和嵌入子报表来封装报表中的数据；

“多列”报表以多个连续的列显示数据，其中数据一列接着一列地排列，类似于报纸格式；

“钻取”报表通过指向支持信息的链接提供了指向相关报表的导航路径；

“交互式”报表包含链接、书签、文档结构图以及允许创建切换项以显示或隐藏报表部分的显示/隐藏功能。可以使用可见性和切换属性创建明细报表。明细报表包含汇总数据，用户可以将其展开，从而在主报表内查看支持详细信息；

“简单”报表可能包含单个表或图表。您可以创建多个简单报表，然后将它们组合到单个表单或网页，以获得面板效果。

知识点二 报表组成部分

报表“工具箱”提供了用于在可视化环境中设计客户端报表定义（.rdlc）文件的各种生成块。可以在报表中包含项如表 1-11-1 所示。

表 1-11-1 报表中包含项及含义

项目名	说　明
文本框	用于显示单个实例数据。文本框可以放在报表上的任何位置，可以包含标签、字段或计算数据。可以使用表达式来定义文本框中的数据
表	用于创建表格格式报表或向报表添加表结构的数据区域
矩阵	矩阵是将数据排列成在特定数据点相交的列和行的数据区域。矩阵提供的功能与交叉表和透视表类似。与包括一组静态列的表不同的是，矩阵的列可以是动态的。可以定义包含静态和动态的行和列的矩阵
图表	用于创建可视化数据的数据区域。可以创建各种类型的图表
图像	用于在报表中显示二进制图像数据。可以使用 .bmp、.jpeg、.gif 和 .png 格式的外部图像、嵌入图像或数据库图像

续表

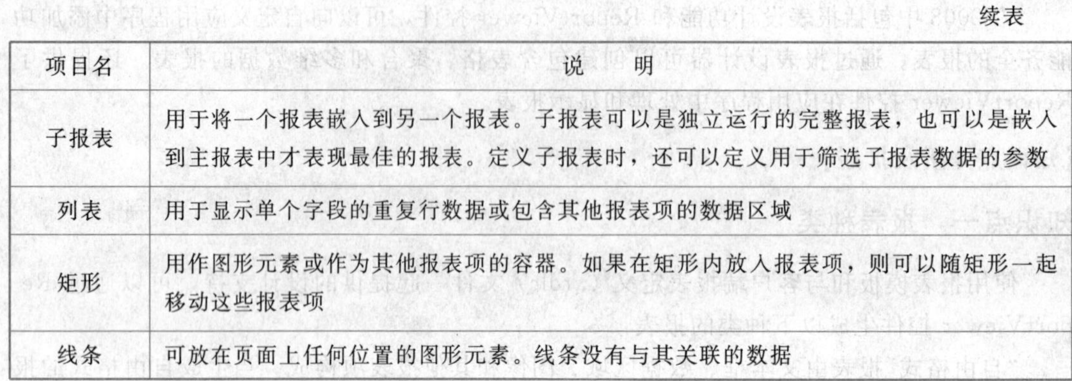

项目名	说　明
子报表	用于将一个报表嵌入到另一个报表。子报表可以是独立运行的完整报表，也可以是嵌入到主报表中才表现最佳的报表。定义子报表时，还可以定义用于筛选子报表数据的参数
列表	用于显示单个字段的重复行数据或包含其他报表项的数据区域
矩形	用作图形元素或作为其他报表项的容器。如果在矩形内放入报表项，则可以随矩形一起移动这些报表项
线条	可放在页面上任何位置的图形元素。线条没有与其关联的数据

报表中的所有项(包括数据组、表、矩阵列和矩阵行)以及报表本身都有关联的属性。这些属性控制着报表项的外观和行为。

知识点三　报表功能

与 ReportViewer 控件一起使用的报表支持以下功能：

●计算和聚合数据的表达式和/或支持条件格式；

●在 HTML 报表中支持链接、书签和文档结构图的操作；

●参数、筛选器、排序和分组功能，精确地检索和组织数据；

●支持添加自定义代码程序集，可以在报表中提供动态功能或特殊功能；

●运行时功能，使用户可以浏览大型报表、搜索特定数据、将报表导出到文件、打印报表等。

知识点四　报表定义文件

报表基于报表定义，它是一个说明数据和布局的 XML 文件。当将报表项添加到项目并定义报表布局时，Visual Studio 将为其创建报表定义。在本地处理的报表定义的文件扩展名为 .rdlc。发布到报表服务器的报表定义的文件扩展名为 .rdl。这两种类型的报表定义文件都使用报表定义语言（RDL）。

当触发报表执行时(例如，提供了用户单击就可以查看报表的按钮)，ReportViewer 控件将使用定义的数据绑定检索数据，并将结果集合并到报表布局。报表将以正在使用的控件的本机输出格式显示。对于 Web 服务器控件，输出格式为 HTML。对于 Windows 窗体控件，输出格式为图形设备界面（GDI）格式。

基于 .rdlc 文件的报表与为 SQL Server 2005 Reporting Services 创建的报表定义(.rdl) 文件十分相似。尽管这两种报表定义的 XML 架构相同，但是每个文件类型具有不同的验证规则。.rdl 必须包含一个查询，才被视为有效。而 .rdlc 即便缺少查询信息，仍然有效。如果 .rdlc 包含查询，该查询将被忽略。如果 .rdlc 包含自定义报表项元素，则那些元素也被忽略(只有 .rdl 支持自定义报表项)。

【总结】

本任务主要介绍了 Microsoft 报表工具的使用，利用该工具可以方便设计出信息化系统中需要的报表。本章设计了报表设计、报表数据源动态调整等内容。

11.3 项目实战

【任务概述】

实现《书乐网》的书目库存报表，要求从数据库中的 Products 表中获取数据：书名、出版社、库存。

步骤一 添加报表

实现提示：

添加新项，选择报表，添加页眉页脚。

步骤二 设计报表

实现提示：

根据报表设计要求添加表、文本框并将数据连接置于表中。

步骤三 属性设定

实现提示：

通过属性对报表中的对象进行进一步的设定。

步骤四 分组、汇总设定

实现提示：

在报表对象的设定中可以实现对分组、汇总等操作。

步骤五 使用 Microsoft 报表

实现提示：

向窗体中添加 ReportViewer 控件，在“属性”窗口中设置宽度和高度属性。

通过单击 ReportViewer 控件右上角的三角形，打开该控件的智能标记面板。单击“选择报表”下拉列表，然后选择已经设计好的报表文件 . rdlc。

任务12 AJAX实现用户登录人性化提升

12.1 目标与实施

【任务目标】

完成PAMS项目的无刷新设计。

【知识要点】

1. 掌握AJAX入门知识。
2. 掌握ASP.NET中的各个服务端AJAX控件。

12.2 完成PAMS项目的无刷新设计

【场景分析】

在C/S应用程序的开发过程中，很容易做到无“刷新”样式控制。因为C/S应用程序往往是安装在本地的，所以能够维持客户端状态，对于状态的改变能够及时捕捉。相比之下，Web应用属于一种无状态的应用程序，在其操作过程中，需要通过POST等方法进行页面参数传递，页面的刷新就不可避免。

在传统的Web开发过程中，用户浏览一个Web页面进行表单数据提交时，就会向服务器发送一个请求，服务器接受该请求后并执行相应的操作后将生成一个页面返回给浏览者。在服务器处理表单并返回新的页面的同时，用户第一次浏览时的页面(这里可以当做是旧的页面)和服务器处理表单后返回的页面在形式上基本相同，当大量的用户进行表单提交操作时，无疑增加了网络的带宽。

C/S应用程序往往安装在本地，这样响应用户事件的时间非常的短，而且是有状态的应用程序，能够及时捕捉和相应用户的操作。而在Web端，由于每次的交互都需要向服务器发送请求，服务器接受请求和返回请求的过程就依赖于服务器的响应时间，所以响应速度较慢。通过在用户浏览器和服务器之间设计一个中间层，即AJAX层能就能够解决这一问题。AJAX改变了传统的Web中客户端和服务器的“请求——等待——请求——等待”的模式，通过使用AJAX应用向服务器发送和接收需要的数据，从而不会产生页面的刷新。

【过程实施】

步骤 修改PAMS登录页面

1. 在解决方案中，打开【PAMS.Web】项目，打开Login.aspx页面。

2. 页面中添加一个 AJAX 扩展控件脚本管理控件 ScriptManager。如图 1-12-1 所示。

图 1-12-1 添加控件 ScriptManager

```
<asp: ScriptManager ID= "ScriptManager1" runat= "server">
</asp: ScriptManager>
```

3. 继续在页面中添加 UpdatePanel 控件。

```
<asp: UpdatePanel ID= "UpdatePanel1" runat= "server">
</asp: UpdatePanel>
```

4. 在 UpdatePanel 控件中，添加内容模板标签<ContentTmeplate></ContentTemplate>。

```
<asp: UpdatePanel ID= "UpdatePanel1" runat= "server">
  <ContentTemplate>
  </ContentTemplate>
</asp: UpdatePanel>
```

5. 将原有页面中的登录窗口部分控件加到上述内容模板中即可。

6. 保存 Login. aspx 页面，并调试。

【知识点分析及扩展】

知识点一 ASP. NET Ajax 入门

AJAX 技术看似非常的复杂，其实并不是新技术，只是一些早期技术的混合体。通过将这些技术进行一定的修改、整合和发扬，就形成了 AJAX 技术。早期的技术包括：

1. XHTML：基于XHTML1.0规范的XHTML技术；

2. CSS：基于CSS2.0的CSS布局的CSS编程技术；

3. DOM：HTML DOM，XML DOM等DON技术；

4. JavaScript：JavaScript编程技术；

5. XML：XML DOM、XSLT、XPath等XML编程技术。

这些技术已被普遍使用，包括XHTML、CSS和DOM，开发人员能够使用JavaScript进行Web应用中Web编程和客户端状态维护，而通过使用XML技术能够进行数据保存和交换。

此外，AJAX还包含一个最重要的JavaScript对象，即XMLHttpRequest。它的作用是使AJAX可以在服务器和浏览器之间通过JavaScript创建一个中间层，从而实现了异步通信。如图1-12-2所示。

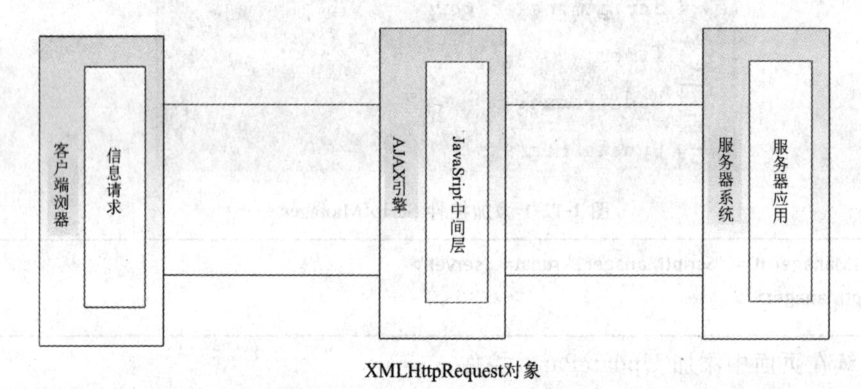

图1-12-2　XMLHttpRequest对象实现过程

AJAX通过使用XMLHttpRequest对象实现异步通信。例如，当用户填写一个表单，数据并不是直接从客户端发送到服务器，而是通过客户端发送到一个中间层，这个中间层可以被称为AJAX引擎。开发人员无需知道AJAX引擎是如何将数据发送到服务器的，服务器同样也不会直接将数据返回给浏览器，而是通过JavaScript中间层将数据返回给客户端浏览器。XMLHttpRequest对象使用JavaScript代码可以自行与服务器进行交互。简而言之，AJAX技术是通过使用XHTML、CSS、DOM等实现的，具体实现如下所示。

1. 使用XHTML＋CSS进行页面表示表示；

2. 使用DOM进行动态显示和交互；

3. 使用XML和XSLT进行数据交换；

4. 使用XMLHttpRequest进行异步数据查询、检索；

5. 使用JavaScript进行页面绑定。

创建ASP.NET 3.5 Web应用程序就能够直接使用AJAX功能，如图1-12-3所示。

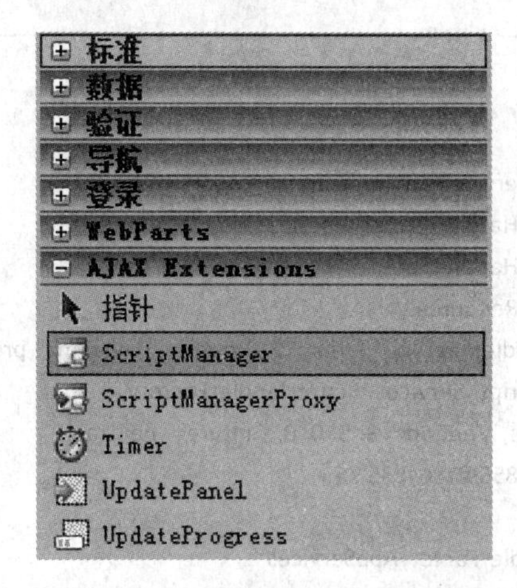

图 1-12-3 ASP. NET 3. 5 AJAX

在 ASP. NET 3. 5 中，同普通控件的使用一样，可以直接拖取 AJAX 控件实现页面无刷新功能。同时，在 Web. config 配置文件中，已经声明了 AJAX 功能，示例代码如下所示：

```
<pages>
  <controls>
    <add tagPrefix= "asp" namespace= "System. Web. UI"
    assembly= "System. Web. Extensions,
    Version= 3. 5. 0. 0, Culture= neutral, PublicKeyToken= 31BF3856AD364E35"/>
    <add
    tagPrefix= "asp"
    namespace= "System. Web. UI. WebControls"
    assembly= "System. Web. Extensions,
    Version= 3. 5. 0. 0, Culture= neutral, PublicKeyToken= 31BF3856AD364E35"/>
  </controls>
</pages>
```

如果需要在 Internet 信息服务 7. 0 中运行 ASP. NET AJAX 应用，则需要配置 System. WebServer，示例代码如下所示：

```
<system. webServer>
    <validation validateIntegratedModeConfiguration= "false"/>
    <modules>
        <remove name= "ScriptModule"/>
        <add
        name= "ScriptModule"
        preCondition= "managedHandler"
        type= "System. Web. Handlers. ScriptModule,
        System. Web. Extensions,
        Version= 3. 5. 0. 0, Culture= neutral, PublicKeyToken= 31BF3856AD364E35"/>
```

```
    </modules>
    <handlers>
        <remove name= "WebServiceHandlerFactory-Integrated"/>
        <remove name= "ScriptHandlerFactory"/>
        <remove name= "ScriptHandlerFactoryAppServices"/>
        <remove name= "ScriptResource"/>
        <add name= "ScriptHandlerFactory" verb= "* " path= "* . asmx" preCondition= "integratedMode"
        type= "System. Web. Script. Services. ScriptHandlerFactory,
        System. Web. Extensions, Version= 3. 5. 0. 0, Culture= neutral,
        PublicKeyToken= 31BF3856AD364E35"/>
        <add
            name= "ScriptHandlerFactoryAppServices"
            verb= "* " path= "* _AppService. axd" preCondition= "integratedMode"
            type= "System. Web. Script. Services. ScriptHandlerFactory,
            System. Web. Extensions,
            Version= 3. 5. 0. 0, Culture= neutral, PublicKeyToken= 31BF3856AD364E35"/>
        <add name= "ScriptResource"
            preCondition= "integratedMode"
            verb= "GET,HEAD" path= "ScriptResource. axd"
            type= "System. Web. Handlers. ScriptResourceHandler, System. Web. Extensions,
            Version= 3. 5. 0. 0, Culture= neutral, PublicKeyToken= 31BF3856AD364E35"/>
        </handlers>
    </system. WebServer>
```

知识点二 ASP. NET Ajax 服务器端控件

(一) 脚本管理控件 ScriptManager 的使用

【案例设计】

1. 新建网站。

2. 在当前网站中添加一个 Web Form 窗体页面，命名为 ScriptManager. aspx。

3. 修改 ScriptManager. aspx 的 HTML 源代码，使之和模板页面 Default. aspx 的风格一致。

4. 在 ScriptManager. aspx 页面中添加 ScriptManager 控件。

```
<asp: ScriptManager ID= "ScriptManager1" runat= "server">
</asp: ScriptManager>
```

5. 在 ScriptManager. aspx 页面中添加 UpdatePanel 控件。

6. 在 UpdatePanel 标签中添加内容模板标记＜ContentTemplate＞＜/ContentTemplate＞。

7. 在内容模板标记＜ContentTemplate＞＜/ContentTemplate＞中增加一个标签 Lable

控件和一个文本框控件。ID为Label1的标签控件用来显示文本，ID为TextBox1的文本框控件用来触发异步事件。

```
<asp: UpdatePanel ID= "UpdatePanel1" runat= "server">
    <ContentTemplate>
                <asp: Label ID= "Label1" runat= "server" Text= "Label"> </asp: Label>
                <asp: TextBox ID= "TextBox1" runat= "server"> </asp: TextBox>
    </ContentTemplate>
</asp: UpdatePanel>
```

8. 双击ID为TextBox1的文本框控件，生成文本值改变事件TextBox1 _ TextChanged，并把文本框AutoPostBack属性设置为True。

```
<asp: UpdatePanel ID= "UpdatePanel1" runat= "server">
        <ContentTemplate>
            <asp: Label ID= "Label1" runat= "server" Text= "Label"> </asp: Label>
            <asp: TextBox ID= "TextBox1" runat= "server" AutoPostBack= "True"
                ontextchanged= "TextBox1_TextChanged"> </asp: TextBox>
        </ContentTemplate>
</asp: UpdatePanel>
```

```
protected void TextBox1_TextChanged(object sender, EventArgs e)
{
}
```

9. 在TextBox1 _ TextChanged添加如下代码，实现根据文本框输入的数值改变标签文本的字体大小的功能。

```
protected void TextBox1_TextChanged(object sender, EventArgs e)
    {
        try
        {
            this. Label1. Font. Size =  FontUnit. Point(Convert. ToInt16(TextBox1. Text));
            //根据文本框输入的数值改变标签文本的字体大小
        }
        catch
        {
            this. Label1. Text =  "出错了";
        }
    }
```

10. 保存解决方案。ScriptManager. aspx页面的HTML最终代码如下所示：

```
<% @ Page Language= "C# " AutoEventWireup= "true" CodeFile= "ScriptManager. aspx. cs" Inherits= "Script -
Manager" % >
<! DOCTYPE html PUBLIC "-//W3C//DTD XHTML 1. 0 Transitional//EN"
"http: //www. w3. org/TR/xhtml1/DTD/xhtml1-transitional. dtd">
<html xmlns= "http: //www. w3. org/1999/xhtml">
<head id= "Head1" runat= "server">
      <title> ScriptManager</title>
      <link href= "style/Site. css" type= "text/css" rel= "Stylesheet"/>
</head>
<body>
      <form id= "form1" runat= "server">
      <div class= "page">
            <div id= "header">
                  <div id= "title">
                        <h1>
                              计算机软件专业师资技能培训教程(开发篇)</h1>
                  </div>
                  <div id= "logindisplay">
                        [ <a href= "# "> 帮助</a>  ]
                  </div>
                  <div id= "menucontainer">
                        <ul id= "menu">
                              <li> <a href= "# "> 首页</a>
                                    <li> <a href= "# "> 关于</a>  </li>
                        </ul>
                  </div>
            </div>

            <div id= "main">
                  <h2>
                        <asp: ScriptManager ID= "ScriptManager1" runat= "server">
                        </asp: ScriptManager>

                        <asp: UpdatePanel ID= "UpdatePanel1" runat= "server">
                         <ContentTemplate>
                              <asp: Label ID= "Label1" runat= "server" Text= "Label"> </asp: Label>
                              <asp: TextBox ID= "TextBox1" runat= "server" AutoPostBack= "True"
                                    ontextchanged= "TextBox1_TextChanged"> </asp: TextBox>
                         </ContentTemplate>
                        </asp: UpdatePanel>
                  </h2>
                  <p>
                        更多学习资料请参考微软官方网站</p>
```

```
            <div id= "footer">
                Sample Application © Copyright 2009</div>
        </div>


    </div>
    </form>
</body>
</html>
```

11. ScriptManager. aspx. cs 的源代码如下所示：

```
using System;
using System. Collections;
using System. Configuration;
using System. Data;
using System. Linq;
using System. Web;
using System. Web. Security;
using System. Web. UI;
using System. Web. UI. HtmlControls;
using System. Web. UI. WebControls;
using System. Web. UI. WebControls. WebParts;
using System. Xml. Linq;
public partial class ScriptManager : System. Web. UI. Page
{
    protected void Page_Load(object sender, EventArgs e)
    {
    }
    protected void TextBox1_TextChanged(object sender, EventArgs e)
    {
        try
        {
            this. Label1. Font. Size =  FontUnit. Point(Convert. ToInt16(TextBox1. Text));//根据文本框输入的
数值改变标签文本的字体大小
        }
        catch
        {
            this. Label1. Text =  "出错了";
        }
    }
}
```

12. 浏览 ScriptManager. aspx 页面，查看效果。

初次访问时的效果如图 1-12-4 所示。

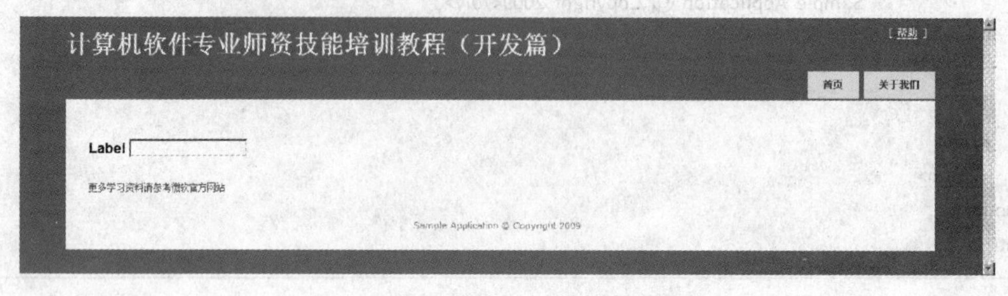

图 1-12-4 初次访问效果图

输入文本框大小为 55 时的效果如图 1-12-5 所示。

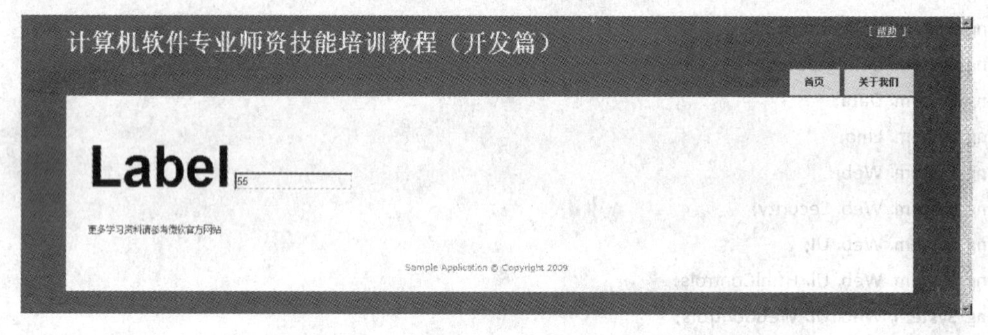

图 1-12-5 输入文本框大小“55”效果

输入文本库“SSS”浏览时的效果如图 1-12-6 所示。

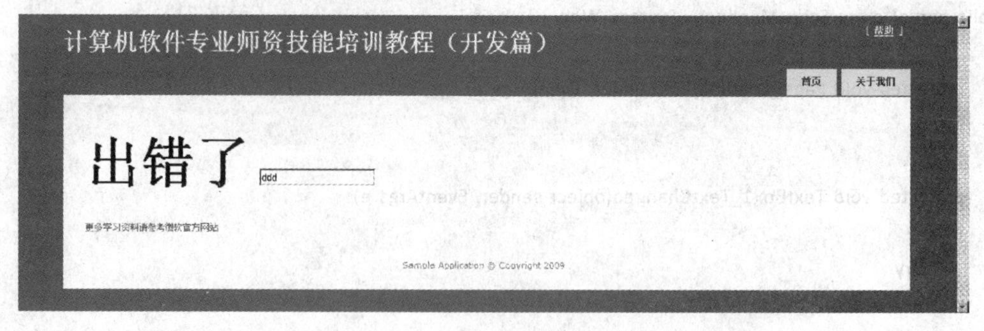

图 1-12-6 输入文本库“SSS”效果

【知识点分析】

脚本管理控件(ScriptManger)是 ASP. NET AJAX 中非常重要的控件，它能够进行整个页面的局部更新的管理。ScriptManger 用来处理页面上局部更新，同时生成相关的代理脚本以便能够通过 JavaScript 访问 Web Service。每个页面只能使用一个 ScriptManger 控件，创建后系统自动生成 HTML 代码，示例代码如下所示：

```
<asp: ScriptManager ID= "ScriptManager1" runat= "server">
</asp: ScriptManager>
```

ScriptManger 控件的常用属性如下所示：

1. AllowCustomErrorRedirect：指明在异步回发过程中是否进行自定义错误重定向；

2. AsyncPostBackTimeout：指定异步回发的超时事件，默认为 90s；

3. EnablePageMethods：是否启用页面方法，默认值为 false；

4. EnablePartialRendering：在支持的浏览器上为 UpdatePanel 控件启用异步回发。默认值为 True；

5. LoadScriptsBeforeUI：指定在浏览器中呈现 UI 之前是否应加载脚本引用；

6. ScriptMode：指定要在多个类型时可加载的脚本类型，默认为 Auto。

在 AJAX 应用中，ScriptManger 控件基本不需要配置就能够使用，它相当于一个总指挥官，只进行指挥，不进行实际的操作。其他 AJAX 控件使用时必须使用 ScriptManger 控件。

（二）脚本管理控件 ScriptManagerProxy 的使用

【案例设计】

1. 新建网站。

2. 在当前网站中添加一个母版页 MasterPage. master。

3. 修改母版页 MasterPage. master，使之风格能够和首页 Default. aspx 一致。

4. 在母版页中添加 ScriptManager 控件。

5. 在母版页中添加内容控件 ContentPlaceHolder。

6. 完成上述步骤后，母版页 MasterPage. master 对应的 HTML 源代码如下所示：

```
<% @ Master Language= "C# " AutoEventWireup= "true" CodeFile= "MasterPage. master. cs" Inherits= "Mas -
terPage" % >
<! DOCTYPE html PUBLIC "-//W3C//DTD XHTML 1. 0 Transitional//EN"
"http: //www. w3. org/TR/xhtml1/DTD/xhtml1-transitional. dtd">
<html xmlns= "http: //www. w3. org/1999/xhtml">
<head id= "Head1" runat= "server">
    <title> 母版页</title>
    <link href= "style/Site. css" type= "text/css" rel= "Stylesheet"/>
</head>
<body>
    <form id= "form1" runat= "server">
    <div class= "page">
        <div id= "header">
            <div id= "title">
                <h1>
                    计算机软件专业师资技能培训教程(开发篇)</h1>
            </div>
            <div id= "logindisplay">
                [ <a href= "# "> 帮助</a>  ]
            </div>
            <div id= "menucontainer">
```

```
                <ul id= "menu">
                        <li> <a href= "# "> 首页</a>
                                <li> <a href= "# "> 关于</a>   </li>
                </ul>
            </div>
    </div>
    <div id= "main">
            <h2>
                <asp: ScriptManager ID= "ScriptManager1" runat= "server">
                </asp: ScriptManager>
                <asp: ContentPlaceHolder ID= "ContentPlaceHolder1" runat= "server">
            </asp: ContentPlaceHolder>
            </h2>
            <p>
                更多学习资料请参考微软官方网站</p>
            <div id= "footer">
                Sample Application © Copyright 2009</div>
        </div>
    </div>
    </form>
</body>
</html>
```

7. 在当前网站中添加 ScriptManagerProxy. aspx 页面，选择步骤 4 创建的母版页 MasterPage. master，如图 1-12-7 所示。

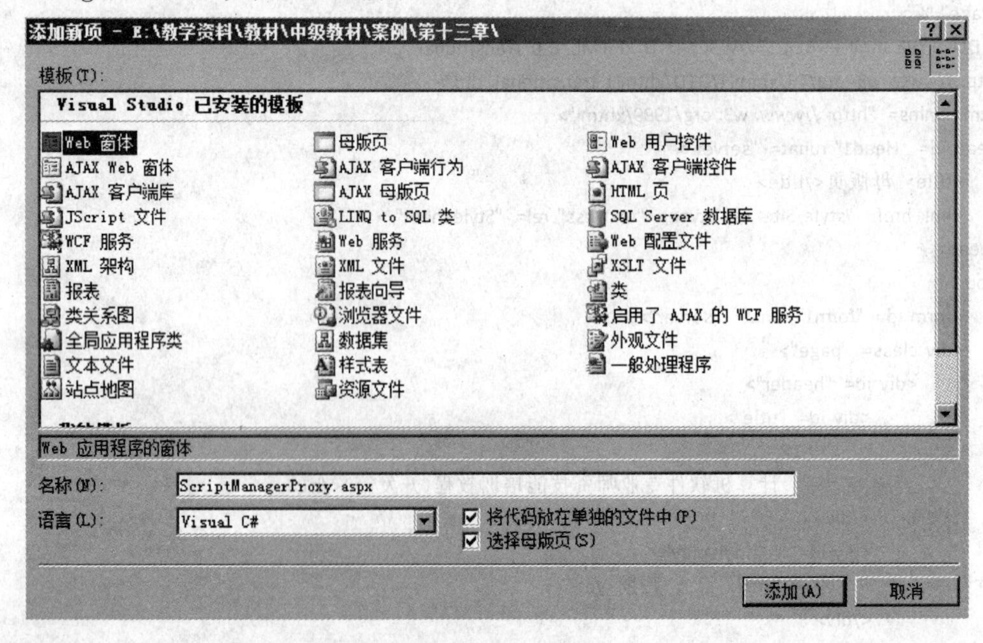

图 1-12-7 添加内容页

8. 在ScriptManagerProxy.aspx页面中添加ScriptManagerProxy控件。

```
<asp: ScriptManagerProxy ID= "ScriptManagerProxy1" runat= "server">
</asp: ScriptManagerProxy>
```

9. 在ScriptManagerProxy.aspx页面中添加UpdatePanel控件，并在UpdatePanel控件下添加一个标签控件和一个按钮控件。双击按钮事件，生成单击方法Unnamed1_Click。

```
<asp: UpdatePanel ID= "UpdatePanel1" runat= "server">
        <ContentTemplate>
            <asp: Label ID= "Label"   runat= "server" Text= "Label"> </asp: Label>
           <asp: Button runat= "server" Text= "Button" onclick= "Unnamed1_Click" />
        </ContentTemplate>
</asp: UpdatePanel>
```

10. 在方法Unnamed1_Click中添加获取当前时间的功能代码：

```
protected void Unnamed1_Click(object sender, EventArgs e)
    {
        this. Label. Text =  DateTime. Now. ToString();
    }
```

11. 保存当前解决方案，ScriptManagerProxy.aspx页面的源代码如下所示：

```
<% @ Page Language= "C# " MasterPageFile= "~/MasterPage. master" AutoEventWireup= "true" CodeFile= "
ScriptManagerProxy. aspx. cs" Inherits= "ScriptManagerProxy" Title= "无标题页" % >
<asp: Content ID= "Content1" ContentPlaceHolderID= "ContentPlaceHolder1" Runat= "Server">
    <asp: ScriptManagerProxy ID= "ScriptManagerProxy1" runat= "server">
    </asp: ScriptManagerProxy>

    <asp: UpdatePanel ID= "UpdatePanel1" runat= "server">
      <ContentTemplate>
          <asp: Label ID= "Label"   runat= "server" Text= "Label"> </asp: Label>
         <asp: Button runat= "server" Text= "Button" onclick= "Unnamed1_Click" />
      </ContentTemplate>
    </asp: UpdatePanel>

</asp: Content>
```

ScriptManagerProxy.aspx.cs页面的源代码如下所示：

```
using System;
using System. Collections;
using System. Configuration;
using System. Data;
using System. Linq;
using System. Web;
```

```
using System. Web. Security;
using System. Web. UI;
using System. Web. UI. HtmlControls;
using System. Web. UI. WebControls;
using System. Web. UI. WebControls. WebParts;
using System. Xml. Linq;
public partial class ScriptManagerProxy : System. Web. UI. Page
{
    protected void Page_Load(object sender, EventArgs e)
    {
    }
    protected void Unnamed1_Click(object sender, EventArgs e)
    {
        this. Label. Text =   DateTime. Now. ToString();
    }
}
```

12. 浏览 ScriptManagerProxy. aspx 页面查看效果。

初次访问时的效果如图 1-12-8 所示。

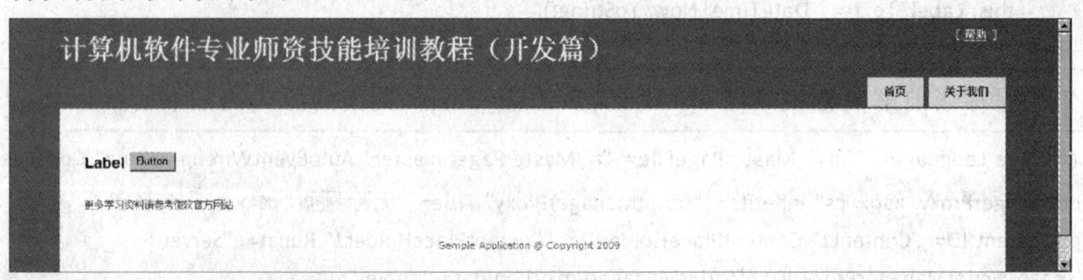

图 1-12-8　初次访问效果图

单击按钮后访问的效果如图 1-12-9 所示。

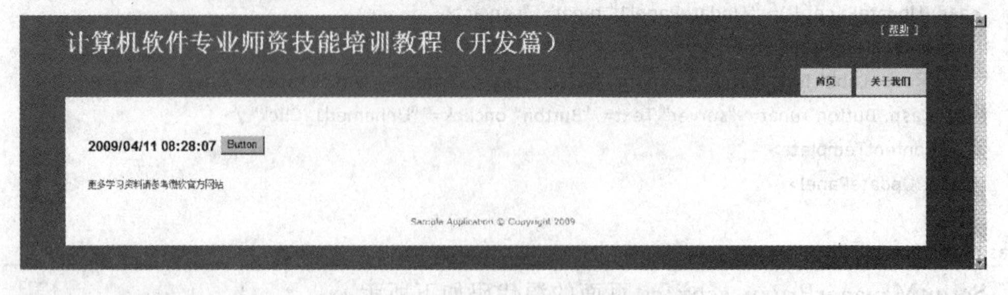

图 1-12-9　单击按钮后访问的效果图

【知识点分析】

ScriptManger 控件作为整个页面的管理者，提供强大的功能以致开发人员无须关心 ScriptManger 控件是如何实现 AJAX 功能的。但是一个页面只能使用一个 ScriptManger 控件，如果在一个页面中使用多个 ScriptManger 控件则会出现异常。

在 Web 应用的开发过程中，常常需要使用母版页。在前面的任务中提到，母版页和内容窗体可以一同组合成为一个新页面呈现在客户端浏览器。那么如果在母版页和内容窗体都使用了ScriptManger控件，页面就会出现错误。此时，ScriptMangerProxy控件可以很好地解决这个问题。ScriptMangerProxy控件和ScriptManger控件十分相似，但前者可以多次使用。当母版页和内容页都需要进行局部更新时，使用ScriptMangerProxy控件就能够在母版页和内容页中都实现AJAX应用。

（三）时间控件Timer的使用

【案例设计】

1. 新建网站。

2. 在当前网站中添加一个Web Form窗体页面，命名为TimerTest. aspx。

3. 修改TimerTest. aspx的HTML源代码，使之和模板页面Default. aspx的风格一致。

4. 在TimerTest. aspx页面中添加ScriptManager控件。

```
<asp: ScriptManager ID= "ScriptManager1" runat= "server">
</asp: ScriptManager>
```

5. 在ScriptManager. aspx页面中添加UpdatePanel控件。

6. 在UpdatePanel标签中添加内容模板标记＜ContentTemplate＞＜/ContentTemplate＞。

7. 在内容模板标记＜ContentTemplate＞＜/ContentTemplate＞中增加一个标签Lable控件，命名为lblDate。该控件用来显示服务端时间。

```
<asp: UpdatePanel ID= "UpdatePanel1" runat= "server">
    <ContentTemplate>
            <asp: Label ID= "lblDate" runat= "server" Text= ""> </asp: Label>
    </ContentTemplate>
</asp: UpdatePanel>
```

8. 在内容模板标记＜ContentTemplate＞＜/ContentTemplate＞中增加一个时间定时器控件Timer，设置其定时间隔为1000 ms。双击该控件生成时间控件的定时触发事件Timer1 _ Tick。

```
<asp: UpdatePanel ID= "UpdatePanel1" runat= "server">
    <ContentTemplate>
      <asp: Label ID= "lblDate" runat= "server" Text= ""> </asp: Label>
          <asp: Timer ID= "Timer1" runat= "server" Interval= "1000" ontick= "Timer1_Tick">
           </asp: Timer>
    </ContentTemplate>
</asp: UpdatePanel>
protected void Timer1_Tick(object sender, EventArgs e)
{
}
```

9. 在 Timer1_Tick 方法中添加如下代码，实现定时获取服务端时间功能。

```
protected void Timer1_Tick(object sender, EventArgs e)
{
    this. lblDate. Text =  DateTime. Now. ToString();
}
```

10. 保存当前解决方案。

TimerTest. aspx 源代码如下：

```
<% @ Page Language= "C# " AutoEventWireup= "true" CodeFile= "TimerTest. aspx. cs" Inherits=
"TimerTest" % >
<! DOCTYPE html PUBLIC "-//W3C//DTD XHTML 1. 0 Transitional//EN"
"http: //www. w3. org/TR/xhtml1/DTD/xhtml1-transitional. dtd">
<html xmlns= "http: //www. w3. org/1999/xhtml">
<head id= "Head1" runat= "server">
    <title> Timer Test</title>
    <link href= "style/Site. css" type= "text/css" rel= "Stylesheet"/>
</head>
<body>
    <form id= "form1" runat= "server">
    <div class= "page">
        <div id= "header">
            <div id= "title">
                <h1>
                    计算机软件专业师资技能培训教程(开发篇)</h1>
            </div>
            <div id= "logindisplay">
                [ <a href= "# "> 帮助</a>  ]
            </div>
            <div id= "menucontainer">
                <ul id= "menu">
                    <li> <a href= "# "> 首页</a>
                        <li> <a href= "# "> 关于</a>  </li>
                </ul>
            </div>
        </div>
            <div id= "main">
            <h2>
                <asp: ScriptManager ID= "ScriptManager1" runat= "server">
                </asp: ScriptManager>
                <asp: UpdatePanel ID= "UpdatePanel1" runat= "server">
                <ContentTemplate>
                    <asp: Label ID= "lblDate" runat= "server" Text= ""> </asp: Label>
                    <asp: Timer ID= "Timer1" runat= "server" Interval= "1000" ontick= "Timer1_Tick">
```

```
                </asp: Timer>
            </ContentTemplate>
            </asp: UpdatePanel>
        </h2>
        <p>
            更多学习资料请参考微软官方网站</p>
        <div id= "footer">
            Sample Application © Copyright 2009</div>
    </div>
  </div>
  </form>
</body>
</html>
```

TimerTest. aspx. cs 源代码如下：

```
using System;
using System. Collections;
using System. Configuration;
using System. Data;
using System. Linq;
using System. Web;
using System. Web. Security;
using System. Web. UI;
using System. Web. UI. HtmlControls;
using System. Web. UI. WebControls;
using System. Web. UI. WebControls. WebParts;
using System. Xml. Linq;
public partial class TimerTest : System. Web. UI. Page
{
    protected void Page_Load(object sender, EventArgs e)
    {
    }
    protected void Timer1_Tick(object sender, EventArgs e)
    {
        this. lblDate. Text =  DateTime. Now. ToString();
    }
}
```

11. 浏览 TimerTest. aspx 页面，效果如图 1-12-10 所示。

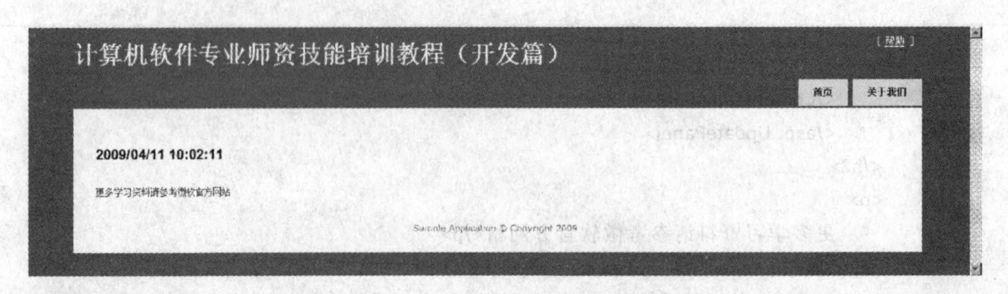

图 1-12-10　页面浏览效果图

【知识点分析】

Timer 控件被广泛的应用在 Windows WinForm 应用程序开发中，Timer 控件能够进行时间控制，在一定的时间内间隔的触发某个事件，例如，每隔 5 s 就执行某个事件。但由于 Web 应用是无状态的，开发人员很难通过编程方法实现 Timer 控件。虽然 Timer 控件还可以通过 JavaScript 实现，但是会加大编程的复杂性。而 AJAX 提供了一个 Timer 控件，用于执行局部更新，能够控制应用程序在一段时间内进行事件刷新。Timer 控件初始代码如下所示：

```
<asp: Timer ID= "Timer1" runat= "server">
    </asp: Timer>
```

开发人员能够配置 Timer 控件的属性进行相应事件的触发，Timer 的属性如下所示。

Enabled：是否启用 Tick 时间引发。

Interval：设置 Tick 事件之间的连续时间，单位为毫秒。

通过配置 Timer 控件的 Interval 属性，能够指定 Time 控件在一定时间内进行事件刷新操作，示例代码如上案例中所示。

Timer 控件能够通过简单的方法让开发人员无需通过复杂的 JavaScript 就能实现 Timer 控制。但它也会占用大量的服务器资源，如果不停的进行客户端服务器的信息通信操作，很容易造成服务器当机。

（四）更新区域控件 UpdatePanel

更新区域控件(UpdatePanel)在 ASP.NET AJAX 是较常用的控件，在上面几节控件的讲解中，已经使用到了 UpdatePanel 控件。它的使用方法同 Panel 控件类似，只需将需要刷新的控件放入其中能够实现局部刷新。即使用 UpdatePanel 控件的部分会进行刷新，而页面的其他地方都不会被刷新。UpdatePanel 控件 HTML 代码如下所示：

```
<asp: UpdatePanel ID= "UpdatePanel1" runat= "server">
</asp: UpdatePanel>
```

UpdatePanel 控件可以用来创建局部更新，开发人员无需编写任何客户端脚本，直接使用 UpdatePanel 控件就能够进行局部更新，UpdatePanel 控件的属性如下所示。

1. RenderMode：该属性指明 UpdatePanel 控件内呈现的标记应为<div>或<span>；

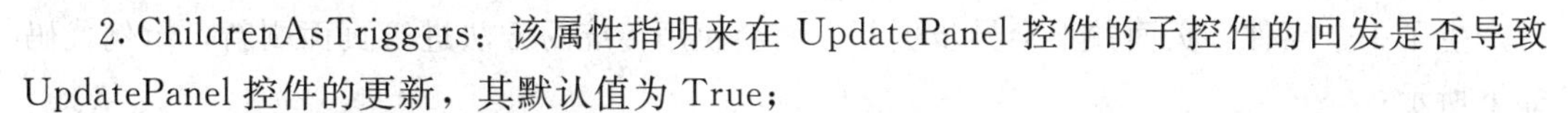

2. ChildrenAsTriggers：该属性指明来在 UpdatePanel 控件的子控件的回发是否导致 UpdatePanel 控件的更新，其默认值为 True；

3. EnableViewState：指明控件是否自动保存其往返过程；

4. Triggers：指明可以导致 UpdatePanel 控件更新的触发器的集合；

5. UpdateMode：指明 UpdatePanel 控件回发的属性，是在每次进行事件时进行更新还是使用 UpdatePanel 控件的 Update 方法再进行更新；

6. Visible：UpdatePanel 控件的可见性。

UpdatePanel 控件要进行动态更新，必须依赖于 ScriptManage 控件。当 ScriptManage 控件允许局部更新时，它会以异步的方式发送到服务器，服务器接受请求后，执行操作并通过 DOM 对象来替换局部代码。

UpdatePanel 控件包括 ContentTemplate 标签，其中可放置任何 ASP.NET 控件，实现指定控件的刷新，示例代码如下所示：

```
<asp: UpdatePanel ID= "UpdatePanel1" runat= "server">
    <ContentTemplate>
        <asp: TextBox ID= "TextBox1" runat= "server"> </asp: TextBox>
            <asp: Button ID= "Button1" runat= "server" Text= "Button" />
    </ContentTemplate>
</asp: UpdatePanel>
```

上述代码在 ContentTemplate 标签加入了 TextBox1 控件和 Button1 控件，当这两个控件产生回发事件时，不会对页面中的其他元素进行更新，只会对 UpdatePanel 控件中的内容进行更新。

UpdatePanel 控件还包括 Triggers 标签，它包括 AsyncPostBackTrigger 和 PostBack-Trigger 两个属性。

AsyncPostBackTrigger 用来指定某个服务器端控件，以及将其触发的服务器事件作为 UpdatePanel 异步更新的一种触发器。

AsyncPostBackTrigger 属性需要配置控件的 ID 和控件产生的事件名。

示例代码如下所示：

```
<asp: UpdatePanel ID= "UpdatePanel1" runat= "server">
   <ContentTemplate>
            <asp: TextBox ID= "TextBox1" runat= "server"> </asp: TextBox>
            <asp: Button ID= "Button1" runat= "server" Text= "Button" />
      </ContentTemplate>
      <Triggers>
       <asp: AsyncPostBackTrigger ControlID= "TextBox1" EventName= "TextChanged" />
      </Triggers>
   </asp: UpdatePanel>
```

而 PostBackTrigger 用来指定在 UpdatePanel 中的某个控件，并指定其控件产生的事件将使用传统的回发方式进行回发。当使用 PostBackTrigger 标签进行控件描述时，该控件产生了一个事件，页面并不会异步更新，而会使用传统的方法进行页面刷新，示例代码如下所示：

```
<asp: PostBackTrigger ControlID= "TextBox1" />
```

总之，UpdatePanel 控件用于进行局部更新，当 UpdatePanel 控件中的服务器控件产生事件并需要动态更新时，服务器端返回请求只会更新 UpdatePanel 控件中的事件而不会影响到其他的事件。

（五）更新进度控件 UpdateProgress

【案例设计】

1. 新建网站。

2. 在当前网站中添加一个 Web Form 窗体页面，命名为 ProgressBar. aspx。

3. 修改 ProgressBar. aspx 的 HTML 源代码，使之和模板页面 Default. aspx 的风格一致。

4. 在 ProgressBar. aspx 页面中添加 ScriptManager 控件。

```
<asp: ScriptManager ID= "ScriptManager1" runat= "server">
</asp: ScriptManager>
```

5. 在 ProgressBar. aspx 页面中添加 UpdatePanel 控件。

6. 在 UpdatePanel 标签中添加内容模板标记＜ContentTemplate＞＜/ContentTemplate＞。

7. 在内容模板标记＜ContentTemplate＞＜/ContentTemplate＞中增加一个 UpdateProgress 控件。

并在 UpdateProgress 空间中间添加＜ProgressTemplate＞＜/ProgressTemplate＞标签，然后在＜ProgressTemplate＞＜/ProgressTemplate＞标签之间插入文本“程序进行中.....＜br/＞”。

```
<asp: UpdatePanel ID= "UpdatePanel1" runat= "server">
                <ContentTemplate>
                    <asp: UpdateProgress ID= "UpdateProgress1" runat= "server">
                        <ProgressTemplate>
                            程序进行中 ..... <br/>
                        </ProgressTemplate>
                    </asp: UpdateProgress>
                </ContentTemplate>
</asp: UpdatePanel>
```

8. 在内容模板标记＜ContentTemplate＞＜/ContentTemplate＞中继续增加一个标签 Label 控件和一个按钮 Button。ID 为 Label1 的标签控件用来显示文本，设置其初始化文本值为“初始状态，请单击按钮显示当前系统时间”，ID 为 Button1 的按钮控件用来触发异步事件，设置其显示文本为“点我”。双击 Button1 生成触发事件。

```
<asp: UpdatePanel ID= "UpdatePanel1" runat= "server">
    <ContentTemplate>
        <asp: UpdateProgress ID= "UpdateProgress1" runat= "server">
                        <ProgressTemplate>
                        程序进行中.....<br/>
                        </ProgressTemplate>
        </asp: UpdateProgress>
        <asp: Label ID= "Label1" runat= "server" Text= "初始状态,请单击按钮显示当前系统时间"> </asp:
Label>
      <asp: Button ID= "Button1" runat= "server" Text= "点我" onclick= "Button1_Click" />
    </ContentTemplate>
</asp: UpdatePanel>
```

```
protected void Button1_Click(object sender, EventArgs e)
{
}
```

9. 在 Button1 _ Click 添加如下代码，实现单击按钮显示进度条功能。

```
protected void Button1_Click(object sender, EventArgs e)
    {
        System. Threading. Thread. Sleep(3000);//系统挂起 3s
        this. Label1. Text =   DateTime. Now. ToString();
    }
```

10. 保存解决方案。

ProgressBar. aspx 页面代码如下所示：

```
<% @ Page Language= "C# " AutoEventWireup= "true" CodeFile= "ProgressBar. aspx. cs" Inherits=
"ProgressBar" % >
<! DOCTYPE html PUBLIC "-//W3C//DTD XHTML 1. 0 Transitional//EN"
"http: //www. w3. org/TR/xhtml1/DTD/xhtml1-transitional. dtd">
<html xmlns= "http: //www. w3. org/1999/xhtml">
<head id= "Head1" runat= "server">
    <title> ProgressBar Test</title>
    <link href= "style/Site. css" type= "text/css" rel= "Stylesheet"/>
</head>
<body>
    <form id= "form1" runat= "server">
    <div class= "page">
        <div id= "header">
            <div id= "title">
                <h1>
```

```
                计算机软件专业师资技能培训教程(开发篇)</h1>
            </div>
            <div id= "logindisplay">
                [ <a href= "# "> 帮助</a>  ]
            </div>
            <div id= "menucontainer">
                <ul id= "menu">
                    <li> <a href= "# "> 首页</a>
                        <li> <a href= "# "> 关于</a>  </li>
                </ul>
            </div>
        </div>
        <div id= "main">
            <h2>
                <asp: ScriptManager ID= "ScriptManager1" runat= "server">
                </asp: ScriptManager>
                <asp: UpdatePanel ID= "UpdatePanel1" runat= "server">
                    <ContentTemplate>
                        <asp: UpdateProgress ID= "UpdateProgress1" runat= "server">
                            <ProgressTemplate>
                             程序进行中.....<br/>
                            </ProgressTemplate>
                        </asp: UpdateProgress>
                        <asp: Label ID= "Label1" runat= "server" Text= "初始状态,请单击按钮显示当
前系统时间"> </asp: Label>
                        <asp: Button ID= "Button1" runat= "server" Text= "点我" onclick=
"Button1_Click" />
                    </ContentTemplate>
                </asp: UpdatePanel>
            </h2>
            <p>
                更多学习资料请参考微软官方网站</p>
            <div id= "footer">
               Sample Application © Copyright 2009</div>
        </div>
    </div>
    </form>
</body>
</html>
```

Progress.aspx.cs页面代码如下所示:

```
using System;
using System.Collections;
using System.Configuration;
```

```
using System. Data;
using System. Linq;
using System. Web;
using System. Web. Security;
using System. Web. UI;
using System. Web. UI. HtmlControls;
using System. Web. UI. WebControls;
using System. Web. UI. WebControls. WebParts;
using System. Xml. Linq;
public partial class ProgressBar : System. Web. UI. Page
{
    protected void Page_Load(object sender, EventArgs e)
    {
    }
    protected void Button1_Click(object sender, EventArgs e)
    {
        System. Threading. Thread. Sleep(3000);//系统挂起 3 秒
        this. Label1. Text =  DateTime. Now. ToString();
    }
}
```

【知识点分析】

使用 ASP. NET AJAX 时常常会给用户造成疑惑。例如，当用户进行评论或留言时，页面并没有刷新，而是进行了局部刷新，这个时候用户很可能不清楚到底发生了什么，以至于用户很有可能会产生重复操作，甚至会产生非法操作。

更新进度控件(UpdateProgress)就用于解决这个问题，当服务器端与客户端进行异步通信时，需要使用 UpdateProgress 控件告诉用户现在正在执行中。例如，当用户进行评论时，当用户单击按钮提交表单，系统应该提示“正在提交中，请稍后”，这样就提供了便利从而让用户知道应用程序正在运行中。这种方法不仅能够让用户操作更少的出现错误，也能够提升用户体验的友好度。

在用户单击异步传输事件后，如果服务器和客户端之间的通信需要较长时间的更新，则等待提示语会出现正在操作中。如果服务器和客户端之间交互的时间很短，基本上看不到 UpdateProgress 控件的显示。虽然如此，UpdateProgress 控件在大量的数据访问和数据操作中能够提高用户友好度，并避免错误的发生。

【总结】

本任务介绍了 ASP. NET AJAX 的一些控件和特性，并介绍了 AJAX 基础。在 Web 应用程序开发中，使用一定的 AJAX 技术能够提高应用程序的健壮性和用户体验的友好度。使用 AJAX 技术能够实现页面无刷新和异步数据处理，让页面中其他的元素不会随着“客户端——服务器”的通信再次刷新，这样不仅能够减少客户端服务器之间的带宽，也能够提高 Web 应用的速度。AJAX 不需要在服务器安装插件或安装应用程序框架，只需要

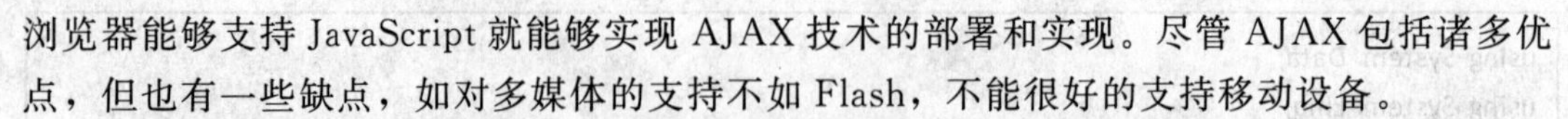

浏览器能够支持JavaScript就能够实现AJAX技术的部署和实现。尽管AJAX包括诸多优点，但也有一些缺点，如对多媒体的支持不如Flash，不能很好的支持移动设备。

本任务还介绍了ASP.NET AJAX开发中必备的控件。还包括：

1. ASP.NET 3.5AJAX：讲解了如何在ASP.NET 3.5中实现AJAX功能；

2. 脚本管理控件(ScriptManger)：讲解了如何使用脚本管理控件；

3. 更新区域控件(UpdatePanel)：讲解了如何使用更新区域控件进行页面局部更新；

4. 更新进度控件(UpdateProgress)：讲解了如何使用更新进度控件进行更新中进度的统计；

5. 时间控件(Timer)：讲解了如何使用时间控件进行时间控制；

6. 自定义异常处理：讲解了如何自定义AJAX异常。

虽然AJAX包括诸多功能和特性，但是AJAX也增加了服务器负担。如果在服务器中大量使用AJAX控件的话，有可能造成服务器假死。熟练和高效的编写AJAX应用对AJAX Web应用程序开发是非常有好处的。

12.3 项目实战

【任务概述】

制作一个商品详细信息列表页面，要求使用AJAX技术。

步骤一 新建页面，配置数据

实现提示：

新建一个页面ProDetail.aspx，使用GridView控件，获取数据库中Products表中数据，并配置数据源。

在GridView任务中选择“启用分页”，并在“编辑列”中设计各列样式。

步骤二 添加AJAX控件

实现提示：

在页面上添加ScriptManager和UpdatePanel控件。

任务 13　Web Service 技术

13.1　目标与实施

【任务目标】

创建和应用 Web Service。

【知识要点】

1. 什么是 Web Service。
2. Web Service 的体系结构。
3. Web Service 的协议栈。
4. 高速缓存 Web Service 响应。
5. 异步使用 Web Service。

13.2　Web Service 的创建与应用

【场景分析】

在现今的 Web 应用程序中，通常使用 Web Service 来实现跨平台开发。比如支付宝等的网上交易，都使用银行提供相应的 Web Service。以下通过一个简单的例子实现显示"Hello World"来说明 Web Service 的创建过程以及调用。

【过程实施】

1. 创建一个空白的解决方案。
2. 在当前解决方案下，添加一个新的网站。
3. 在当前解决方案中添加新的 ASP. NET Web 服务应用。

(1)在当前解决方案中单击鼠标右键，通过添加，选择"新建项目"，效果如图 1-13-1 所示。

(2)选择 Web 类型中的"ASP. NET Web 服务应用程序"，命名为 HelloWorldWebService，并把项目创建在当前案例网站的同一目录下，如图 1-13-2 所示。

(3)创建后的解决方案包含两个项目，网站应用程序和 Web 服务应用程序。如图 1-13-3 所示。

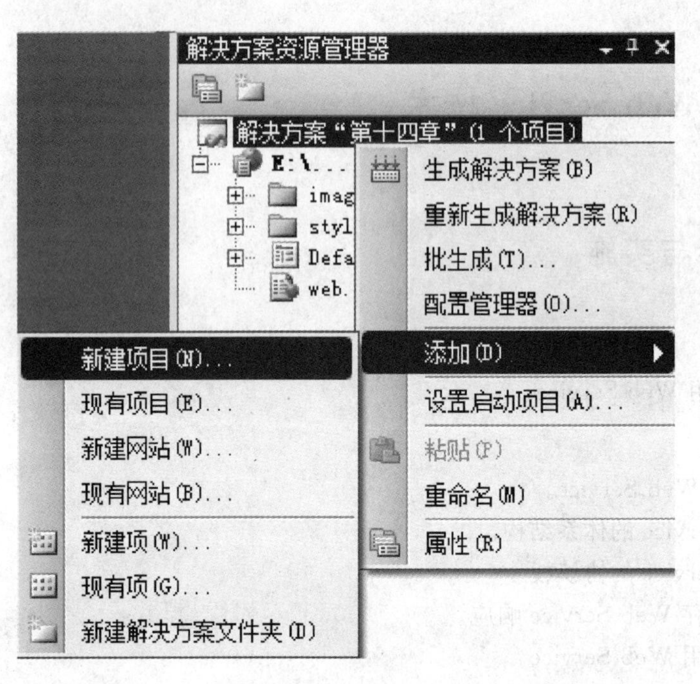

图 1-13-1　新建项目界面

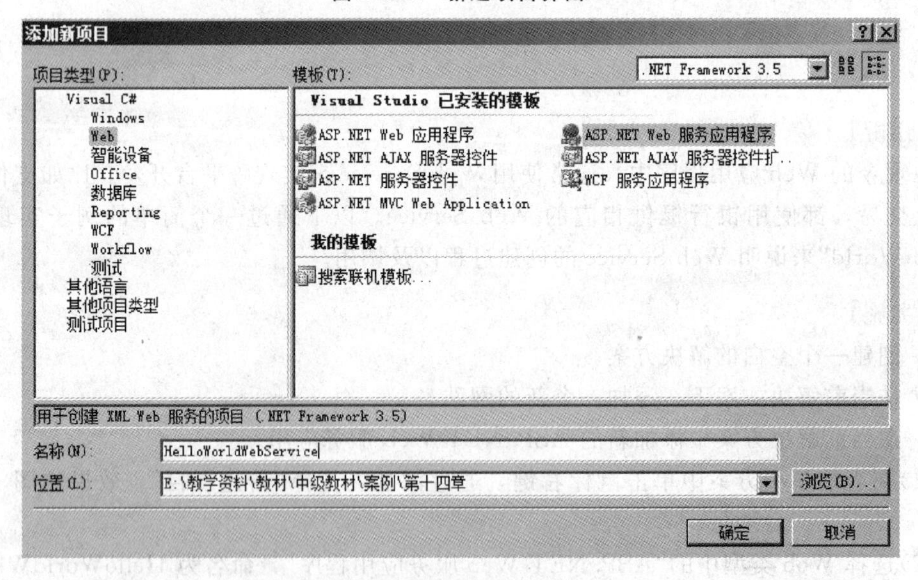

图 1-13-2　创建 Web 服务应用程序界面

图 1-13-3 Web 应用程序目录结构图

(4)添加 Web Service 应用后，系统默认创建一个“Hello World”Web Service 应用程序，代码如下所示：

```
using System;
using System. Collections;
using System. ComponentModel;
using System. Data;
using System. Linq;
using System. Web;
using System. Web. Services;
using System. Web. Services. Protocols;
using System. Xml. Linq;
namespace HelloWorldWebService
{
    /// <summary>
    /// Service1 的摘要说明
    /// </summary>
    [WebService(Namespace =  "http: //tempuri. org/")]
    [WebServiceBinding(ConformsTo =  WsiProfiles. BasicProfile1_1)]
    [ToolboxItem(false)]
    //若要允许使用 ASP. NET AJAX 从脚本中调用此 Web 服务,请取消对下行的注释。
    // [System. Web. Script. Services. ScriptService]
    public class Service1 : System. Web. Services. WebService
    {
        [WebMethod]
        public string HelloWorld()
        {
```

```
            return "Hello World";
        }
    }
}
```

在上述代码中，系统引入了默认命名空间为 Web Service 应用程序提供基础保障，这些命名空间声明代码如下所示：

```
using System.Web;
using System.Web.Services;                    //使用 WebServer 命名空间
using System.Web.Services.Protocols;          //使用 WebServer 协议命名空间
```

(5)保存解决方案，运行 Web Service 应用程序后，Web Service 应用程序将呈现一个页面。如图 1-13-4 所示。

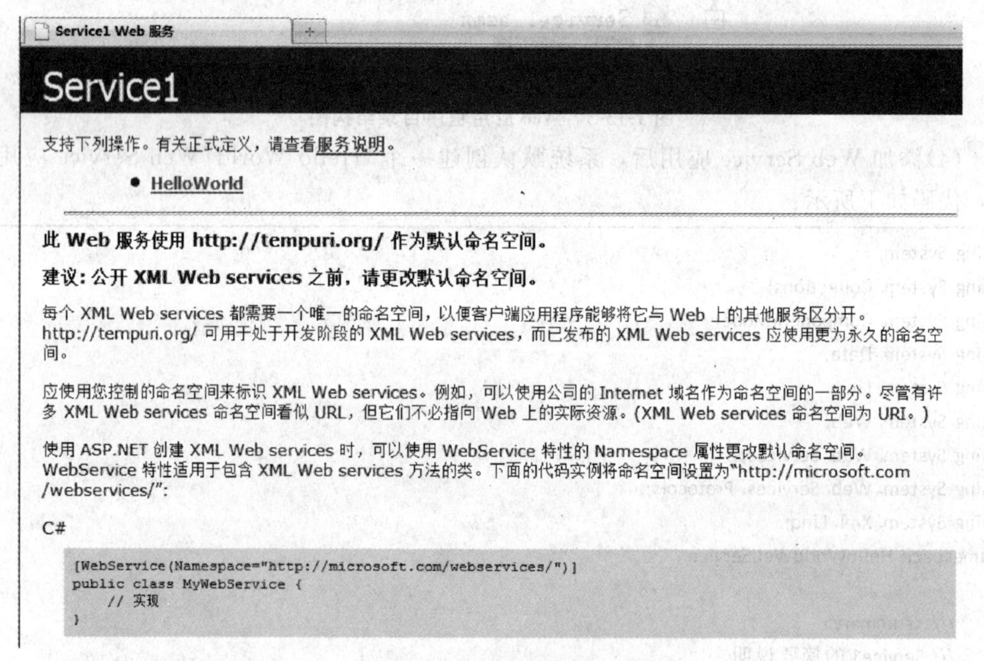

图 1-13-4　Web 服务应用程序浏览界面

4. 在网站的首页 Default.aspx 调用步骤 3 创建的 Web Service。

(1)单击网站右键，选择"添加服务引用"，如图 1-13-5 所示。

(2)在弹出的添加服务引用对话框中，点击"发现"按钮，系统会自动寻找步骤 3 创建的 Web 服务，修改命名空间为" MyWebService"，如图 1-13-6 所示。

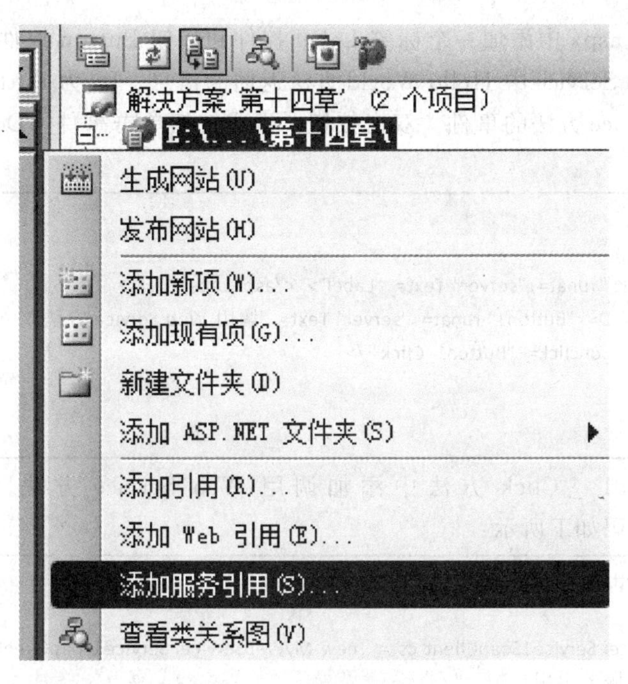

图 1-13-5 网站添加服务引用界面

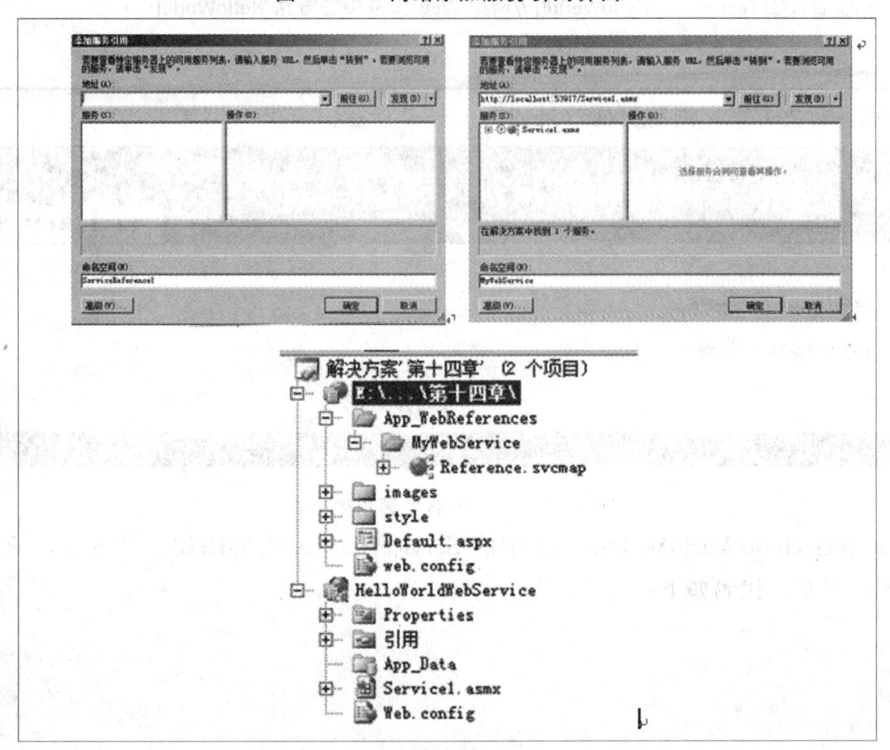

图 1-13-6 服务引用添加成功示意图

(3)在 Default. aspx 中添加一个标签 Label 控件和按钮 Button 控件。ID 为 Label1 的控件用来显示 Web Service 中 Hello World 方法返回的信息。ID 为 Button1 按钮控件用来触发调用 Web Service 方法的事件。双击按钮，生成按钮单击事件。Default. aspx 页面的代码如下：

```
<div id= "main">
<h2>
<asp: Label ID= "Label1" runat= "server" Text= "Label"> </asp: Label>
        <asp: Button ID= "Button1" runat= "server" Text= "调用 Web Service 方法"
                        onclick= "Button1_Click" />
    </h2>
</div>
```

(4)在 Button1 _ Click 方法中添加调用 Web Service 方法。完成该步骤后，Default. aspx. cs 代码如下所示：

```
protected void Button1_Click(object sender, EventArgs e)
{
    MyWebService. Service1SoapClient cs =  new MyWebService. Service1SoapClient();
    //使用 Web 服务引用
    this. Label1. Text =  cs. HelloWorld();//调用 WEB 服务中的方法 HelloWorld()
}
```

(5)保存解决方案，浏览页面效果如图 1-13-7 所示。

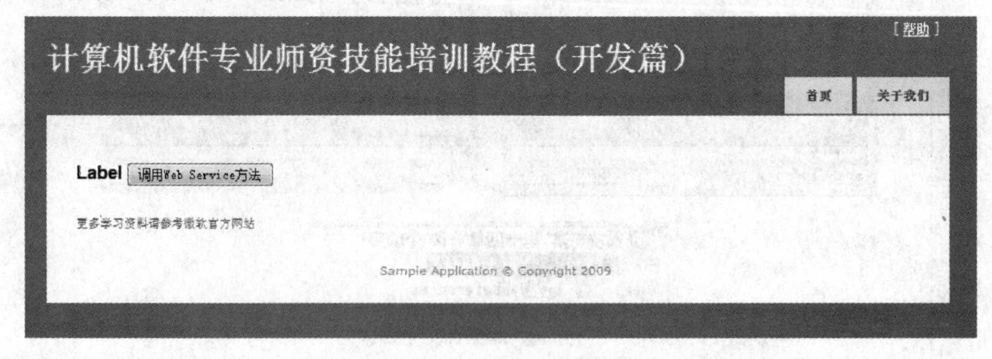

图 1-13- 7 Web 服务调用效果图

5. 在项目 HelloWorldWebService 中的 Service1. asmx 中再添加一个方法，返回该服务被访问的次数，代码如下：

```
[WebMethod(Description = "返回该服务被访问的次数",
        CacheDuration = 60, MessageName = "ServiceUsage")]
        public int ServiceUsage()
        {
            //如果还没有被访问过,则设置全局变量 MyServiceUsage 的值为 1
            if (Application["MyServiceUsage"] = = null)
            {
                Application["MyServiceUsage"] = 1;
            }
            else
            {
              //全局变量 MyServiceUsage 值加 1
              Application["MyServiceUsage"] = ((int)Application["MyServiceUsage"]) + 1;
            }
            //返回当前全局变量 MyServiceUsage
            return (int)Application["MyServiceUsage"];
        }
```

在该函数中的[WebMethod]标记中添加了 CacheDuration 这个属性，这个属性告诉 ASP. NET 应用程序为该特定的 Web 方法同样的请求保存结果的时间。

6. 更新本解决方案中网站对 Web Service 的引用。

7. 在网站中新添加一个页面，命名为“TestCache. aspx”，在该页面中添加如下标签：

```
<div id= "main">
<h2>
        <asp: Label ID= "Label1" runat= "server" Text= "Label"> </asp: Label>
        <asp: Button ID= "Button1" runat= "server" Text= "调用 Web Service 缓存方法"
                    onclick= "Button1_Click" />
    </h2>
</div>
```

8. 在 button 按钮对应的事件中调用刚才新创建的名称为 ServiceUsage 的 Web 服务。代码如下：

```
  protected void Button1_Click(object sender, EventArgs e)
    {
        MyWebService. Service1SoapClient cs = new MyWebService. Service1SoapClient();
        //使用 Web 服务引用
        this. Label1. Text = "调用缓存的值是"+ cs. ServiceUsage();
        //调用 WEB 服务中的方法 ServiceUsage()
    }
```

9. 浏览 TestCache. aspx，单击页面中的按钮触发事件。效果如图 1-13-8 所示。

10. 在一分钟之内连续单击“调用 Web Service 缓存方法”，会发现其返回的值都是 1，过了一分钟后再触发事件，则才返回 2。这表示方才创建的名称为 ServiceUsage 的 Web 服

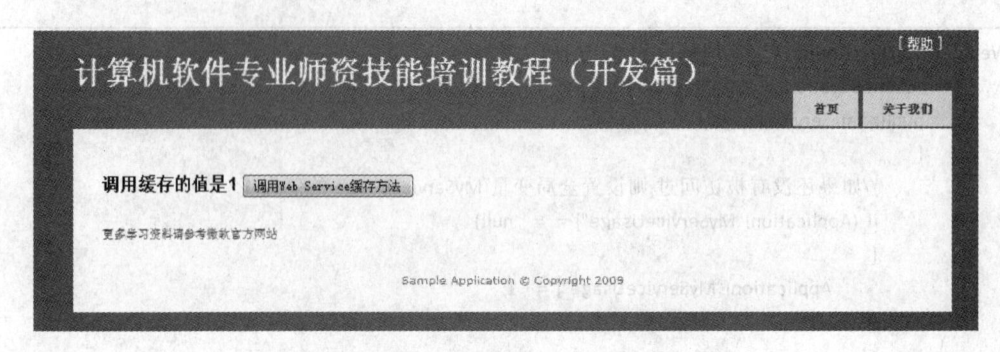

图 1-13-8 调用 Web Service 执行效果图

务确实缓存了 60s，而这就是 CacheDuration 这个属性的作用。

【知识点分析及扩展】

知识点一 什么是 Web Service

Web Service 是 Web 服务器上的一些组件，客户端应用程序可通过 Web 发出 HTTP 请求来调用这些服务。ASP.NET 开发人员可以创建自定义的 Web Service 或使用内置的应用程序服务，并从任何客户端应用程序调用这些服务。

Web 服务(Web Service)可以被看做是服务器上的一个应用单元，它通过标准的 XML 数据格式和通用的 Web 协议为其他应用程序提供信息。Web Service 为其他应用程序提供接口从而能够实现特定的任务，其他应用程序可以使用 Web Service 提供的接口实现信息交换。

Web Service 的设计是为了解决不同平台，不同语言的技术层的差异，使用 Web Service 无论使用何种平台，何种语言都能够使用 Web Service 提供的接口，各种不同平台的应用程序也可以通过 Web Service 进行信息交互。

例如，当 Web 应用程序需要制作登录操作时，可以在 Web 页面进行登录操作设计。Web 应用逐渐壮大，当 Web 应用的某些应用发布到用户的操作系统时，就可以编写相应的应用程序来进行操作，如使用 QQ 类型的软件进行网站登录。但是这样做无疑产生了安全隐患，如果将服务器的用户名和地址等代码发布到本地，一些非法人员很可能能够通过反编译获取软件的信息，从而进行用户信息的盗取。而使用 Web Service，本地应用程序可以调用 Web 应用中相应的方法来实现本地登录功能，而这些方法是存在于 Web Service 中。Web Service 还具有以下特性：

实现了松耦合：应用程序与 Web Service 执行交互前，应用程序与 Web Service 之间的连接是断开的。当应用程序需要调用 Web Service 的方法时，应用程序与 Web Service 之间建立了连接；当应用程序实现了相应的功能后，应用程序与 Web Service 之间的连接断开。应用程序与 Web 应用之间的连接是动态建立的，实现了系统的松耦合；

跨平台性：Web Service 是基于 XML 格式并切基于通用的 Web 协议而存在的，对于不同的平台，只要能够支持编写和解释 XML 格式文件就能够实现不同平台之间应用程序

的相互通信；

语言无关性：无论是用何种语言实现Web Service，因为Web Service基于XML格式，只要该语言最后对于对象的表现形式和描述是基于XML的，不同的语言之间也可以共享信息；

描述性：Web Service使用WSDL作为自身的描述语言，WSDL具有解释服务的功能，WSDL还能够帮助其他应用程序访问Web Service；

可发现性：应用程序可以通过Web Service提供的注册中心查找和定位所需的Web Service。

Web Service也是使用和制作分布式所需的条件，使用Web Service能够让不同的应用程序之间进行交互操作，这样极大的简化了开发人员的平台的移植难度。

知识点二　Web Service的体系结构

提及Web Service体系结构就一定要提到SOA，SOA(Serveice-Oriented Architecture，面向服务的体系结构)是一个组件模型，它将应用程序的不同功能单元(称为服务)通过这些服务之间定义良好的接口和契约联系起来。

在SOA中，接口采用中立的方式定义，接口只声明开发人员如何继承和实现该接口，接口的声明应该是中立的、不依赖于平台、语言而实现的。接口相当于如何规定开发人员规范的进行Web Service中功能的实现。SOA具有以下特点。

SOA服务具有平台独立的自我描述XML文档。Web服务描述语言(WSDL，Web Services Description Language)是用于描述服务的标准语言。

SOA服务用消息进行通信，该消息通常使用XML Schema来定义(也叫做XSD，XML Schema Definition)。

Web Service体系结构则采用了SOA模型，Web Service模型包含三个角色，这三个角色包括服务提供者、服务请求者和服务注册中心，如图1-13-9所示。

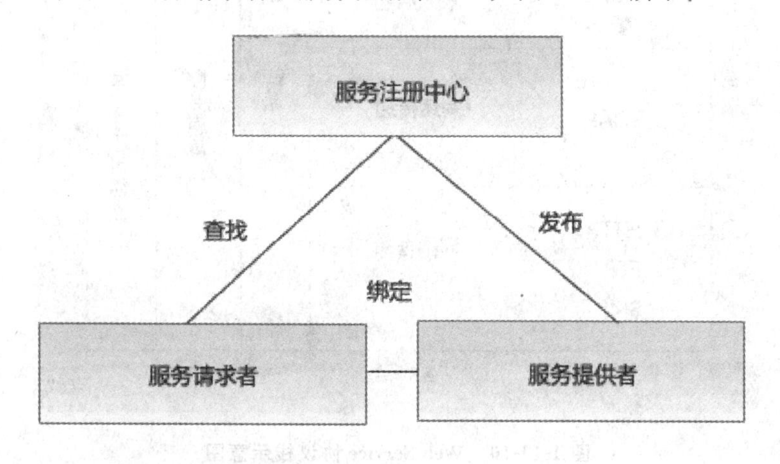

图1-13-9　Web Service体系结构

其中，服务提供者也可以称为服务的拥有者，它通过提供服务接口使 Web Service 在网络上是可用的。服务接口是可以被其他应用程序访问和使用的软件组件，如果服务提供者创建了服务接口，服务提供者会向服务注册中心发布服务，以注册服务描述。相对于 Web Service 而言，服务提供者可以看作访问服务的托管平台。

服务请求者也被称为 Web Service 的使用者，服务请求者可以通过服务注册中心查找服务提供者，当请求者通过服务器中心查找到提供者之后，就会绑定到服务接口上，与服务提供者进行通信。相对于 Web Service 而言，服务请求者是寻找和调用提供者提供的接口的应用程序。

服务注册中心提供请求者和提供者进行信息通信，当服务提供者提供服务接口后，服务注册中心则会接受提供者发出的请求，从而注册提供者。而服务请求者对注册中心进行服务请求后，注册中心能够查找到提供者并绑定到请求者。

知识点三　Web Service 的协议栈

在 Web Service 体系结构中，为了保证体系结构中的每个角色都能够正确和执行 Web Service 体系结构中的发布、查找和绑定操作，Web Service 体系必须为每一层标准技术提供 Web Service 协议栈。Web Service 协议栈如图 1-13-10 所示。

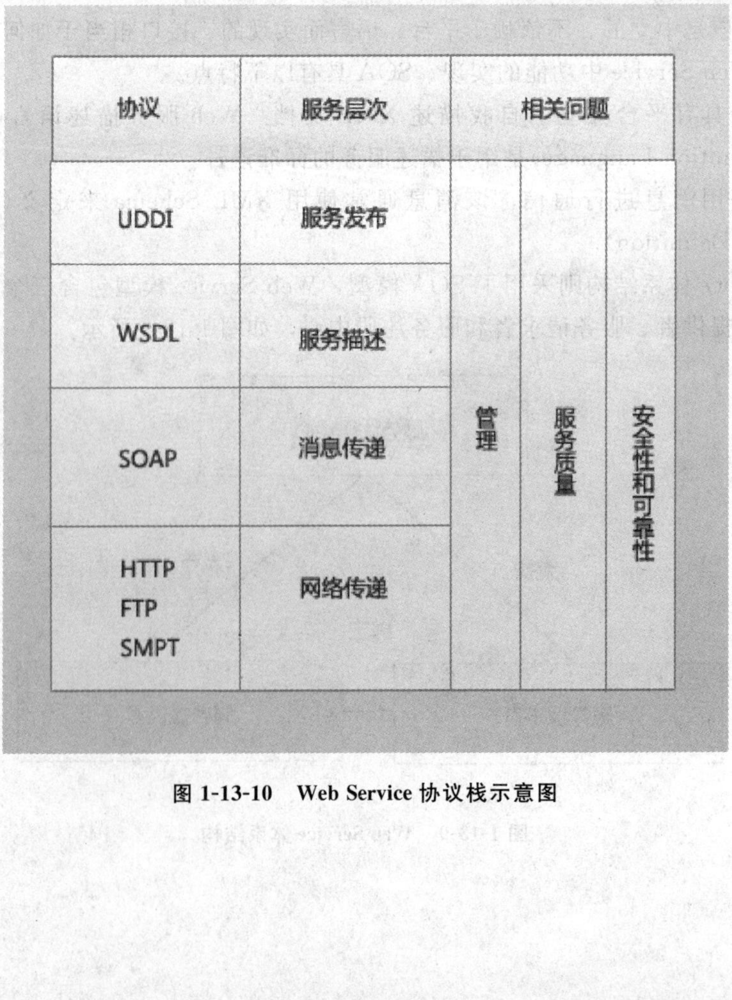

协议	服务层次	相关问题		
UDDI	服务发布	管理	服务质量	安全性和可靠性
WSDL	服务描述			
SOAP	消息传递			
HTTP FTP SMPT	网络传递			

图 1-13-10　Web Service 协议栈示意图

在Web Service协议栈中，最底层的是网络传输层，Web服务协议是Web Service协议栈的基础。用户需要通过Web服务协议来调用服务接口。网络传输层可以使用多种协议，包括HTTP、FTP以及SMTP。

在网络传输层上一层的则是消息传递层，消息传递层使用SOAP作为消息传递协议，以实现服务提供者，服务注册中心和服务请求者之间进行信息交换。

在消息传递层之上的是服务描述层，服务描述层使用WSDL作为消息协议，WSDL使用XML语言来描述网络服务，在前面的章节中也讲到，WSDL具有自我描述性，它能够提供Web服务的一些特定信息。服务描述层包括了WSDL文档，这些文档包括功能、接口、结构等定义和描述。

在服务描述层之上的是服务发布层，该层使用UDDI协议作为服务的发布/集成协议。UDDI提供了Web服务的注册库，用于存储Web服务的描述信息。服务发布层能够为提供者提供发布Web服务的功能，也能够为服务请求者提供查询，绑定的功能。

当Web Service中触发了事件，如服务提供者发布服务接口、服务请求者请求服务等，服务提供者首先使用WSDL描述自己的服务接口，通过使用UDDI在服务器发布层向服务注册中心发布服务接口。服务注册中心则会返回WSDL文档。当服务请求者对服务注册中心执行服务请求，请求者通过WSDL文档的描述绑定相应的服务接口。

知识点四　Web Service的传输协议

在ASP.NET3.5中Web Service包含3种协议，分别是HTTP GET协议、HTTP POST协议和SOAP协议。

HTTP GET协议和HTTP POST协议：

这些协议在HTTP请求中的名称和值对形式编码请求参数。HTTP GET协议和HTTP POST协议提供了以下方式向后兼容性。

HTTP GET协议将创建名称值对的查询字符串，然后将查询字符串追加到处理请求的服务器上脚本的URL。因此，您可以标记该请求。

HTTP POST协议将HTTP请求消息的正文中的名称和值对。

SOAP协议：

该协议是旨在Exchange分散的分布式环境中的结构化的信息的基于XML的协议。Web服务通常使用SOAP协议只进行通信。通信支持HTTP GET协议和HTTP POST协议是更多限制与SOAP协议的。

SOAP协议的优点：

当比较SOAP协议HTTP GET协议和HTTP POST协议时，SOAP协议具有以下优点：

所需的SOAP标头：

HTTP GET绑定和HTTP POST绑定无法发送，和不能接收标头信息。如果Web服务描述语言（WSDL）文档标题始终必须包括在客户端和在服务器之间交换的消息，则必须通过 SOAP 编码邮件。

复杂的输入的参数：

ASP. NET 不支持编码在名称值对，在查询字符串（HTTP GET）或 HTTP 请求（HTTP POST）的正文中编码的复杂类型。HTTP GET 协议和 HTTP POST 协议支持仅基元类型、枚举类型和数组类型基元和枚举。SOAP 支持更复杂的数据类型。

返回参数：

ASP. NET 不支持编码进出参数或输出参数的原因是 HTTP GET 请求或 HTTP POST 返回到客户端的消息中请求。返回的参数可以传递给客户端。

强类型化数据：

SOAP 消息中包含的数据是强类型化数据。数据使用 XML 架构。此外，可以相当映射类型的 XML 数据和 Microsoft. NET 数据类型。

邮件的 Exchange：

SOAP 允许通过多个协议的消息交换。协议可以使用 SOAP 示例包括简单邮件传输协议（SMTP）、传输控制协议（TCP）、在文件传输协议（FTP）和 HTTP 协议。HTTP GET 和 HTTP POST 限于只有 HTTP 协议。

共享信息：

SOAP 是默认协议，用于在应用程序之间共享信息。

知识点五　高速缓存 Web Service 响应

在建立 Web 服务作为一个公共域服务的时候，想知道 Web 服务将会有多大的吞吐量几乎是不可能的。可能是一个小时只有一个用户，也可能每分钟就会吸引几个用户。在这种不可预测的情况下，可以采取一些性能预防措施。

Web 服务可能会提供一组可以由各种不同应用程序使用的通用方法。例如，设计一个 Web 服务可以返回世界上不同城市的当前气温。系统每小时更新一次查询值，对于每座城市来说在六十分钟的时间间隔内存储相同的数据，没有必要每次都请求访问数据库。

. NET 提供一个简单的方法来实现缓存 Web 服务的结果。上述案例中就是通过对 CacheDuration 属性的使用，来达到缓存的效果。

```
[WebMethod(Description = "返回该服务被访问的次数",
    CacheDuration = 60, MessageName = "ServiceUsage")]
```

CacheDuration 属性告诉 ASP. NET 应用程序为针对特定的 Web 方法同样的请求保存结果的时间。用法如下：

```
CacheDuration = value
```

这里 value 的单位为秒。

当 Web 方法使用相同的参数集被调用时，. NET 会识别出来哪个方法已经被使用同样的参数调用过，并且会检查响应是否已经被缓存。

如果没有缓存，它将执行方法体。如果 Web 方法的响应已经被缓存过，方法体将会被绕过，缓存的响应会立即返回给客户。

参考代码如下：

```
//如果还没有被访问过,则设置全局变量 MyServiceUsage 的值为 1
        if (Application["MyServiceUsage"] = =  null)
        {
            Application["MyServiceUsage"] =  1;
        }
        else
        {
          //全局变量 MyServiceUsage 值加 1
          Application["MyServiceUsage"] =  ((int)Application["MyServiceUsage"]) +  1;
        }
        //返回当前全局变量 MyServiceUsage
        return (int)Application["MyServiceUsage"];
```

如果响应被缓存了，但是发现缓存已经过期，方法将会被再次执行，响应将再次缓存设置的缓存时长。

虽然 CacheDuration 属性在某些情况下可以大大提高性能，但是不要盲目地为 Web 方法打开缓存功能。

在设计和架构阶段，要针对每个 Web 方法小心地测试估计的请求吞吐量和参数值，这样可以对是否在 Web 服务中使用响应缓存做出一个合乎逻辑的决定。

知识点六　异步使用 Web Service

要使用 ASP. NET AJAX 在客户端 JavaScript 中异步调用服务器端 Web Service，需要：

1. 为 Web Service 类或需要暴露给客户端的 Web Service 方法添加[ScriptService]属性或者整个类添加 ScriptService 属性；

2. 为 Web Service 中需要暴露给客户端的方法添加[WebMethod]属性；

3. 在页面中的 ScriptManager 控件中添加对该 Web Service 的引用；

4. 在客户端使用如下 JavaScript 语法调用该 Web Service：

[NameSpace]. [ClassName]. [MethodName](param1，param2 ......，callbackFunction)

5. 为客户端异步调用指定回调函数，在回调函数中接收返回值并进一步处理。

【总结】

通过本任务的学习，读者可以重点掌握 Web Service 的如下知识点：

● Web Service 基础；

● Web Service 的创建和应用；

●Web Service 的传输协议；
●Web Servcie 如何构建高速缓存；
●Web Service 的异步调用。

13.3 项目实战

【任务概述】

在《书乐网》中添加一个 Web Service，实现对不同图书分类的查询，即查询不同类型的相应书目，如图 1-13-11 所示。

古典小说 ▾ 查询

ProuctID	ProName	StyleName
26	朱门血痕	古典小说
27	甜酸	古典小说
36	倾城之恋(张爱玲集)	古典小说
37	恶魔小组(第1部)	古典小说
38	深宫之铿锵玫瑰	古典小说

图 1-13-11 效果图

步骤一 添加 ASP.NET Web 服务应用

实现提示：

为书乐网添加一个 ASP.NET Web 服务应用，命名为 ProductsWebService。

步骤二 添加 Model 类

实现提示：

在 Web 服务应用项目中添加一个 Model 类，用来描述图书商品的属性。

新建一个类命名为 Products.cs，在该类中添加 ProuctID，ProName，StyleName(商品编号，商品名称，类型名称)这三个属性。

步骤三 调用数据

实现提示：

在 ProductsWebService 中新建一个类，命名为 ProductsData.cs。在该类中添加一个方法名称为 GetProductsByStyle，输入参数为类型名称，返回值为该类型下的所有商品名称，返回类型为 List<ProductsModel>。

步骤四　添加 Web Service 方法

实现提示：

添加一个 Web Service 方法，传入参数为 String 类型，返回类型也为 String。

在该方法中，首先需要调用 ProductsData. cs 中 GetProductsByStyle 方法获取所有的商品名称，返回类型为 List＜ProductsModel＞，然后将该 List＜ProductsModel＞转换成 XML 或者 JSON 格式的字符串返回。

注意：此处需调用 ObjectListToJson. cs，该文件在附件中。

步骤五　在该解决方案的网站中调用该 Web Service

实现提示：

首先要添加一个页面 Test. aspx。

单击网站右键，选择“添加服务引用”。在弹出的添加服务引用对话框中，单击“发现”按钮，找到创建好的 Web 服务时，修改命名空间为“ProductsWebService”。

调用 Web Service 的时候，因为返回的是字符串，字符串不能直接绑定到 GridView，所以还得将其转换成 DataTable 或者泛型，然后再绑定到 GridView 上。

注意：此处需添加 LitJson. dll，该文件在附件中。

任务14 Web系统安全处理

14.1 目标与实施

【任务目标】

1. 设计项目安全验证。
2. 设计项目授权访问。

【知识要点】

1. 掌握验证的基本方法。
2. 掌握授权访问的设计。

14.2 Web系统安全访问的实现

【场景分析】

PAMS是一个Web平台的应用系统，该系统的应用必然涉及系统的安全访问问题，本节以From验证方式讲解WEB平台的安全访问设计。

【过程实施】

在默认情况下，大多数网站都允许匿名访问，Internet上的任何用户都可以进入网站并且查看网站中的信息。但是，PAMS中的大量的功能只能对系统用户开放，可以通过设置Web安全性来限制用户的访问权限。

正确辨别用户身份，并且严格控制用户对资源的访问，这是Web应用程序安全中最重要的，也是最基本的一环。安全机制提供了两项主要功能，即验证和授权。

步骤一 定义系统采用Forms验证

Web安全处理的第一步便是验证，ASP.NET验证是通过验证提供程序(Authentication Provider)来实现的，此提供程序是通过Web.config配置文件使用<authentication>进行控制的。系统设计中将其修改如下：

```
<configuration>
    <systsm. web>
            <authentication mode= "Forms"/>
    </system. web>
</configuration>
```

此处将系统定义为Forms验证模式，它是在开发人员自己的服务器上实现的。

步骤二 定义验证信息

PAMS的页面基类BasePage.cs如图所示。

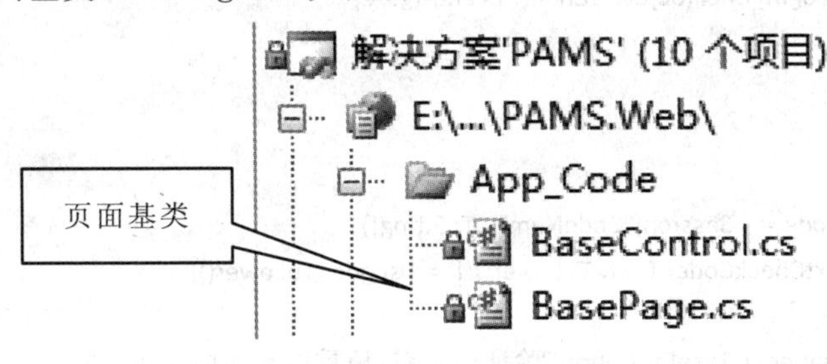

图 1-14-1 PAMS页面基类

其中编写如下代码：

```
PAMS. Model. User user =  PAMS. BLL. BLLFactory. CreateSystemAdminService(). CheckUserLogin("admin", "ad-
min");
    Session["loginUser"] =  user;
    if (Session["loginUser"] = =  null)
{   //设定受保护资源的用户登录访问页面
        Response. Redirect("~ /UserLogin. aspx? Msg= TimeOut");
    }
    else
    {
        loginUser =  Session["loginUser"] as User;
    }
```

根据Session["loginUser"]判定用户信息定义，当用户信息定义不存在时代码：

```
Response. Redirect("~ /UserLogin. aspx? Msg= TimeOut")将页面访问重定向到指向登录页面
```

步骤三 利用数据库实现实现基于Forms的用户信息验证处理

在PAMS登录界面(如图1-14-2所示)中登录按钮的Click事件处理程序中，可以进行用户输入的证件资料检查，从而判断证书资料是否正确，实现身份验证的过程。

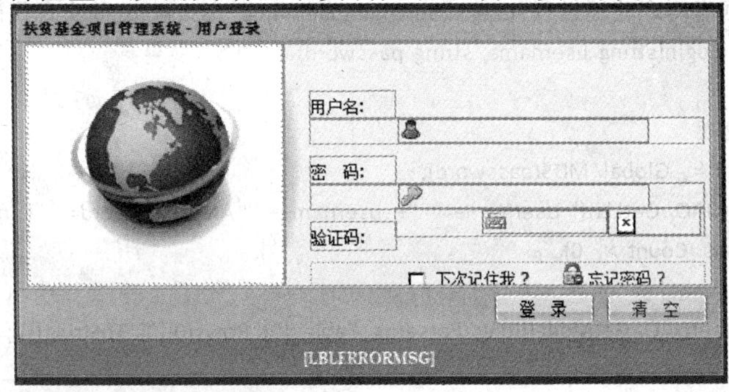

图 1-14-2 PAMS登录页面

在“登录”按钮的Click事件，实现对用户输入的密码作MD5变换，并与数据库中的用户密码(数据库中的存放的密码已作散列变换)进行对比，从而判断验证是否通过。其代码如下：

```
protected void btnLogin_Click(object sender, EventArgs e)
{
    try
    {
//验证码功能定义
        string scode = Session["CodeNum"]. ToString();
        if (this. txtCheckCode. Text. ToLower() ! = scode. ToLower())
        {
            throw new BaseException("验证码出错,请重新输入验证码 . ");
        }
        string username = this. txtLoginName. Text;
        string password = this. txtLoginPassword. Text;
//用户信息处理
        User user = BLLFactory. CreateSystemAdminService(). CheckUserLogin(username, password);

        if (user ! = null)
        {
            Session["loginUser"] = user;//session 信息赋值
            Response. Redirect("Default. aspx");
        }
        else
        {
            throw new BaseException("登录失败,用户名或者密码有错误。");
        }
    }
    catch (Exception ex)
    {
        CreateErrorMsg(ex. Message);
    }
}
用户登录信息与数据库实现验证过程:CheckUserLogin(username, password);的实现代码如下:
public User CheckUserLogin(string username, string password)
{
//实现密码的 MD5 变换
    string newPassword = Global. MD5(password);
    DataSet ds = userDAO. GetList(" UserName= '"+ username+ "'AND Password= '"+ newPassword+ "'");
    if (ds. Tables[0]. Rows. Count > 0)
    {
        User user = userDAO. GetModel(long. Parse(ds. Tables[0]. Rows[0][0]. ToString()));
```

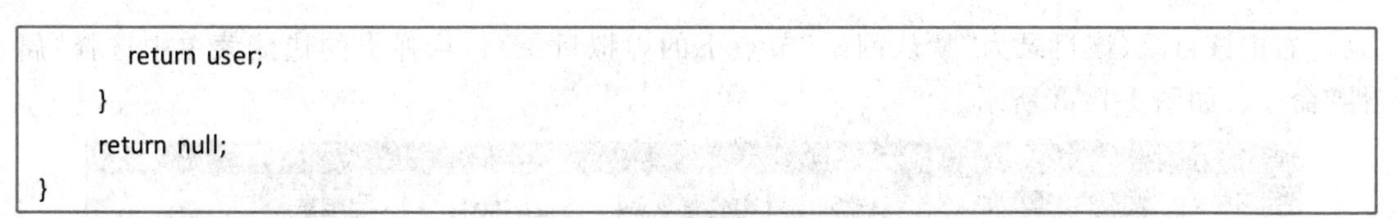

```
        return user;
    }
    return null;
}
```

其中方法 userDAO. GetModel(long. Parse(ds. Tables[0]. Rows[0][0]. ToString()));功能为从数据库获取用户信息。

【知识点分析及扩展】

知识点一 实现系统的验证(Authentication)设计

PAMS 实现案例中已经对利用 Session 实现系统验证作了介绍，以下对 ASP. NET 提供了 3 种验证用户的模式做一个详细的讲解，3 种验证的任何一种验证方法都是通过一个独立的验证提供程序来实现的。3 种验证模式分别为 Windows、Forms 和 Passport。Windows 验证是通过 IIS 实现的；Forms 验证是在开发人员自己的服务器上实现的；Passport 验证则是通过微软公司的订阅服务实现。

一、基于 IIS 的 Windows 验证

在 Windows 身份验证模式下，ASP. NET 依靠 IIS 对用户进行身份验证，并创建 Windows 访问令牌来表示经过身份验证的标识(该模式常应用局域网访问)。

IIS 提供下列身份验证机制。

基本身份验证：

基本身份验证要求用户以用户名和密码的形式提供证书以证明其标识。它是基于 RFC 2617 提出的 Internet 标准。Netscape Navigator 和 Microsoft Intenet Explorer 都支持基本身份验证。用户证书以不加密的 Base64 编码格式从浏览器传送到 Web 服务器。由于 Web 服务器得到的用户证书是不加密格式，因此 Web 服务器可以使用用户证书发出远程调用。基本身份验证只应与安全信道(通常是使用 SSL 建立的)一起使用。否则，用户名和密码很容易被网络监视软件窃取。如果使用基本身份验证，应在所有页(而不仅仅是登录页)上使用 SSL(安全套接字层)，因为在发出所有后续请求时都传递证书。

基本身份验证的流程如下：

(1)客户向服务器请求被限制的资源；

(2)Web 服务器以“401 unauthoried”进行响应；

(3)客户端浏览器接收到这条信息后，要求用户输入证件，通常是用户名和密码；

(4)然后，Web 服务器使用这些用户证件来访问服务器上的资源；

(5)如果验证失败，用户证件无效，则会返回(2)，重新以“401 unauthoried”响应；

(6)如果验证成功了，则客户浏览器通过身份验证，可以访问资源。

使用基本身份验证方法来确保某些资源的安全，可以按照下列步骤来操作：

1. 在“控制面板”窗口中打开“管理工具”窗口，选择“Internet 信息服务”项。

2. 在打开的窗口中，展开节点。在“默认网站”节点下，选择一个要确保其安全的目

录，右击该目录(该目录为“默认网站”节点下的虚拟目录)，从弹出的快捷菜单中选择“属性”命令，如图1-14-3所示。

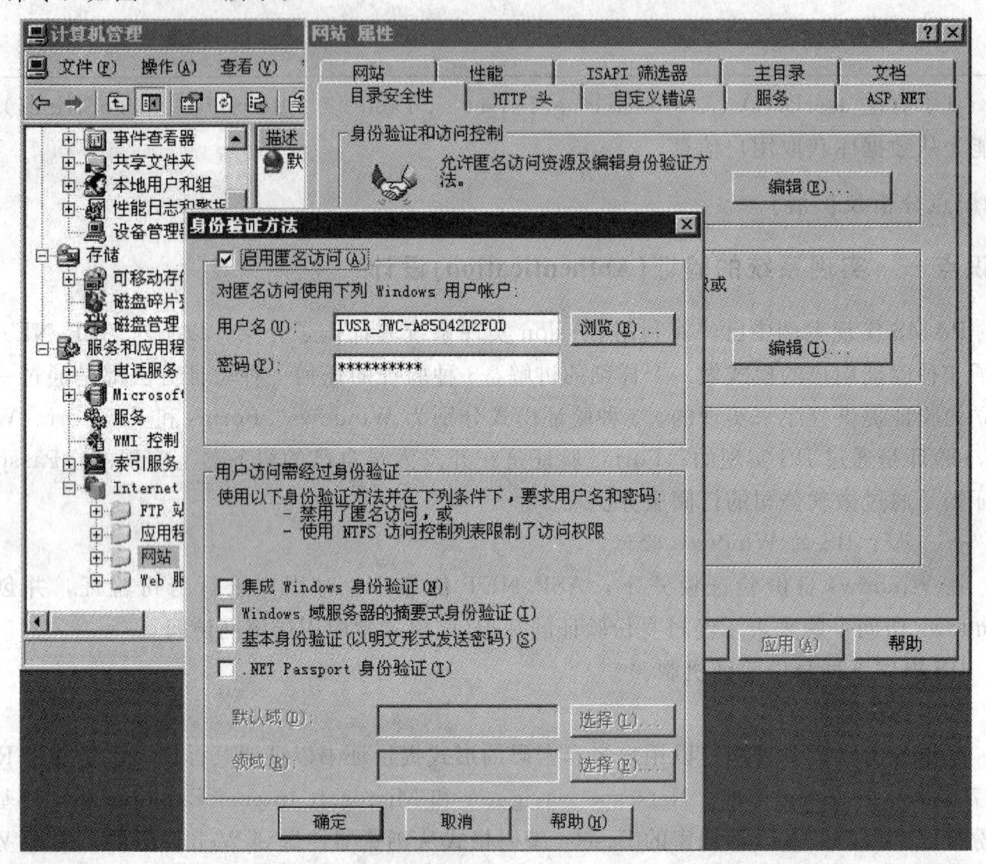

图 1-14-3　身份验证方式

3. 在打开的如图1-14-3所示的“身份验证方法”对话框中，取消“匿名访问”复选框的选中状态，用户必须通过验证才能访问该目录，然后选中“基本身份验证”复选框。

4. 单击“确定”按钮，结束身份验证的设置。然后打开浏览器窗口，在地址栏中输入URL用以访问刚刚设置安全性的资源，将出现身份验证对话框，该窗口要求用户输入证件信息。

5. 输入Windows操作系统某个用户账户对应的证件。例如，登录计算机时使用的用户名和密码。IIS将这些证件数据信息与Window操作系统的用户列表进行比较，从而决定批准或者拒绝该请求。如果验证成功，则将批准用户对资源的请求，网页会正常显示；如果验证失败则会一直要求用户输入正确的验证信息。

摘要式身份验证：

与IIS 5.0一起推出的摘要式身份验证与基本身份验证类似，但它从浏览器向Web服务器传送用户证书时采用MD5哈希算法加密，因此该身份验证更为安全，不过它要求使用Intenet Explore 5.0或更高版本的客户端以及特定的服务器配置。

摘要式身份验证的流程如下：

1. 用户向服务器请求被限制的资源。

2. Web服务器将发送一个验证请求，它使用“401 Unauthoried”进行响应。

3. 客户端浏览器在接收到该响应后，弹出对话框来询问用户的证件资料。当用户输入证件资料后，浏览器会在提供的数据中加入一些唯一性的信息并对其进行加密。这些唯一性的数据确保以后任何人都无法通过复制这些加密后的信息来访问服务器。

4. 客户端浏览器将加密后的证件以及未经加密的唯一性信息发送给服务器。

5. Web服务器使用未经加密的唯一性信息来对Windows操作系统的用户列表中的用户证件进行加密，然后逐一比较加密后的证件与浏览器发送来的数据。

6. 如果证件无效(即加密后的证件与浏览器发送来的数据无一相同)，则回到2继续请求用户证件资料。

7. 如果证件通过了身份验证，浏览器可以访问请求的资源。

要启用摘要式身份验证，可以在如图1-14-3所示的“身份验证方法”对话框中选中“Windows域服务器的摘要式验证”复选框。如果服务器没有连接到某个域中，则该选项不可用。使用摘要式验证时，在“身份验证方法”对话中，要同时确保“匿名访问”复选框没有被选中。

集成的Windows身份验证：

集成Windows身份验证时，将不会要求用户输入证件，相反，当浏览器连接到服务器后，即将加密后的、用户登录计算机时使用的用户名和密码信息发送给服务器。服务器将对这些信息进行检查，以确定用户是否有权访问。这一切验证过程对用户都是不可见的。

要启用集成的Windows身份验证，也可以在如图1-14-3所示的“身份验证方法”对话框中选中“集成的Windows身份验证”复选框。只有当服务器和客户端机器都使用Windows操作系统时，集成Windows的身份验证才有效。如果选择了多种验证方法，则最严格的方法将优先，例如，windows验证方法将覆盖匿名访问。

证书身份验证：

证书身份验证使用客户端证书明确地识别用户。客户端证书由用户的浏览器(或客户端应用程序)传递到Web服务器(如果是Web服务，则由Web服务客户端通过HttpWebRequest对象的clientCertificates属性来传递证书)，Web服务器从证书中提取用户标识。该方法依赖于用户计算机上安装的客户端证书，所以它一般在Intranet或Extranet方案中使用，因为用户熟悉并能控制Intranet和Extranet中的用户群。IIS在收到客户端证书后。可以将证书映射到Windows账户。

匿名身份验证：

如果不需要对客户端进行身份验证(或者用户实施自定义的身份验证方案)，则可以配置IIS进行匿名身份验证。在这种情况下，Web服务器创建Windows访问令牌来表示使用同一个匿名(或guest)账户的所有匿名用户。默认匿名账户是IUSR _ MACHINE-

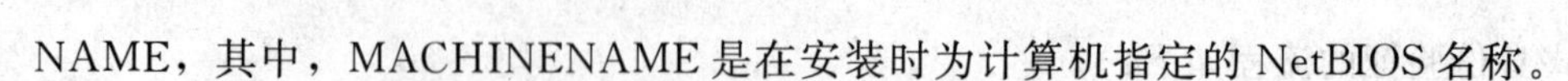

NAME，其中，MACHINENAME是在安装时为计算机指定的NetBIOS名称。

二、Forms验证

在ASP.NET中，可以选择由ASP.NET应用程序通过窗体验证(Form authentication)进行身份验证(该模式较适用与Internet访问)。窗体验证是ASP.NET验证服务，它能够让应用程序拥有自己的登录界面，当用户试图访问被限制的资源时便会重定向到该登录界面，而不是弹出登录对话框。在登录页面中，可以自行编写代码来验证用户的证件资料。

1. 安全处理流程

如果在ASP.NET中采用窗体验证模式，则其安全处理流程如图1-14-4所示。

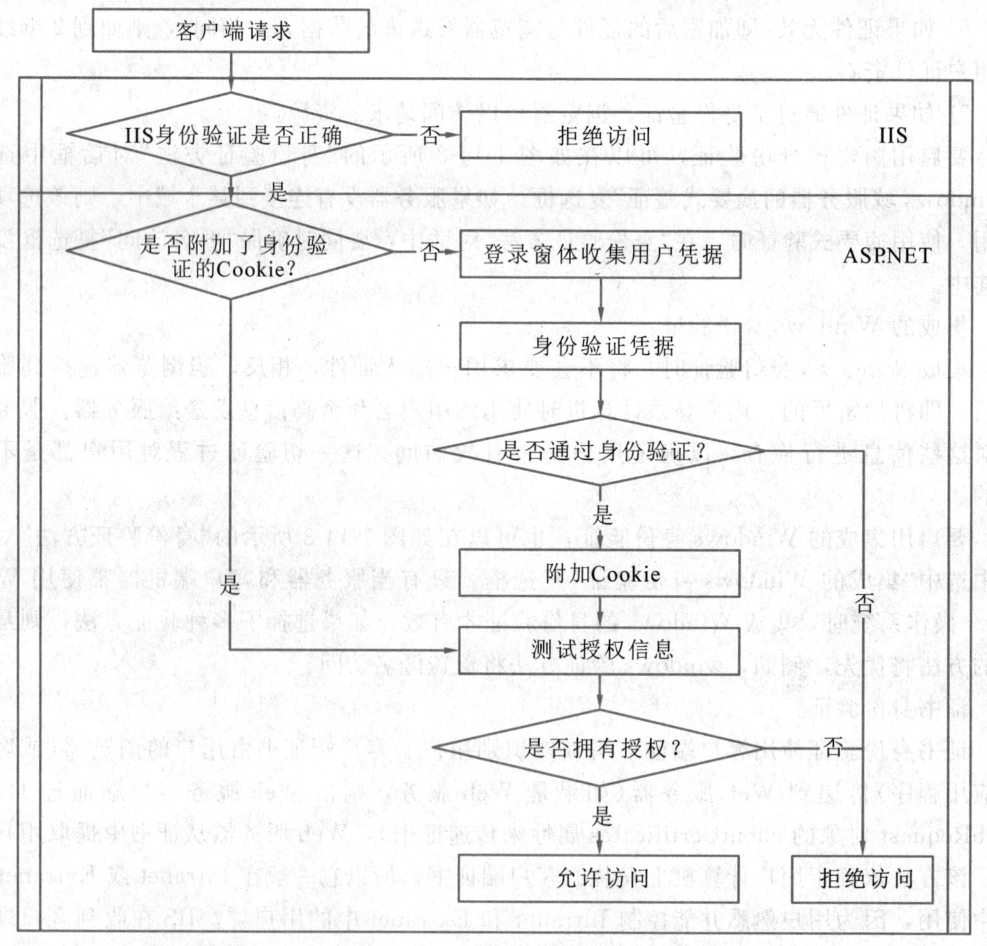

图1-14-4 ASP.NET安全验证流程

ASP.NET安全处理流程的说明如下：

(1)客户端向站点请求被保护的页面。

(2)服务器接受请求，如果请求没有包含有效的验证Cookie. Web服务器把用户重定向到Web.Config文件中authentication元素的LoginURL属性中指定的URL，该URL

包含一个供用户登录的页面。

(3)用户在登录界面中输入用户证件资料，并且提交窗体。如果证件有效，则ASP. NET将在客户端创建一个验证cookie。验证cookie被设置后，以后的请求都将自动验证，直到用户关闭浏览器为止，也可以将Cookie设置为永不过期，这样用户将总是能通过验证。

(4)通过验证后，便检查用户是否有访问所请求的资源的权限。如果允许访问，则将该用户重新定向至所请求的网页。

2. 基于Form的用户信息验证处理

在系统实施介绍中已经讲解了利用数据库实现Form验证的过程。实际使用中Form验证方式划分为以下3种：代码中直接验证、利用数据库实现验证和利用配置文件实现验证。

(1)在代码中直接验证。

开发人员可以将正确的用户证件资料直接写入代码中，然后与用户输入的证件资料逐一对比，从而判断用户证件资料是否正确。下面通过一个典型的示例来说明如何在代码中直接验证。

①新建Web项目。

②在新建项目的Web. config文件中，将其配置成使用基本窗体身份验证。

首先将＜authentication＞节设置为Forms模式，并在＜authentication＞节下的＜forms＞节中，配置要使用的Cookie名称和登录页的URL。然后在＜authentication＞节下的＜deny＞节中，设置为拒绝匿名用户访问资源。主要配置代码如下：

```
<configuration>
    <system. web>
    <authentication mode= "Forms">
    <! --设置验证属性-->
<forms name= "AuthCookie"loginUrl= "Default. aspx"/>
    </authentication>
    <authorization>
    <! --设置资源为受保护,匿名不允许访问-->
<deny users= "?"/>
    </authentication>
    </system. web>
</configuration>
```

③在登录页中，需要在“登录”按钮的Click事件下编写如下代码对用户证件进行验证。

首先将正确的用户证件资料直接写入代码中，用来进行身份验证。当用户身份验证成功时，会调用FormsAuthcntication对象的setAuthCookie()方法来创建存储用户证件资料的Cookie。其中setAuthCookie()方法的第一个参数为用户名，第二个参数指定用户关闭该浏览器后是否保留Cookie，如果为true，则下一次当用户再次启动浏览器来访问该站点上受保护的网页资源时，可以使用Cookie中保留的证件资料直接自动登录。代码如下：

```
protected void btnLogin_Click(objectsender,EventArgs e)
{
//逐一比较,判断用户输入的信息是否与代码中的用户相同
if (( txtUserName. Text =  =  " user1 " &&txtUserPwdText =  " pwd1 ") | | ( txtUserName. Text =  =  " user2 "
&&txtUserPwd. Text= = "pwd2"))
{
FormsAuthentication SetAuthCookie(txtUserName. Text,false);
Response. Redirect("Default2. aspx");
}else
{
Response. Write ("<script> alert('您的输入有误,请核对后重新登录! ')</script> ")
}
}
```

(2)利用数据库实现验证。

在代码中直接对比用户验证的证件资料，不仅麻烦而且缺乏弹性，代码也难以维护。一般情况下，都需要在数据库中存储用户的用户名和密码。上例代码中【登录】按钮的Click 事件，实现对用户输入的密码作散列变换，并与数据库中的用户密码(数据库中的存放的密码已作散列变换)进行对比，从而判断验证是否通过。其代码如下：

```
protected void btnLogin_Click(object sender, EventArgs e)
{
    if (txtUserName. Text= = ""||txtUserPwd. Text= = "")
{
    Response. Write("<script> alert('请输入必要的信息! ')</script> ");
}else
{//获取数据库中的用户密码(在数据库中密码已经被 SHA1 加密 tb_Usednfo 为用户表)
    string strSqL =  "select userPwd from tb_Usednfo where username= '" +  txtUserName. Text. Trim() + "'";
    SqlConnection myConn =  new
    SqlConnection( "server= Servername\\SQLEXPRESS;database= dbname;UId= usernamesa;password=
pwd");
    myConn. Open();
    SqlDataReader rd =  new SqlCommand(strSql, myConn). ExecuteReader();
    if (rd. Read())
{//对用户输入的密码执行 SHA1 加密
    string hashed =
    FormsAuthentication. HashPasswordForStoringInConfigFile(txtUserPwd. Text,"SHA1");
    if (hashed = =  rd["userPwd"]. ToString())
{
    //如果存在,创建用户证件资料的 Cookie, 并跳转到 Default2. aspx 页中
    FormsAuthentication. SetAuthCookie(txtUserName. Text,false);
    Response. Redirect("Default2. aspx");
```

```
}else{
    Response. Write ("<script> alert('您的输入有误，请核对后重新登录！ ')</script> ");
}
}else
{
    Response. Write("<script> alert('该用户不存在！ ')</Script");
}
    rd. Dispose();
    myConn. Close();
}
}
```

HashPasswordForStoringInConfigFile 用来将明文的密码做 HASH 变化，该方法的参数含义如下：

password：要使用哈希运算的密码；

PasswordFormat：要使用的哈希算法；

PasswordFormat 是一个 String，表示 FormsAuthPasswordFormat 枚举值之一。

枚举值如下：

Clear→指定不加密密码；

MD5→指定使用 MD5 哈希算法加密密码；

SHA1→指定使用 SHAI 哈希算法加密密码。

(3)利用配置文件实现验证。

在配置文件中，使用<forms>子元素的<credentials>项来定义用户名和密码。当用户登录时，在"登录"按钮的 click 事件处理程序中调用 FormsAuthentication. Authenticate()方法，系统便会自动将用户输入的证件资料与<credentials>项中的用户名与密码相比较，如果相符，则通过验证。

下面通过对"代码中直接验证"中的"Web. config 文件中的配置"和"登录"按钮的 click 事件"作相应的修改，完成利用配置文件实现验证功能。

①通过配置文件来实现验证时，需要对"在代码中直接验证"中的 Web. Config 配置文件修改如下：

```
<configuration>
  <system. web>
    <authentication mode= "Forms">
    <! --设置验证属性-->
    <forms name= "AuthCookie"loginUrl= "Default. aspx">
    <credentials passwordFormat= "SHA1">
        <! 一该密码为演示用的加密结果-->
    <user name= "user1" password= "42AD2A83BSC3FCA8F47E4E7D523609D6931CBE06"/>
    </credentials>
    </forms>
```

```
    </authentication>
    <authorization>
    <! --设置资源为受保护,匿名不允许访问-->
    <deny users= "?"/>
    </authorization>
  </system. web>
</configuration>
```

②对“代码中直接验证”中的“登录”按钮的 Click 事件代码进行修改。

```
protected void btnLogin_Click(object sender,EventArgs e)
{
    if(FormsAuthenticationAuthenticate(txtUserName. Text,txtUserPwd. Text))
    {
    //如果存在,创建存储用户证件资料的 Cookie. 并跳转到 Default2. aspx 页中
    FormsAutheritication. SetAuthCookie(txtUserName. Text,false);
    Response. Redirect("Default2. aspx");
    }
    else
    {
        Response. Write("<script> alert('该用户不存在！')</Script");
    }
}
```

程序中调用 FormsAuthentication 对象的 Authenticate()方法，系统便会自动将用户输入的证件资料与<credentials>项中的用户名与密码相比较，如果用户提供的证件资料与<credentials>中的任何一个<user>元素匹配，则 Authenticate()方法返回 true，通过验证。

3. 使用 FormsAuthentication 类

FormsAuthenfication 类提供了一些静态方法，使用它们可以操纵身份验证凭证和执行基本的身份验证操作。其常用的方法及说明如表 1-15-1 所示。

表 1-15-1　FormsAuthentication 类常用的方法

名　称	说　明
Authenticate	对照存储在应用程序配置文件中的凭据来验证用户名和密码
SetAuthCookie	为给定的用户名创建身份验证 Cookie
CrelRedirectUrl	返回重定向到登录页的原始请求的 URL
HashPasswordForstoringInConfigFile	根据指定的密码和哈希算法生成一个适合于存储在配置文件中的哈希密码
RedirectFromLoginPage	将经过身份验证的用户重定向回最初请求的 URL 或默认 URL

续表

名　称	说　明
SetAuthCookie	为提供的用户名创建一个身份验证票证，并将其添加到响应的 Cookie 集合或 URL
SignOut	从浏览器删除 Forms 身份验证票证

在 PAMS 系统安全实施过程中已经介绍了 Authenticate()、SetAuthCookie()、signOut()和 HashPasswordForstoringInConfigFile()方法，下面将详细介绍其他几个常用的方法。

(1)RedirectFromLoginPage 方法。

RedirectFromLoginPage 方法是将经过身份验证的用户重定向回最初请求的 URL 或默认 URL。其语法结构有以下两种：

语法一：

```
public static voidRedirectFromLoginPage(
      stringusername;
      bool createPersistentCookie;
)
```

参数说明如下。

userName：经过身份验证的用户名；

CreatePersistentCookie：若要创建持久 Cookie(跨浏览器会话保存的 Cookie)，则为 true；否则为 false。

语法二：

```
public staticvoidRedirectFromLoginPage(
   string usenName;
   bool createPemistentCookie;
   string strCooklePath;
)
```

参数说明如下：

userName：经过身份验证的用户名；

CreatePersistentCookie：若要创建持久 Cookie(跨浏览器会话保存的 Cookie)，则为 true；否则为 false；

StrCookiePath：Forms 身份验证票证的 Cookie 路径。

例如，在“登录”按钮的 Click 事件下，使用 FormsAuthentication 类的 Redireclffrom-LoginPage 方法将经过身份验证的用户重定向回到最初请求的网页，其代码如下：

```
protected void btnLogin_Click(object sender. EventArgs e)
{
if(FormsAuthenticationAuthenticate(txtUserName. Text,txtUserPwd. Text))
  //如果用户身份有效,则创建存储证件的 Cookie,并且重定向至最初请求网页
  FormsAuthentication. RedirectFromLoginPage(txtUserName. Text,false);
  }
  else
  {
Response. Write("<script>  alert('该用户不存在! ')</script>  ");
  }
}
```

(2)GetRedirectUrl 方法。

GetRedirectUrl 方法是将用户重定向至原来请求的网页，它允许在建立验证 Cookie 后，执行其他功能。其语法结构如下：

```
public static string GetRedirectUrl(
  string userName;
  bool createPersistentCookie;
)
```

参数说明如下：

userName：经过身份验证的用户名；

CreatePersistentCookie：若要创建持久 Cooke(跨浏览器会话保存的 Cookie)，则为 true；否则为 false。

例如，在“登录”按钮的 Click 事件下，使用 FormsAuthentication 类的 GetdirectUrl()方法取得原先请求的 URL，在执行完其他操作后，使用 Response. Redirect()方法重定向网页。其代码如下：

```
protected void btnLogIn_click(object sender,EventArgs e)
{
   //如果用户身份有效,则创建存储证件的 Cookie
   if(FormsAuthentication. Authenticate(txtUserName. Text,txtUserPwd. Text))
   {
   //获取原先 URL
   string redirectURL=  FormsAuthentication. GetRedirectUrl(txtUserName. Text,false);
   //执行其他操作
   …………
   //重定向网页
   Response. Redirect(redirectURL);
   }else
   {
   Response. Write("<Script>  alert("该用户不存在!")</script>  ");
   }
```

(3)GetAuthCookie方法。

GetAuthCookic方法为给定的用户名创建身份验证Cookie，其语法结构有两种：

语法一：

```
public static HttpCookie GetAuthCookie(
string userName;
bool createPersistentCoolkie;
)
```

参数说明如下：

userName：经过身份验证的用户名；

CreatcPersistentCookie；若要创建持久Cookie(跨浏览器会话保存的Cooke)，则为true，否则为false。

语法二：

```
public static HttpCookie GetAuthCookie(
   string userName;
   bool createPersistentCookie;
   string strCookiePath;
)
```

参数说明如下：

uscrName：经过身份验证的用户名；

CreatePersistentCookie：若要创建持久Cookie(跨浏览器会话保存的Cookie)，则为true；否则为false；

StrCookiePath：Forms身份验证票证的Cookie路径。

例如，在“登录”按钮的Click事件下，使用FormsAuthentication类的GetAuthCookie()方法，创建一个HttpCookie对象，设置其相关属性并保存到客户端中。其代码如下：

```
protected void btnLogin_Click(object sender,EventArgs e)
{
//如果用户身份有效，则创建存储证件的 Cookie
if(FormsAuthentication Autienticate(txtUsenName Text,txtusePwd. Text)){
    //获取原先 URL
    string redirectURL= FormsAuthentication. GetRedirectUrl(txtUserName. Text,false);
    //创建 Cookie
    HttpCookie myCookie= FormAuthentication. GetAuthCookie(txtUserName. Text,false);
    //设置 Cookie 的有效期为当前系统时间加上 24 个小时
    myCookie Equals= DateTime. Now. AddDays(1):
    //将 Cookie 保存到客户端
    Response. Cookies. Add(myCookie);
    //重定向网页
    Response Redirect(redirectURL);
    )
```

```
    else{
    Response. Write("<Script>  alert("该用户不存在!")</script>  ");
    }
}
```

(4)退出登录清除用户验证信息。

FormsAuthcntication 对象的 signOut()方法用于将用户注销。signOut()方法会删除验证 Cookie，并且在客户端浏览器再次访问受保护的资源时强制其再次登录。signOut()方法的语法结构如下：

```
public static void SignOut()
```

例如，在【注销】按钮的 Click 事件下添加如下代码，将用户注销。

```
protected void btnOut_Click(object sender,EventAngs e)
{
   FormsAuthentication. SignOut();
}
```

三、Passport 验证

Passport 验证是微软公司提供的一种集中式验证服务，它的工作原理与窗体验证类似，都是在客户端创建验证 Cookie，用于授权。使用 Passport 验证时，用户将被重定向至 Passport 登录网页，该页面提供了一个非常简单的窗体让用户填写用户验证资料，该窗体将通过微软公司的 Passport 服务来检查用户的证件，以确定用户的身份是否有效。

使用 Passport 验证服务必须下载 Passport 软件开发的工具包 SDK，并相应地配置应用程序，而且必须是微软的 Passport 服务的成员才能使用该服务，本处不详细讲解。

知识点二　Web 资源的授权(Authorization)访问

ASP. NET 开发的 Web 应用程序的安全性主要依赖验证和授权两项功能。正如前面所介绍的，验证指的是根据用户的验证信息识别其身份，而授权旨在确定通过验证的用户可以访问哪些资源。ASP. NET 提供了两种授权方式：文件授权(File Authorization)和 URL 授权。

文件授权由 FileAuthorizationModule 类(验证远程用户是否具有访问所请求的文件的权限)执行。它通过检查 . aspx 或 . asmx 处理程序文件的访问控制列表(ACL)，来确定用户是否应该具有对文件的访问权限。

URL 授权由 UrlAuthotizationModule 类(验证用户是否具有访问所请求的 URL 的权限)执行，它将用户和角色映射到 ASP. NET 应用程序中的 URL。

下面将主要介绍 URL 授权。

URL 授权可以显式允许或拒绝某个用户名或角色对特定目录的访问权限。要启用 URL 授权，必须在 Web. config 配置文件中设置＜authorization＞配置节，其使用语法如下：

```
<authorization>
  <allow users= "逗号分割的用户列表"
  roles= "逗号分割的角色列表"
  verbs= "逗号分割的 HTTP 请求列表"/>
<deny users= "逗号分割的用户列表"
  roles= "逗号分割的角色列表"
  verbs= "逗号分割的 HTTP 请求列表"/>
</authonzation>
```

属　性	说　明
users	标识此元素的目标身份(用户账户)。用问号(?)标识匿名用户，用星号(*)指定所有经过身份验证的用户
roles	为被允许或被拒绝访问资源的当前请求标识一个角色(RolePrincipal)对象
verbs	定义操作所要应用到的 HTTP 谓词，如 GET、HEAD 和 POST。默认值为"*"，它指定了所有谓词

例如，允许 Admins 角色的 Kim 用户访问页面，对 John 标识(除非 Admins 角色中包含 John 标识和所有匿名用户拒绝访问。其代码如下：

```
<authorization>
    <allow users= "Kim"/>
    <allow roles= "Admins"/>
    <deny users= "John"/>
    <deny users= "?"/>
</authodzation>
```

可以使用逗号分隔的列表定义多个用户被授权或禁止。其代码如下：

```
<authorization>
    <allow users= "Kim,Sun"/>
</authdezaUon>
```

下面的示例允许所有用户对某个资源执行 HTTP GET 操作，但是只允许 Kim 标识执行 POST 操作其代码如下：

```
<authorization>
  <allow verbs= "GET" users= "* "/>
  <allow verbs= "POST" users= "Kim"/>
  <deny verbs= "POST" users= "* "/>
</authorization>
```

注：这些设置可以采用 .net 中的 asp. net 配置中通过图形界面实现以上配置过程：具体步骤如图 1-14-5 所示启动配置过程，在图 1-14-6 中启动安全配置完成以上设置过程。

图形化界面工作结果会自动生成 web.configure 的对应项目。

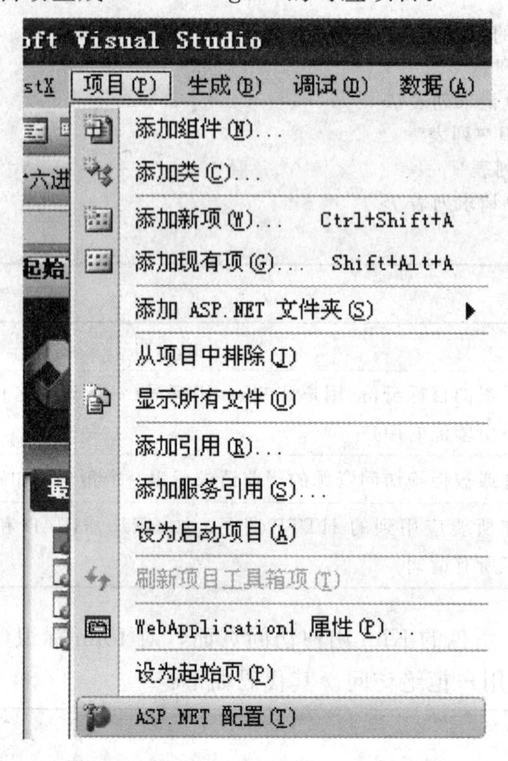

图 1-14-5　启动 ASP.NET 安全配置

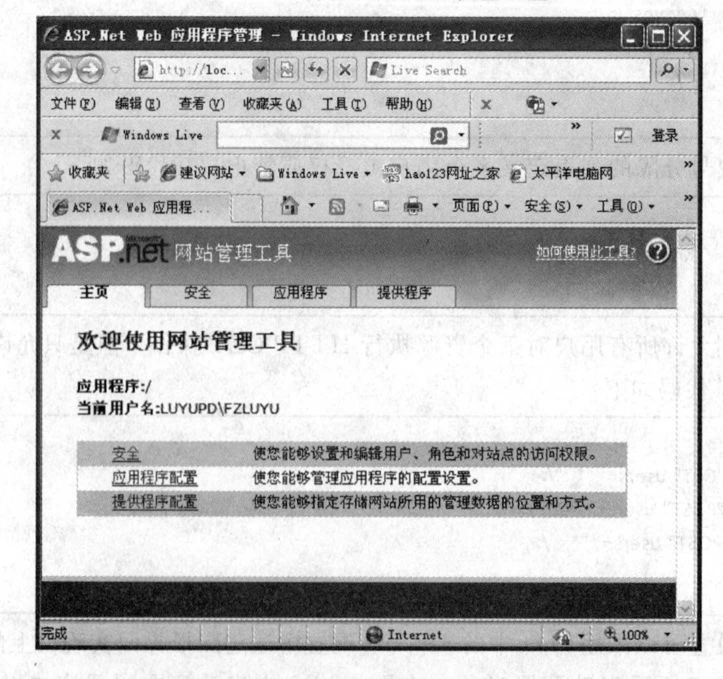

图 1-14-6　ASP.NET 网站管理工具界面

【总结】

通过本任务的学习，读者可以重点掌握 Web 安全的如下知识点：

●采用 Forms 验证的基本过程，了解代码中直接验证、利用配置文件实现验证，掌握数据库验证；

●了解基于 IIS 的 Windows 验证的方式；

●了解 Passport 验证；

●了解 Web 资源的授权(Authorization)访问。

14.3 项目实战

【任务概述】

实现《书乐网》基于 Form 验证的管理用户权限配置。

步骤一 设置窗体身份验证模式

实现提示：

在 Web.config 文件中，将其配置成使用基本窗体身份验证。

步骤二 修改 Cookie 名称和登录页的 URL

实现提示：

修改<authentication>节下的<forms>节中，配置要使用的 Cookie 名称和登录页的 URL。

在<authentication>节下的<deny>节中，设置为拒绝匿名用户访问资源。

步骤三 编写页面登录代码

实现提示：

在"登录"按钮的 Click 事件中调用 FormsAuthcntication 对象的 setAuthCookie()方法来创建存储用户证件资料的 Cookie。

任务15 PAMS项目安装发布

15.1 目标与实施

【任务目标】

完成PAMS项目的最终发布和部署。

【知识要点】

1. 掌握ASP.NET网站的发布。
2. 掌握ASP.NET网站的部署。

15.2 完成PAMS项目的最终发布和部署

【场景分析】

当PAMS项目经过开发小组的严格测试和评审小组的最终评审，就能进入发布版的初步部署了。这将作为初步的产品版本提交给用户，并提供客户服务端给用户进行测试。

【过程实施】

步骤一 发布PAMS网站

1. 打开PAMS项目解决方案。
2. 右键单击网站“PAMS.Web”根目录，在弹出的菜单中，单击“发布网站”。
3. 指定发布网站的“目标位置”，如将其放在“D：\PAMS\PAMS.Publish”下。
4. 单击“确定”，完成发布。

步骤二 部署PAMS网站

1. 打开IIS7.0。
2. 在IIS目录中，右键单击“网站”，单击“添加网站”。
3. 定义“网站名称”为“PAMS”，指定“物理路径”为上述发布路径即“D：\PAMS\PAMS.Publish”。
4. 单击“确定”，完成发布。

【知识点分析及扩展】

知识点扩展Web安装项目的制作。

【案例设计】

1. 在当前解决方案下创建 Web 安装项目。右键单击解决方案->添加->新建项目，如图 1-15-1 所示。

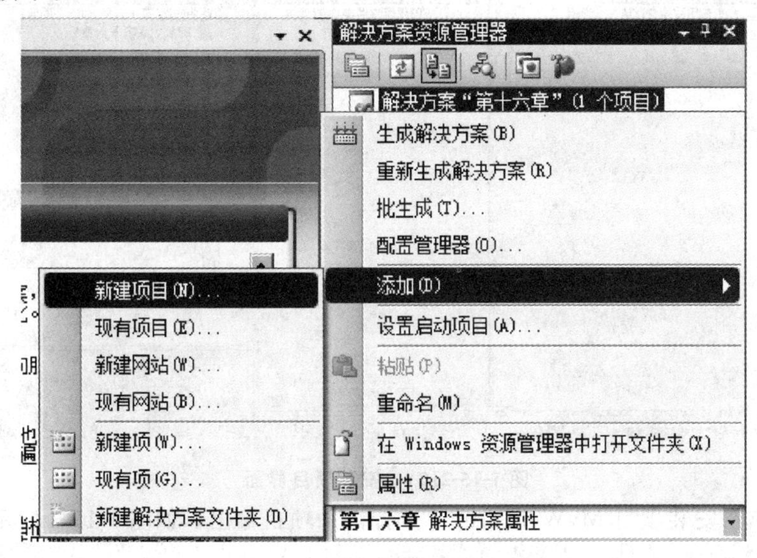

图 1-15-1　添加新建项目

2. 在弹出的新建项目对话框中，选择其他项目类型->安装和部署->Web 安装项目，修改项目名称。点击确定，完成 Web 安装项目的创建，如图 1-15-2(1)、图 1-15-2(2)所示。

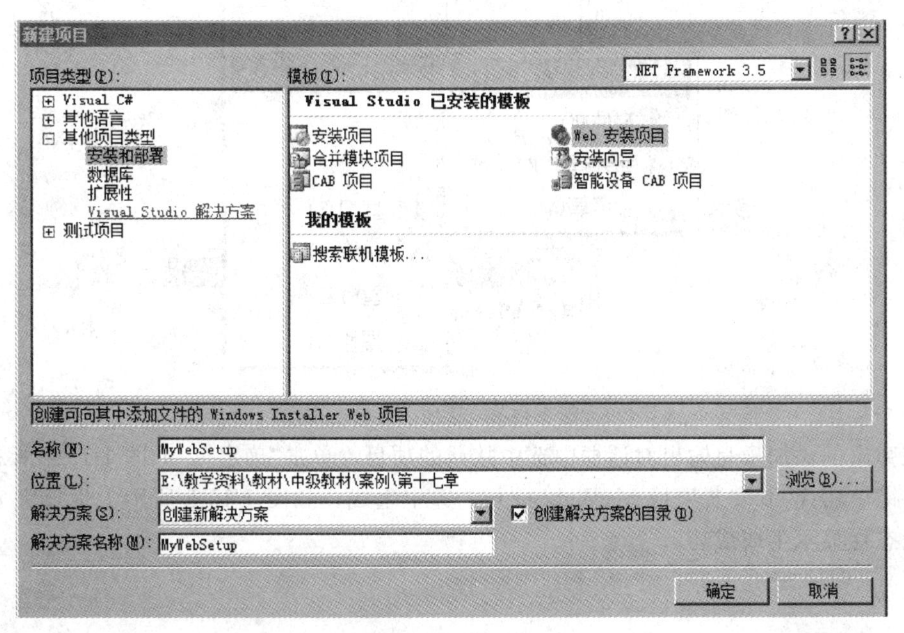

图 1-15-2(1)　安装项目界面

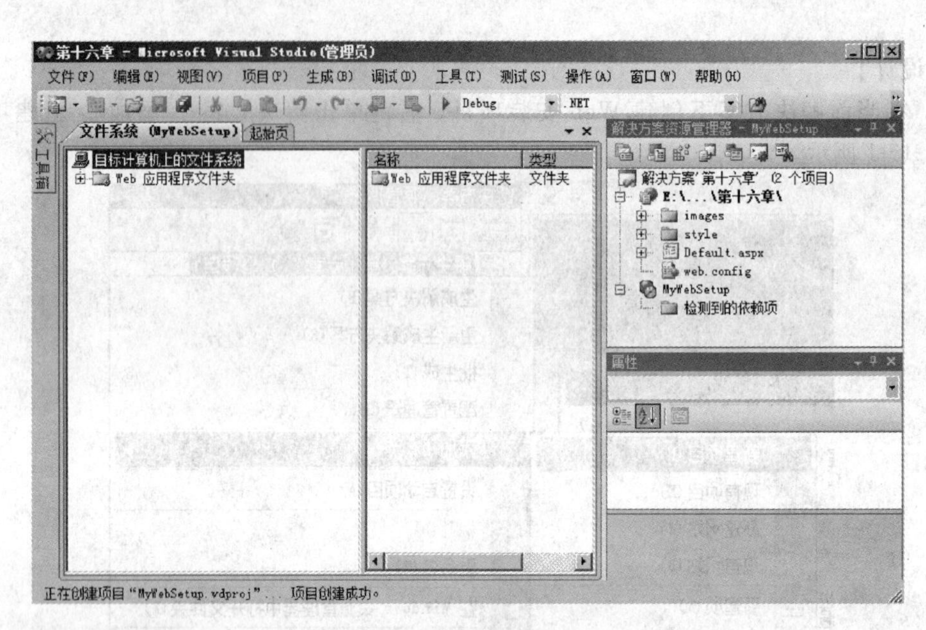

图 1-15-2(2) 安装项目界面

3. 右键点击安装项目 MyWebSetup。选择添加项目输出，如图 1-15-3 所示。

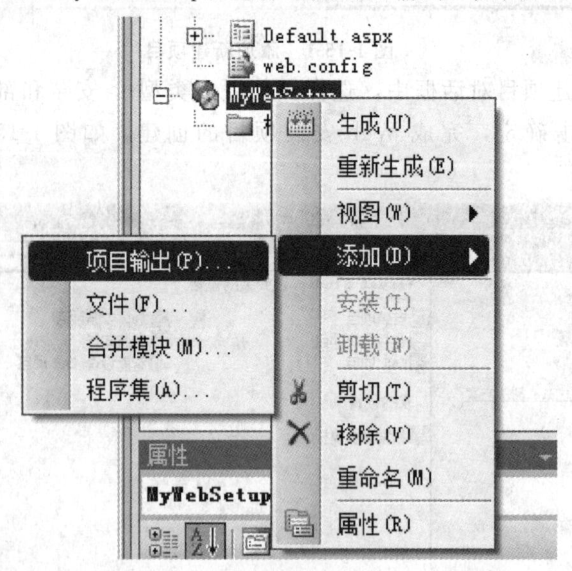

图 1-15-3 添加项目输出

在弹出的添加项目输出对话框中选中默认的项目，单击“确定”，如图 1-15-4 所示。

右键单击 Web 安装项目 MyWebSetup，选中生成，如图 1-15-5 所示。生成完安装项目，状态栏显示生成成功。

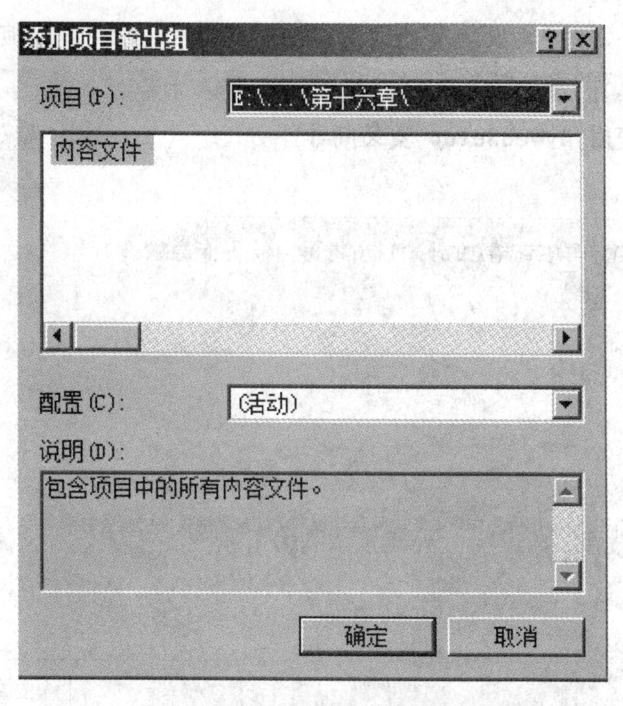

图 1-15-4 添加项目对话框

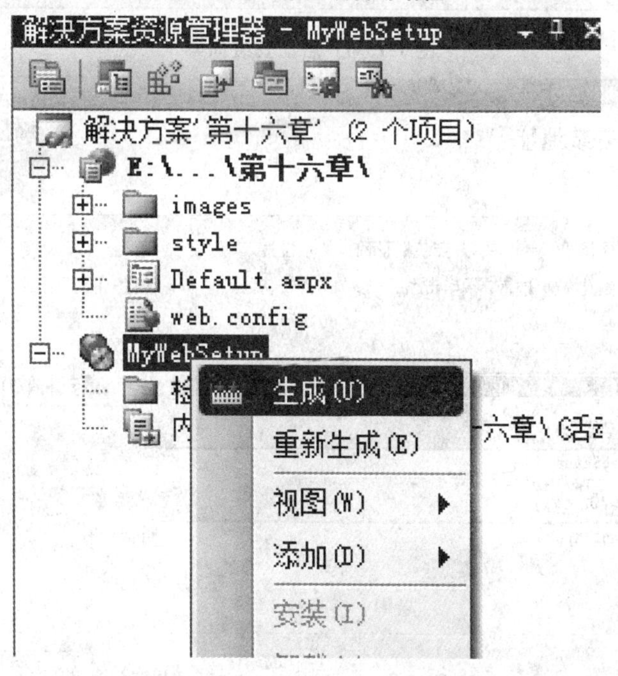

图 1-15-5 生成项目

打开项目 MyWebSetup 目录，在子目录 Debug 下会生成两个安装程序 MyWebSetup.msi 和 setup.exe。

单击 setup. exe，将启动安装 Web 向导。如图 1-15-6～图 1-15-10 所示。

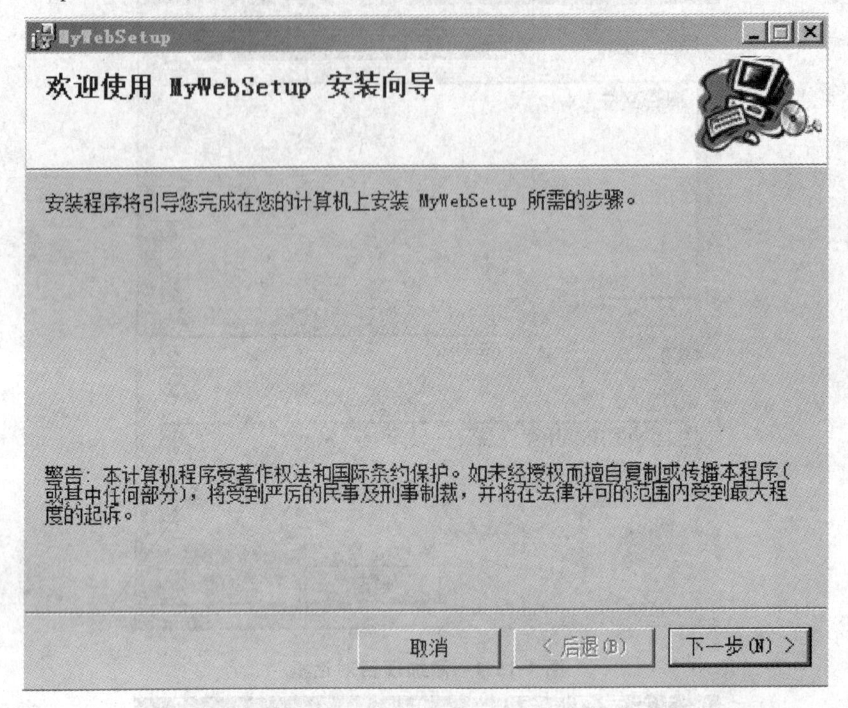

图 1-15-6　启动安装向导

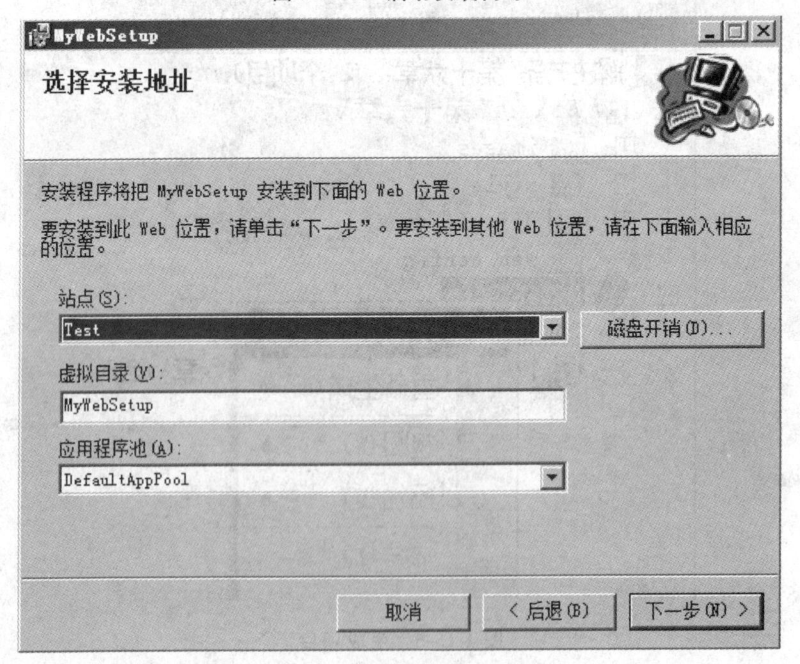

图 1-15-7　选择安装地址

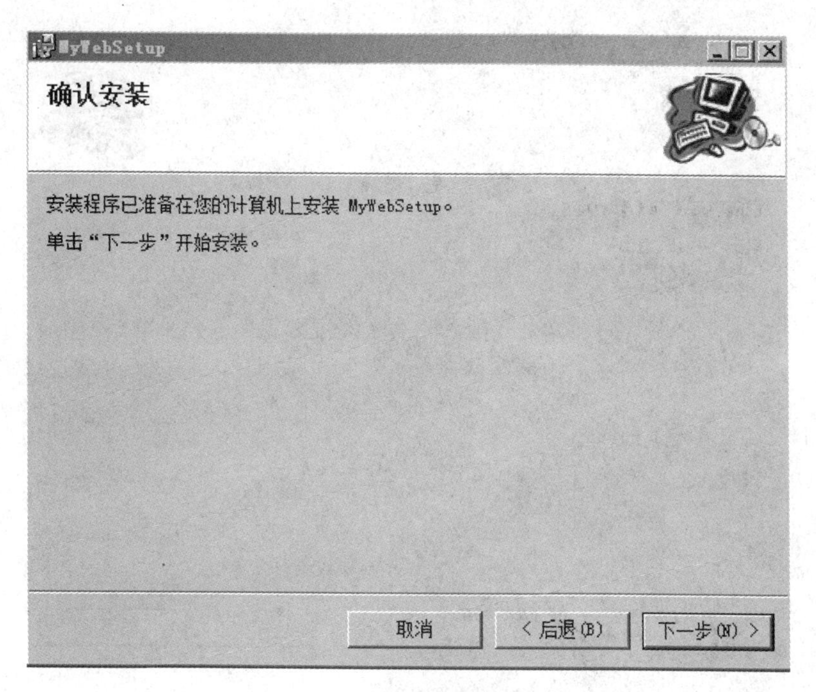

图 1-15-8　确认安装

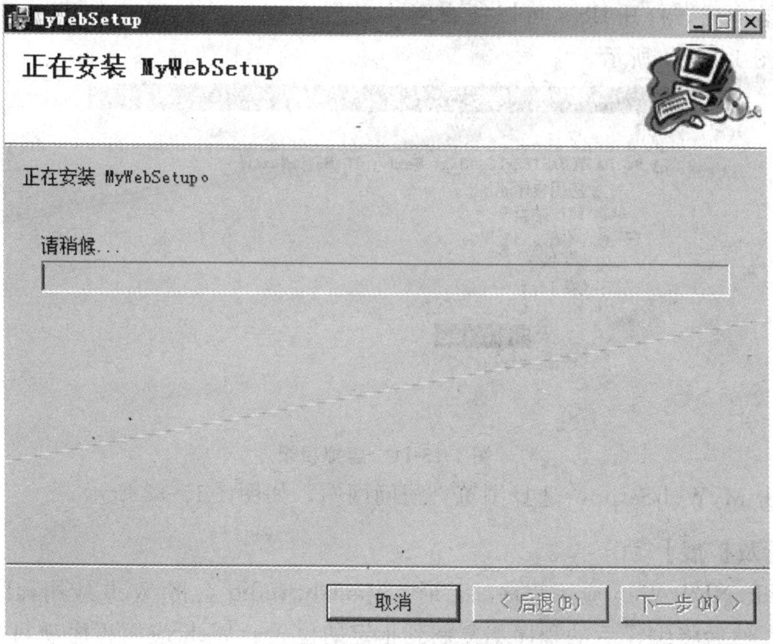

MyWebSetup

正在安装 MyWebSetup

正在安装 MyWebSetup。

请稍候...

取消　< 后退(B)　下一步(N) >

图 1-15-9　正在安装

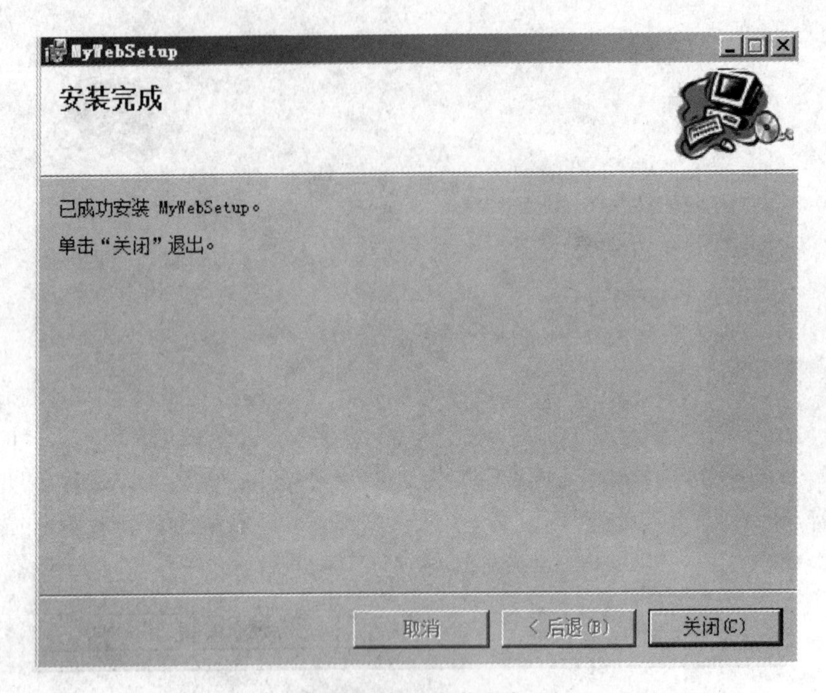

图 1-15-10　安装完成

关闭安装向导，打开 IIS，可以检查刚才安装的 Web 项目已经在 Test 网站的虚拟目录下了，如图 1-15-11 所示。

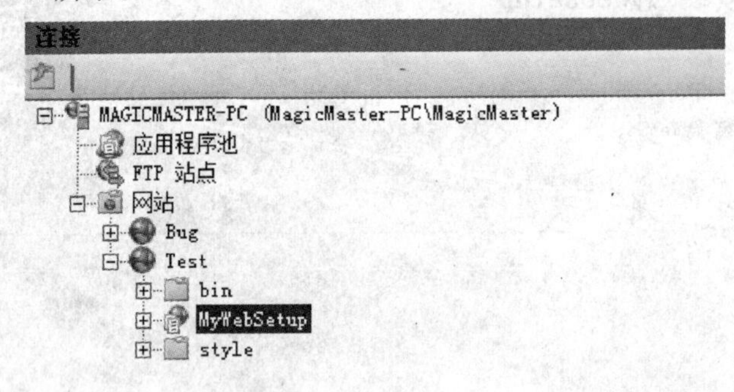

图 1-15-11　虚拟目录

右键单击 MyWebSetup，选择浏览，访问网站，如图 1-15-12 所示。

【知识点分析及扩展】

发布 ASP.NET Web 应用程序项目时，Visual Studio 会将 Web 应用程序文件编译为单个程序集，然后将编译后的程序集复制到指定的位置。Web 应用程序项目与标准 Visual Studio 2008 类库项目共享相同的配置设置和行为。可将 Web 应用程序发布到本地文件夹或共享文件夹、FTP 网站或者通过 URL 访问的网站。

单击省略号按钮（“…”），然后浏览至要发布 Web 应用程序项目的目标位置。

除了创建通过传统媒体发布的 Windows Installer 外，Visual Studio 中的部署工具还

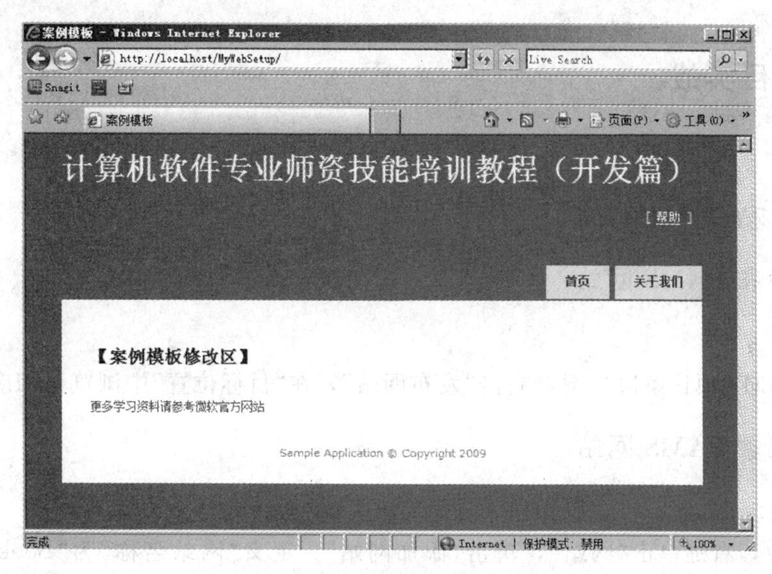

图 1-15-12　浏览网站界面

支持 Web 服务器的部署。与简单的复制文件相比，使用部署在 Web 服务器上安装文件的好处是，部署可以自动处理任何与注册和配置有关的问题。

另外，可以将基于 Windows 的应用程序的安装程序部署到 Web 服务器上，以便用户以后从网站下载和运行它们。

若要将 Web 应用程序部署到 Web 服务器上，请创建并生成一个“Web 安装”项目，然后将其复制到 Web 服务器计算机上。然后使用“Web 安装”项目中定义的设置运行安装程序，以便在服务器上安装该应用程序。

注意：

若要部署到 Web 服务器，您必须具备对该计算机的管理权限。有关更多信息，请参见网页和项目。

一些与部署有关的管理设置的行为可能不明显。当禁用某个虚拟目录的 Internet 信息服务 (IIS)“Write”属性后，仍可将文件部署到该目录中。“Write”属性仅控制用户上载文件的能力。

若要部署将从 Web 服务器下载的应用程序，请创建“Web 安装”项目，并在“文件系统编辑器”中将应用程序的项目输出组添加到“Web 安装”项目。生成安装程序后，将其复制到 Web 服务器计算机上，之后，就可以通过 Web 浏览器下载该程序。

【总结】

通过本任务的学习笔者可以重点掌握如下知识点：

1. ASP. NET3. 5 网站的发布。

2. 在 IIS7. 0 中部署发布完的网站。

3. 制作 ASP. NET3. 5 安装包。

15.3 项目实战

【任务概述】

实现《书乐网》网站的发布。

步骤一 发布 PAMS 网站

实现提示：

打开 PAMS 项目解决方案，右击“发布网站”，在“目标位置”中浏览至相应目录。

步骤二 部署 PAMS 网站

实现提示：

在 IIS 中，右键单击“网站”，单击“添加网站”，定义“网站名称”为“Book”，指定【物理路径】同发布路径。

第二部分 基于.NET的WinForm开发

前面的任务已经提供了开发一套完整的Web应用程序的开发过程，该类的程序表现为网页的形式。而在实际应用中像“优化大师”、“Microsoft Office Word 2007”、“Tencent QQ2009”等软件并不以网页的形式存在，而是一种桌面应用的程序，称为Windows窗体应用程序。

本部分将通过介绍一个简单的即时通讯系统的实现过程，来介绍Windows窗体应用程序的设计和实现。

即时通讯系统(IM)，它就像所大家熟悉的QQ、MSN等一样，提供在线交流的服务，本教材中将以简化的通讯系统(IM)——“简易即时通讯系统”(简称：SIMS)介绍Windows窗体应用程序的界面设计和功能实现。

在SIMS中。整个系统被设计为两个部分：服务器端和客户端。

(1)客户端主要用于用户登录后使用该工具以便和其他人进行通讯。它允许用户进行登录，登录后用户可以查看自己及好友的信息，选择用户进行聊天，传送文件以及其他的一些个性化操作等，主要包括：

●实现用户登录；

●查看和修改个人信息；

●查看、添加和删除好友；

●实现聊天功能。

(2)服务器端主要负责管理用户信息和用户的信息交换。实现用户服务，验证用户有效性，转发用户信息等，主要功能包括：

●启动、停止通讯服务；

●验证用户的信息的合法性；

●向客户端发送消息(包括群发消息等)。

为了让系统能正常使用，需要保存系统的用户的基本信息及每个用户所有的好友名单，同时还需要保存部分用户的聊天记录，为此，需为系统设计了如下的表信息：用户表(Users)、好友表(Freinds)、聊天记录表(Chat)，具体结构参见教学光盘。

任务1 简易即时通讯系统的基础架构设计

1.1 目标与实施

【任务目标】

完成《简易即时通讯系统》(简称SIMS，下同)服务器端基础框架的搭建。

【知识要点】

1. 掌握Windows窗体应用程序和Web应用程序的区别。
2. 掌握Windows窗体应用程序的创建过程。

1.2 完成SIMS服务器端的基础框架搭建

【场景分析】

SIMS基础框架的搭建是整个项目开发的基础，同时也是项目进入开发阶段的第一个步骤。而在SIMS的基础框架的搭建过程中，服务器端的基础框架的搭建则是搭建整个SIMS基础框架的第一步。在解决方案构建阶段，SIMS的基础架构被设计成由服务器端的基础框架和客户端的基础框架组成，服务器端的基础框架已经被构思并为团队一致认可。

【过程实施】

步骤一 创建一个新的解决方案，名称为"SIMServer"

打开Microsoft Visual Studio 2008应用程序，单击菜单栏上的【文件】按钮，选择【新建项目】，在Microsoft Visual Studio 2008新建一个项目，在【项目类型】列表中选择【Visual C#】项，在右侧的【模板】窗格中选择【Windows窗体应用程序】项，则会弹出如图2-1-1所示的界面。

在"名称(N)"处输入："SIMServer"(解决方案名称)；

在"位置(L)"处输入："G:\工作文件\《中职培训教程》编写\Demo"(存放位置)。

单击"确定"按钮，Microsoft Visual Studio 2008将创建该项目的解决方案。

图 2-1-1　新建项目

步骤二　修改解决方案中窗体的名称为“frmMain”

选择解决方案中的名为 Form1 的窗体。对它进行重命名，新的名称为“frmMain”，(重命名建议对整个文件进行重命名，这样文件和窗体可以对应起来。具体方法：选择具体文件，单击右键，选择【重命名】，然后输入新的名称“frmMain”，按回车即可)。同时，修改该窗体的“Text”属性的值为“SIMServer”。则此时整个项目的效果如图 2-1-2 所示。

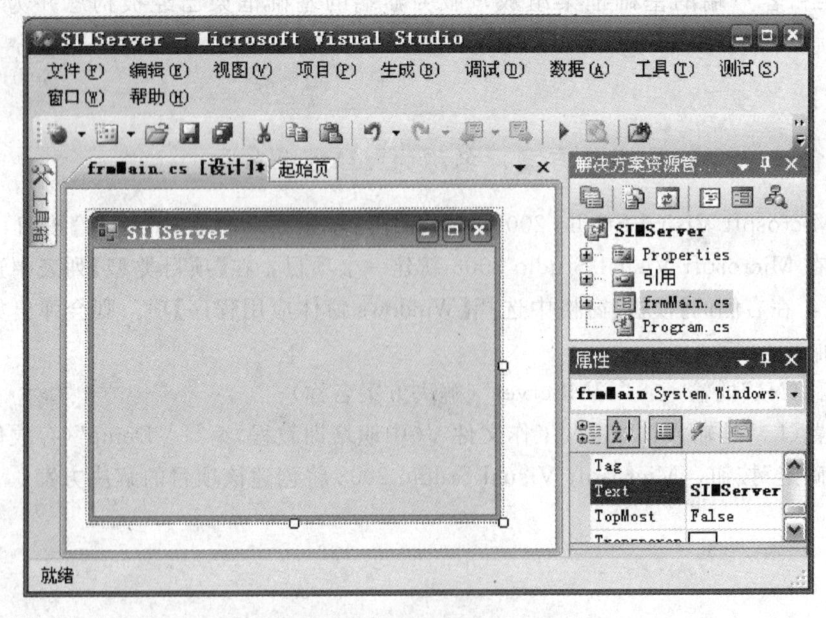

图 2-1-2　修改窗体属性

在创建一个解决方案时，为解决方案及解决方案中所用到的窗体、对象、变量等一切元素各取一个合适并且有实际意义的名称将对以后的系统开发带来极大的便利。不过命名时要满足C#的命名规范。

步骤三　在解决方案中添加类"ServerSocket"

选择解决方案"SIMServer"，单击右键，选择【添加】，再选择【类】，在所弹出的"新建项目"界面中，输入模板"类"，输入名称"ServerSocket"，然后单击【确定】，则为解决方案添加了一个类，该类用于实现服务器端的网络通信的功能，解决方案设计中所有对网络的操作都包含在该类中。效果如图 2-1-3 所示。

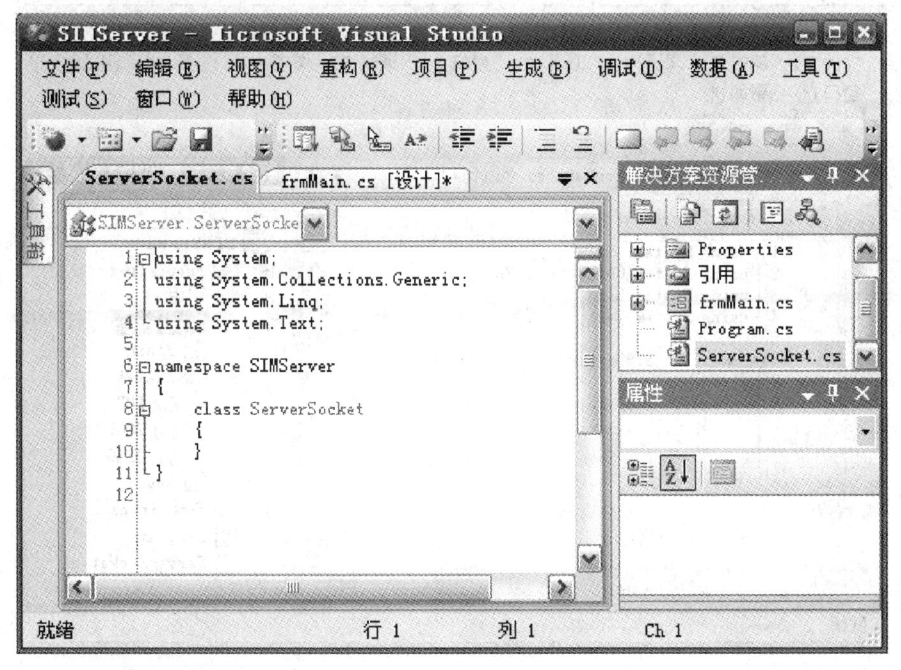

图 2-1-3　为项目添加类

步骤四　为解决方案"SIMServer"添加资源文件夹

选择解决方案"SIMServer"，单击右键，选择【添加】，再选择【新建文件夹】，为解决方案添加"Resources"文件夹。按同样方法，分别在文件"Resources"中添加如下的文件夹"Images"、"Sound"、"Flash"等，在文件夹"Images"下又添加"BMP"、"JPEG"、"ICON"等文件夹，这些文件夹都是用来各种资源文件，具体如下：

文件夹			说明
Resources			存放解决方案所要用到的所有资源文件
	Images		存放解决方案所要用到的图片文件
		BMP	存放解决方案所要用到的 BMP 格式的图片文件
		JPEG	存放解决方案所要用到的 BMP 格式的图片文件
		ICON	存放解决方案所要用到的 BMP 格式的图片文件
	Sound		存放解决方案所要用到的声音文件
	Flash		存放解决方案所要用到的 Flash 动画文件

效果如图 2-1-4 所示。

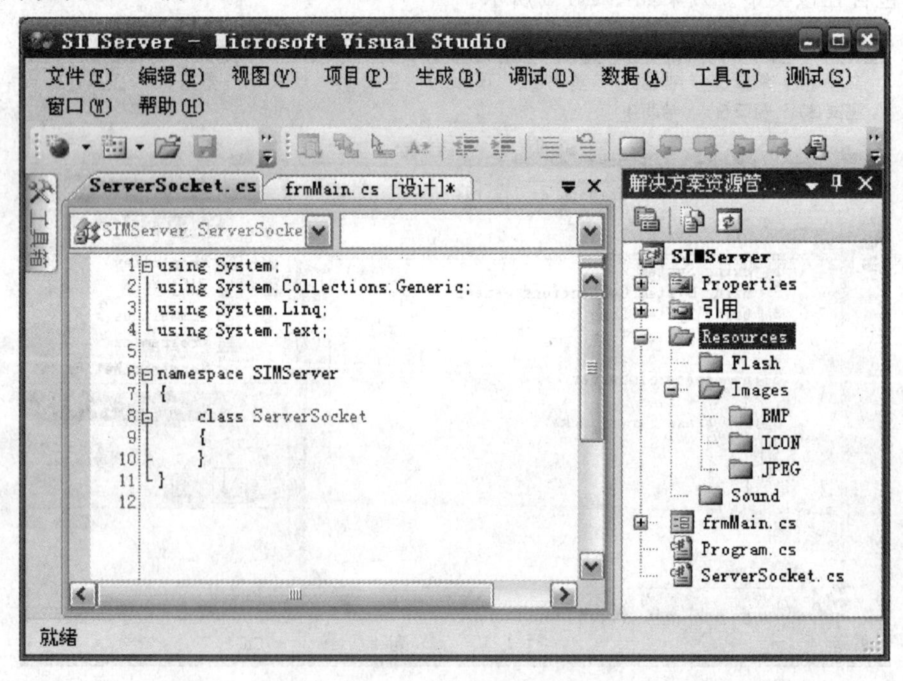

图 2-1-4 为项目添加资源

至此，已经创建了完整的服务器端的解决方案“SIMServer”。

【知识点分析及扩展】

知识点一 Windows 窗体应用程序概述

(一)什么是 Windows 窗体

在 Windows 窗体应用程序中，“窗体”是应用程序用于与用户交互的最主要方法之一。通常情况下，它是通过对窗体的操作(如鼠标单击或按下按键)，把用户的数据输入并传给应用程序，而应用程序也是通过窗体向用户显示最后的执行结果。

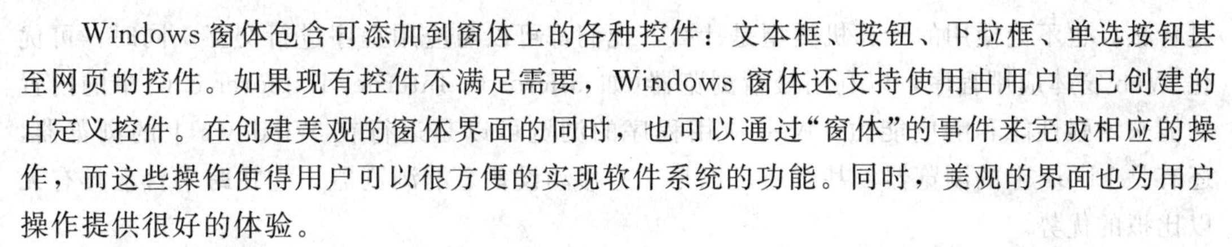

Windows 窗体包含可添加到窗体上的各种控件：文本框、按钮、下拉框、单选按钮甚至网页的控件。如果现有控件不满足需要，Windows 窗体还支持使用由用户自己创建的自定义控件。在创建美观的窗体界面的同时，也可以通过“窗体”的事件来完成相应的操作，而这些操作使得用户可以很方便的实现软件系统的功能。同时，美观的界面也为用户操作提供很好的体验。

在 Microsoft Visual Studio 2008 开发平台中的，可以使用类库所提供的丰富的控件来创建高效而美观的用户界面，而这些用于开发窗体应用程序的窗体元素控件都被封装在类库 System. Windows. Forms 中。同时，在 Microsoft Visual Studio 2008 开发平台中，提供了具有拖放功能的 Windows 窗体设计器，用户通过该设计器，可以轻松创建 Windows 窗体应用程序。只需使用光标选择控件并将控件添加到窗体上所需的位置即可。

在 Windows 窗体应用程序中，最重要的控件是窗体(Form)，使用窗体可以设计不同表现效果的应用程序体验。还可以使用 System. Drawing 命名空间中的类，直接在窗体上创建呈现线条、圆和其他形状的效果。

(二)Web 与 Windows 窗体的适用系统类型

1. 适用于 Windows 窗体的系统类型

在实际应用开发中，如果需要客户端处理大部分的业务规则，如绘图或图形应用程序、数据输入系统、销售点系统和游戏等桌面应用程序，应该使用 Windows 窗体开发应用程序。这些 Windows 窗体应用程序能更好的利用每个桌面计算机的能力。同时可以极大的减少服务器端的压力。

使用 Windows 窗体的 Windows 应用程序是在 Windows 框架中生成的，因此它可以访问客户端计算机上的系统资源，包括本地文件、Windows 注册表、打印机等。可限制该访问级别，以消除由不希望的访问引起的任何安全性风险或潜在问题。另外，Windows 窗体可以利用 .NET Framework GDI+ 图形类创建图形化的丰富界面，而这常常是数据挖掘或游戏应用程序所必需的。

还有一些应用程序，需要应该程序进行长时间的运算的，也适合使用 Windows 窗体应用程序。比如适用于高校的“排课系统”，排课时需要长时间运算。如果把其设计成 Web 应用程序，并在服务器端来进行数据运算，则会占用服务器的很大的资源，结果是长时间无法响应其他的客户端的服务请求。

不过使用 Windows 窗体应用程序也会带来一些问题，比如“胖前端”的结果是使得对客户端的计算机的性能要求提高。同时，由于 Windows 窗体应用程序的运算通常都分布在不同的客户端上执行，所以数据的共享和同步比 Web 应用程序实现难度大。

2. 适用于 Web 应用程序类型的系统

Web 窗体应用程序则通常表现为网页的形式。但 Web 窗体并不仅仅用于创建网站，许多其他应用程序同样适用于“瘦前端”。任何 Web 窗体应用程序都有一个重要的优点，就是无需发行成本。用户已经安装了所需的唯一一个应用程序——浏览器。

Web 窗体应用程序与平台无关，即它们是“延伸”的应用程序。不论用户的浏览器类型

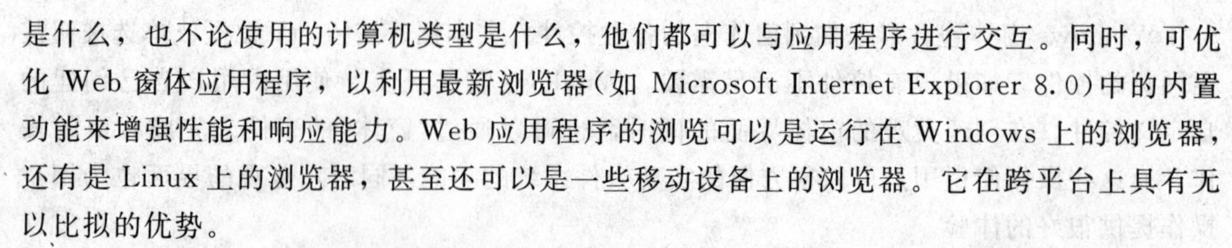

是什么，也不论使用的计算机类型是什么，他们都可以与应用程序进行交互。同时，可优化 Web 窗体应用程序，以利用最新浏览器(如 Microsoft Internet Explorer 8.0)中的内置功能来增强性能和响应能力。Web 应用程序的浏览可以是运行在 Windows 上的浏览器，还有是 Linux 上的浏览器，甚至还可以是一些移动设备上的浏览器。它在跨平台上具有无以比拟的优势。

同时很多 Web 应用程序都是运算在互联网上，其安全性也是必须要重视的问题。

(三)Windows 窗体的基本元素

在以上的示例中，组成该应用程序主要的界面元素有：窗体和按钮。而在实际中，甚至会用到更多的其他界面元素，包括组件、对话框等。表 2-1-1 显示几个常用界面元素的功能：

表 2-1-1 界面元素说明表

元素	说明
窗体	窗体形状通常为矩形，单页可以是任意形状。窗体是对象，可以通过设置窗体的属性来定义其外观
控件	窗体功能主要是依靠向窗体表面所添加的控件来实现
组件	组件通常是不可见的。使用组件可以向应用程序添加额外的功能
对话框	对话框通常用来与用户进行交互并获得信息。对话框是具有固定边框大小的窗体

知识点二 Windows 窗体项目结构

在 Microsoft Visual Studio 2008 使用 Visual C# 新建的 Windows 窗体应用程序项目中，Microsoft Visual Studio 2008 会自动生成若干文件，他们分别是 Program.cs、frmMain.cs、frmMain.Designer.cs、frmMain.resx、AssemblyInfo.cs、Resources.resx、Resources.Designer.cs、Settings.Designer.cs、Settings.settings 等多个文件。

Program.cs：是项目的启动文件，它指定了程序运行时第一次打开的窗体，一般次时打开的窗体的线程会作为整个应用程序的主线程；

frmMain.cs：存放窗体中的用户代码；

frmMain.Designer.cs：存放窗体中的由系统自动生成的代码；

frmMain.resx：存放窗体显示时所需要的资源，包括图片、图标等；

AssemblyInfo.cs：存放程序集信息的文件，这些信息包括程序集名称、版本号及其描述；

Resources.resx：存放整个应用程序的资源；

Resources.Designer.cs：存放当用户添加资源时自动生成的代码，该代码把 Resources.resx 中的资源转换成强类型的对象；

Settings.Designer.cs：用于存放程序的设置信息；

Settings.settings：系统自动生成，用于将设置转换成强类型的对象。

【总结】

Windows 窗体应用程序是一种常见的用户程序，以提高高效的用户体验为主要特征，主要体现为窗口的形式。如常见的桌面应用程序。都是基于窗体的应用开发。

Windows 窗体包含可添加到窗体上的各式控件：用于显示文本框、按钮、下拉框、单选按钮甚至网页的控件。

一个 Windows 应用程序主要包括窗体、控件、组件等元素。通过这些元素实现应用。Windows 窗体是显示在屏幕上的窗口，为 Windows 应用程序提供了用户界面(User Interface，UI)，它提供了一个框架，使得应用程序可以呈现为统一的外观和样式，向用户提供信息并获取用户输入。

1.3 项目实战

在了解了服务器端解决方案“SIMServer”的创建过程后，可以很快创建出客户端的解决方案“SIMSClient”：

步骤一 创建一个新的解决方案，名称为“SIMSClient”

实现提示：

在 Microsoft Visual Studio 2008 新建一个项目并命名为“SIMSClient”。

步骤二 修改解决方案中窗体的名称为“frmMain”

实现提示：

把新建的解决方案中的名为 Form1 的窗体重命名为“frmMain”。

步骤三 在解决方案中添加类“ClientSocket”

实现提示：

为新建的解决方案添加了一个类“ClientSocket”。

步骤四 为解决方案“SIMSClient”添加和“SIMServer”一样的资源文件夹

实现提示：

为解决方案添加“Resources”文件夹并在相关的文件夹中添加 Images、BMP、JPEG、ICON、Sound、Flash。

任务 2　简易即时通讯系统的界面设计

2.1　目标与实施

【任务目标】

创建 SIMS 的服务器端和客户端的界面。

【知识要点】

1. 掌握 Windows 窗体应用程序的基本创建过程。
2. 掌握 . NET 中 Windows 窗体的常见控件的使用。

2.2　服务器端的用户界面的设计

【场景分析】

SIMS 的服务器端的主要功能是用于管理用户，并为用户提供通讯支持。所以在该部分的功能上，主要完成的功能包括显示用户，以及为用户提供的一些操作上的支持，至于网络通信的实现，统一都放置到类"ServerSocket"上来完成。所以，服务器端提供给用户的操作界面非常简洁，其主要的有两个，一个用于显示用户信息的主界面；另一个用于发送消息的窗口，具体就如图 2-2-1 和图 2-2-2 所示。

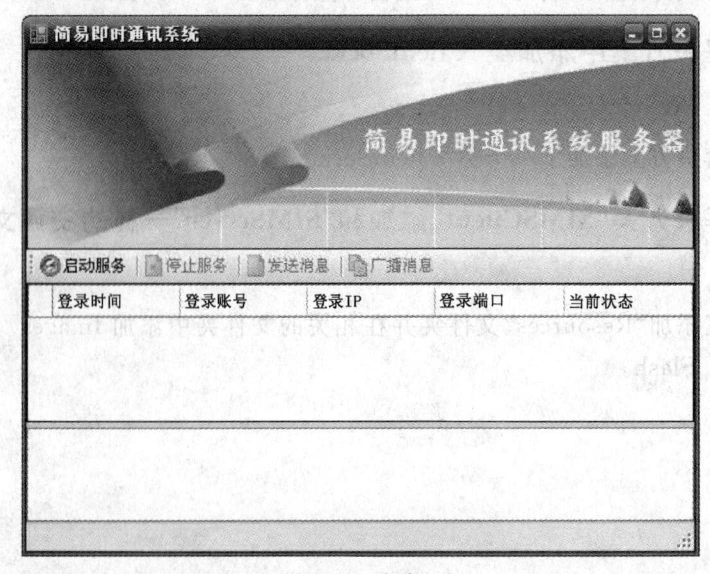

图 2-2-1　主窗口

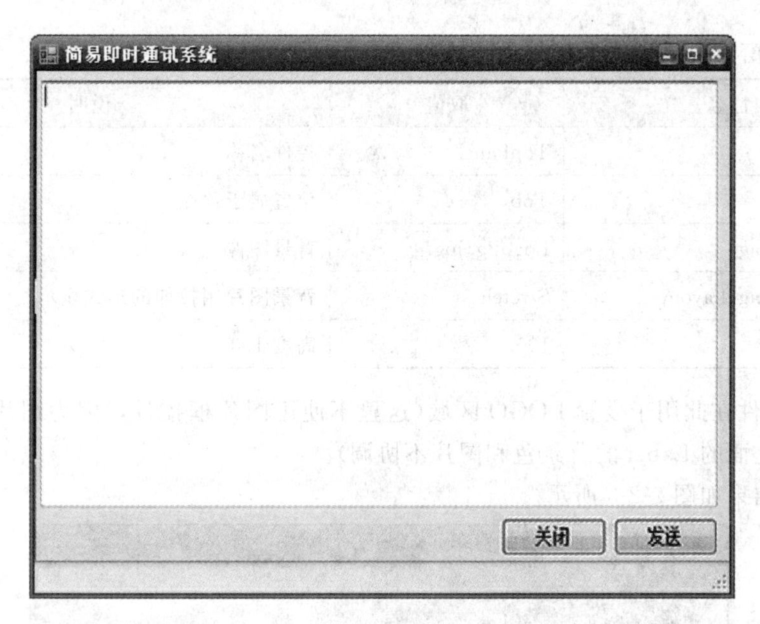

图 2-2-2 发送消息的窗口

【过程实施】

步骤一 计服务器端的主界面

如上所示的服务器端的界面上，大约把服务端的主窗口分成四个部分：

(1)顶端为 LOGO 区域(即图片部分)，该部分主要是用图片显示控件显示 LOGO 图片，该部分在窗口的所有状态(最大化或者普通状态)下均会处于窗口的顶端。另外，在该部分还有一个显示系统标题的文字控件。

(2)LOGO 下面为工具栏，工具栏上主要有四个按钮；“启动服务”、“停止服务”、“发送消息”、“广播消息”。工具栏紧贴着 LOGO 区域。

(3)工具栏下面是一个用于显示用户列表的控件。实现该功能实际上有多个控件可供选择，可以使用数据库显示控件 GridView，也可使用常用控件 ListView。该部分的区域在窗口大小改变时，会随着窗口大小的改变而改变。

(4)最底下的部分，主要是用于显示服务的一些输出消息，称之为“日志区域”，主要是当服务器在执行过程中有输出相应的消息给系统用户查阅。

最后要提到的一点，第三部分和第四部分它们的大小在窗口大小固定的情况下也是可以调整的，所以在它们之间还有一个控件用于调整区域大小的。

综上所述，整个服务器端的设计大约包含这六个主要的控件。设计过程如下。

(1)用打开 Microsoft Visual Studio 2008 应用程序打开服务器端的解决方案“SIMServer”。

(2)打开解决方案中的窗体“frmMain”，修改主窗体的“Text”属性为“简易通讯系统服务器”。

(3)在主窗体上放置一个控件面板控件 Panel，设置其属性如下：

属性名	取值	说明
Name	TopPanel	控件名称
Dock	Top	位置居于顶端
BackgroundImage	LogoBg. jpg	背景图像
BackgroundImageLayout	Stretch	背景图片用拉伸的形式显示
Size. Height	100	高度 100

Panel 控件在此用于设置 LOGO 区域(这里不使用图片框控件，因为图片框控件会使得放置在其上面的 Label 的背景色和图片不协调)。

最后的结果如图 2-2-3 所示。

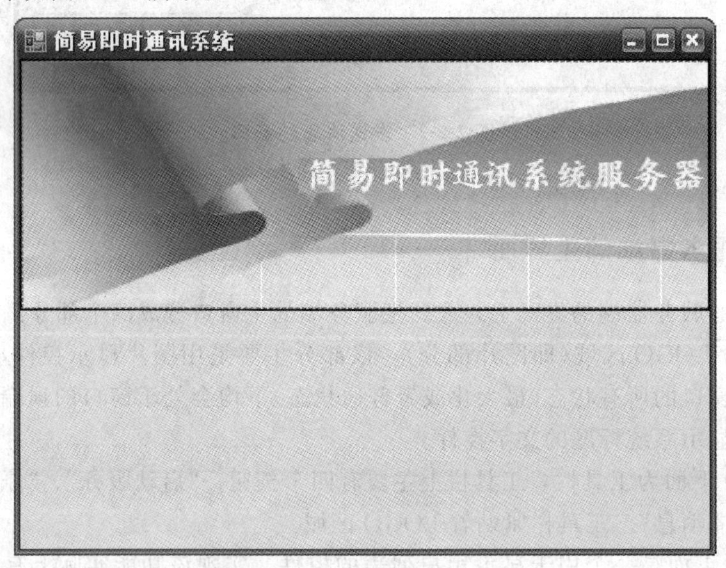

图 2-2-3　添加面板后的窗体

(4)在面板上放置一个 Lable 控件，用于显示标题，其属性设置如下：

属性名	取值	说明
Name	lbTitle	控件名称
BackColor	Transparent	背景色为父控件的颜色，即透明
Font	微软雅黑，三号	字体大小
FontColor	Window	字体颜色
Anchor	Top，Bottom，Right	位置用于在距离右边的某段距离的地方

(5)在窗体上放置一个状态栏 StatusStrip。

(6)在窗体上放置一个工具栏控件 ToolStript，其取值如下：

属性	取值	说明
Dock	Top	
Name	tsMain	

然后单击该工具栏的属性 Items，在弹出的如图 2-2-4 的编辑框中：

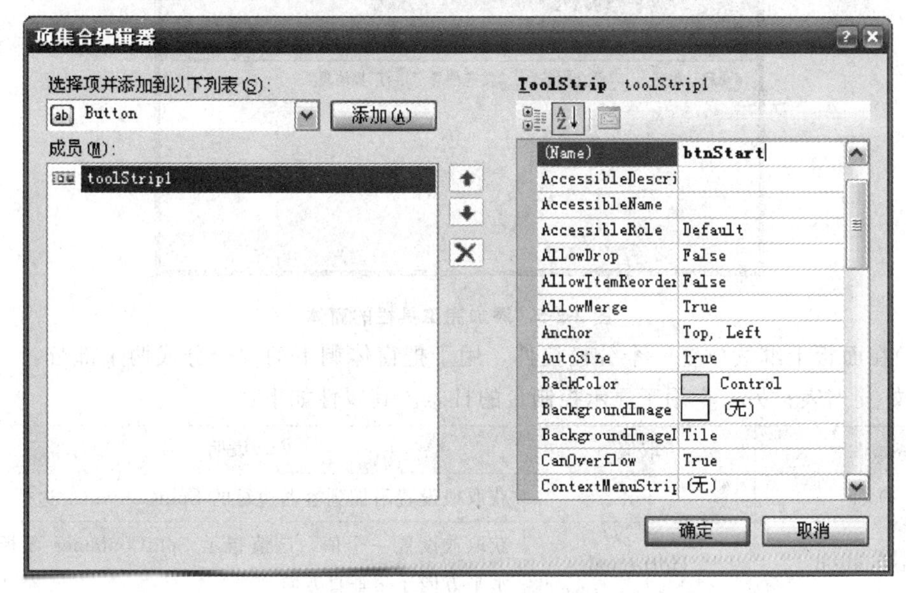

图 2-2-4 工具栏的子项编辑器

为该工具栏添加如下的 7 个子项，其中 4 个按钮和 3 个分隔线，3 个分隔线置于两两的按钮之间，用于把按钮两两分开，而 4 个按钮则是提供用户的四个主要操作。它们都是 ToolStripButton 类型的对象。取值分别如下：

属性	子项 1	子项 2	子项 3	子项 4
Name	btnStart	btnStop	btnSend	btnBraodcast
DisplayStyle	ImageAndText			
Image	001. bmp	021. bmp	008. bmp	003. bmp
ImageTransparentColor	Magenta			
Text	启动服务	停止服务	发送消息	群发消息
TextAlign	MiddleCenter	MiddleCenter	MiddleCenter	MiddleCenter
TextImageRelation	ImageBeforeText			
ToolTipText	启动服务	停止服务	发送消息	群发消息

完成后，当前的窗体的效果如图 2-2-5 所示。

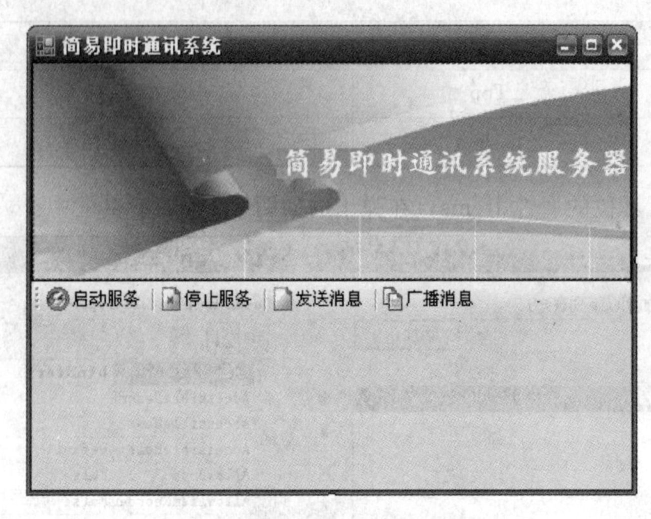

图 2-2-5　添加完工具栏的窗体

(7)在面板上继续放置一个分栏控件，用于把窗体剩下的部分分成两个部分，一个用于显示好友列表；另一个用于显示控制台的日志。其属性如下：

属性	取值	说明
Dock	Fill	获取或设置附加到容器边缘的 SplitContainer 边框
Orientation	Horizontal	获取或设置一个值，该值指示 SplitContainer 面板处于水平方向还是垂直方向
Name	spMain	

结果如图 2-2-6 所示。

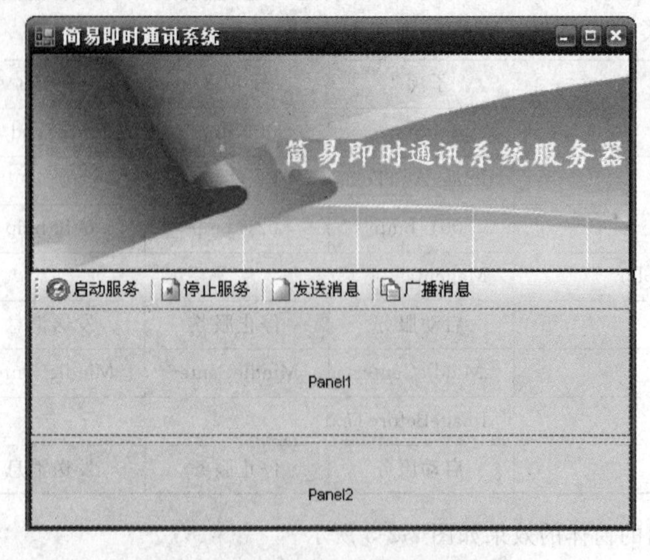

图 2-2-6　在窗体上放置分隔栏容器

(8)在分隔栏的上半部分Panel1上放置一个列表视图控件，用于显示好友列表。然后设置ListView控件的属性如下：

属性	取值	说明
Dock	Fill	该控件填满整个空间
View	Details	以详细细节的方式显示该控件的内容
Name	lvUsers	

然后选择该控件，为其添加五个列，列名分别是："登录时间"、"登录账号"、"登录IP"、"登录端口"、"当前状态"。

(9)在分隔栏的下半部分Panel2上放置一个文本框控件。其属性如下：

属性	取值	说明
Dock	Fill	该控件填满整个空间
Multiline	true	允许输入多行
Name	lvUsers	
ReadOnly	True	只读

(10)编译并运行，则可以看到如图2-2-7所示的结果：

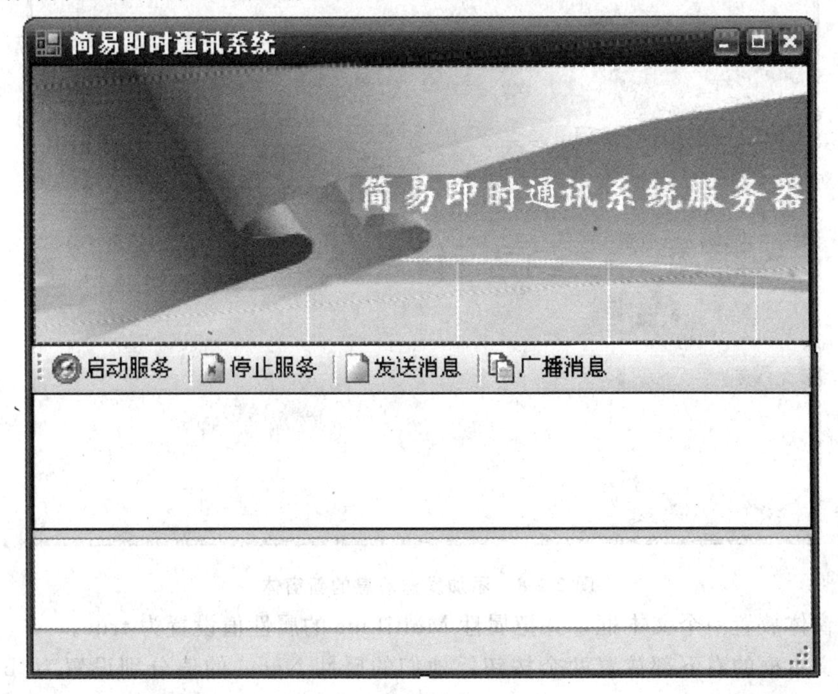

图2-2-7 服务器的主窗体

至此，整个服务器的主窗体，设计完成。

步骤二　计服务器端向客户端发送消息的用户界面

发送消息的窗口包含一个文本框和两个按钮。过程如下：

(1)选择解决方案“SIMServer”，单击右键，选择【添加】，再选择【Windows 窗体】，然后输入窗体的名称“frmSendMessage”，为解决方案添加一个窗体。

(2)设置发送消息的窗体的属性如下：

属性	取值	说明
Name	frmSendMessage	
FormBorderStyle	FixedDialog	把边框设置为对话框
MaximizeBox	false	去掉标题栏上的最大化的按钮
MinimizeBox	false	去掉标题栏上的最小化的按钮
Size. Height	320	高度
Text	发送消息	

则其最后的结果如图 2-2-8 所示。

图 2-2-8　添加发送消息的新窗体

(3)在窗体放置一个文本框，并把属性 MultiLine 的属性值设置为 true。

(4)在文本框的右下部放置两个按钮，他们的属性 Name 的值分别设置为“btnSend”、“btnCancel”，而属性 Text 的值分别设置为“发送”、“取消”。

则最后的结果为如图 2-2-9 所示。

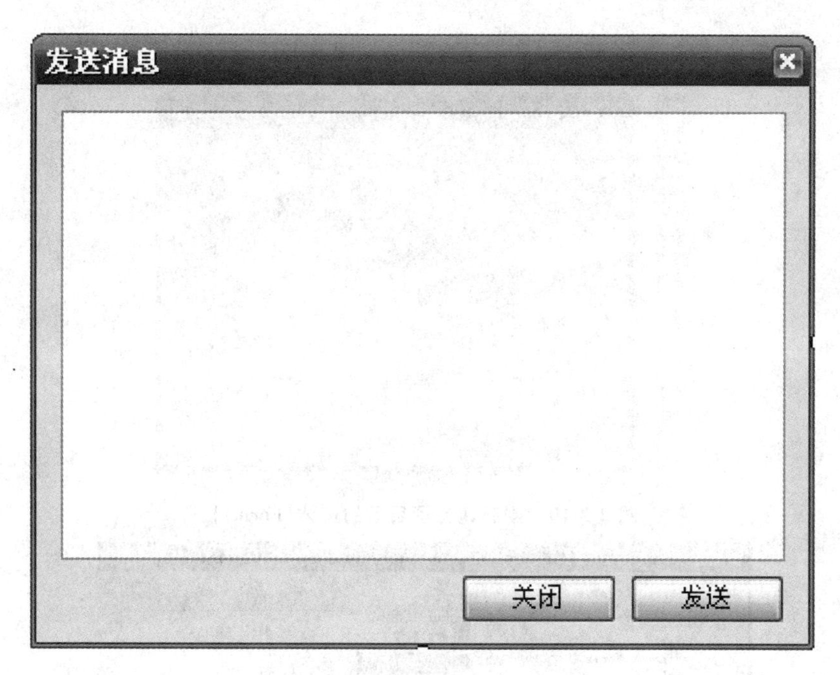

图 2-2-9 发送消息的窗体

至此，发送消息的窗体也设计完成。

【知识点分析及扩展】

一、窗体的基本使用(Form)

1. 窗体概述

窗体控件是 Windows 窗体应用程序开发中重要的一个控件，用于向用户显示应用程序运行时与用户交互的基本形状和界面。在 Windows 窗体应用程序的设计中，窗体主要用来作为其他控件的主容器，设计时总是把其他控件放置在窗体上以布局和设计整个用户界面。

在默认情况下，当创建一个新的 Windows 窗体应用程序时，系统会自动创建一个窗体，该窗体是该应用程序启动时第一个启动的窗体。如图 2-2-10 所示。

要为应用程序添加一个窗体，可按如下的步骤来完成。

选择将为其添加窗体的项目，单击右键，选择【添加】，然后选择【Windows 窗体】，输入窗体创建后对应的类名，则可以为该项目提供一个窗体。如图 2-2-11 所示。

添加后的窗体如图 2-2-12 所示。

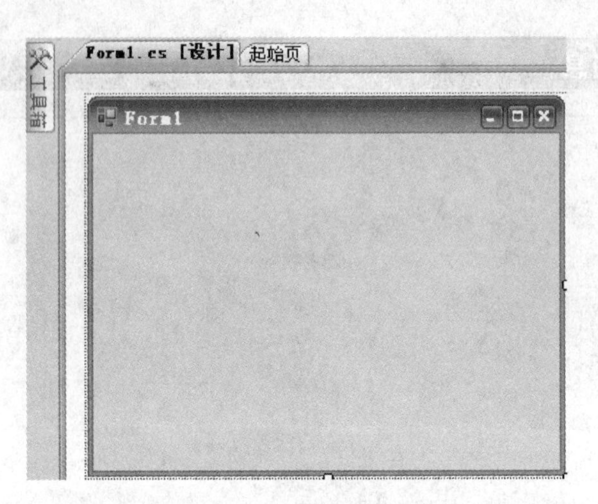

图 2-2-10 刚新建完项目后的窗体(Form1)

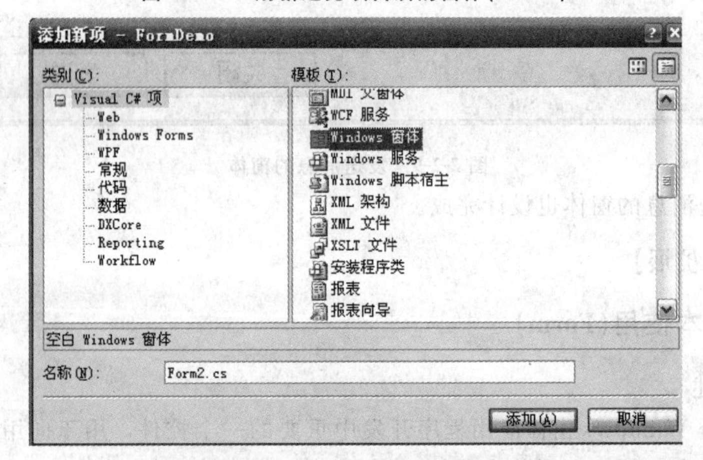

图 2-2-11 选择添加项类型

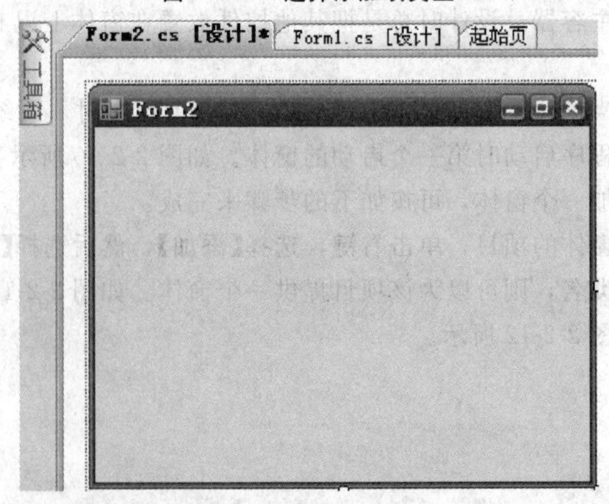

图 2-2-12 添加的第二个窗体(Form2)

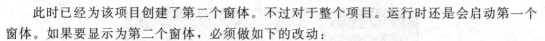

此时已经为该项目创建了第二个窗体。不过对于整个项目。运行时还是会启动第一个窗体。如果要显示为第二个窗体，必须做如下的改动：

在“解决方案资源管理器”中，找到“Program. cs”，双击打开该文件。则将会看到如下的代码：

```
static void Main()
{
      Application. EnableVisualStyles();
      Application. SetCompatibleTextRenderingDefault(false);
      Application. Run(new Form1());
}
```

这时会发现，系统刚启动时，是先创建 Form1(即第一个窗体)，如果想改变第一次启动时的窗体，可以做如下的改变：

```
static void Main()
{
      Application. EnableVisualStyles();
      Application. SetCompatibleTextRenderingDefault(false);
      Application. Run(new Form2());    // Form2 是第二个窗体对应的类名。
}
```

当然，如果仅作如上的改进，每次还是只能显示另外一个窗体。而在实际开发中，经常是在窗体的某个按钮上单击，以打开另外一个窗体。在 .NET Framework 中要在一个窗体中，打开另外一个窗体，假设在第一个窗体中打开第二个窗体，可以用如下的代码实现：

```
Form2 frm =  new Form2();  //实例化第二个窗体的类
frm. Show();
```

或者如下的代码：

```
Form2 frm =  new Form2();  //实例化第二个窗体的类
frm. ShowDialog();
```

其打开后的效果如图 2-2-13 所示。

对于如上的两段代码，它们都可以用于在一个窗体中显示另一个窗体，不过显示效果会有所区别：

frm. Show()；：用于把窗口按通常的方式显示出来。

frm. ShowDialog()；：用模态对话框的方式显示窗体，这时候，只有关闭第二个窗体时，才可以操作第一个窗体。

2. 窗体的属性

在实际开发中，根据开发的需要可以对窗体的一些内容进行进一步的修改，使得它能

图 2-2-13　在窗体 Form1 中打开窗体 Form2

表现为用户所能理解的形式。一般修改窗体时，可以通过窗体的属性来实现，下面列出了窗体的主要属性：

属性名称	说明
BackColor	获取或设置控件的背景色
BackgroundImage	获取或设置在控件中显示的背景图像
BackgroundImageLayout	获取或设置在 ImageLayout 枚举中定义的背景图像布局
Font	获取或设置控件显示的文字的字体
ForeColor	获取或设置控件的前景色
FormBorderStyle	获取或设置窗体的边框样式
Icon	获取或设置窗体的图标
MaximizeBox	指示是否在窗体的标题栏中显示“最大化”按钮
MaximumSize	获取窗体可调整到的最大大小
MinimizeBox	指示是否在窗体的标题栏中显示“最小化”按钮
MinimumSize	获取或设置窗体可调整到的最小大小
Name	获取或设置控件的名称
Text	获取或设置与此控件关联的文本
Width	获取或设置控件的宽度
WindowState	获取或设置窗体的窗口状态

其中，属性 BackgroundImageLayout 有如下的几个取值：

值	说明
None	图像沿控件的矩形工作区顶部左对齐
Tile	图像沿控件的矩形工作区平铺
Center	图像在控件的矩形工作区中居中显示
Stretch	图像沿控件的矩形工作区拉伸
Zoom	图像在控件的矩形工作区中放大

属性 FormBorderStyle 有如下的几个取值：

值	说明
FixedSingle	固定的单行边框
Fixed3D	固定的三维边框
FixedDialog	固定的对话框样式的粗边框
Sizable	可调整大小的边框
FixedToolWindow	不可调整大小的工具窗口边框。工具窗口不会显示在任务栏中也不会显示在当用户按 Alt＋Tab 时出现的窗口中。尽管指定 FixedToolWindow 的窗体通常不显示在任务栏中，还是必须确保 ShowInTaskbar 属性设置为 false，因为其默认值为 true
SizableToolWindow	可调整大小的工具窗口边框。工具窗口不会显示在任务栏中也不会显示在当用户按 Alt＋Tab 时出现的窗口中

对于窗体的一些属性，如果要以对话框的方式显示时，一般情况下，建议要完整的设置如下的几个属性值：

```
MaximizeBox：false
MinimizeBox：false
FormBorderStyle：FixedDialog
```

否则显示的对话框后，窗体还是可以由用户随意变化大小的。

对于窗体的属性，可以在后面的例子中给出演示。

3. 多文档窗体

在上面的例子中，已经演示了在一个窗体中打开另一个窗体。这些窗体是彼此分开的，改变或者最小化其中的某一个窗体时，其他的窗体不受影响。

而在实际应用中，经常碰到如 Micrsoft Office Excel 2007 那样的窗体，如图 2-2-14 所示。

这些窗体的特点是一些小窗体嵌套在一个大的窗体之中，当关闭或最小化或最大化该大的窗体时，其他的小窗体则应该跟随着做同一的变化，而最重要的是当把大窗体最小化时，整个应用程序被当成一个统一的整体被最小化。像这类的窗体，被称之为“多文档窗

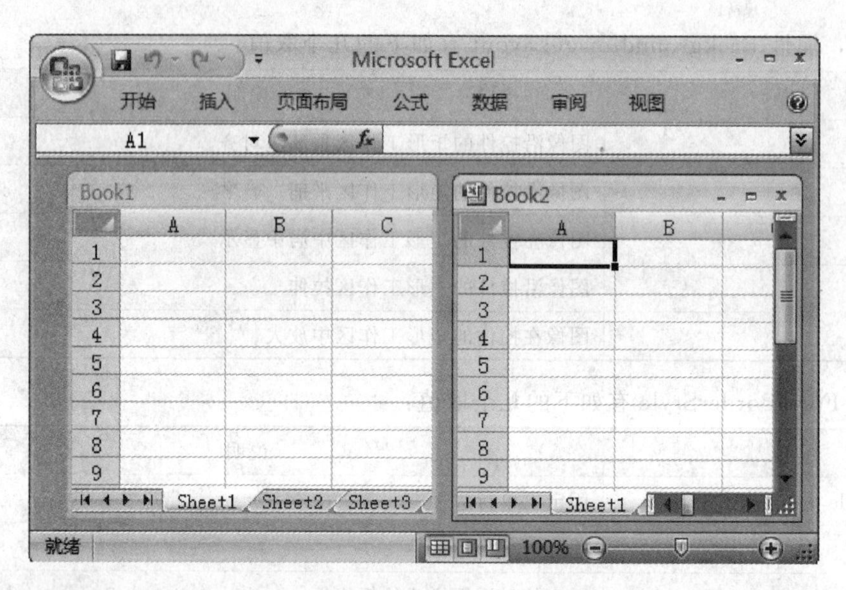

图 2-2-14 Micrsoft Office Excel 2007

体(MDI)”，而前面的例子所演示的窗体则是“单文档窗体(SDI)”。

下面以上述的两个窗体(Form1 和 From2)来简单的介绍下多文档窗体的基本实现过程：

如果要创建多文档窗体应用的程序，要把第一个窗体 Form1 设置为主窗体，即设置其属性“IsMdiContainer”的值为“false”；如图 2-2-15 所示。

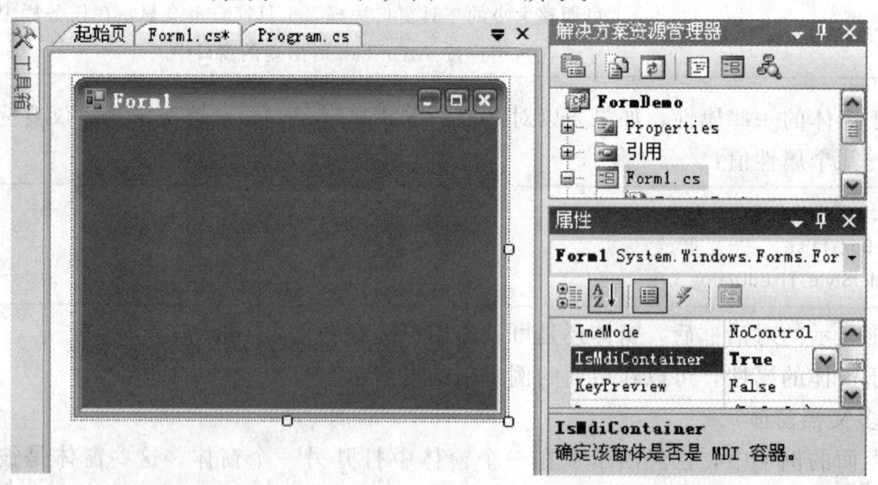

图 2-2-15 修改窗体为 MDI 容器

注意

在创建多文档窗体的应用程序时，要保证真个应用程序中有且只能有一个主窗体(或者称父窗体，即上文提到的“大的窗体”)。如果应用程序中没有或者多于一个主窗体则程序将出错。

在默认情况下，当把窗体设置为MDI容器时，则界面的背景默认变成深灰色。

在设置完主窗体后，打开子窗体时的代码做如下的调整：

```
Form2 frm =   new Form2();  //实例化第二个窗体 Form2
frm.MdiParent =   this;         //设置刚实例化的窗体的父窗体为当前窗体
frm.Show();                     //显示该子窗体，不能用 ShowDialog()
```

运行后的效果如图2-2-16所示。

图 2-2-16　在 MDI 中打开子窗体

注意

(1)打开子窗体时，不能使用ShowDialog()。

(2)这时候第二个窗体已经嵌套到在第一个窗体(主窗体)(至少两个窗体都是处于活动状态，即标题栏为蓝色的)。不过主窗体上的控件在子窗体之上。其会遮住子窗体的某些部位。所以在一般情况下，不在主窗体上放置其他的控件，除了菜单。如果要代替按钮执行打开其他窗体的操作或者其他操作时，可以采用菜单的方式。

对于多文档窗体，当把子窗体最大化时，会发现其与主窗体合并在一起，而且标题栏上的标题的变化。如图2-2-17所示。

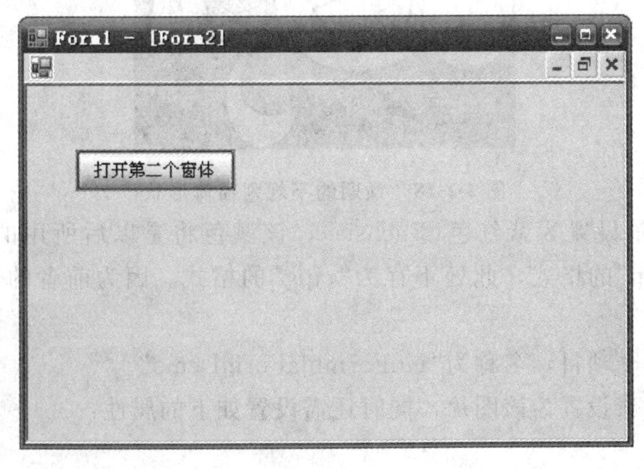

图 2-2-17　在 MDI 中最大化子窗体

4. 不规则窗体

前面的例子中，所有的窗体都是规则的四方形的形式，实际在Windows操作系统中，所见到的窗体基本上是长方形的，甚至包括按钮和输入的文本框都是长方形的。这是所有Windows窗体的基本特征。不过，实际应用中，也有一些窗体不是规则的长方形，比如：腾讯的“QQ宠物”，还比如一些的播放器如“千千静听”，其上面的按钮都不是规则的长方形，还有早期的“金山影音”的界面也是不规则的形状，所有的这些都是属于不规则窗体的内容。

在.NET Framework中要实现不规则窗体可以利用背景图片和透明的背景色的调整来做简单的实现。

先准备一张表示不规则窗体的基本形状的图片，把程序运行后不想出现的部分用同一颜色来着色(不妨称为“透明色”，该称呼只是为了下面好理解，不做特别意义)，其他部分用除了该“透明色”外的颜色着色。然后把该图片设置为窗体的背景图片，并且把“BackgroundImageLayout”属性设置为“Stretch”(即拉伸模式)。然后把背景透明的颜色(属性TransparencyKey)设置为前面提到的“透明色”。下面是创建不规则窗体的基本过程：

(1)要创建一个不规则的窗体，先要画出窗体以后的基本形状，假设下面的图形是应用程序运行后窗体所表现的形状：如图2-2-18所示。

图2-2-18 预期的不规则窗体形状

该图中，把背景设置为紫红色(Fuchsia)，该颜色将是以后所用的“透明色”。并且，把图片保存为“.bmp”的格式，此处不存为“.jpg”的格式。因为前者的保存的图片信息更多，效果更好。

(2)然后新建一个项目，名称为“UnFormulaFormDemo”。

(3)把窗体的背景设置为该图片，同时还需设置如下的属性：

属性名称	值
BackgroundImage	该背景形状图
BackgroundImageLayout	Stretch
Font	获取或设置控件显示的文字的字体
ForeColor	获取或设置控件的前景色
FormBorderStyle	None
TransparencyKey	Fuchsia(“透明色”)

(4)运行后会发现窗体的效果如图 2-2-19 所示。

图 2-2-19 运行后的不规则窗体

不过这是由于标题栏被去掉，无法移动窗体，所以，必须手动编写移动窗体的代码。

选择窗体对象，查看事件列表，必须编写三个事件代码。在编写事件代码前，必须为这个类定义三个公共的字段：

```
int X1 =  0;          //在移动之前窗体的初始化位置的 X 坐标
int Y1 =  0;          //在移动之前窗体的初始化位置的 Y 坐标
bool ismove =  false;   //当前的是否要移动窗体
```

三个事件的代码如下：

(1)“MouseDown”事件代码如下：

```
//当鼠标左键单击时触发事件,保存当前的窗体位置到 X1,Y1,并设置为将移动
X1 =  e. X;
Y1 =  e. Y;
ismove =  true;   //当前的是否要移动窗体
```

(2)“MouseMove”事件代码如下：

```
if (ismove)
{
    int X2 =  e. X;      //X2,Y2 是移动后的新坐标
    int Y2 =  e. Y;

    this. Left + =  X2 - X1;     //X2-X1,Y2-Y1 是移动的 X 坐标和 Y 坐标的偏移量
    this. Top + =  Y2 - Y1;
}
```

(3)“MouseUp”事件代码如下：

```
ismove =  false;  //鼠标松开后设置为不移动,放置鼠标一动窗体也跟着移动
```

5. 窗体的继承

在设计窗体的时候，经常碰到这样的情况，有时候有些窗体的样子及其上面的控件的布局和设计都很像，甚至是一样的。这样的情况在一些基于数据库应用开发的程序中非常常见的，在实际开发过程中将会花很多时间在重复的设计这些界面中。为了减少这些重复的操作，提高工作效率，在实际开发中有很多种方法可以使用，如：

(1)采用复制粘贴的方法。

(2)采用同一窗体的方法，也就是所有窗体的打开都可以使用统一的窗体。

(3)采用窗体继承的方法。

此处建议采用窗体继承的办法。因为这样对问题的解决可以起到更好的效果。

窗体继承的过程和类的继承内涵是一样的。因为窗体本身也是一个类。

窗体的继承可以使得创建一个统一的窗体后，后面所有继承该窗体的子窗体(其实是子类)拥有跟父窗体(即父类)一样的界面和操作，同时当需要改变某个控件的效果或操作时，只要修改父窗体就可以，所有的子窗体也会统一改变。

下面是窗体继承的基本过程：

(1)新建一个项目，名称为：“InheritedFormDemo”。

(2)设计好第一窗体(Form1)的基本界面和效果，在该窗体上放置一个按钮，并在按钮的 Click 事件中编写如下的代码：

```
MessageBox. Show("我是第一个窗体");
```

该窗体的主要作用是，设计一个窗体，单击上面的按钮时可以弹出对话框，提示“我是第一个窗体”。

(3)添加第二个窗体，不过第二个窗体要继承自第一个窗体，在如图 2-2-20 中，选择“继承的窗体”：

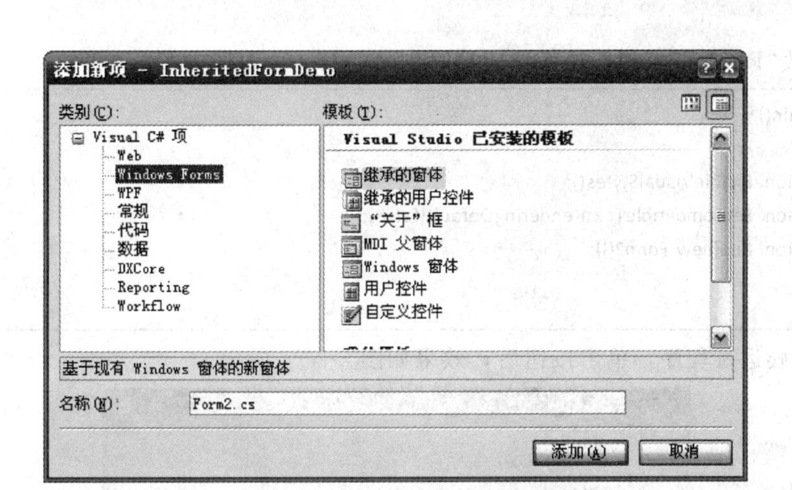

图 2-2-20 选择添加窗体的类型

然后在图 2-2-21 所示的图示中选择将要继承的窗体“Form1”。

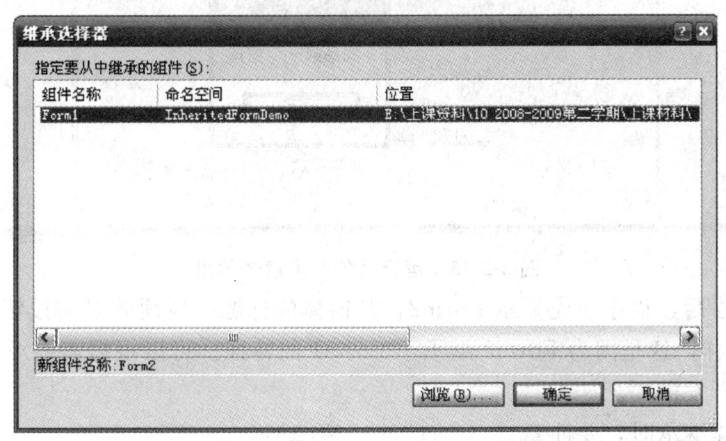

图 2-2-21 选择要继承的窗体

这时候，项目将自动添加一个与 Form1 一样的窗体 Form2。如图 2-2-22 所示。

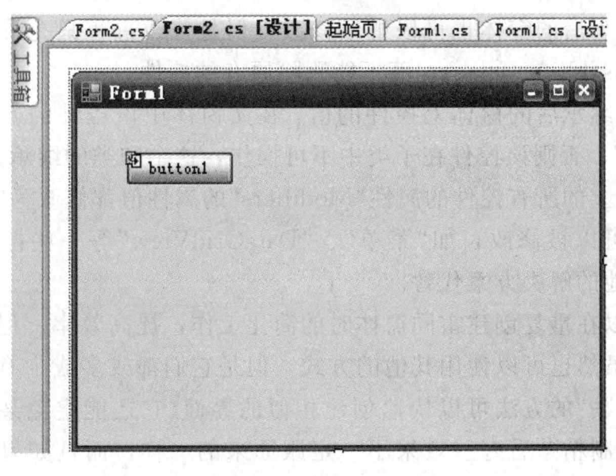

图 2-2-22 继承后的窗体

(4)修改“Program. cs”，让系统启动时创建的第一个窗体为“Form2”：

```
static voidMain()
{
    Application. EnableVisualStyles();
    Application. SetCompatibleTextRenderingDefault(false);
    Application. Run(new Form2());
}
```

这个时候运行程序，单击按钮后，效果如图 2-2-23 所示。

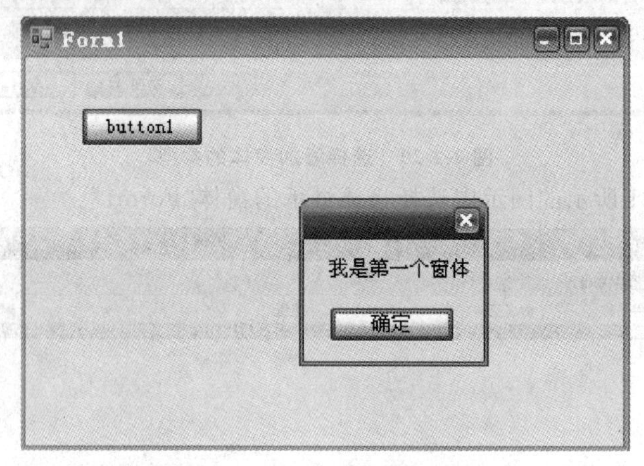

图 2-2-23　运行后的继承窗体效果

当执行程序后，程序会先显示 Form2，其窗体的标题、界面效果和按钮所执行的事件都和 Form1 一样，这是因为 Form2 继承了 Form1 的特征。可以根据需要对 Form2 进行修改以适应实际开发需要。

在进行窗体继承时，要注意：

(1)如果创建完第一个窗体，如果要对该窗体进行继承时，务必先对该项目进行编译，否则无法检测到该窗体，因为该窗体所拥有的元数据还不存在。

(2)如果对于继承后的窗体也可以继续修改，但是修改过程只允许添加新控件或者把原有的控件隐藏(Visable = false)，而不能删除原有的控件。

(3)如果想修改继承后的窗体上控件的值，在父窗体中该控件的属性“Modifiers”的属性值，必须“public”，否则该控件在子类中不可操作，这个和类的继承是一样的。

(4)即使把窗体上的所有控件的属性“Modifiers”的属性值都修改为“public”，也不是每个控件在子类中都可以被修改，如“菜单”、“DataGridView”等一些控件本身就不允许继承。它们只能用其他的解决方案代替。

窗体的继承可以在重复创建雷同窗体时的简化工作，提高效率。但是要求对继承关系有比较好的理解。虽然也可以使用其他的方式，但是它们都或多或少有着自身难以解决的弊端，比如“复制粘贴”的方法可以快速创建相似的界面(它还能避免某些控件无法被继承的问题)，但是在复制粘贴后有些效果不一定跟原来的一样，而且如果原先的窗体上有执

行代码，还有每个代码的复制粘贴，同时如果要对某个控件的表现效果做改进，可能需要更新所有的相关的控件，使得效率更差，而且容易出错。再比如，可以把所有的类似的窗体访问都统一到同一个窗体上去实现，只是这样得控制它的状态，以便它在不同调用时显示不同效果，这样的结果那将会使得程序的控制变得复杂，难以控制。

二、工具栏的使用(ToolStrip)

工具栏是用于放置一些常用操作的快捷方式。这些操作可以是另外的一些控件。常见的控件有如下所示的内容：

属性	说明
ToolStripButton	支持图像和文本的工具栏按钮
ToolStripLabel	通常作为注释或标题，用于状态栏或 ToolStrip 的文本标签
ToolStripSeparator	分隔栏，不可选择或带有以可视方式对元素进行分组的竖线的空间
ToolStripControlHost	一个 ToolStripItem，它承载 ToolStripComboBox、ToolStripTextBox、ToolStripProgressBar、其他 Windows 窗体控件或自定义控件。ToolStripComboBox 包括一个用户可以在其中输入文本的文本框，以及一个用户可以从中选择文本以填充文本框的列表。用户可以使用 ToolStripTextBox 输入文本。一个 ToolStripProgressBar，它表示包含在 StatusStrip 中的 Windows 进度栏控件
ToolStripDropDownItem	用于承载 ToolStripMenuItem、ToolStripSplitButton、ToolStripItem 和 ToolStripDropDownButton ToolStripMenuItem 是显示在菜单或上下文菜单上的可选选项 ToolStripSplitButton 是常规按钮与下拉按钮的组合 ToolStripDropDownButton 是支持下拉功能的按钮
ToolStripStatusLabel	StatusStrip 控件中的一个面板

在 Microsoft Visual Studio 2008 的开发平台中，工具栏具有 Windows XP、Office、Internet Explorer 或自定义的外观和行为，同时也提供丰富的设计时体验，包括就地激活和编辑、自定义布局以及共享指定的 ToolStripContainer 内的水平空间或垂直空间。工具栏的主要属性包括：

属性	说明
Anchor	设置 ToolStrip 要绑定到的容器的边缘，并确定 ToolStrip 如何随其父级调整大小
AutoSize	设置一个值，该值指示是否自动调整控件的大小以显示其完整内容
ImageList	设置包含 ToolStrip 项上显示的图像的图像列表
ImageScalingSize	设置 ToolStrip 上所用图像的大小(以像素为单位)
Items	获取属于 ToolStrip 的所有项

续表

属性	说明
Renderer	设置用于自定义 ToolStrip 的外观的 ToolStripRenderer
RenderMode	设置要应用于 ToolStrip 的绘制样式
Stretch	设置一个值，该值指示 ToolStrip 在 ToolStripContainer 中是否从一端拉伸到另一端
Text	设置与此控件关联的文本
TextDirection	设置在 ToolStrip 上绘制文本的方向

三、列表视图的使用(ListView)

用于显示用户列表的是 ListView 控件。该控件中的数据被显示为多种列表的信息。其显示效果和 Windows 的资源管理器的右窗格的用户界面的效果类似。该控件具有四种视图模式："LargeIcon"、"SmallIcon"、"List"和"Details"。同时还支持 Windows XP 平台中可用的可视样式和其他功能，包括分组、平铺视图和插入标记。

ListView 控件中最重要的属性是 Items，包含该控件显示的项。而 SelectedItems 属性包含控件中当前选定项的集合。

ListView 控件的主要属性包括：

属性	说明
Columns	控件中显示的所有列标题的集合
FullRowSelect	指示单击某项是否选择其所有子项
Groups	分配给控件的 ListViewGroup 对象的集合
HeaderStyle	列标题样式
Height	控件的高度
Items	包含控件中所有项的集合
LabelEdit	用户是否可以编辑控件中项的标签
LabelWrap	当项作为图标在控件中显示时，项标签是否换行
LargeImageList	当项以大图标在控件中显示时使用的 ImageList
MultiSelect	是否可以选择多个项
SelectedIndices	控件中选定项的索引
SelectedItems	在控件中选定的项
SmallImageList	当项在控件中显示为小图标时使用
StateImageList	应用程序定义的状态相关的 ImageList
TopItem	控件中的第一个可见项

四、分隔栏容器控件的使用(SplitContainer)

用户列表区主要是用一个列表控件，详细显示在线用户的详细信息列表。不过它和下面的运行日志区域刚好构成一个整体部分，它们都包含在分隔栏容器控件之间。因此在设计时，应该先在窗体上放置一个分隔栏容器控件(SplitContainer)。

在 Windows 窗体应用程序设计中，可以将 Windows 窗体 SplitContainer 控件看做是一个复合体，它是由一个可移动的拆分条分隔的两个面板。当鼠标指针悬停在该拆分条上时，指针将相应地改变形状以显示该拆分条是可移动的。使用 SplitContainer 控件，可以创建复合的用户界面。另外，还可以嵌套多个 SplitContainer 控件。

该控件的主要属性如下：

名称	说明
FixedPanel	确定调整 SplitContainer 控件大小后，哪个面板将保持原来的大小
IsSplitterFixed	确定是否可以使用键盘或鼠标来移动拆分器
Orientation	确定拆分器是垂直放置还是水平放置
SplitterDistance	确定从左边缘或上边缘到可移动拆分条的距离(以像素为单位)
SplitterIncrement	确定用户可以移动拆分器的最短距离(以像素为单位)
SplitterWidth	确定拆分器的厚度(以像素为单位)

五、状态栏的使用(StatusStrip)

StatusStrip 控件可以显示正在 Form 上查看的对象的相关信息、对象的组件或与该对象在应用程序中的操作相关的上下文信息。通常，StatusStrip 控件由 ToolStripStatusLabel 对象组成，每个这样的对象都可以显示文本、图标或同时显示这二者。StatusStrip 还可以包含 ToolStripDropDownButton、ToolStripSplitButton 和 ToolStripProgressBar 控件。这几种控件的作用如下：

名称	说明
ToolStripStatusLabel	表示 StatusStrip 控件中的一个面板
ToolStripDropDownButton	显示用户可以从中选择单个项的关联 ToolStripDropDown
ToolStripSplitButton	表示作为标准按钮和下拉菜单的一个两部分控件
ToolStripProgressBar	显示进程的完成状态

默认 StatusStrip 没有面板。使用前需先添加面板，否则会出现无法显示文本的问题。其主要的属性有：

属性	说明
AutoSize	获取或设置一个值，该值指示是否自动调整控件的大小以显示其完整内容
BackColor	获取或设置 ToolStrip 的背景色
ImageList	获取或设置包含 ToolStrip 项上显示的图像的图像列表
ImageScalingSize	获取或设置 ToolStrip 上所用图像的大小(以像素为单位)
Items	获取属于 ToolStrip 的所有项
Orientation	获取 ToolStripPanel 的方向
Stretch	获取或设置一个值，指示 StatusStrip 是否在其容器中从一端拉伸到另一端

六、图片框的使用(PictureBox)

PictureBox 控件用来显示图片，它可以显示包括位图、GIF、JPEG、图元文件或图标等多种格式的图形。用于显示图片的属性最重要的是“Image”，它设置了该控件显示的具体图片。除此之外，它还有下面的几个属性和图片有关：

BackgroundImage：设置在控件中显示的背景图像；

ErrorImage：设置当图像加载过程中发生错误时，或者图像加载取消时要显示的图片；

Image：设置由 PictureBox 显示的图像；

InitialImage：设置了当控件正在加载图片时显示的控件；

SizeMode：控制图像在显示区域中的剪裁的方式或所处的位置。可以在运行时使用 ClientSize 属性来更改显示区域的大小。其取值为枚举类型 PictureBoxSizeMode 中的值，这些值的意义如下：

值	说明
Normal	图像被拉伸或收缩，以适合的大小
StretchImage	调整图片的大小，使其刚好完全填充整个控件
AutoSize	如果要显示的图像比较小，则图像将居中显示。否则剧中显示，并且外边缘将被剪裁掉
CenterImage	图像大小按其原有的大小比例被增加或减小
Zoom	图像大小按其原有的大小比例被增加或减小

默认情况下，PictureBox 控件在显示时没有任何边框。即使图片框不包含任何图像，仍可以使用 BorderStyle 属性提供一个标准或三维的边框，以便使图片框与窗体的其余部分区分。PictureBox 不是可选择的控件，这意味着该控件不能接收输入焦点。

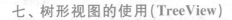

七、树形视图的使用(TreeView)

使用 Windows 窗体 TreeView 控件，可以为用户显示节点层次结构，就像在 Windows 操作系统的 Windows 资源管理器功能的左窗格中显示文件和文件夹一样。树视图中的各个节点可能包含其他节点，称为“子节点”。按展开或折叠的方式可以显示父节点或包含子节点的节点。通过将树视图的 CheckBoxes 属性设置为 true，还可以显示在节点旁边带有复选框的树视图。然后，通过将节点的 Checked 属性设置为 true 或 false，可以采用编程方式来选中或清除节点。

TreeView 控件的主要属性包括 Nodes 和 SelectedNode。Nodes 属性包含树视图中的顶级节点列表。SelectedNode 属性设置当前选中的节点，节点旁边可以显示图标。该控件使用在树视图的 ImageList 属性中命名的 ImageList 中的图像。ImageIndex 属性可以设置树视图中节点的默认图像。

TreeView 的主要属性包括：

属性	说明
ImageIndex	树节点显示的默认图像的图像列表索引值
ImageKey	TreeView 控件中的每个节点在处于未选定状态时的默认图像的键
ImageList	包含树节点所使用的 Image 对象的 ImageList
Nodes	分配给树视图控件的树节点集合
SelectedImageIndex	当树节点选定时所显示的图像的图像列表索引值
SelectedImageKey	TreeNode 处于选定状态时显示的默认图像的键
SelectedNode	当前在树视图控件中选定的树节点
ShowLines	是否在树视图控件中的树节点之间绘制连线
ShowNodeToolTips	当鼠标指针悬停在 TreeNode 上时显示的工具提示
ShowPlusMinus	是否在包含子树节点的树节点旁显示加号（+）和减号（－）按钮
ShowRootLines	是否在树视图根处的树节点之间绘制连线
TopNode	树视图控件中第一个完全可见的树节点
VisibleCount	树视图控件中完全可见的树节点的数目

【总结】

Windows 应用程序设计的基础，它是所有的窗体设计的基础，在开发的时候，通常都是把窗体控件放置于窗体上于设计应用程序的用户界面。在 Microsoft Visual Studio 2008 中，可以根据需要构建多种多样的用户界面。

Windows 窗体上可以用于放置多种多样的窗体控件，如面板、工具栏、列表视图、分隔栏、状态栏等，这些构建成了整个用户界面。用户正是通过主要的界面高效的使用软件

系统。

用户界面很多时候都具有两个方面的功能，一方面，用最合适的方式向用户显示相关的信息。另一方面，还有获取用户的操作信息，并且还希望为用户的高效操作提供更多的支持，所以在 Windows 窗体设计时，两者都是重要的。

在 Microsoft Visual Studio 2008 中所提供的丰富窗体控件中，文本框、按钮、下拉列表等控件都是用于获取用户输入，并且为用户的输入提供更高效的操作方式的控件，这些控件是用户操作的基础之一。

2.3 项目实战：客户端的用户界面设计

SIMS 客户端主要提供给用户使用，用户使用客户端与服务器端的通讯，通过服务器的中转或者 P2P 实现与其他客户端的通信，从而达到"即时聊天"的目的。所以客户端是 SIMS 重要的一个组成部分。它是使用系统的工具。通过该工具，用户可以使用系统的功能，这些功能包括最简单的"登录系统"、"获取好友列表"、"与好友聊天"、"查看和修改个人资料"、"查找和添加好友"、"给好友发送图片或文件"等。总之，它是整个 SIMS 的关键部分之一。现在请完成客户端的界面设计，设计和实现如下的几个界面：

- 用户登录界面；
- 客户端主界面；
- 聊天界面。

步骤一　设计用户登录界面，登录界面如图 2-2-24 所示

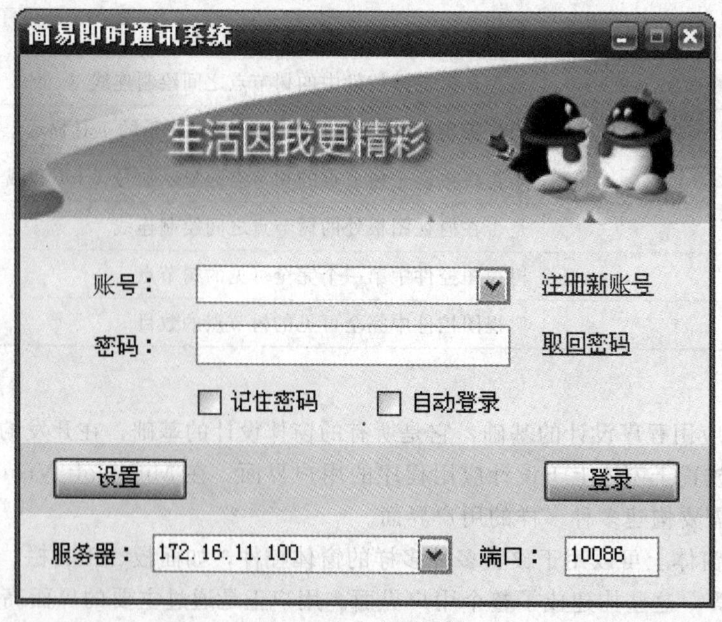

图 2-2-24　登录界面

实现提示：

整个窗体可以分为四个区域：

(1)第一个区域是顶端的Logo区域，可以采用Panel或者PictureBox；

(2)第二个区域是用户登录信息输入区，可以采用Label、ComboBox、TextBox、LinkLabel、CheckBox等控件来实现；

(3)第三个区域是用户交互区，可以采用Panel和Button来实现；

(4)第四个区域系统设置区域，可以采用Label、ComboBox、TextBox等控件来实现。

步骤二　设计和实现客户端主窗口，主窗口界面如图2-2-25所示

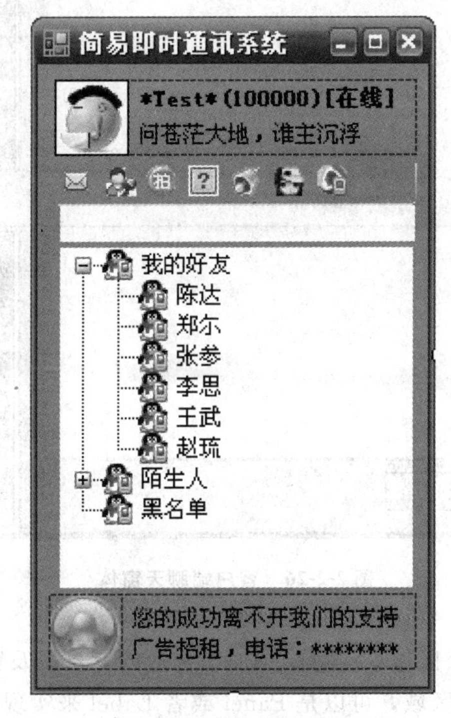

图2-2-25　客户端主窗体

实现提示：

整个抓窗体可以分为五个区域：

(1)第一个区域是用户信息区，包括头像、昵称、号码、签名等，可以采用PictureBox和Label等控件来实现。

(2)第二个区域是工具栏区，工具栏上的按钮只显示图像。

(3)第三个区域是好友搜索区，可以考虑采用Label或ComboBox控件来实现。

(4)第四个区域是好友列表区。好友列表可以使用TreeView来实现。

(5)第五个区域是系统图像和广告区，可以采用PictureBox和Label等控件来实现。

步骤三　设计和实现聊天窗口，聊天窗口界面如图 2-2-26 所示

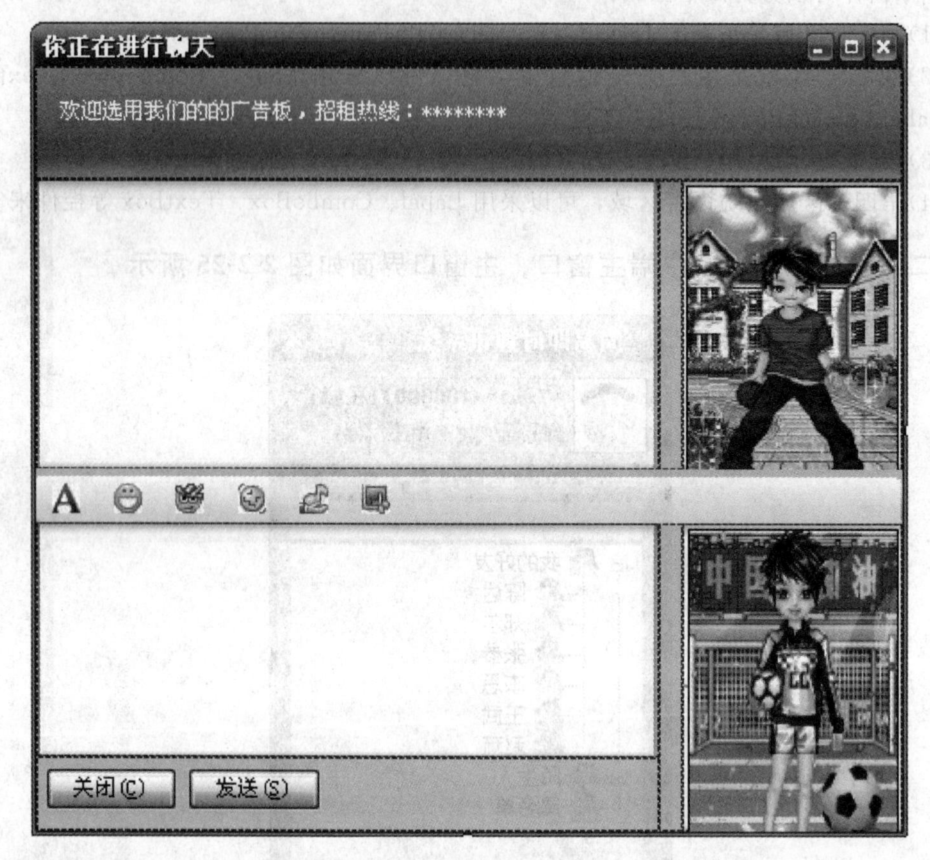

图 2-2-26　客户端聊天窗体

实现提示：

整个窗体可以分为四个区域，注意给它加个合适的背景以及窗体的标题显示结果。

(1)第一个区域是广告区域，可以是 Panel 或者 Label 来实现。

(2)第二个区域是聊天记录和好友照片区，可以用 Paenl、PictureBox、Text 等来实现。

(3)第三个区域是用户输入的格式化工具栏区，可以是工具栏控件。

(4)第四个区域是聊天内容输入和本人照片区，可以用 Paenl、PictureBox、Text 和 Button 等来实现。

任务 3 简易即时通讯系统的编程实现

3.1 目标与实施

【任务目标】

完成 SIMS 服务器端的功能。

【知识要点】

1. C# 中的网络编程。
2. 多线程编程。
3. 序列化和反序列化。

3.2 实现服务器端和客户端的通信类

【场景分析】

在进行 SIMS 设计的时候，就已经把网络通信的主要功能都独立封装成类。这些类在系统中主要负责实现服务器和客户端的通信，他们包括验证用户信息，发送消息等，有了这两个类，就可以快速的进行网络开发。

【过程实施】

步骤一 现客户端的通信的类

(1)在类中定义全局变量：用于保存系统执行时的数据。

```
public static TcpClient UClient;   //用于与服务端保持连接的 Socket
public static int TimeOut;         //超时时间
public static bool IsConnected;    //是否已经与服务器连接
```

(2)编写用于连接到服务器端的方法，当客户端输入时 IP 地址和端口号时，方法会自动连接服务器，成功时返回连接后的 Socket 对象，否则返回 null。

```
public static TcpClient ConnectToServer(string ServerIP, int ServerPort)
{
    try
    {
//以服务 IP 地址和端口创建客户端的 Socket 对象
        UClient =  new TcpClient(ServerIP, ServerPort);
```

```
            return UClient;
        }
        catch
        {
            UClient =  null;
            return UClient;
        }
}
```

(3)定义发送消息的方法，因为在网络传输中是以数据流的方式传送数据，而不判断数据的作用，所以方法定义了三个参数：cmd用于标明消息的作用(如登录、聊天、发送文件、发送图片等)，UserId是代表接收消息的用户ID，Msg则是发送的消息内容。具体代码如下：

```
public static void Send(string cmd, string UserId, string Msg)
{
        try
        {
            byte[] buffer =  new byte[1024 *  10];    //缓存,是二进制空间
        //按 Unicode 的编码把要发送的字符转换成二进制流
            buffer =  Encoding. Unicode. GetBytes(cmd +  "|" +  UserId +  "|" +  Msg);
            UClient. Client. Send(buffer);
            buffer =  null;
        }
        catch
        {
            //
        }
}
```

(4)定义接收消息的方法，该方法把接收到的消息保存在Scoket中(该对象在客户端和服务器端连接上后就建立)。然后清空当前的缓存，以接收下一次的消息。

```
public static void Receive()
{
        try
        {
            while (IsConnected)
            {
                byte[] buffer =  new byte[1024 *  10];
                UClient. Client. Receive(buffer);  //把接收到的内容放置到缓存中
                //把缓存的数据还原成字符串
                string Msg =  Encoding. Unicode. GetString(buffer);
                string[] str =  Msg. Split('|');      //分离字符串
```

```
                buffer =  null;   //清空当前的缓存,接收下一个
            }
        }
        catch
        {
            //
        }
}
```

步骤二　现服务端的通信的类

(1)在类中定义全局变量：用于保存系统执行时的数据。

```
public bool IsRun;   //标识系统是否正在执行
private ArrayList UserList;   //保存用户列表
private Socket Client;            //接受客户端的 SOCKET 连接请求
private TcpListener Listener; //监听器
private byte[] buffer;          //设置缓冲区大小
private Thread tdServer;         //监听主线程

public string ServerIP;          //服务器 IP
public int ServerPort;            //服务器端口
public bool HasChange;       //标识是否有新的连接
public frmMain Owner;                //定义主窗体
```

(2)在类的构造函数中初始化变量：

```
public ServerSocket()
{
   IsRun =  false;
    UserList =  new ArrayList();
    buffer =  new byte[1000000];
    HasChange =  false;
}
```

(3)定义监听网络的方法，在服务器端监听是最重要的操作之一，监听方法的执行能实时响应客户端的请求。代码如下：

```
public void Listen()  //监听
{
    try
    {
        if (Listener = =  null)
        {
            IPAddress addr =  IPAddress. Parse(ServerIP);   //IP 地址
```

```
            int port =   ServerPort;                          //端口号
            Listener =   new TcpListener(addr, port);          //创建监听对象
        }
        Listener. Start();                                    //启动监听
        while (IsRun)                                        //IsRun 用于标识是否监听
        {
            Client =   Listener. AcceptSocket();        //如果有客户端的请求则接受
            EndPoint EPClient =   Client. RemoteEndPoint;    //获取客户端的数据
            IPEndPoint IPEPClient =   (IPEndPoint)EPClient;
//分离出客户端的地址信息
            User u =   new User();                              //实例化一个用户信息
            u. LoginTime =   DateTime. Now. ToString();
            u. UserId =   "";
            u. IP =   IPEPClient. Address;
            u. Port =   IPEPClient. Port;
            u. Status =   UserStatus. usOffLine;
            u. UserSocket =   Client;
            AddUser(u);                              //把用户添加到当前用户列表中
            //下面是对该用户创建一个独立的线程。
            Thread td =   new Thread(new ParameterizedThreadStart(Receive));
            td. Start(u);
        }
    }
    catch
    {
        //
    }
}
```

(4)创建启动服务的方法，启动服务就是启动监听程序。

```
public void Run()   //启动
{
    IsRun =   true;
    tdServer =   new Thread(new ThreadStart(Listen));       //多线程执行监听方法
    tdServer. Start();
}
```

(5)创建停止服务的方法，停止服务时要释放资源，清空连接用例列表。

```
public void Stop()   //停止
{
    try
    {
        IsRun =   false;
```

```
            Listener. Stop();
            for (int i =  0; i <=  UserList. Count - 1; i+ + )
            {
                User u =  (User)UserList[i];
                u. UserSocket. Close();
            }
            UserList. Clear();
            tdServer. Abort();
        }
        catch
        {
            //
        }
}
```

(6)创建发送消息的方法，下面是输入用户 ID，向其发送字符串信息，代码如下：

```
public void Send(string Msg, string UserId)   //给某个用户发送消息
{
    try
    {
        User u =  getUser(UserId);
        if (u ! =  null)
        {
            buffer =  Encoding. Unicode. GetBytes(Msg +  "|");
            u. UserSocket. Send(buffer);
        }
    }
    catch
    {
        //
    }
}
```

在 Server. cs 文件中，还定义了 Send 的多态，允许用户发送不同类型的消息。

(7)群发消息。群发的操作是对用户列表中的所有用户都发送一次消息。实现时可以根据用户列表循环调用 Send()方法，代码如下：

```
public void SendAll(string Msg)   //群发消息
{
    try
    {
        buffer =  Encoding. Unicode. GetBytes(Msg);
        for (int i =  0; i <=  UserList. Count - 1; i+ + )
        {
            User u =  (User)UserList[i];
            u. UserSocket. Send(buffer);
        }
```

```
        }
        catch
        {
            //
        }
    }
```

(8)接收消息，代码如下：

```
public void Receive(Useru)    //接收消息
{
    try
    {
        while (IsRun && u ! =  null)
        {
            if (u. buffer = =  null)
            {
                u. buffer =  new byte[1024 *  10];
            }
            u. UserSocket. Receive(u. buffer);
            string Msg =  Encoding. Unicode. GetString(u. buffer);
            string[] str =  Msg. Split('|');

            u. buffer =  null;
        }
    }
    catch
    {
        //
    }
}
```

【知识点分析及扩展】

网络 Scocket 编程

网络编程是 C# 中比较难的部分，通常网络编程是采用 Scocket(套接字)来实现。一个套接字包含一个 IP 地址和对应的端口。在 C# 中，提供了 Scocket 类来实现套接字的编程。该类包含在 System. Net. Sockets 名字空间中的。一个 Socket 实例包含了一个本地以及一个远程的终结点，该终结点包含了该 Socket 实例的一些相关信息。

需要知道的是 Socket 类支持两种基本模式：同步和异步。其区别在于：在同步模式中，对执行网络操作的函数(如 Send 和 Receive)的调用一直等到操作完成后才将控制返回给调用程序。在异步模式中，这些调用立即返回。

同步模式的Socket编程的基本过程如下：

(1)创建一个Socket实例对象。

(2)将上述实例对象连接到一个具体的终结点(EndPoint)。

(3)连接完毕，就可以和服务器进行通讯：接收并发送信息。

(4)通讯完毕，用ShutDown()方法来禁用Socket。

(5)最后用Close()方法来关闭Socket。

在使用之前，需要先创建Socket对象的实例，这可以通过Socket类的构造方法来实现：

```
public Socket(AddressFamily  addressFamily, SocketType  socketType,
ProtocolType  protocolType);
```

其中，addressFamily参数指定Socket使用的寻址方案，比如AddressFamily. InterNetwork表明为IP版本4的地址；socketType参数指定Socket的类型，比如，SocketType. Stream表明连接是基于流套接字的，而SocketType. Dgram表示连接是基于数据报套接字的。protocolType参数指定Socket使用的协议，比如，ProtocolType. Tcp表明连接协议是运用TCP协议的，而Protocol. Udp则表明连接协议是运用UDP协议的。

在创建了Socket实例后，就可以通过一个远程主机的终结点和它取得连接，运用的方法就是Connect()方法：

```
public Connect (EndPoint ep);
```

该方法只可以被运用在客户端。进行连接后，可以运用套接字的Connected属性来验证连接是否成功。如果返回的值为true，则表示连接成功，否则就是失败。下面的代码就显示了如何创建Socket实例并通过终结点与之取得连接的过程：

```
IPHostEntry IPHost =  Dns. Resolve("127. 0. 0. 1"); //获取 IP 地址为 127. 0. 0. 1 的终端
string []aliases =  IPHost. Aliases;  //该终端的主机名
IPAddress[] addr =  IPHost. AddressList;   //IP 地址(列表)信息
EndPoint ep =  new IPEndPoint(addr[0],80);  //套接字
Socket sock =  new Socket(AddressFamily. InterNetwork,SocketType. Stream,
          ProtocolType. Tcp);  //使用 Tcp 协议创建 Scoket 对象
sock. Connect(ep);   //连接

if (sock. Connected)
Console. WriteLine("OK");
```

一旦连接成功，就可以运用Send()和Receive()方法来进行通信。

Send()方法的函数原型如下：

```
public int Send (byte[] buffer, int size, SocketFlags flags);
```

其中，参数buffer包含了要发送的数据，参数size表示要发送数据的大小，而参数

flags 则可以是以下一些值：SocketFlags. None、SocketFlags. DontRoute、SocketFlags. OutOfBnd。

该方法返回的是一个 System. Int32 类型的值，它表明了已发送数据的大小。同时，该方法还有以下几种已被重载了的函数实现：

```
public int Send (byte[] buffer);
public int Send (byte[] buffer, SocketFlags flags);
public int Send (byte[] buffer,int offset, int size, SocketFlags flags);
```

和发送相对应是接收的过程，在 C# 中是用 Receive()方法来实现的，其函数原型如下：

```
public int Receive(byte[] buffer, int size, SocketFlags flags);
```

其中的参数和 Send()方法的参数类似。同样，该方法还有以下一些已被重载了的函数实现：

```
public int Receive (byte[] buffer);
public int Receive (byte[] buffer, SocketFlags flags);
public int Receive (byte[] buffer,int offset, int size, SocketFlags flags);
```

在通信完成后，就通过 ShutDown()方法来禁用 Socket，函数原型如下：

```
public void ShutDown(SocketShutdown how);
```

其中的参数 how 表明了禁用的类型，SoketShutdown. Send 表明关闭用于发送的套接字；SoketShutdown. Receive 表明关闭用于接收的套接字；而 SoketShutdown. Both 则表明发送和接收的套接字同时被关闭。

应该注意的是在调用 Close()方法以前必须调用 ShutDown()方法以确保在 Socket 关闭之前已发送或接收所有挂起的数据。一旦 ShutDown()调用完毕，就调用 Close()方法来关闭 Socket，其函数原型如下：

```
public void Close();
```

该方法强制关闭一个 Socket 连接并释放所有托管资源和非托管资源。该方法在内部其实是调用了方法 Dispose()，该函数是受保护类型的，其函数原型如下：

```
protected virtual void Dispose(bool disposing);
```

其中，参数 disposing 为 true 或是 false，如果为 true，则同时释放托管资源和非托管资源；如果为 false，则仅释放非托管资源。因为 Close()方法调用 Dispose()方法时的参数是 true，所以它释放了所有托管资源和非托管资源。

【总结】

网络编程是 SIMS 的实现的最主要的功能，也是最大的难点。在网络编程的时候，最重要是要如何让客户端和服务器端进行有效的通信，只有在双方的通信能得到保证的情况下才能实现简单的即时聊天。

在.NET Framework 3.5中，Microsoft为了提供了一个最重要的命名空间System. Io. Scoket。该命名空间中包含了最主要的网络通信的操作，正确的使用该空间下所提供的类，就可以实现简单的用户通信。

系统结合System. Io. Scoket设计了两个类：用于服务器的类ServerScoket(保存在服务器项目中的Server. cs)和用于客户端的ClientSocket(保存在客户端项目中的Client. cs)，分别实现服务器端的网络编程和客户端的编程。具体方法如下：

服务器端中的类的主要方法包括：

```
public void Run()  //启动
public void Listen()  //监听
public void Stop()  //停止
public void Send(string Msg, string UserId)  //给某个用户发送消息
public void Send(string Msg, User u)  //给某个用户发送消息
public void SendAll(string Msg)  //群发消息
public void Receive(Object obj)  //接收消息
public ArrayList getAllUser()  //获取所有用户
public void AddUser(User u)  //添加用户
public User getUser(string UserId)  //根据USERID获取用户信息
```

客户端中的类的主要方法包括：

```
public static bool ConnectToServer(string ServerIP, int ServerPort) //连接服务器
public void Send(byte[] msg)  //发送消息
public static byte[] Receive()  //接收消息
```

3.3 获取和实现好友列表

【场景分析】

实现获取好友列表的功能，最主要的是把用户的好友打包发送到客户端，再从客户端上更新到树形视图。

在服务器上的打包方法，一般是把好友对象封装成对象数组，然后进行序列化，把序列化后的流发送到客户端。而客户端则根据收到的流来反序列化，得到的对象数组，再把好友信息更新到树形列表上去。

【过程实施】

步骤一 务器端好友的打包

```
private void getFreind(User u)
{
    IFormatter bf =  new BinaryFormatter();
```

```
        MemoryStream ms =  new MemoryStream();
        bf. Serialize(ms, UserList);

        Send(ms. ToArray(),u);
    }
```

步骤二　户端好友的更新显示

```
private void RefreshFreinds()
{
    IFormatter sf =  new SoapFormatter();
    Stream fs =  ReviceData();
    ArrayList ui =  (ArrayList)sf. Deserialize(fs);

    for (int i =  0; i <=  ui. Length - 1; i+ +  )
    {
        this. tvFreinds. Notes[0]. Notes. Add(ui[i]. UserName);
    }
}
```

【知识点分析及扩展】

对象的系列化

一、序列化概述

序列化是指将对象实例按某种格式转化成数据流，用于存储到存储媒体或者在网络上传输。在本系统中使用序列化的主要目的就是把用户的登录信息和聊天信息保存到本地的硬盘上。同时把用户聊天的内容转换成字节流在网络上传输。之所以要把对象进行序列化后才进行存储或者传输，是因为在系统中要把用户信息或者聊天信息按整个对象实例进行存储，以保证对象在存储过程中不会发生错乱或者丢失等问题。否则就得对整个对象的各个属性进行拆分处理。在.Net中可以通过实现了接口IFormatter的对象来实现序列化操作。同时，在C#中还专门提供了BinaryFormatter、SoapFormatter、XmlSerializer等专门用于序列化的类。在开发中可以直接使用这些类进行序列化。

在.NET中可以定义对象可被序列化，同时也可以指定这些可序列化对象的某些成员在对象被序列化时不被序列化。对于任何可能包含重要的安全性数据的对象，如果可能，应该使该对象不可序列化。如果它必须为可序列化的，请尝试生成特定字段来保存不可序列化的重要数据。如果无法实现这一点，则应注意该数据会被公开给任何拥有序列化权限的代码，并确保不让任何恶意代码获得该权限。

和序列化相反的操作是反序列化，它是按照原先序列化时所定义的格式进行反序列化，把字节流还原成原先对象的副本。

二、使用 .NET 中的序列化类

在 .NET 中，要把对象进行序列化之前，需要保证对象允许被序列化。要保证对象是可序列化，要在定义类的时候在定义之前加上属性声明“[Serializable]”(这里的“属性”是 C# 的一种语法，而非类中的属性)。这样，当该类被实例化后，其对象就允许被序列化。比如在 SIMS 中，当用户需要获取某个好友的基本信息时，服务器需要在获取该好友的用户信息后把它序列化，然后通过网络发送给客户端，客户端通过反序列化后还原好友信息。在定义用户类的时候，要保证该类是可序列化的，可以按如下的方式定义：

```
[Serializable]      //该属性声明确保了类的实例可以被序列化
public class User
{
public string No;
public string Name;
    public string Password;
    public string NickName;
    public string Sex;
    public string Birthday;
    public string Phone;
    public string Email;
    public object Pic;
    public string Note;
    public string OperateTime;
}
```

使用该类进行实例化的代码如下：

```
UseruFreind =  new User();
```

这样定义后，实例 uFreind 就是允许被序列化的，在系统中可以通过序列化把该对象转换成数据流，再通过网络传输。下面是分别采用 .NET 已定义的序列化类把对象 uFreind 序列化并通过服务器端的网络的类发送到客户端的。

1. BinaryFormatter

这是 .NET 提供的的一个序列化类，用于把对象序列化成二进制的数据流。下面的代码演示了把 uFreind 序列化并发送的过程：

```
IFormatter ibf =  new BinaryFormatter();          //创建一个二进制的序列化对象
MemoryStream ms =  new MemoryStream();  //用于保存序列化后的数据流
ibf. Serialize(ms, uFreind);                        //调用 Serialize 进行序列化
ServerScoket sc =  new ServerScoket();          //实例化一个服务器端的网络类
sc. Send(ms);                                      //发送被序列化后的 u
```

上面所使用的 BinaryFormatter 效率很高，能生成非常紧凑的字节流。所有使用此格式化程序序列化的对象也可使用它进行反序列化，对于序列化将在.NET平台上进行反序列化的对象，此格式化程序无疑是一个理想工具。需要注意的是，对对象进行反序列化时并不调用构造函数。对反序列化添加这项约束，是出于性能方面的考虑。但是，这违反了对象编写者通常采用的一些运行时约定，因此，开发人员在将对象标记为可序列化时，应确保考虑了这一特殊约定。

在客户端对该序列化对象进行反序列化，代码如下：

```
ServerScoket sc =  new ServerScoket();          //实例化一个服务器端的网络类
buffer =  new byte[1000000];                     //申请缓存
sc. Receive(buffer);                             //接收数据
IFormatter ibf =  new BinaryFormatter();        //创建一个二进制的序列化对象
object obj =  ibf. Deserialize(buffer);          //调用 Deserialize 进行反序列化
User uFreindNew =  (User)obj;                    //把序列化后的对象转化成 User 对象
```

最后还原后的 uFreindNew 就是客户端所要的保存有好友信息的用户对象。

2. SoapFormatter

SoapFormatter 也是.NET 所提供的，用于把对象序列化成 SOAP 格式的数据流，SOAP 格式的数据实际上是一种 XML 格式。

下面是它序列化和反序列化的代码：

序列化：

```
IFormatter isf =  newSoapFormatter ();          //创建一个 SOAP 格式的序列化对象
MemoryStream ms =  new MemoryStream();  //用于保存序列化后的数据流
isf. Serialize(ms, uFreind);                     //调用 Serialize 进行序列化
ServerScoket sc =  new ServerScoket();   //实例化一个服务器端的网络类
sc. Send(ms);                                    //发送被序列化后的 u
```

反序列化

```
ServerScoket sc =  new ServerScoket();          //实例化一个服务器端的网络类
buffer =  new byte[1000000];                     //申请缓存
sc. Receive(buffer);                             //接收数据
IFormatter isf =  newSoapFormatter ();     //创建一个 SOAP 格式的序列化对象
object obj =  isf. Deserialize(buffer);          //调用 Deserialize 进行反序列化
User uFreindNew =  (User)obj;              //把序列化后的对象转化成 User 对象
```

3. XmlSerializer

.NET 所提供的 XmlSerializer 也是用于把对象序列化成 XML 格式，但是它是普通的 XML 文件。在.NET 的类库中，它包含在命名空间"System. Xml. Serialization"中，而上述两种则包含在命名空间"System. Runtime. Serialization"中。

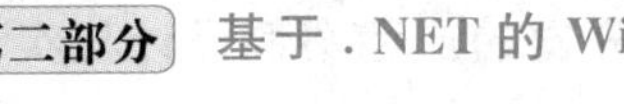

下面是它序列化和反序列化的代码：

序列化：

```
IFormatter ixf =  newXmlSerializer ();          //创建一个 XML 格式的序列化对象
MemoryStream ms =  new MemoryStream();   //用于保存序列化后的数据流
ixf. Serialize(ms, uFreind);                        //调用 Serialize 进行序列化
ServerScoket sc =  new ServerScoket();         //实例化一个服务器端的网络类
sc. Send(ms);                                      //发送被序列化后的 u
```

反序列化：

```
ServerScoket sc =  new ServerScoket();     //实例化一个服务器端的网络类
buffer =  new byte[1000000];                //申请缓存
sc. Receive(buffer);                         //接收数据
IFormatter ixf =  new XmlSerializer ();       //创建一个 XML 格式的序列化对象
object obj =  ixf. Deserialize(buffer);        //调用 Deserialize 进行反序列化
User uFreindNew =  (User)obj;                 //把序列化后的对象转化成 User 对象
```

三、选择性序列化

类通常包含不应被序列化的字段。例如，在用户了 User 中，用户的密码不应该也被用户查询获得。所以在定义类的时候要定义该字段为不可以被序列化的。这样在序列化该对象并发送的时候才不会把用户的密码信息也发送给客户端。要把字段标识为不可序列化，则在字段前加上属性声明“[NonSerialized]”，如：

```
[Serializable]       //该属性声明确保了类的实例可以被序列化
public class User
{
public string No;
public string Name;
    [NonSerialized] public string Password;    //该字段不被序列化
    public string NickName;
    public string Sex;
    public string Birthday;
    public string Phone;
    public string Email;
    public object Pic;
    public string Note;
    public string OperateTime;
}
```

四、自定义序列化

在前面介绍的序列化类是由 . NET 提供的，它不一定能完全满足开发的需要，在实际开发时，可以根据需要定义合适的序列化类。要创建自定义的序列化类，可以通过在对象上实现 ISerializable 接口来自定义序列化过程。这一功能在反序列化后成员变量的值失效时尤其有用，但是需要为变量提供值以重建对象的完整状态。要实现 ISerializable，需要实现 GetObjectData 方法以及一个特殊的构造函数，在反序列化对象时要用到此构造函数。以下代码示例说明了如何在前一部分中提到的 User 类上实现 ISerializable。

```
[Serializable]      //该属性声明确保了类的实例可以被序列化
public class User
{
public string No;
public string Name;
    [NonSerialized] public string Password;
    public string NickName;
    public string Sex;
    public string Birthday;
    public string Phone;
    public string Email;
public object Pic;
    public string Note;
public string OperateTime;

public User ()
{
}
//下面的方法在对象反序列化是被使用
protected MyObject(SerializationInfo info, StreamingContext context)
{
    No =   info. GetString ("no");
    Name =   info. GetString ("name");
    NickName =   info. GetString("nickname");
    //…其余代码省略
}

//下面的方法在对象序列化是被使用
public virtual Void GetObjectData(SerializationInfo info,StreamingContext context)
{
    info. AddValue("no ", No);
    info. AddValue("name ", Name);
    info. AddValue("name ", NickName);
    //…其余代码省略
}
```

在上述的例子中当对象被序列化时，系统会自动调用 GetObjectData 方法，在该方法中，按“名称/值”对的形式添加将要序列化的变量填充到 SerializationInfo 对象中，其中名称可以是任何文本，而值则是被进行序列化的对象的所有数据或者部分数据，只要这些数据足够在反序列化的过程中还原对象。如果基类中已经实现了 ISerializable 接口，则继承它的派生类要调用基类的 GetObjectData 方法。

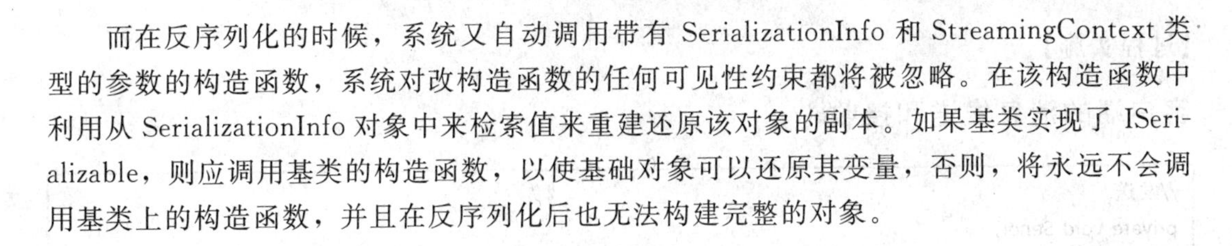

而在反序列化的时候，系统又自动调用带有 SerializationInfo 和 StreamingContext 类型的参数的构造函数，系统对改构造函数的任何可见性约束都将被忽略。在该构造函数中利用从 SerializationInfo 对象中来检索值来重建还原该对象的副本。如果基类实现了 ISerializable，则应调用基类的构造函数，以使基础对象可以还原其变量，否则，将永远不会调用基类上的构造函数，并且在反序列化后也无法构建完整的对象。

注意

(1)当某个类实现接口 ISerializable 时，需要同时实现 GetObjectData 以及特殊的构造函数。如果缺少 GetObjectData，编译器将发出警告。但是，由于无法强制实现构造函数，所以，缺少构造函数时不会发出警告，而在没有构造函数的情况下尝试反序列化某个类，将会出现异常。

(2)在反序列化过程中对象被彻底重新构建，在构建过程中调用时尚未反序列化的对象可能引发异常。如果正在进行反序列化的类实现了 IDeserializationCallback，则反序列化整个对象图表后，将自动调用 OnSerialization 方法将引用的所有子对象完全还原。

【总结】

序列化的方法提供了一种让可以把整个对象存储到硬盘的方法。同时，也可以使用序列化把整个对象转化成适合在网络上传输的二进制流。在 C# 3.5 中，可以根据需要把对象序列化成二进制、XML 等格式，甚至可以根据需要定义想要的格式。用于序列化的对象。

除此之外，在 C#3.5 中，对对象的序列化使用可以非常灵活，可以对对象进行序列化，也可以只定义部分的序列化。所以的一切都可以根据需要来设计和完成。

3.4 接收和发送消息

【场景分析】

与好友聊天是 SIMS 最主要的功能之一，它的实现主要是通过把数据发送到好友那边去，好友接收到消息的时候会把消息显示在历史消息的文本框里。

在实际应用中，用户根本不知道哪个好友会在什么时候发送消息，所以用户的程序就得在一直在等待是否有好友发送消息过来，否则可能丢失好友的消息。这样用户就只能等待而无法完成其他操作。如果要实现用户在等待的过程中也可以完成其他的操作，可以采用多线程技术。

【过程实施】

客户端的消息发送和接收

```
//发送
private void Send()
{
    if (tc ! =  null)
    {
        byte[] msg =  new byte[10000000];
        msg =  System. Text. Encoding. Unicode. GetBytes(textBox1. Text);
        tc. Client. Send(msg);
    }
}
//接收
private void Receive()
{
    try
    {
        tc. ReceiveBufferSize =  1024000;
        while (true)
        {
            byte[] msg =  new byte[1000];
            tc. Client. Receive(msg);
            string txt =  System. Text. Encoding. Unicode. GetString(msg);
            AddLog(txt);
        }
    }
    catch (Exception ex)
    {
        AddLog( ex. Message);
    }
}
//下面是线程启动
private void Run()
{
    Thread td =  new Thread(new ThreadStart(Recieve));
    td. Start();
}
```

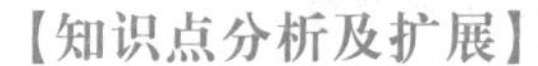

多线程

一、多线程

线程可以被描述为一个微进程，它拥有起点、执行的顺序系列和一个终点。它负责维护自己的堆栈，这些堆栈用于异常处理，优先级调度和其他一些系统重新恢复线程执行时需要的信息。一个完整的进程拥有自己独立的内存空间和数据，但是同一个进程内的线程是共享内存空间和数据的。一个进程对应着一段程序，它是由一些在同一个程序里面独立的同时的运行的线程组成的。线程有时也被称为并行运行在程序里的轻量级进程，线程被称为是轻量级进程是因为它的运行依赖与进程提供的上下文环境，并且使用的是进程的资源。

在一个进程里，线程的调度有抢占式或者非抢占的模式。有多种方法可以设计多线程的应用程序。不过应该把握一个原则，对于那些对时间要求比较紧迫需要立即得到响应的任务，应该给予更高的优先级，而其他的线程优先级应该低于它的优先级。侦听客户端请求的线程应该始终是高的优先级，对于一个与用户交互的用户界面的任务来说，它需要得到第一时间的响应，其优先级应该高优先级。

二、线程类(Thread)

.NET 基础类库的 System. Threading 命名空间提供了大量的类和接口支持多线程。这个命名空间有很多的类。其中 System. Threading. Thread 类是创建并控制线程，设置其优先级并获取其状态最为常用的类。其常见的方法如下：

- Thread. Start()：启动线程的执行；
- Thread. Suspend()：挂起线程，或者如果线程已挂起，则不起作用；
- Thread. Resume()：继续已挂起的线程；
- Thread. Interrupt()：中止处于 Wait 或者 Sleep 或者 Join 线程状态的线程；
- Thread. Join()：阻塞调用线程，直到某个线程终止时为止；
- Thread. Sleep()：将当前线程阻塞指定的毫秒数；
- Thread. Abort()：以开始终止此线程的过程。如果线程已经在终止，则不能通过 Thread. Start()来启动线程。

上面的方法列表中，Thread. Sleep，Thread. Suspend 和 Thread. Join 等方法都可以用来暂停、阻塞进程。但是它们之间会有些区别：

(1)调用 Suspend()方法是手动挂起线程，它只有在 CLR 达到安全点时才会执行，一个线程不能对另外一个线程调用 Suspend()方法。对已经挂起的线程调用 Thread. Resume()方法会使其继续执行。不管使用多少次 Suspend()方法来阻塞一个线程，只需一次调用 Resume()方法就可以使得线程继续执行。

(2)Sleep(int x)：使线程阻塞 x 毫秒(也称为休眠)。Sleep()使得线程立即停止执行。只有当该线程是被其他的线程通过调用 Interrupt()或者 Abort()方法，才能被唤醒。

注意

如果对处于阻塞状态的线程调用 Interrupt()方法将使线程状态改变，但是会抛出 ThreadInterupptedException 异常，可以捕获这个异常并且做出处理，也可以忽略这个异常而让运行时终止线程。在一定的等待时间之内，Interrupt()和 Abort()都可以立即唤醒一个线程。

线程优先级

System. Threading. Thread. Priority 枚举了线程的优先级别，从而决定了线程能够得到多少 CPU 时间。高优先级的线程通常会比一般优先级的线程得到更多的 CPU 时间，如果不止一个高优先级的线程，操作系统将在这些线程之间循环分配 CPU 时间。低优先级的线程得到的 CPU 时间相对较少，当这里没有高优先级的线程，操作系统将挑选下一个低优先级的线程执行。一旦低优先级的线程在执行时遇到了高优先级的线程，它将让出 CPU 给高优先级的线程。新创建的线程优先级为一般优先级，可以设置线程的优先级别的值，如下面所示：Highest、AboveNormal 、Normal 、BelowNormal 和 Lowest。

```
Thread td =   new Thread(new ThreadStart(Listen));
td. Priority =   ThreadPriority. Highest;
```

三、线程同步

有一些全局变量和共享的类变量，需要从不同的线程来更新它们，可以通过使用 System. Threading. Interlocked 类完成这样的任务，它提供了原子的，非模块化的整数更新操作。

. NET Framework 的 CLR 提供了三种方法来完成对共享资源的访问，具体如下：

(1)代码域同步：使用 Monitor 类可以同步静态/实例化的方法的全部代码或者部分代码段。不支持静态域的同步。在实例化的方法中，this 指针用于同步；而在静态的方法中，类用于同步，这在后面会讲到。

(2)手工同步：使用不同的同步类(诸如 WaitHandle，Mutex，ReaderWriterLock，ManualResetEvent，AutoResetEvent 和 Interlocked 等)创建自己的同步机制。这种同步方式要求自己手动的为不同的域和方法同步，这种同步方式也可以用于进程间的同步和对共享资源的等待而造成的死锁解除。

(3)上下文同步：使用 SynchronizationAttribute 为 ContextBoundObject 对象创建简单的、自动的同步。这种同步方式仅用于实例化的方法和域的同步。所有在同一个上下文域的对象共享同一个锁。

【总结】

多线程是一种重要的技术，它让用户可以同时与多个好友聊天，同时也允许用户除了聊天外还可以进行其他的操作。这些功能的实现都离不开多线程技术。

在C# 3.5中，为多线程专门提供了一个重要的类Thread，该类实现线程的启动和管理等多种操作。同时还可以使用线程的同步和异步的方法，使得程序更高效。

3.5 项目实战：设计实现用户登录

用户登录的主要操作是当用户已经连接到服务器后，向服务器发送登录请求。服务器在接收到登录请求后，把接收到的账号和密码到数据库中去验证。如果存在，则向客户端发送登录成功的消息，并记录当前的用户状态。如果失败，则向客户端发送登录失败的消息。而客户端在接收到消息后，根据成功与否来做出处理。

步骤一　实现客户端向服务器端发送登录请求的消息

实现提示：

客户端把用户输入的账号和密码打包发送到服务器。然后等待服务器响应，如果服务器在规定时间内反应，则提示登录超时的信息。

步骤二　服务器端验证登录请求并做出响应

实现提示：

服务器根据接收到的账号和密码到数据库中查询检测是否有该账号，有的话就可以登录，保存登录信息，向用户显示登录成功的信息。否则发送登录失败提示。

步骤三　服务器端验证登录请求并做出响应

实现提示：

根据当前用户的状态，登录成功的话关闭当前的登录窗口，失败弹出提示对话框。

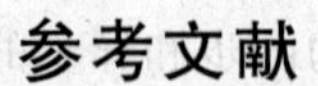

参考文献

[1]《基于 .NET Framework 2.0 的 Windows 窗体应用开发》微软公司，北京：高等教育出版社，[M]. 2007
[2] http：//www. soft6. com/tech/4/40986. html [N/OL]
[3] http：//blog. csdn. net/huzanqiang8/archive/2006/03/03/614790. aspx [N/OL]
[4] http：//www. peixue. cn/Cnet/516/ [N/OL]
[5] http：//msdn. microsot. com[N/OL]
[6] Yunping Wu，Jinying Wu，Yu Lu etc. Principle of Task-Timeout and its Application in Embedded Systems Design[C]. 2008 International Conference on Computer Science and Software Engineering
[7]《亮剑 .NET：.NET 深入体验与实战精要》李天平，北京：电子工业出版社[M]，2009